HEYNE <

Das Buch
Aventurien, 192 Jahre nach Bosparans Fall: Thronräuber haben Rhianas Vater König Arlos ermordet und stellen der Prinzessin und ihren Getreuen viele Jahre später auch im Exil nach. Es gibt jedoch noch einen weitaus mächtigeren Feind, der Rhiana unbedingt in seine Gewalt bringen oder töten will. Ohne es eigentlich zu wollen, wird die Prinzessin zur Kriegerin, die dem übermächtigen Feind in offener Feldschlacht mit dem Schwert in der Hand begegnen muss und den feigen Mord an einem ihrer Getreuen zu rächen versucht. Aber die Pläne des Feindes sind weitreichender und seine Mittel durchtriebener, als Rhiana ahnen kann …

»Der Flammenbund« ist der erste Roman um die schöne Prinzessin und Kriegerin Rhiana – der Auftakt einer neuen großen Saga aus der Welt des *Schwarzen Auges*.

Der Autor
Hans Joachim Alpers, 1943 in Bremerhaven geboren, absolvierte eine Schlosserlehre auf einer Werft, studierte in Bremen und arbeitete anschließend fünf Jahre als Konstruktionsingenieur. 1973 begann er ein geisteswissenschaftliches Studium und veröffentlichte in dieser Zeit erste Science-Fiction- und Krimi-Jugendbücher. Seitdem war er unter anderem als Herausgeber, Literaturagent, Literaturkritiker und Hörspielautor tätig. Gemeinsam mit Ulrich Kiesow und Werner Fuchs kreierte er das Fantasy-Rollenspiel *Das Schwarze Auge* und schrieb auf Grundlage dieses Spiels für den Heyne Verlag die Roman-Trilogie »Die Piraten des Südmeers« (06/9185). Ebenfalls im Heyne Verlag erschien die erfolgreiche *Shadowrun*-Trilogie »Deutschland in den Schatten« (06/6199), für die er mehrere Preise erhielt.

Ein Verzeichnis aller im HEYNE VERLAG erschienenen Romane aus der aventurischen Spielewelt finden Sie am Schluss des Bandes.

Rhiana

DIE AMAZONE

Hans Joachim Alpers

Der Flammenbund

Ein Roman aus der Welt des Rollenspiels
DAS SCHWARZE AUGE

Originalausgabe

WILHELM HEYNE VERLAG
MÜNCHEN

HEYNE ALLGEMEINE REIHE
Band 06/6101

Umwelthinweis:
Dieses Buch wurde auf
chlor- und säurefreiem Papier gedruckt.

Serienredaktion: Hans Joachim Alpers

Der Wilhelm Heyne Verlag ist ein Verlag der
Ullstein Heyne List GmbH & Co. KG
www.heyne.de
Printed in Germany 2003
Umschlaggestaltung: Nele Schütz Design, München
Satz: Schaber Satz- und Datentechnik, Wels
Druck und Bindung: Ebner & Spiegel, Ulm

ISBN 3-453-86166-3

In memoriam
Ulrich Kiesow,
der dies alles begann und an Rhiana
vermutlich seine Freude gehabt hätte.

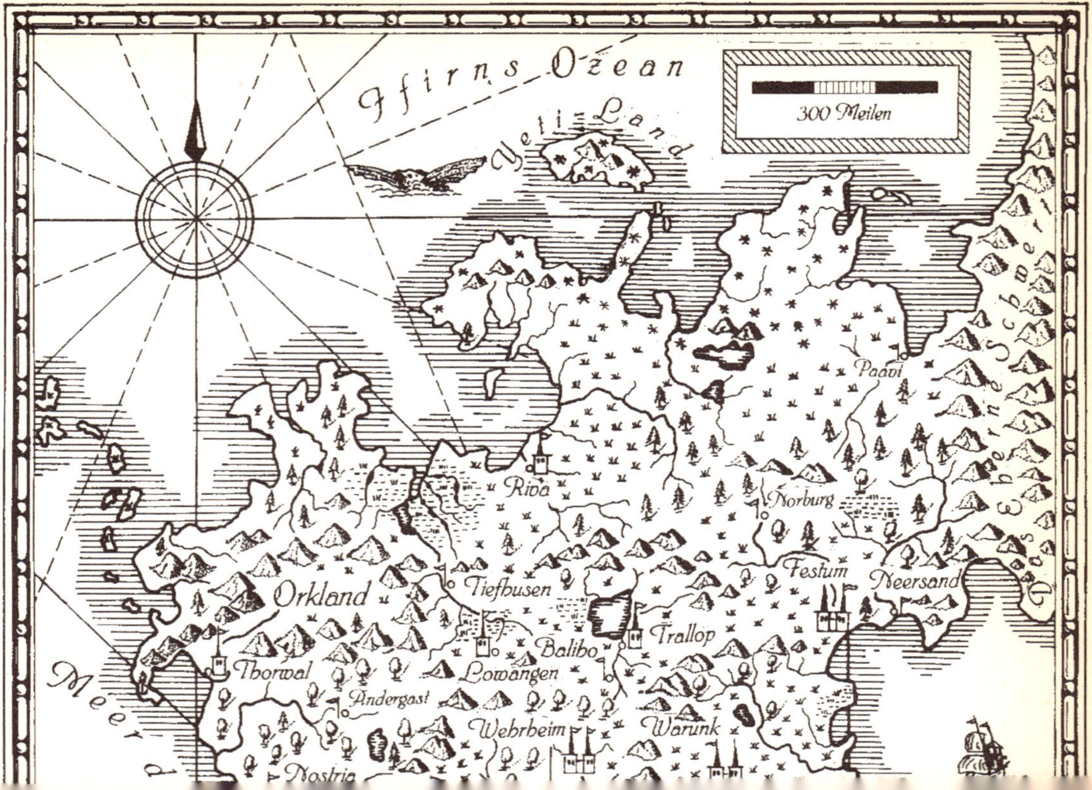
Ifirns Ozean
Yeti-Land
300 Meilen
Das Ehernes Schwert
Paavi
Riva
Norburg
Festum
Neersand
Orkland
Tiefhusen
Trallop
Balibo
Thorwal
Lowangen
Andergast
Wehrheim
Warunk
Nostria
Meer d

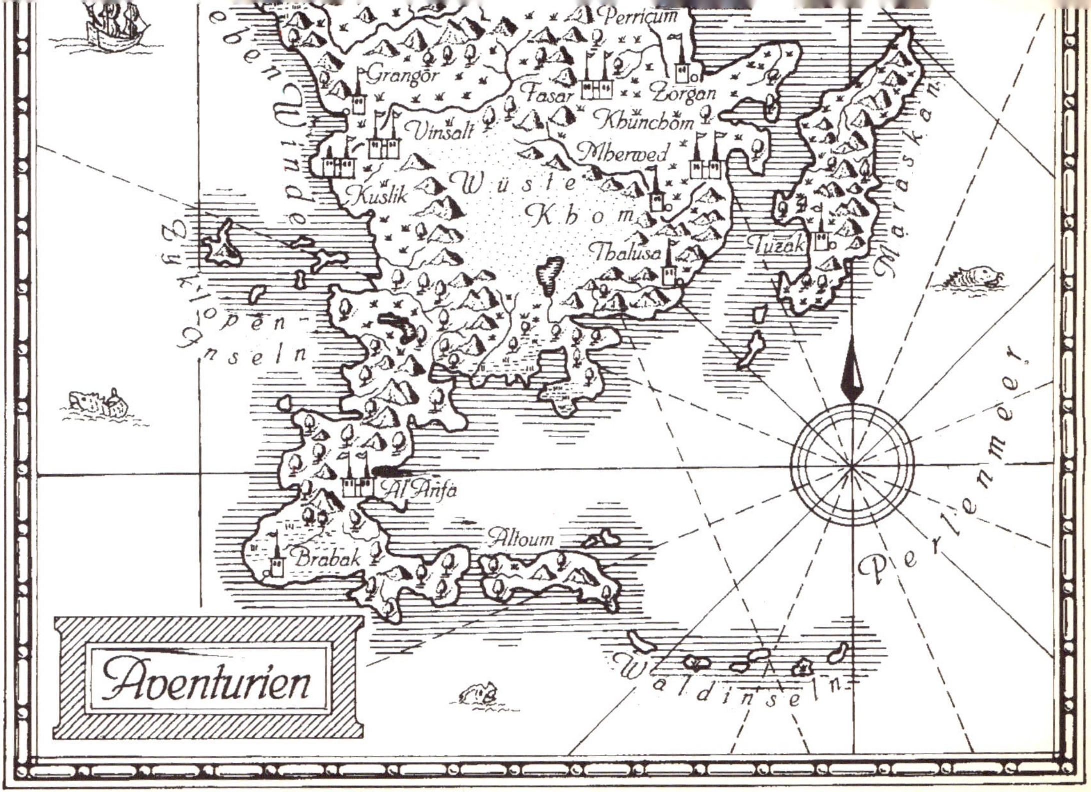

Aventurien
Perricum
Grangor
Fasar
Zorgan
Khunchom
Vinsalt
Mherwed
Kuslik
Wüste Khom
Thalusa
Tuzak
Maraskan
Perlenmeer
Al'Anfa
Altoum
Brabak
Waldinseln
Zyklopen-Inseln
eben Winde

Auszug aus einem Gespräch, das die Redaktion des »Salamander« mit Seiner Magnifizenz Rakorium Muntagonus, vormalig Spektabilität der Magierakademie zu Festum, heute Privatgelehrter in Khunchom, führte.

RAKORIUM MUNTAGONUS: »Alle reden von Borbarad, und gewiss ist richtig, dass er und seine Anhänger eine der größten Bedrohungen des aventurischen Lebens darstellten. Darüber wird aber oft vergessen, welche Gefahr für Aventurien zu allen Zeiten von den Drachenkultisten ausgegangen ist, die sich dem Gottdrachen Pyrdacor verschrieben haben.«

SALAMANDER: »Verzeiht, Euer Magnifizenz, aber wie können Kultisten, die einem toten Drachen dienen, eine Gefahr für Aventurien sein?«

RAKORIUM MUNTAGONUS: »Ich sehe Euch gern Eure Unwissenheit nach, meine jungen Freunde. Dass Pyrdacors Leib vor über 3000 Jahren vergangen ist, besagt überhaupt nichts. Seine Essenz schlummert in seinem Karfunkelstein, und Eingeweihten ist bekannt, wo dieser Stein ruht.«

SALAMANDER: »Gewiss, Euer Magnifizenz – aber ist es nicht so, dass keine Macht dieser Welt die magischen Siegel brechen kann, mit denen dieser Stein gesichert ist?«

RAKORIUM MUNTAGONUS: »Ich sage Euch etwas, meine jungen Freunde: Unterschätzt den Willen und die Mittel der Leute nicht, die sich Pyrdacor verschworen haben. Ich unke hier keineswegs ins Blaue hinein, denn ich selbst entging erst kürzlich in Almada nur knapp einem Anschlag von Drachenkultisten. Aber ich möchte nicht von mir reden, sondern von Ereignissen, die sich vor hundert Jahren zugetragen haben. Ich meine damit die Umtriebe des Flammenbundes.«

SALAMANDER: »Entschuldigt bitte erneut unsere Unwissenheit, Euer Magnifizenz. Sagtet Ihr Flammenbund? Uns ist nicht bekannt, dass ein solcher Bund in die Annalen der aventurischen Geschichte eingegangen wäre.«

RAKORIUM MUNTAGONUS: »Dass Ihr nichts über diesen Bund wisst, meine jungen Freunde, ist keine Schande. Der Flammenbund war eine Geheimorganisation, und es ist nun mal das Wesen von Geheimorganisationen, dass sie im Verborgenen tätig sind. Pyrdacors Anhänger waren darin besonders geschickt. Nur wenige Frauen und Männer in Aventurien kennen heutzutage auch nur den Namen dieses Bundes. Selbst mir war er früher nicht geläufig, wie ich gerne zugeben will. Aber das hat sich geändert, seit mir die Ehre zuteil wurde, in der kaiserlichen Asservatenfeste Koschgau Akten einsehen zu dürfen, die bislang unter strengstem Verschluss gehalten wurden. Derzeit werte ich diese Akten noch aus und erforsche die Geschehnisse, die sich damals ereignet haben. Aber eines kann ich schon heute sagen: Es gab vor gut hundert Jahren eine Gefahr für Aventurien, die nicht minder groß war wie der Angriff durch die Borbarad-Verschwörer, vielleicht sogar größer. Und es könnte sein, dass die Bedrohung, die von ihr ausging, keineswegs abgeschlossen ist.«

SALAMANDER: »Wie meint Ihr das, Euer Magnifizenz? Gibt es den Bund noch heute?«

RAKORIUM MUNTAGONUS: »Ich bin noch nicht weit genug mit meinen Forschungen vorangeschritten, um diese Frage zu beantworten, aber ich kann mir gut vorstellen, dass der Flammenbund noch existiert. Aber selbst wenn dies nicht der Fall sein sollte – die Mittel dieser Verschwörer waren so unfassbar groß und mächtig, dass mir sogar ein Wirken aus der Vergangenheit heraus möglich erscheint. Die Vergangenheit ist in diesem Fall wohl keineswegs abgeschlossen, sondern kann noch immer nach uns greifen.«

SALAMANDER: »Euren Worten, Euer Magnifizenz, entnehmen wir, dass es in der Vergangenheit Kräfte gab, die sich dem Flammenbund entgegenstellt haben.«

RAKORIUM MUNTAGONUS: »In der Tat, die gab es, und ihr Kampf muss heldenhaft gewesen sein. Mehr kann ich Euch noch nicht sagen. Aber ich sehe es als eine meiner wichtigsten Aufgaben an, Aventurien Kunde zu geben von diesen Helden.«

SALAMANDER: »Dürfen wir daraus schließen, Euer Magnifizenz, dass Ihr uns zu gegebener Zeit wieder die Gunst gewähren werdet, mit Euch ein Gespräch zu führen?«

RAKORIUM MUNTAGONUS: »Das wäre bei einem weiter fortgeschrittenen Stadium meiner Forschungen durchaus auch mein Wunsch. Ach ja, meine Freunde vom *Salamander* – es wird Euch sicherlich interessieren, dass es vor hundert Jahren einen Mann gab, der eben diesen Namen Salamander trug. Ich habe den alten Akten schon einiges über diesen Salamander entnommen. Aber ich kann Euch heute noch nicht verraten, ob er unser Freund oder unser Feind war. Fragt mich zu einem späteren Zeitpunkt danach.«

Quelle: *Salamander, Quartalsschrift für angewandte Magie und Alchimie, Brabak 1026 BF*

Aventurien
im Jahre 912 BF ...

KAPITEL 1

Das Versteck

Zwanzigster Efferd 912 BF, Albernia, südlich von Burg Draustein

Die Praiosscheibe versteckte sich noch hinter den Wipfeln der Nadelbäume auf der Hügelkuppe im Osten, aber im Tal, in der *Zuflucht*, herrschte schon emsiges Treiben. Pferde wurden vor Heuwagen gespannt, Kühe, Schafe und Ziegen wurden gemolken, Kinder fütterten die Hühner und suchten nach frisch gelegten Eiern, die Bäckerin holte mit dem Langlöffel die ersten frischen Brote aus dem Steinofen, die junge Muir legte für ihre Herrin frische Kleider zurecht, und in der Schmiede heizte der Lehrjunge die Esse an.

Einige Männer und Frauen standen beieinander und unterhielten sich über die Windhose, die am Abend zuvor über das Tal hinweggefegt war. Zum Glück hatte sie in der *Zuflucht* keine Schäden angerichtet und war nach Osten abgezogen. Eine Windhose galt in Abagund als etwas höchst Seltenes, erst recht zu dieser Jahreszeit, in der eher ganz normale Herbststürme aus dem Westen zu erwarten waren. Ein Mann schob es auf einen Streit zwischen den Göttern, bei dem Efferd ins Trudeln gekommen sei, während eine Frau darauf beharrte, die Windhose müsse durch magische Kräfte entstanden sein.

Eisfell hob den Kopf und steckte die Nase in den Wind, der von den bewaldeten Hügeln heranwehte. Er witterte und spitzte dabei die Ohren. Dann bellte er mehrmals und winselte. Aber niemand beachtete ihn.

Der große Wolfshund mit dem dichten graublauen Fell rannte los, um seinen Herrn zu suchen und ihn auf die Gefahr aufmerksam zu machen.

Er fand ihn im Innenhof des reetgedeckten, im Karree gebauten Hauptgebäudes. Aber sein Herr war beschäftigt. Eisfell wusste, dass er ihn in solchen Momenten nicht stören durfte, so dringlich die Angelegenheit auch sein mochte. Deshalb setzte er sich am Rande des Hofes hin und schaute seinem Herrn ungeduldig zu, der sich mit einer Frau, die Eisfell vertraut war und die er fast so sehr liebte wie seinen Herrn, im Kampf maß. Eisfell war nicht der einzige Zuschauer. Ein Dutzend Bewaffnete, dazu die Schmiedin, der Stallmeister und zwei Knechte hatten einen lockeren Ring gebildet, feuerten mal den einen, mal den anderen der beiden Kämpfer an und sparten nicht mit Lob und Tadel sowie guten Ratschlägen.

»Das war verdammt knapp!«

»Ihr müsst schneller nachsetzen, Rhiana!«

»Den Schlag hat er gerade noch parieren können!«

»Täuscht euch bloß nicht, Tjalmar ist jederzeit für eine Finte gut!«

»Die Prinzessin spielt doch nur mit ihm. Pass auf, gleich macht sie ernst.«

»Wo bleibt Euer Gegenangriff, Waffenmeister? Seid Ihr etwa schon müde?«

Tjalmar hörte die Stimmen, ohne für gewöhnlich auf den Inhalt der Kommentare zu achten. Aber den letzten Zwischenruf hatte er verstanden. Er war von der Schmiedin gekommen. Ja, verdammt noch mal, er war müde. Der Kampf dauerte schon eine halbe Stunde. Als Dreißigjähriger, selbst als Vierzigjähriger hätte er Rhiana auch eine Stunde oder länger standhalten können, aber inzwischen war er weit über fünfzig. Die Muskeln und Knochen taten ihm weh. Wo blieb sein Gegenangriff? Er musste einen Schlag um den anderen parieren, wurde von einer Ecke des Hofes in die andere getrieben und kam einfach nicht dazu, die Prinzessin anzugreifen.

Aber der Thorwaler wusste, dass es nicht allein an seinem Alter lag. Er war immer noch fähig, jeden Einzelnen in der *Zuflucht* im Schwert- oder Axtkampf zu besiegen, abgesehen vielleicht von Neel, der besten Kämpferin im Tal. Und Rhiana. Sie war schon als Fünfzehnjährige eine gute Kämpferin gewesen, aber jetzt, knapp einundzwanzig, besaß sie auch die nötige Kraft, um einen alten, kampferprobten Recken wie ihn zu besiegen. Er ließ nach, und sie legte zu. Das war der Lauf der Welt, und das war gut so. Er wünschte Rhiana, dass sie bald auch Neel in die Knie zwingen konnte. Wenn sie das gegen eine ernsthaft kämpfende Neel schaffte, war sie wirklich für das gerüstet, was auf sie zukommen würde. Die hagere, in Leder gekleidete Amazone schaute dem Kampf ebenfalls zu, enthielt sich aber jeder Stellungnahme.

Tjalmar schwitzte so sehr, dass das Wasser unter dem Helmrand hervortrat und ihm in Rinnsalen über das Gesicht lief. Es benetzte die Hautbilder, die Swafnirs Kampf gegen Hranngar zeigten, und nutzte die Furchen der zahlreichen Gefechtsnarben zum schnelleren Ablauf, wie es der Regen mit den Bauchläufen machte. Die hüftlangen graublonden Haare lagen in Strähnen an und glänzten vor Nässe wie Ketten aus Seetang. Das Flachshemd unter dem Kettenpanzer hätte man auswringen können. Doch der Thorwaler bestand stets darauf, in den Übungsrunden Rüstung und Helm zu tragen, und verlangte dies auch von der Prinzessin. Was hatte es für einen Wert, sich im Schwertkampf zu messen, wenn dies nicht unter den Bedingungen eines Kampfes auf Leben und Tod erfolgte? Allein bei den Waffen machte er das Zugeständnis, Schwerter mit stumpfen Schneiden und Äxte mit Eichenholzblättern zu erlauben. Schließlich wollte er, wenn ihm denn mal ein Schlag gelang, die Prinzessin nicht ernsthaft verletzen.

Er schnaufte und musste nach Luft ringen, als er wieder eine der schnellen Serien von Hieben mit dem Schild abblockte und dabei fast zu Boden ging. Das Mädchen war so verdammt schnell! Man sah ihr an, dass der Kampf ihr Spaß machte. Sie lachte und zeigte dabei ihre weißen Zähne. Immerhin stellte Tjalmar fest, dass auch sie heftig atmete. Aber sie war bei weitem noch nicht am Ende ihrer Kräfte und drang schon wieder auf ihn ein.

Der Thorwaler wusste, dass er nicht mehr lange durchhalten würde. Er entschloss sich, ihre offensichtliche Überlegenheit und ihren Übermut für eine der wenigen Finten zu nutzen, die er ihr noch niemals gezeigt hatte. Statt ihren Streich nur mit dem Schild abzufangen, drückte er mit aller Kraft, die ihm verblieben war, den Schild und damit auch Rhianas Schwert nach oben. Dann ließ er den Schild urplötzlich los, was die Prinzessin überraschte. Von ihrer eigenen Kraft nach vorn gezogen, kam sie beinahe ins Stolpern. Tjalmar warf sich zur Seite, drehte sich dabei um die eigene Achse und führte mit dem Schwung der Drehung von unten her einen Streich gegen ihren Oberkörper.

Als Hauptmann der Leibgarde von König Arlos hatte Tjalmar mit einem solchen Hieb – und einem scharfen Schwert natürlich – einen der Anführer der Thronräuber, einen gefürchteten und als unbezwingbar geltenden Schlächter, getötet. Und er wusste, dass er immer noch schnell und wendig genug war, um mit der Finte Erfolg zu haben. Aber zu seiner Verblüffung krachte sein Schwert nicht auf Rhianas Kettenhemd, sondern auf ihren blitzschnell herabgedrückten Schild. Sie machte keine Anstalten, jetzt ihr eigenes Schwert auf ihn herabsausen zu lassen, sondern lachte ihn nur fröhlich an.

»Ich gebe auf«, keuchte er und warf das Schwert fort.

»Sucht Euch einen anderen für die Übungen. Ich kann Euch nichts mehr beibringen, Prinzesschen.«

Unwillkürlich hatte er die vertraute Koseform benutzt, die er in der Öffentlichkeit selten benutzte.

»Unsinn, Onkel Tjalmar!«, widersprach Rhiana, griff die Vertrautheit auf und redete ihn so an, wie sie es als Kind getan hatte. »Ihr habt gerade bewiesen, dass Ihr noch jederzeit für eine Überraschung gut seid.«

Tjalmar wischte sich den Schweiß aus dem Gesicht. Er schaute zu Neel hinüber. »Hast du die Prinzessin auf diese Finte vorbereitet?«

Neel schüttelte stumm den Kopf.

»Dann war ich wohl zu langsam«, grollte der Thorwaler.

»Ihr wart blitzschnell«, sagte Rhiana. »Und ich sah erst im allerletzten Moment, was Ihr vorhattet. Ich konnte gerade noch den Schild herunterreißen.«

Sie nahm den Helm ab und schüttelte ihr langes, goldglänzendes Haar zurecht. Ihre Wangen waren von der Anstrengung leicht gerötet. Sie sah bezaubernd aus. Tjalmar konnte sich an ihr einfach nicht satt sehen. Schon als kleines Mädchen hatte sie jeden in ihrer Umgebung entzückt, aber als erwachsene junge Frau glich sie einem Fleisch gewordenen Traum. Sie war ergreifend schön, und das galt nicht nur für ihr Gesicht mit den ausdrucksvollen, strahlend blauen Augen, sondern auch für ihren schlanken, wohlgeformten Körper. Sie war zauberhaft. Sie war wie eine Göttin. Und das war nicht allein Tjalmars Meinung, der sie von Kindesbeinen an kannte und voreingenommen sein mochte. Jeder in der *Zuflucht* betete Rhiana an.

Eisfell ergriff die Gelegenheit und stupste Tjalmar an. Der Thorwaler streichelte den Wolfshund und spürte seine Unruhe. »Was ist los, mein Freund?«

Eisfell jaulte leise, sprang auf, flitzte los, blieb stehen und schaute sich dann nach ihm um, als er nicht folgte.

»Du willst mir etwas zeigen, wie?« Tjalmar wollte jetzt eigentlich erst einmal baden und sich ausruhen. Auf der anderen Seite wollte er Eisfell nicht enttäuschen. Und er war ein wenig beunruhigt. Der Wolfshund hatte längst verstanden, dass sich sein Herr nicht so sehr für Kaninchenbaue oder interessant riechende Kothaufen interessierte. Wenn er so beharrlich war, musste es sich um etwas handeln, das Bedeutung für das ganze Rudel – so stellten sich für den Wolfshund die letzten Getreuen des toten König Arlos dar – hatte.

Bevor Tjalmar seinen Entschluss umsetzte, das Bad im Zuber zu verschieben, sein Schwert – und zwar das scharfe – zu gürten und Eisfell zu folgen, geschah etwas, das alle Pläne zunichte machte. Beff, eine der Wachen an der Palisade aus zugespitzten Pfählen, die den alten, halb verfallenen Gutshof vom Rest des einsam und abgeschieden gelegenen Tals abschirmte, kam in den Hof gestürmt. Alle Anwesenden sahen verwundert auf. Ihre Gespräche verstummten.

»Hetmann Tjalmar!«, rief sie in höchster Erregung, als sie noch nicht einmal den Torbogen passiert hatte.

Tjalmar lag schon die Ermahnung auf der Zunge, ihn nicht Hetmann zu nennen, wie es Beff und einige andere der Getreuen, die wie er selbst mit König Arlos aus Talania gekommen waren, zuweilen immer noch zu tun pflegten. Es war viel zu lange her, dass er diesen stolzen Titel in Thorwal geführt hatte. Er war damals aus freien Stücken gegangen und hatte keinen Anspruch mehr darauf. Aber das Nächste, was die kräftige junge Frau stammelnd herausbrachte, ließ eine solche Ermahnung nichtig erscheinen. »Belisa ist … Belisa ist … ist ermordet worden!« Als die schreckliche Botschaft heraus war, wurde sie etwas ruhiger. »Belisa war heute Nacht als Späherin oberhalb des Passes eingeteilt. Groff wollte sie gerade ablösen und hat sie mit durchschnittener Kehle vorgefunden.«

Eisiges Entsetzen senkte sich über die Runde. Jeder wusste, was das bedeutete. Sie hatten nicht nur eine treue Gefährtin verloren. Ihnen allen drohte der Tod.

Rhianas bezauberndes Lächeln erstarrte und wich dann einer entschlossenen Miene. Sie legte das stumpfe Schwert aus der Hand und schritt zu der Sitzbank gegenüber dem Tor, wo sie ihr richtiges Schwert abgelegt hatte.

Tjalmar, dem die Bewaffneten in der *Zuflucht* unterstanden, sprach aus, was alle dachten, während er ebenfalls zu seinen Waffen ging: »Wir sind also entdeckt worden.« Es klang beinahe gelassen, aber innerlich fühlte sich Tjalmar so müde, wie es seine Knochen waren. »Das ist bitter. Aber wir wussten ja, dass es irgendwann geschehen würde.« Er besann sich und fügte hinzu. »Swafnir möge die arme Belisa in seine Schar unter den Wogen aufnehmen. Sie war ein gutes Mädchen.« Ihm fiel ein, dass Belisa keine Thorwalerin war und nicht an Swafnir glaubte, aber das war für ihn ohne Belang. Wenn nicht Swafnir, dann würde ein anderer Gott oder eine andere Göttin Belisa in eines der Paradiese geleiten.

»Franin«, sagte er zu der Schmiedin, während er sein Schwert gürtete. »Läutet die Glocke, so heftig Ihr könnt.«

»Jawohl, Waffenmeister!«, antwortete die bullige Schmiedin und watschelte breitbeinig zu der unter dem Torbogen hängenden Glocke. Wenig später zerrte sie so heftig an dem Glockenseil, als wollte sie das ganze Tor einreißen. Die Schläge der röhrenförmigen Glocke hallten weit über das Tal und erreichten selbst jene, die auf den versteckten Wiesen und Feldern außerhalb der Palisade arbeiteten.

Tjalmar wandte sich seiner Stellvertreterin Ayka zu, die beim Kampf zugeschaut hatte und an einem normalen Tag nun selbst mit ihren morgendlichen Übungen begonnen hätte. »Ihr sorgt dafür, dass jeder, der älter als zwölf Jahre ist und eine Waffe führen kann, zu den Palisaden geht. Kinder und Kranke sollen sich in den Ställen verschanzen. Teilt die Leute ein, wie wir es oft geübt haben.«

»Jawohl, Hauptmann!« Ayka, die sich im Alter von zwölf Jahren den Flüchtlingen aus Talania angeschlossen hatte, weil sie selbst ein ähnliches Schicksal erdulden musste, eilte davon. Tjalmar schätzte die kräftige Rothaarige als fähige und mutige Soldatin.

Die Glocke war verstummt. Aus dem Gutshof und den umliegenden Hütten, von den Weiden und Feldern kamen Menschen herbeigerannt, Menschen mit vertrauten und zugleich erschrockenen Gesichtern. Die gesamte kleine Gemeinschaft der *Zuflucht* war auf den Beinen. Etwas mehr als zweihundertfünfzig waren es nur noch, die meisten davon auf der fernen Insel im Meer der Sieben Winde geboren und aufgewachsen, andere als Nachwuchs der Flüchtlinge in die Gemeinschaft hineingeboren, einige wie Ayka und Neel später hinzugestoßen. Viele von denen, die heute in einfacher Kleidung als Handwerker und Bauern für die Gemeinschaft sorgten, waren von hohem Stand und hatten einst in Samt und Seide am Hof von Talania oder auf den Lehen die Fäden des Königreichs in der Hand gehalten. Selbst Rhianas Großtante Iskara Ronka Bhidanji erschien. Sie war schon über siebzig und hielt einen Säbel in der Hand – und konnte damit noch immer gut umgehen, wie Tjalmar wusste. Alle liefen durcheinander, stellten Fragen, ließen sich von Ayka und den anderen Wachen anweisen. Manche suchten hastig in den Kammern des Gutshofes oder den Hütten nach Waffen. Wer nichts besaß, das etwas taugte, erhielt eine Waffe aus der kleinen Rüstkammer des Gutes. Ayka stellte Gruppen zusammen, in denen meist einer ihrer Leute acht oder neun weniger erfahrene Kämpfer anführte.

Rhiana und Neel traten zu Tjalmar, dem Waffenmeister und Hauptmann.

»Wir sollten uns nicht einfach nur verschanzen«, sagte Neel. »Wir haben genügend viele gute Pferde. Lasst uns mit den besten fünfzig Kämpfern ausreiten und Belisas Mörder jagen.«

Rhiana war sofort Feuer und Flamme. »Ja, das ist besser, als hier auf sie zu warten!«, rief sie mit leuchtenden Augen.

»Langsam, Prinzessin«, erwiderte Tjalmar. »Genau das haben sie wahrscheinlich beabsichtigt, als sie Belisa töteten. Wir sollen ein paar von ihnen jagen, während der Rest die *Zuflucht* überfällt.«

Neel machte eine abfällige Handbewegung. »Wir greifen sie uns alle und schicken sie zu ihren Göttern oder wem auch immer, bevor sie ihren schändlichen Plan verwirklichen können.«

Tjalmar wusste, dass die Amazone eine begnadete Kämpferin, aber keine gute Strategin war. Und Rhiana … Nun, die Prinzessin besaß ohne Frage ein großes strategisches Talent und setzte es bei den Übungen auch ein, sofern sie nicht spontan aus dem Bauch heraus handelte. Und Letzteres kam häufig vor. Rhiana war beispiellos mutig und begeisterungsfähig, aber es fehlte ihr an Erfahrung. Sie war behütet in der *Zuflucht* aufgewachsen. Sie kämpfte in den Übungsstunden wie eine echte Amazone. Neel, die neben Tjalmar ihre Ausbildung an den Waffen leitete, hatte ihr viel vom Geist der Amazonen vermittelt, ohne dabei zu verhehlen, dass sie selbst einem häretischen Orden angehört hatte. Aber Rhiana war noch niemals in einen Kampf verwickelt worden, bei dem es galt, den Gegner zu töten, wenn man selbst überleben wollte. Sie liebte die Waffenkünste, aber Tjalmar ahnte, dass sie das Töten nicht lieben würde. Tjalmar hatte mit fünfzehn den ersten Gegner getötet, und er konnte sich noch gut daran erinnern, dass er sich danach erst einmal übergeben musste. Später war er härter geworden und schirmte sich so gut es ging gegen das Leid ab, das er anderen im Kampf zufügte. Er hoffte, dass auch Rhiana einen Weg finden würde, damit fertig zu werden. Er wünschte sich, dass sie – die für ihn zu einem Teil noch immer die zarte Prinzessin aus den Jugendtagen war – daran nicht zerbrechen, aber auch nicht so hart und unerbittlich würde, wie es Neel war.

Während ihm diese Dinge ungerufen durch den Kopf schossen, überlegte er, was im Moment die beste Strategie sein mochte. Ganz Unrecht hatten die beiden Frauen nicht, und es drängte ihn selbst, die Hügel hinaufzureiten und den Gegner zu packen, bevor er selbst, wahrscheinlich im Schutz der Nacht, zuschlug. Aber die Gefahr, in einen Hinterhalt zu geraten, war groß. Auf der anderen Seite musste Belisas Leichnam geborgen und nach Hinweisen für die Stärke des Feindes gesucht werden.

Bevor Tjalmar eine Entscheidung treffen konnte, trat eine große, schlanke Frau mit langen, offen getragenen grauen Haaren aus dem Haupttrakt des Gutshauses. Sie besaß eine majestätisch aufrechte Haltung und war mit einem schlichten, bis zu den nackten Füßen reichenden, in der schlanken Taille mit einer Kordel gegürteten Baumwollgewand von dunkelblauer Farbe bekleidet. Sie trug weder Schmuck noch Waffen. Begleitet wurde sie von einem Luchs, der stoisch auf das Treiben schaute, gähnte und sich zu ihren Füßen ausstreckte. Eisfell knurrte leise, denn er mochte keine Katzen. Aber natürlich legte er sich nicht mit dem Luchs an.

Maruna, die Druidin. Im Stillen hatte Tjalmar schon auf sie gewartet. Bei ihrem Erscheinen erstarrte die allgemeine Hektik für einen kleinen Moment, und es wurde still im Hof. Die meisten verneigten sich. Einige zogen die Kappe oder murmelten einen Gruß. Auch

Tjalmar und Neel hatten sich verbeugt. Rhiana hingegen eilte zu Maruna, deutete wie ein kleines Mädchen einen Knicks an und küsste ihr die Hand. Die Andeutung eines Lächelns verdrängte für einen winzigen Moment die ernste, würdevolle Miene der Druidin, und sie strich Rhiana mit einer zärtlichen Geste über das blonde Haar. Dann wandte sie sich Tjalmar und Neel zu.

»Man hat mir berichtet, was geschehen ist«, sagte Maruna, und Trauer lag in ihrer Stimme. Sie sah blasser aus als sonst und wirkte übernächtigt. »Nach all den Jahren der Ruhe ist dies ein harter Schlag. Das ist die Strafe Sumus. Wir haben uns zu sicher gefühlt.«

Seit dem Tod von König Arlos führte Maruna die Gemeinschaft der Flüchtlinge. Ihre Autorität war grenzenlos und niemals infrage gestellt worden, obwohl sie selbst sich nur als Dienerin von Prinzessin Rhiana sah. Mehrfach hatte sie Rhiana in den letzten Jahren gedrängt, das Erbe ihres Vaters anzunehmen und sie, Maruna, von ihren Pflichten zu entbinden. Aber Rhiana war dem Drängen bislang nicht nachgekommen. Sie glaubte, dass die besonnene und erfahrene Maruna die Geschicke von *Zuflucht* besser lenken konnte als sie selbst. Wahrscheinlich stimmte das sogar, denn die Prinzessin besaß noch nicht die Umsicht der Druidin. Doch irgendwann würde sich Rhiana der Verantwortung stellen müssen.

Die stille Bewunderung, mit der Rhiana die ältere Frau ansah, sprach Bände. Prinzessin Rhiana hatte ihre leibliche Mutter niemals kennen gelernt und war von Maruna großgezogen worden. Rhiana war erst acht, als ihr Vater König Arlos auf Burg Abilacht schändlich ermordet wurde und die Flüchtlinge aus Talania sich erneut verstecken mussten. Maruna, noch von König Arlos als Vormund von Rhiana und Führerin der Gruppe im Fall seines Todes eingesetzt, entschied sich für einen verlassenen Herrensitz nahe dem ausgetrockneten alten Strombett des Großen Flusses als neues Versteck. Nicht einmal König Arlos' zweite Frau, Sarja Baronin zu Abilacht, deren Vater den Flüchtlingen Gastrecht auf der Burg gewährt hatte, wurde in das Ziel der Flüchtlinge eingeweiht. Man ließ sie und alle anderen auf der Burg in dem Glauben, das verbliebene Gefolge des toten Königs wolle mit Schiffen zu einer einsamen Insel im Süden auslaufen. In Wirklichkeit zog man auf Umwegen in das neue Versteck und begann dort, die verfallenen Gebäude herzurichten. Das kleine Mädchen Rhiana, jetzt Vollweise, klammerte sich noch stärker an die Ersatzmutter, so kühl und streng und rätselhaft sie auch sein mochte. Rhiana liebte Maruna, die ihre geistige Erziehung gelenkt hatte, über alles. Und umgekehrt galt dies wohl auch für Maruna, obwohl ihre beherrschte, fast spröde Art dem Temperament der Pflegetochter gänzlich entgegengesetzt war.

»Was werdet Ihr tun, Hauptmann Tjalmar?«, fragte Maruna, die dem Thorwaler freie Hand ließ, wenn es um den bewaffneten Schutz der *Zuflucht* ging.

»Wir werden die Palisaden verteidigen«, gab Tjalmar zur Antwort. »Ich glaube nicht, dass der Feind über mehr als zweihundert Kämpfer verfügt, denn größere Truppenbewegungen wären unseren Spähern aufgefallen. Wir werden die *Zuflucht* halten!«

Insgeheim war er weniger zuversichtlich. Gegen zweihundert ausgebildete Kämpfer würden sie nicht bestehen können, schon gar nicht, wenn diese im Schutze der Nacht von allen Seiten aus den Wäldern in das Tal vordrangen.

Das Tal lag weit abseits aller Handelswege und hatte ihnen zwölf Jahre Schutz vor Entdeckung gewährt. Aber Tjalmar wünschte sich jetzt, Maruna hätte sich damals statt für den Herrensitz für die uralte Burgruine in der Muhrsape, dem Mündungsdelta des Großen Flusses, umgeben von unwegsamen Mooren, als Zuflucht entschieden. Das war erwogen, aber wegen der Schwierigkeiten, sich dort aus eigener Kraft zu ernähren, verworfen worden. Die alte Burg mit dem weiten Blick über das sumpfige Land hätte Tjalmar auch gegen fünfhundert Angreifer gehalten, und das tückische Moor hätte ihnen einen Teil der Arbeit abgenommen.

»Wir denken alle, dass der alte Feind uns gefunden hat, nicht wahr?«, sagte Maruna. »Hauptmann Tjalmar, gibt es irgendeine Hoffnung, dass wir uns vielleicht täuschen? Dass wir nur Gespenster sehen?«

»Erhabene Regentin«, antwortete Tjalmar und benutzte Marunas offiziellen Titel. »Die Hoffnung darf man niemals aufgeben. Aber wer ermordet einen Späher, der außer Pfeil und Bogen sowie einem Dolch nichts von Wert bei sich trägt und der sich gewiss nicht in die Händel anderer eingemischt, sondern von seinem Versteck aus die Umgebung beobachtet hat?«

»Durch die Thronfolgekriege im Mittelreich sind allerlei versprengte Söldner nach Albernia gelangt«, merkte Maruna an.

Tjalmar nickte. »Gewiss, es besteht die vage Möglichkeit, dass marodierende Söldner Belisa zufällig entdeckt, aus reiner Mordlust getötet haben und weitergezogen sind. Aber was hätten Söldner ohne Geld und Arbeit zwischen dem Großen Fluss und den Windhagbergen verloren? Hier findet man meilenweit keine Höfe und keine Siedlungen, die man überfallen könnte.«

»Wir sollten uns Gewissheit verschaffen, indem wir fünfzig Leute aussenden und das Gesindel zu Paaren treiben«, mischte sich Neel ein, die ihre Idee noch nicht aufgegeben hatte. Sie war für ihre Sturheit bekannt.

Tjalmar ging nicht darauf ein, sondern wandte sich wieder an Maruna. »Ich bin überzeugt davon, es waren keine marodierenden Söldner. Selbst wildes, vertiertes Gesindel, das lieber heimtückisch mordet, würde eine Beute wie die *Zuflucht* nicht so ohne Weiteres links liegen lassen. Solch ein Haufen hätte noch in derselben Nacht versucht, die *Zuflucht* zu brandschatzen und zu plündern. Nein, es sind die alten Feinde. Belisas Ermordung sollte ein Zeichen setzen. Man will uns herauslocken.«

Zu Tjalmars Überraschung meldete sich Rhiana zu Wort, und ihr Einwand war wohl abgewogen. Dieses Mal sprach sie ihn mit seinem Rang an. »Eure Entscheidung scheint gefallen zu sein, Hauptmann Tjalmar, und es steht mir nicht an, sie zu kritisieren. Aber wäre es nicht trotzdem von Vorteil, Reiter dort draußen zu haben? Vielleicht keine fünfzig Reiter, wie Neel es vorgeschlagen hat, sondern nur halb so viele. Sie müssen den Feind, den wir in den Wäldern vermuten, auch nicht angreifen oder verfolgen. Wir könnten zum Passberg reiten, Belisas Leichnam bergen und nach Spuren suchen. Wir könnten erkunden, wie stark der Feind ist, und flüchten, falls wir angegriffen werden. Wir behalten dabei die Lage im Tal im Auge. Falls der Feind die *Zuflucht* angreift, kehren wir um und nehmen ihn in die Zange.«

Maruna blieb bei ihrem Grundsatz, sich nicht in Tjalmars Angelegenheiten einzumischen, aber ihre Augen leuchteten wie die einer Mutter, die stolz auf ihr Kind war.

Der Thorwaler rieb eine seiner juckenden Gesichtsnarben. Einige der Narben machten sich immer dann bemerkbar, wenn ein neuer Kampf bevorstand. Er versuchte sich nicht anmerken zu lassen, dass auch er stolz auf die Prinzessin war. Die Ergebnisse ihrer Überlegungen entsprachen genau seinen eigenen, und es kümmerte ihn herzlich wenig, dass sie ihm zuvorgekommen war. Er war schließlich kein junger Dachs mehr, der sich zu beweisen hatte.

»Ihr sollt Euren Willen haben, Prinzessin Rhiana«, sagte er scheinbar widerwillig. »Und du auch, Neel, wenigstens zur Hälfte. Sucht Euch dreiundzwanzig weitere Leute aus, die gut reiten und vom Sattel aus kämpfen können. Holt Belisa heim. Sucht nach dem Feind, aber greift ihn nicht an. Entfernt Euch auf keinen Fall so weit vom Tal, dass Ihr unsere Glocke nicht hören könnt. Wenn Ihr die Glocke hört oder Wichtiges in Erfahrung bringt, kehrt Ihr zurück.« Er überlegte kurz und fügte hinzu: »Falls vorher nichts passiert, bleibt Ihr die Nacht in den Wäldern. Aber im Morgengrauen seid Ihr auf jeden Fall zurück.«

»Wer führt das Reiterheer?«, wollte Neel wissen.

Tjalmar war klar, dass Neel ihre Gründe hatte, aus den Reitern mehr zu machen als sie waren. Natürlich konnten die von der *Zuflucht* ausgeschickten Reiter bei weitem nicht den Ansprüchen eines Heeres genügen. Aber eine höherwertige Bezeichnung würde den bunt zusammengewürfelten Haufen mit Stolz erfüllen und enger zusammenschweißen. Das war ganz in seinem Sinne.

»Prinzessin Rhiana«, sagte er knapp und korrigierte sich dann. »*Shastra* Prinzessin Rhiana.«

Rhiana errötete vor Stolz. Neel nickte nur. Tjalmar kannte sie lange genug, um zu wissen, dass sie sich nicht zurückgesetzt fühlte. Sie war ohnehin lieber eine Einzelkämpferin als eine Offizierin, die für andere planen musste. Und er wusste, dass sie Rhiana beschützen, ihr nicht von der Seite weichen und notfalls ihr Leben für sie geben würde.

Die beiden Frauen eilten davon, um die Leute und die Pferde auszusuchen. Eisfell, der die ganze Zeit zu Tjalmars Füßen gesessen und misstrauisch den Luchs im Auge behalten hatte, sprang auf und folgte den Frauen. Tjalmar hatte nichts dagegen. Rhiana und ihre Leute konnten einen Spürhund gut gebrauchen.

Es war still und einsam geworden auf dem Hof.

»Zufrieden, Runa?«, fragte Tjalmar die Druidin. Da

niemand zuhörte, benutzte er die vertraute Anrede. Es hatte Zeiten gegeben, in denen sie das Lager miteinander teilten. »Ich habe den Stolz in deinen Augen gesehen.«

»Es ist gut, dass Rhiana Verantwortung übernimmt«, antwortete Maruna. »Ich hoffe nur, diese Aufgabe kommt nicht zu früh für sie.«

»Sei unbesorgt, ihr passiert nichts. Sie ist eine hervorragende Kämpferin. Wenn sie trotzdem in Schwierigkeiten gerät, holt Neel sie da raus.«

»Wenn dort draußen hunderte von Bewaffneten lauern, kann ihr auch Neel nicht helfen«, sagte Maruna.

»Wenn es Hunderte sind, kann ihr keiner helfen – und uns auch nicht«, erwiderte Tjalmar.

»Ich habe einen Moment lang überlegt, Rhiana, Neel, dich und alle fähigen Kämpfer mit allem, was uns an Geld und Schmuck geblieben ist, hinauszujagen und die *Zuflucht* ihrem Schicksal zu überlassen. Ihr würdet durchbrechen können. Aber dann habe ich mir gesagt, wenn es wirklich Sumus Wille ist, dass Rhiana stirbt, dann wird sie so oder so sterben. Und wenn sie jetzt geht, ohne eingeweiht zu sein, ist alles umsonst gewesen.«

»Eingeweiht in was?«, fragte Tjalmar. »In ihre Aufgabe?«

»In mehr als das – aber ich habe schon zu viel geredet«, wehrte Maruna ab.

Tjalmar schwieg eine Weile. Er versuchte nicht, Marunas Andeutungen zu verstehen. Niemand konnte eine Druidin wirklich verstehen, es sei denn eine andere Druidin oder ein Druide. »Ich muss jetzt zu den Palisaden«, sagte er dann. »Was wirst du tun?«

»Was man von einer Druidin erwarten kann«, sagte Maruna. »Ich ziehe mich zurück und versuche, eins mit Sumu zu werden. Wenn uns genügend Zeit bleibt, kann ich vielleicht ihren Beistand erwirken.« Gemessen kehrte sie ins Haus zurück, den Luchs an ihrer Seite.

Tjalmar wusste, sie würde in ihre Kammer gehen, das Gewand ablegen und sich nackt auf den Boden aus gestampftem Lehm setzen, die Kraft Sumus, ihrer Kinder und der Elemente anrufen. Er hoffte auf ihre magische Unterstützung, wenn es zu einem Angriff kam. Und Maruna wusste, wie wichtig diese Unterstützung für die *Zuflucht* und ihre Bewohner war. Aber erzwingen konnte sie nichts. Niemand konnte das.

Neel besaß schon als Kind das, was man einen eigenen Kopf nennt. Sie war niemals den Weg des geringsten Widerstands gegangen. Trotzdem konnte man sie nicht als Einzelgängerin bezeichnen. Eigentlich war sogar das Gegenteil der Fall. So störrisch und stur sie auch sein konnte, so unbeirrt sie dem Weg folgte, der ihr als der richtige erschien, und so unerbittlich ihre Ansprüche an andere wie an sich selbst waren – sie hatte stets den Schoß einer Gemeinschaft von Gleichgesinnten gesucht. Und ihn zweimal gefunden.

Ihre tiefe Liebe galt der Kriegsgöttin Rondra, und in dem Glauben an sie fand sie Erfüllung, aber sie hatte niemals etwas auf das Geschwafel der Rondra-Kirche gegeben. Geweihte waren ihr zutiefst zuwider. Auch der Amazonenorden, der sich sein eigenes Süppchen auf dem Rondra-Herd kochte, erregte ihren Unwillen. Den einzelnen Schwertschwestern fühlte sie sich durchaus verbunden, ohne indes die Vorliebe der meisten von ihnen für das eigene Geschlecht zu teilen. Aber ihre Verachtung galt denen, die diesen Orden leiteten, weil sie es in ihren Augen nicht Rondra gefällig taten. Stattdessen war sie als junge Frau einem unabhängigen Orden beigetreten, der Rondras wahrer Lehre folgte, und die lautete in Neels Augen: Kampf als Weg und Ziel, Schwert für Gerechtigkeit. Und der Orden glaubte an die baldige Geburt von Rondras Menschentochter, die Rondras falsche Diener davonjagen würde.

Der Orden war vom übermächtigen Rivalen natürlich als häretisch eingestuft worden und stolz darauf gewesen. Dass er sich aber – Schwert für Gerechtigkeit – mit den Herrschenden angelegt hatte, ward ihm zum Verhängnis. Die Ordensburg wurde belagert und zerstört, die überlebenden Schwestern wurden erst gequält und geschändet, dann umgebracht. Nur zwei entkamen: Neel und eine andere, deren Namen sie am liebsten vergessen hätte.

Die zweite Gemeinschaft, der sie sich angeschlossen hatte, war die Gruppe der Flüchtlinge aus Talania. Das waren Leute, die das Leben hart behandelt hatte und die nicht aufgaben. Das gefiel ihr. Dann gab es diesen rätselhaften Mord an König Arlos, der noch nicht gerächt war. Das war eine Aufgabe. Und zu Maruna, der Druidin, fasste sie eine tiefe Zuneigung. Obwohl Maruna ganz anders als die Amazone war, sah Neel in ihr auf unbestimmte Art eine Schwester im Geiste. Aber der Hauptgrund dafür, dass sie sich der Gemeinschaft auf Dauer angeschlossen hatte, war Rhiana. Neel gab anfangs nichts auf die Schönheit des Mädchens, im Gegenteil. Sie war misstrauisch gegenüber schönen Menschen. Schönen Menschen fehlten die Ecken und Kanten, schöne Menschen mussten um nichts kämpfen, waren verwöhnt und charakterlos. Nicht so Rhiana, wie Neel feststellte. Das Mädchen hatte Charakter, das Mädchen war stark, eine Kämpferin. Und um Rhiana war ein Geheimnis. Dem Mädchen war es bestimmt, ihren Vater zu rächen. Von einer noch größeren Aufgabe wurde gemunkelt. Rhiana stand ein schwerer, dorniger Weg bevor. Kampf der Weg und Kampf das Ziel. Schwert für Gerechtigkeit. Das Mädchen brauchte dabei Hilfe. Neels Hilfe. Und Neel nahm diese Aufgabe dankbar an.

Inzwischen war Rhiana erwachsen und Neel über vierzig Jahre alt, aber Neel spürte ihre Jahre nicht. Sie schlug mit dem Bihänder noch immer so wuchtig zu wie mit dreißig, desgleichen mit dem Säbel oder der schweren Streitaxt in der Linken, ihrer starken Hand. Sie hatte nichts an Schnelligkeit und Wendigkeit eingebüßt, aber viel, sehr viel, an Erfahrung hinzugewonnen.

Neel wählte die Männer und Frauen aus, die mit Rhiana und ihr zum Pass reiten sollten. Rhiana überließ ihr diese Aufgabe gern, denn die kampferprobte Amazone wusste am besten, wer gut reiten und vom Sattel aus kämpfen konnte oder besser an den Palisaden aufgehoben war. Sie bestand lediglich darauf, dass ihre blutjunge Zofe Muir als Bannerträgerin mitreiten durfte. Rhiana erfüllte damit ein Versprechen, das sie dem Mädchen auf ihr Drängen hin gegeben hatte.

Im Nu hatte sich herumgesprochen, dass Reiter ausgeschickt wurden, und jeder wollte zu ihnen gehören. Mancher glaubte einen Anspruch darauf zu haben. In Talania erworbene Vorrechte hatten in der *Zuflucht* längst ihre Gültigkeit verloren, aber natürlich gab es unter den Flüchtlingen und ihren Nachkommen einige, die dem nachtrauerten und manchmal die früheren Verdienste herausstrichen. Neel kümmerte das nicht. Auf Ränge, Titel und vermeintliche oder tatsächliche Privilegien nahm sie keine Rücksicht. Sie wählte Ayka und sechs weitere Wachen aus, die sie als tapfere Kämpfer schätzte: die Frauen Beff, Niib und Adana sowie die Männer Nordal, Mooker und Groff, der Belisas Leiche entdeckt hatte. Die von ihnen angeführten Kampfgruppen erhielten neue Anführer und wurden mit Kindern und alten Leuten verstärkt. Fünf jüngere Männer und Frauen aus dem Nachwuchs des Adels von Talania fanden Gnade vor Neels einzigem Auge, weil ihre Reitkünste außer Frage standen. Trotz ihres hohen Alters entschied sich Neel auch für Iskara Ronka Bhidanji. Man sagte von der streitbaren alten Dame, sie sei im Sattel geboren worden. Auf jeden Fall war sie dort besser aufgehoben als an den Palisaden. Die Schmiedin Franin durfte ebenfalls mitreiten. Sie konnte nicht nur den schweren Schmiedehammer, sondern auch die Streitaxt schwingen und war auf einem Pferderücken wertvoller als zu Fuß. Neel wollte auch Tjalmars Erfahrung nicht missen, aber der winkte ab. Er wurde an den Palisaden gebraucht. Die Amazone ergänzte die Schar um die kräftigsten und wendigsten unter den jungen Handwerkern, Knechten und Bauern.

Dann suchte sie für jene, die kein eigenes Pferd besaßen, in den Ställen die Rösser aus und trieb mit ihren Mäkeleien den Stallmeister schier zur Verzweiflung. Rhiana führte ihr eigenes Pferd, die Schimmelstute Sturmbraut, bereits am Halfter und lauschte Neels Kommentaren. Trotz der angespannten Lage musste sie lächeln und zeigte ihre Wangengrübchen.

»Ist das ein Pferd oder ein zu groß geratener Ziegenbock?«

»Die Stute würde im Kochtopf einen besseren Eindruck machen.«

»Der Fuchs lahmt doch, seht Ihr das nicht?«

»Der Falbe ist zu widerborstig.«

»Das sind Karrengäule und keine Reittiere.«

»Der alte Zossen kann ja kaum sein eigenes Gewicht tragen.«

Aber sie übertrieb es nicht und suchte mit Kennerblick die besten Pferde aus.

»Den Wallach nehmen wir und die großrahmige Stute auch.«

»Na, dieser Hengst ist endlich mal ein prächtiges Schlachtross!«

»Dieser Ackergaul ist das Richtige für Franins breiten Hintern.«

Einmal griff Rhiana ein, als Neel einen prächtigen

Fuchshengst aussuchte, eines der besten Tiere im Stall. »Das Pferd ist krank«, sagte sie. »Nichts Ernstes, aber es braucht unbedingt ein paar Tage Ruhe.«

Man sah dem Hengst nicht das Geringste an. Neel zuckte die Schultern und gab dem Stallmeister Anweisung, den Fuchs im Stall zu lassen und auch nicht für die Arbeit einzusetzen. Im Stillen wunderte sie sich einmal mehr über die Prinzessin. Es war nicht das erste Mal, dass sie Dinge über Tiere sagte, die ein Mensch eigentlich nicht wissen konnte. Und sie hatte stets Recht behalten. Neel wusste, dass Rhiana Tiere liebte. Aber das allein konnte es nicht sein.

Am Ende hatte Neel genügend viele Pferde beisammen und verteilte diese auf die mehr oder weniger gut gerüsteten Kämpfer. Eine bunte Truppe hatte sich versammelt. Rhiana, Neel, Ayka und einige andere trugen Kettenhemden, zum Teil auch alte Bronzeharnische und Helme. Drei der jungen Adligen präsentierten sich in polierten Prachtrüstungen mit Silberbeschlägen und eingravierten Ornamenten, führten dazu Schilde mit den Wappen ihrer Häuser und Schwerter mit reich verzierten Heften. Ohne Frage Erbstücke. Die alte Ronka trug einen verbeulten, aber kostbaren Brustharnisch mit heraldischen Motiven derer von Bhidanji. In der Hand hielt sie ihren Säbel, der ebenfalls aus den alten Tagen stammte. Die meisten Reiter jedoch mussten sich mit dem Wenigen begnügen, was die Rüstkammer hergab. Und das war meistens nur eine Hieb- und Stichwaffe, manchmal ein Speer oder eine Reiterlanze. Drei führten Pfeil und Bogen mit sich, Mooker hatte nicht nur ein Schwert am Gürtel, sondern auch eine Armbrust geschultert. Der Körperschutz bestand bei vielen nur aus Fell- oder Lederkleidung. Franin, die dicke Schmiedin, hatte einfach ihre schwere Lederschürze anbehalten, die sie bei der Arbeit trug.

Die Prinzessin hatte Helm, Schild und einen Speer

am Sattel befestigt. Ihr Schwert trug sie am Gürtel. Sie war von Tjalmar gedrängt worden, Teile der prachtvollen Rüstung ihres Vaters anzulegen, hatte sich aber geweigert. Stattdessen trug sie über dem Kettenhemd einen blauen Umhang, auf dessen Rücken das Symbol eines sich aufbäumenden gelben Löwen prangte, dem Wappentier des einstigen Königshauses von Talania. Und Muir umklammerte ein Banner, das ebenfalls den gelben Löwen auf blauem Grund präsentierte.

Neel ließ aufsitzen und die Pferde ausrichten, während Rhiana und ihre Bannerträgerin abseits davon warteten. Dann wandte Neel ihren kleinen, struppigen Schecken um und meldete der Prinzessin: »Eure Reiter sind zum Ausritt bereit, Shastra.«

»Danke, Neel«, sagte Rhiana. Sie gab Sturmbraut mit einem leichten Schenkeldruck zu verstehen, dass es losging. Gehorsam setzte sich die Stute in Bewegung. Eisfell lief an ihrer Seite. Rhiana führte Sturmbraut an die Spitze des Zuges. Im Schritt bewegten sich die Reiter von den Ställen zur Palisade, wo die Verteidiger ihnen erwartungsvoll entgegensahen.

Tjalmar stand, auf sein Langschwert gestützt, am Tor. Ihm ging das Herz auf, als er die Reiter sah. Zum ersten Mal seit zwanzig Jahren führte eine Reiterschar wieder die Farben von König Arlos. Fürst Emerthon III. ui Bennain, Herr über Albernia, würde es kaum gefallen, dass das Banner eines fremden Königshauses in seinem Fürstentum wehte. Aber Emerthon im fernen Havena musste ja nichts davon erfahren. Und wenn er davon hörte, würde dieses Banner entweder längst in den Dreck getreten und zerfetzt sein oder aber, wenn ihnen allen das Glück hold war, wieder still in einer Truhe ruhen, wahrscheinlich in einem neuen Versteck.

Das Banner weckte wehmütige Erinnerungen an Talania. Aber der Anblick von Prinzessin Rhiana an der

Spitze des Zuges ergriff ihn mehr als alles andere. Er spürte, wie seine Augen feucht wurden, und das war seit zwanzig Jahren nicht mehr passiert. Stolz und aufrecht saß Rhiana auf ihrer kraftvollen Schimmelstute. Die Augen blitzten, das Kinn war entschlossen nach vorn gereckt. Sie hatte Helm und Schild am Sattel befestigt, trug das Schwert in der Scheide. Das wundervolle Blondhaar wehte leicht im Wind und umgab ihr Haupt wie eine goldene Aura.

Bei Swafnir, sie ist eine Göttin!

Der Thorwaler bedauerte, dass Maruna dieses Bild nicht in sich aufnehmen konnte. Und er wünschte, König Arlos könnte seine Tochter in diesem Moment sehen. Plötzlich überkam Tjalmar die Vision, dass sich eines Tages vielleicht Tausende hinter diesem Banner scharen würden, um in die Schlacht zu ziehen. Nicht um des Banners willen. Um Rhianas willen.

Hochrufe erschallten. Alle, die dort an den Palisaden kauerten, vergaßen für einen Moment ihre Sorgen und ihre Angst, jubelten Rhiana, Muir, Neel und den anderen zu. Muir konnte am wenigsten damit umgehen. Sie umklammerte krampfhaft den Schaft des Banners und schluckte. Ein erstarrtes Lächeln lag auf ihrem Gesicht.

Tjalmar gab den Befehl, das Tor zu öffnen. Mehrere Bewaffnete sprangen herbei, schoben die Eisenriegel zurück und ließen das Gatter aus oben zugespitzten Pfählen aufschwingen.

Als Sturmbraut Tjalmars Platz am Tor fast erreicht hatte, zog die Prinzessin die Zügel an und brachte die Stute zum Stehen. Rhiana beugte sich zu dem alten Recken hinab. »Wünscht mir Glück, Onkel Tjalmar«, sagte sie leise.

Tjalmar umfasste ihren rechten Arm und presste ihn, sah ihr dabei tief in die Augen. »Alles Glück Aventuriens und Swafnirs Schutz, Prinzesschen«, sagte er mit heiserer Stimme. »Kommt mir ja gesund zurück!«

Er ließ sie los, und sie richtete sich wieder auf, zog das Schwert blank und richtete es nach vorn. Der Jubel der Verteidiger steigerte sich zu einem wahren Orkan. Wenn es dort oben hinter den Bäumen der umliegenden Hügel feindliche Späher gab, würden sie den Lärm hören. Sie sollten ihn hören! Der Aufbruch der Reiter wäre ohnehin nicht zu verheimlichen gewesen. Und die Botschaft an die Feinde lautete: Wir sind nicht wehrlos!

Entschlossen gab Rhiana ihrer Stute mit der Linken einen leichten Klaps. Die Rechte hielt immer noch das Schwert. Sturmbraut trabte an. Eisfell rannte neben ihr. Unter dem anhaltenden Jubel der Verteidiger bewegten sich die Reiter im Trab auf den fernen Pass zu. Die Verteidiger verstummten. Tjalmar befahl, das Tor zu schließen.

Vielleicht nutzte der Feind den Abmarsch der Reiter für einen schnellen Angriff. Vielleicht wartete er den Einbruch der Nacht ab. Vielleicht erwiesen sich alle Befürchtungen als grundlos, und es gab keinen Feind – zumindest keinen, der über Hundertschaften verfügte. Vielleicht, vielleicht, vielleicht.

Tjalmar schaute den Reitern nach, bis sie hinter den ersten Bäumen verschwunden waren, seufzte leise und wandte sich um. Jetzt konnte man nur noch abwarten und wachsam sein.

Neel hatte es genossen, hinter Rhiana durch das Tor zu reiten. Die Haltung der Prinzessin war tadellos. In Neels Augen bot sie das Bild einer furchtlosen Amazone, und sie zweifelte nicht, dass sie sich auch im Kampf so verhalten würde. Das Banner bedeutete Neel nichts. Ihr Banner war das Banner Rondras, und das wehte in ihrem Herzen. Einen Stofffetzen brauchte sie nicht. Aber sie wusste, dass ein solches Banner eine Gemeinschaft zusammenhalten konnte. Auch Neels Orden hatte ein eigenes Banner geführt, das ihm von keinem König und keinem Kaiser verliehen worden war. Den

Jubel der Verteidiger hatte sie zur Kenntnis genommen, aber er berührte sie nicht. Er galt in erster Linie Rhiana, und sie gönnte ihn der Prinzessin. Neel selbst tat, was getan werden musste. Das bedurfte keines Beifalls.

Sie fühlte sich gut. Die Luft war herbstlich, nicht zu mild und nicht zu kalt. Die Sonne stand voll am Himmel und wärmte die Haut, aber ein von Westen über die Hügelkuppen streichender leichter Wind kühlte das geschnürte Wams und die Hosen aus schwarzem Hirschleder, die Neel auf der nackten Haut trug. Sie zog nie etwas anderes an. Der Wind blies auch durch ihr nur einen halben Finger langes graues Haar und strich über die Tätowierungen im Gesicht, über die schwarze Augenklappe, welche die linke Augenhöhle bedeckte. Das war ihr angenehm. Einen kühlen Kopf zu behalten, war für sie ein Wert in sich, und sie nahm dabei gern die Unterstützung des Windes an.

Viel zu lange hatte sie faul herumgesessen. Endlich würde sie wieder nach Art einer Amazone handeln können. Schwert für Gerechtigkeit. Und sie war zufrieden mit sich. Sie glaubte, eine gute Auswahl getroffen zu haben, als sie die Reiterschar zusammenstellte. Ob die Schar im Kampf etwas taugte, musste sich allerdings noch erweisen. Zumindest, dessen war sie sicher, würden die Leute ihr Bestes geben. Und Neel würde ihr Bestes geben. Für Rondra. Und für Rhiana.

Die Amazone ließ sich zurückfallen, beobachtete die Reiter. Alle saßen gut im Sattel. Daran hatte Neel auch nicht gezweifelt. Aber die Formation war ihr nicht geschlossen genug. Sie wies Ayka an, dies zu ändern. Das Gelände stieg an, Bäume versperrten die freie Sicht. Irgendwo vor ihnen lag der Pass, ein schmaler Pfad zwischen den Hügeln, aus der Ferne kaum auszumachen. Und irgendwo dort oben in den Hügeln, hinter den Bäumen der kaum einmal unterbrochenen Waldkette, mochten Feinde kauern. Neel rechnete nicht damit, dass im nächsten Moment Feinde die Hügel hinabstürmten, aber wenn sie gute Bögen besaßen, drohten Pfeile aus dem Hinterhalt. Zügiges Durchreiten bot den besten Schutz dagegen.

Neel ließ ihren Schecken die Hacken spüren. Sie schätzte den Kleinen, der den Namen Ujiko trug, denn er war unerschrocken und genauso zäh wie sie selbst. Im Galopp passierte er die rechte Flanke der Reiterschar. Neel ließ ihn wieder in schnellen Trab zurückfallen, passierte Muir und ordnete sich neben Rhiana in den Zug ein.

Die Prinzessin hatte das Schwert längst wieder in die Scheide gesteckt. Sie schaute erst zu dem Hügel zur Rechten hinauf und dann nach vorn. Buschketten, Krüppelkiefern, Stechginster, Wacholder, Erlen und Buchen mit dichtem Unterholz reichten etwa hundert Schritt voraus bis an den Passpfad. Ein idealer Ort für einen Hinterhalt. »Was denkt Ihr, Neel?«, sagte sie und zeigte nach vorn.

Die Amazone hatte ähnliche Überlegungen angestellt und wusste, was sie meinte. »Was habe ich Euch immer gesagt, Prinzessin?«, entgegnete sie. »Stellt keine Fragen, sondern handelt. Wenn dort Gesindel lauert, sollten wir nicht auf dem Pfad bleiben, sondern vorher den Hügel hinaufreiten. Wir müssen ohnehin nach oben. Belisas Leiche liegt auf der Kuppe über dem Pass.«

Rhiana nickte, hob den Arm und führte die Reiterschar den Hügel hinauf. Der Anstieg war für die Pferde nicht leicht. Geröll und loses Erdreich bot den Hufen wenig Halt. Sturmbraut hatte kaum Schwierigkeiten, Neels Pferd auch nicht, aber einige andere rutschten ab oder verweigerten. Rhiana hob erneut den Arm und ließ absitzen. Die Reiter führten ihre Pferde am Zügel nach oben. Franin und ihr großrahmiges Pferd hatten dabei die größten Schwierigkeiten. Auch für die alte Ronka war der Anstieg eine Tortur, und sie konnte kaum folgen. Neel fragte sich, ob es ein Fehler gewesen war, Franin und die Ronka Bhidanji in die Reiterschar aufgenommen zu haben. Wahrscheinlich war es so. Sie hatte nur den Wert der beiden als Kämpferinnen auf dem Pferderücken abgeschätzt und nicht daran gedacht, dass Reiter auch mal zu Fuß gehen und sogar klettern mussten.

Rhiana hatte ebenfalls bemerkt, wie sehr sich vor allem die Ronka quälte. Die Prinzessin empfand Mitleid mit der alten Frau. »Sollen wir die arme Ronka nicht besser zurückschicken?«, sagte sie leise zu Neel. »Franin sollte auch umkehren, nicht wahr? Wir müssen natürlich ein paar Reiter als Geleitschutz abstellen.«

Neel schüttelte energisch den Kopf und erwiderte genauso leise: »Es war mein Fehler, die beiden mitzunehmen. Aber im Moment ist dieser Fehler nicht wettzumachen. Wenn wir sie allein zurücksenden, schicken wir sie vielleicht in den Tod. Wenn wir die Reiterschar aufspalten, wahrscheinlich auch. Und wir sind dann zu wenige, um gegen eine größere Zahl von Feinden zu bestehen. Ihr würdet außerdem Euren eigenen Plan gefährden, Prinzessin, mit einer nennenswerten Zahl berittener Kämpfer den Feind von hinten anzugreifen, falls er die *Zuflucht* überfällt. Und außerdem bezweifle ich, dass sich Franin und die Ronka so einfach zurückschicken lassen. Ihr würdet sie in jedem Fall schwer kränken.«

»Ich hätte das Kommando über die Reiterschar nicht annehmen sollen«, sagte Rhiana ärgerlich.

»Unsinn!«, zischte Neel. »Ihr macht das ausgezeichnet, Prinzessin. Ihr müsst nur noch lernen, Euer großes Herz in solchen Momenten ein wenig den Notwendigkeiten unterzuordnen.«

Rhiana nickte widerwillig. »Gut, ich folge Eurem Rat. Aber behaltet besonders die Ronka im Auge. Ich will nicht, dass ihr etwas passiert.«

Neel musste daran denken, dass Rhiana von der Ronka und ihrer Familie im Allgemeinen eher kühl behandelt wurde, auch wenn man die Schönheit des Mädchens bewunderte. Das hatte wohl mit dem Dünkel derer von Bhidanji zu tun, für die das illegitime Kind von König Arlos ein Bastard blieb, obwohl der Vater es anerkannt und als Thronerbin eingesetzt hatte. Neel gab Rhiana das verlangte Versprechen und sicherte dann mit Ayka und den beiden Bogenschützen die Flanken. Sie rechnete jederzeit mit einem Überfall. Im Moment bot die Reiterschar ein gutes Ziel und war kaum zur Gegenwehr fähig. Aber der Angriff blieb aus.

Endlich erreichten sie den Waldrand. Der Anstieg wurde flacher, der weiche Waldboden bot Menschen wie Pferden besseren Halt. Sie kamen gut voran. Selbst die schwergewichtige Franin und die gebrechliche Ronka blieben nicht zurück.

Rhiana ließ Muir nach hinten durchgeben, Groff möge zu ihr kommen. Er kannte sich hier von allen am besten aus, und er wusste, wo Belisas Leichnam lag. Die anderen machten Platz, als der mittelgroße, leicht schielende Mann mit dem Stoppelbart erschien, seinen Rappen am Zügel führend. Er verbeugte sich, als er vor der Prinzessin stand.

»Sind wir auf dem richtigen Weg, Groff?«, fragte Rhiana.

Groff nickte eifrig. »Ja, Prinzessin Shastra.«

Neel grinste, und auch Rhiana musste lächeln. Das war mal ein ganz neuer Titel.

»Ist es noch weit?«, fragte die Prinzessin.

»Nein, Prinzessin Sha…«

»Eins von beiden genügt, Groff«, unterbrach ihn Rhiana freundlich.

»Jawohl, Prinzessin.«

Rhiana war bekannt, dass man Groff jeden Wurm einzeln aus der Nase ziehen musste. Sie zeigte zur Hügelkuppe, die an einer Stelle, nämlich am Passpfad, steil abfiel. Das war der so genannte Passberg, die höchste Erhebung im weiten Umkreis. Selbst von der Seite her würde der Aufstieg nicht einfach sein. »Dort oben?«

»Ja, Prinzessin.«

»Schaffen die Pferde das?«

»Nein, Prinzessin.«

Neel bewunderte Rhianas Geduld und war nahe daran, einzugreifen und Groff anzuschnauzen.

Rhiana seufzte. »Hört zu, Groff, Ihr seid jetzt unser Führer. Zeigt uns einen guten Platz, wo wir die Pferde anbinden können, und den bequemsten Pfad, um zur Leiche der armen Belisa zu gelangen.«

Groff verbeugte sich. »Jawohl, Prinzessin.« Er wurde sogar ein wenig gesprächiger und zeigte mit dem Finger auf eine Ansammlung von Kiefern. »Da vorn gibt es eine Senke. Dort sind die Pferde gut aufgehoben.«

»Wie ich sehe, habe ich den richtigen Mann ausgesucht«, lobte ihn die Prinzessin.

Groff grinste verlegen, verbeugte sich erneut und übernahm die Führung.

Neel entdeckte frisch geknickte Zweige. Ein deutlicher Hinweis, dass dies der Pfad war, den die Späher für ihren Aufstieg benutzten. Vielleicht hatte Belisa diesen Zweig geknickt. Oder Groff. Oder Belisas Mörder. Vielleicht lag das Gesindel in der Senke auf Lauer. Sie schaute zu Eisfell. Der Wolfshund wirkte nervös, rannte vor und zurück, schnüffelte und witterte. Aber das tat er eigentlich schon die ganze Zeit. Ein eindeutiger Hinweis war das nicht.

Aber Neel wollte sicher gehen. Sie bat Rhiana, erst das Gelände untersuchen zu dürfen. Die Prinzessin beorderte Groff zurück und ordnete eine Pause an. Der schnaufenden Franin und der sich mühsam und unsicher bewegenden Ronka würde dies mehr als gelegen kommen.

Neel raunte Ayka, Beff, Niib und Nordal sowie dem

Armbrustschützen Mooker einen Befehl zu. Die fünf übergaben die Zügel ihrer Pferde ihren Kameraden und schwärmten zu beiden Seiten des Pfades aus, die Wachen die blank gezogenen Schwerter oder Säbel in der Hand, Mooker einen Bolzen auf der Schiene der gespannten Armbrust.

Zufrieden beobachtete Neel, wie die von ihr geschulten Krieger die Deckung von Baumstämmen nutzten und sich zügig, aber umsichtig der von Wacholder, längst verblühtem Stechginster und Beerensträuchern gesäumten Senke näherten, die Groff ihnen gezeigt hatte. Dort rührte sich nichts, aber das musste nichts heißen. Wenn Neel oder andere erfahrene Krieger sich dort versteckt hätten, würden sich ebenfalls kein Blatt und keine Nadel bewegen, bevor der Gegner nicht auf Schwertspitzenlänge vor dem Versteck stand.

Ayka erreichte die Senke als Erste und schlug mit dem Schwert eine Bresche in den Stechginster. Auf ihr Zeichen hin drangen alle fünf von beiden Seiten in die Senke vor.

Kein Kampfeslärm. Wenig später tauchte Aykas roter Haarschopf zwischen den Ginstersträuchern auf. Sie hatte das Schwert in die Scheide gesteckt und formte die Hände zu einem Trichter. »Alles in Ordnung«, rief sie Neel gedämpft zu. »Aber hier war jemand.« Neben ihr tauchte Nordal auf. Der junge Krieger mit den kurzen dunklen Locken und den buschigen Augenbrauen hielt einen Pfeil in den Händen und reckte ihn hoch.

Neel schaute zu Rhiana und wartete auf ihren Befehl. Der kam sofort. »Bleibt, wo Ihr seid«, rief sie dem Vorauskommando leise zu. »Neel und ich schauen uns das an. Groff, Ihr kommt auch mit.«

Die drei führten ihre Pferde zu der Senke und bahnten sich einen Weg durch den Wall aus Büschen und Sträuchern. Eisfell hatte sich ihnen angeschlossen.

Rhiana nahm Nordal den Pfeil aus der Hand und besah ihn sich. Er wies keinen Makel auf. Der Schaft war mit rot eingefärbtem Bast umwickelt. Rote Pfeile hatte die Prinzessin in der *Zuflucht* noch nicht gesehen, und die Befiederung stammte von einem Vogel, den sie nicht kannte. »Einer von uns?«, fragte sie Groff, um sicher zu gehen.

»Nein, Prinzessin.«

»Dann hat ihn einer unserer Feinde aus dem Köcher verloren.«

Neel sah sich in der Senke um. Ein paar Büsche, Beerensträucher und Birken wuchsen hier, umgeben von dunkelgrünem, saftigem Gras, beschattet von den umliegenden Bäumen. Sie untersuchte das an vielen Stellen niedergedrückte Gras. Hier hatten Dutzende gelagert oder auf Beute gewartet. Vermutlich eher Letzteres, denn Reste einer Feuerstelle waren nicht zu entdecken. Die Spuren im Gras waren noch frisch, höchstens ein paar Stunden alt.

»Ihr habt Glück gehabt, dass sie Euch nicht erwischt haben«, sagte sie zu Groff.

»Ja, Neel, ich meine …« Offenbar suchte er nach einer militärischen Rangbezeichnung für die Amazone, die er bislang nur als ›Ausbilderin‹ oder ›Neel die Amazone‹ kannte. »Shastra-Stellvertreterin.«

Dieser Groff!

»Neel gefällt mir besser«, befand die Amazone.

Eisfell lief hin und her und schnüffelte. Plötzlich blieb er vor einem Dornenstrauch stehen und knurrte leise. Rhiana wandte sich ihm zu und sah, was der Wolfshund entdeckt hatte. Sie griff in den Busch und zog ein kleines, dunkles Fellbüschel hervor, das sich zwischen den Dornen verfangen hatte. Sie zeigte es Neel.

»Ich dachte es mir schon, als ich den Pfeil sah«, sagte die Amazone. »Hier waren Schwarzpelze!«

»Orks?«, fragte die Prinzessin erstaunt. »Aber Orkland ist weit, und es ist lange her, dass Orkkrieger über Albernia hergefallen sind.«

Neel schüttelte den Kopf. »Keine Orks auf dem Kriegszug. Vermutlich sind es Ork-Söldner. Die Schwarzpelze werden gern eingesetzt, wenn Metzeleien anstehen, bei denen es keine Überlebenden geben soll. Es würde zu unseren Feinden passen.«

Die Zeiten waren vorbei, in denen Orks als blutgierige Bestien ohne jede Art von Kultur angesehen wurden, die man am besten erschlug, bevor sie einen selbst erschlugen oder Schlimmeres mit einem anstellten, besonders mit Frauen und Kindern. Ungeachtet dessen blieben die Orks ruppige und rohe Gesellen, mit denen niemand gern zu tun hatte, und wenn sie kämpften, gerieten sie meistens in einen Blutrausch und machten alles nieder, was sich bewegte.

»Aber worin besteht der Plan?«, grübelte Rhiana. »Sie bringen Belisa um und warten hier auf uns. Dann ziehen sie ab, bevor wir erscheinen. Und wo sind sie jetzt?«

»Es werden Orks unter dem Kommando von Menschen sein«, vermutete Neel. »Und die haben es sich aus irgendwelchen Gründen anders überlegt. Vielleicht dauerte ihnen alles zu lange.«

Die Prinzessin traf ihre Entscheidung. »Die anderen sollen mit den Pferden heraufkommen, Franin und die Ronka Bhidanji bei den Tieren warten und sich ausruhen. Muir mit dem Banner, Mooker, zwei Bogenschützen und zwei Schwertkämpfer sollen ebenfalls hier bleiben. Acht Leute sollten in der Lage sein, die Senke notfalls zu verteidigen. Der Rest klettert mit mir den Passberg hinauf. Wir erkunden die Lage im Umland, bergen Belisas Leichnam und kehren dann auf dem schnellsten Weg zur *Zuflucht* zurück. Dort können wir immer noch entscheiden, ob es sinnvoll ist, die Reiterschar als berittene Kämpfer in den Hügeln zu haben.«

Neel nickte zufrieden und gab die entsprechenden Befehle. Die Reiter trafen nach und nach mit den Pferden in der Senke ein. Die Tiere waren sichtlich erfreut über das saftige Gras und begannen zu grasen. Mooker und eine Schwertkämpferin hielten Wache, die anderen Zurückbleibenden machten es sich bequem.

Rhiana verlor keine Zeit. Sie wies Groff an, die Gruppe auf dem bequemsten Weg nach oben zu führen. Tatsächlich war es ein ausgetretener Pfad, den die Späher tagtäglich benutzten. Er wies kaum Tücken auf, aber Pferdehufe hätten hier schwerlich Halt gefunden. Ohne eine Pause einlegen zu müssen, erreichte die Gruppe den Gipfel. Der Boden war hier karstiger, bot aber immer noch zahlreichen Bäumen Nahrung und Halt. Nahe am Pass befand sich die höchste Stelle der Erhebung. Man hatte von hier aus freie Sicht auf das Tal, während einige hohe Eichen den Blick auf den Großen Fluss versperrten, der sich irgendwo im Nordosten befinden musste. Rhiana und Neel nutzten die Gelegenheit, nach dem Feind auszuspähen. Das hatten sie nach dem Verlassen des Passpfades mehrmals versucht, waren aber stets durch Äste oder herbstlich bunt verfärbtes Blattwerk in den Kronen hoher Bäume an der freien Sicht gehindert worden. Eisfell, der nicht von Rhianas Seite wich, steckte die Nase in den Wind.

In der Ferne konnten die beiden Frauen die *Zuflucht* erkennen, obwohl sich die mit Reet gedeckten und mit Ästen, Laub oder Gras getarnten Gebäude sowie die grün gestrichene Palisade kaum von der Umgebung abhoben. Rechts und links davon befanden sich die Weiden und Felder, alle klein und schmal und möglichst unauffällig in die Landschaft eingefügt. Wer allerdings wusste, dass es hier Siedler gab, würde sich nicht täuschen lassen. Zwölf Jahre lang immerhin hatte die Tarnung den flüchtigen Blicken von verirrten Wanderern und Jägern standgehalten. Oder die fremden Besucher hatten ihre Entdeckung für sich behalten – und sei es nur, weil der Grund ihres Herumstreifens ebenfalls die Aufmerksamkeit der hohen Herren scheuen musste. Wer immer jetzt in den Wäldern rundum hocken mochte, hatte allerdings kaum die Absicht, die *Zuflucht* unbehelligt zu lassen.

»Es scheint alles ruhig zu sein«, sagte die Prinzessin hoffnungsvoll.

»Was sich aber blitzartig ändern kann«, erwiderte Neel nüchtern.

Die Frauen wandten sich ab. Groff führte die Schar zu einer der Eichen. Am Fuß des Baumes, gegen den Stamm gelehnt, als würde sie nur ein Nickerchen machen, ruhte der Körper von Belisa. Sie trug sogar noch die grüne Kappe im störrischen braunen Haar, wie man es von ihr gewohnt war. Beim Näherkommen löste sich die Illusion einer friedlich schlafenden Frau allerdings schnell in Luft auf. Gebrochene, von Todesangst geweitete grüne Augen starrten aus dem sommersprossigen Gesicht ins Leere. Im Hals klaffte von einem Ohr bis zum anderen ein breiter Spalt, überkrustet von rotbraunem Blut. Hemd und Wams, früher grün wie die Kappe, waren vom Blut durchtränkt, eine riesige Blutlache neben der jungen Frau war noch immer nicht ganz im Boden versickert. Um den Hals trug Belisa eine silberne Kette, an der ein ebenfalls blutverschmiertes Medaillon hing.

Die meisten in der Schar waren einen solchen Anblick nicht gewohnt und verharrten erschrocken. Das galt auch für Prinzessin Rhiana, in deren Augen es feucht schimmerte. Belisa war nur wenig älter als sie gewesen, und die beiden hatten als Kinder oft miteinander gespielt. Ungewollt kam Neel in den Sinn, dass Rhiana als traurige Prinzessin genauso schön war wie als fröhliche Prinzessin.

Neel ließ Gefühle, wie sie Rhiana empfand, nicht an

sich heran. Sie war keineswegs herzlos, aber als Kriegerin hatte sie Schlimmeres gesehen. Oft und immer wieder. Deshalb hatte sie im Kopf Belisa einfach von der Liste der Lebenden gestrichen, als sie von ihrem Tod hörte. Wenn auch mit Bedauern, denn das Mädchen war angenehm im Umgang gewesen und hatte ein gutes Auge besessen. Als Späherin und als Bogenschützin.

Was dort lag, war in Neels Augen nur noch ein toter Körper, der in Respekt vor der einstigen Besitzerin anständig behandelt und begraben werden musste. Sie trat an das tote Mädchen heran, zog ihr die Lider über die Augen – was gar nicht so einfach war, weil die Leichenstarre schon eingesetzt hatte – und verscheuchte die Fliegen und Käfer, die sich an der Halswunde eingefunden hatten. Sie hob den Oberkörper leicht an, zog dem Mädchen die Kette mit dem daran hängenden Medaillon über den Kopf und legte beides neben sie. Dann untersuchte sie flüchtig die Kleidung, ohne sich um das glitschige Blut zu kümmern, förderte aus einer Wamstasche einen Kupferring, aus einer Innentasche zwei Dukaten und einen Silbertaler hervor. Offenbar war das Belisas gesamter Besitz gewesen.

Neel richtete sich auf und drückte Ayka die Münzen, das Medaillon und den Ring in die Hand. »Gebt das ihrer Mutter. Auch die Waffen.«

Dann wandte sie sich an Rhiana, die Abschied nehmend in Belisas totes Gesicht schaute, traurig, aber wieder gefasst. »Sie scheint sich ausgeruht zu haben«, sagte Neel, »was sie eigentlich nicht durfte. Aber wir wollen nicht mehr über sie richten. Offensichtlich hat man sie überrascht. Wer immer ihr die Kehle durchgeschnitten haben mag, es war kein Ork. Er oder sie hat es schnell und kundig getan, nur um das Ergebnis bemüht. Ein Ork hätte mehr Spaß daran gehabt und sie anders zugerichtet.«

»Dass man ihr die Habe gelassen hat, ist ungewöhnlich, nicht wahr?«, fragte Rhiana.

Neel nickte. »Das Medaillon, die Waffen, das Geld, der Ring, die Stiefel … Orks hätten ihr sogar das besudelte Hemd ausgezogen. Sie haben für alles Verwendung. Andere Söldner hätten wohl auf Hose, Hemd und Wams verzichtet, nicht aber auf den Rest. Schließlich ist allein das Medaillon den Sold eines halben oder sogar ganzen Mondes wert. Belisas Mörder hatte kein Interesse an diesen Dingen. Oder er wurde von jemandem mit Befehlsgewalt am Leichenfleddern gehindert.«

Die Prinzessin dachte nach. »Das macht nur Sinn, wenn sie es eilig hatten. Keine Mordtat von Marodeuren, die eine günstige Gelegenheit nutzten und weiterzogen.«

»Genauso sehe ich es auch, Prinzessin«, antwortete Neel. »Sie haben Belisa belauert, vielleicht auch unsere anderen Späher und auf eine Gelegenheit gewartet, unter Umständen seit Tagen und seit Nächten. Sie wollten – zunächst einmal – kein Aufsehen erregen, keinen Schrei und kein Signal riskieren.« Sie kratzte sich hinter dem Ohr. »Aber es passt trotzdem nicht zusammen, jedenfalls nicht, wenn zugleich die Orks in der Senke kauerten und darauf lauerten, dass Leute aus der *Zuflucht* herangestürmt kämen.«

»Wir könnten es mit zwei verschiedenen Gruppen zu tun haben, die nichts voneinander wussten«, sagte Rhiana. »Auch wenn ein solcher Zufall unwahrscheinlich klingt.«

»Ich glaube nicht daran, Prinzessin«, erwiderte Neel. »Aber ich weiß auch keine Lösung.«

Rhiana wandte sich an Groff. »Wo versteckt Ihr Euch für gewöhnlich, wenn Ihr hier seid?«

Groff zeigte mit dem Daumen den Baum hinauf. »Dort oben, Prinzessin.«

»Erklärt es bitte näher, Groff.«

Endlich wurde der Mann mitteilsamer. »Ein Stück weiter oben gibt es Seile und Leitern, um schnell hinaufklettern zu können, und einen Sitz in einer Astgabel. Die Krone ist dort ziemlich licht. Man kann den Pass hinunter und bis über die Hügel im Westen sehen, im Norden sogar bis zum Großen Fluss, bei gutem Wetter jedenfalls. Von einer anderen Stelle aus sieht man, ob irgendetwas im Osten oder Süden los ist.«

»Gut, Groff«, sagte Rhiana. »Dann klettert jetzt hinauf, schaut Euch sorgfältig um und erstattet mir anschließend Bericht. Achtet besonders auf das, was sich auf und hinter den Hügeln tut.«

»Ja, Prinzessin.«

Etwas scheu trat der Mann an Belisas toten Körper heran, ging dann zur anderen Seite des dicken Stammes und kletterte behände wie ein Affe hinauf. Im nächsten Moment war er schon im dichten Laub verschwunden. Man hörte nur noch ein leises Rascheln.

Während die anderen geduldig warteten, wies Neel zwei junge Burschen an, Belisas toten Körper zur Senke hinabzutragen, dort in eine Decke zu wickeln und die Last Franins kräftigem Pferd aufzubürden. Sie gab ihnen für alle Fälle zwei der jungen Adligen in ihren Prunkrüstungen als Begleitschutz mit.

Kaum waren die vier mit ihrer Last verschwunden, kehrte Groff zurück. Er ließ sich vom untersten Ast herabbaumeln und dann fallen, federte gelenkig den Sprung ab und kam dicht neben Rhiana und Neel zum Stehen. Er war aufgeregt und ziemlich außer Atem.

»Prinzessin … der Feind … der Feind ist auf den Hügeln!«, stieß er hervor. »Man sieht das Blitzen … von Metallrüstungen … und Waffen.«

Ungewollt griff Rhianas Rechte zum Heft ihres Schwertes. »Eine … eine Gruppe im Westen«, fuhr Groff fort, »eine … eine im Osten. Etwa auf Höhe der *Zuflucht*, aber … aber jenseits der Kuppen, außerhalb des Tals. Sie … sie nutzen die Deckung der Bäume, sind dabei aber ziemlich nachlässig.« Er machte eine Pause, um tief Luft zu holen. »Es gibt auch eine Stelle, wo ein Lagerfeuer gebrannt haben muss.«

»Wie viele sind es?«, fragte die Prinzessin.

»Schwer zu sagen. Vielleicht dreißig oder vierzig auf jeder Seite.«

»Oder auch hundert?«, fragte Neel dazwischen.

Groff schüttelte den Kopf. »Nein, so viele nicht. Höchstens fünfzig!«

»Haben sie Pferde?«, wollte Rhiana wissen.

»Kaum Pferde.«

»Und im Pass?«, forschte die Prinzessin weiter. »Im Umland? Rücken weitere Kräfte heran?«

»Was sich am Fuß der Hügel tut, kann ich nicht sagen. Im Pass und im weiteren Umland ist alles ruhig. Bis auf ...«

»Bis auf was, Groff?«, fragte Rhiana, als der Mann stockte. »Erzählt einfach, was Ihr gesehen habt und was Ihr darüber denkt.«

»Ja, Prinzessin«, sagte der Späher. »Weit im Osten, einen halben Tagesmarsch oder so entfernt, liegen eine Menge Leichen herum. Fünfzig, vielleicht sogar hundert. Auch tote Pferde, Rüstungen, Wagenteile, ein Rammbock und etwas, das mal ein Pfeilgeschütz gewesen sein mag.«

»Und das sagt Ihr uns erst jetzt?«, schnauzte ihn Neel an.

»Aber sie sind alle tot, und die großen Sachen sind kaputt!«, verteidigte sich Groff.

»Seid Ihr sicher?«, fragte Rhiana.

Der Mann nickte. »Ganz sicher. Aber es würde sich lohnen, dorthin zu reiten und die Waffen und Rüstungen einzusammeln.« Er sah Rhiana unsicher an. »Ich meine, wenn wir die Feinde besiegt haben.«

»Wir werden es bestimmt nicht vergessen«, versprach Neel bissig. »*Falls* wir die Feinde besiegen.«

»Ihr habt Eure Sache sehr gut gemacht, Groff«, lobte

Rhiana den Späher. »Ihr könnt Euch wieder zu den anderen gesellen.«

Sie wandte sich Neel zu. »Wir wissen alles, was wir wissen wollten, und kehren zurück. Sofort und so schnell wie möglich!«

»Abmarsch zur Senke!«, rief die Amazone den anderen zu.

Interludium

Zwanzigster Efferd 912 BF, Albernia, Hinterzimmer eines Gasthauses in Burg Draustein

»Was soll das heißen, eine Windhose hat die Hälfte unserer Truppen vernichtet?«, schleuderte die Magierin dem Söldnerhauptmann entgegen. »Ich bin nicht den weiten Weg von Brabak gekommen, um mir anzuhören, dass Ihr versagt habt! Und ich will nicht glauben, dass ich mein Geld für einen Haufen unfähiger Söldner verschwendet habe!«

»Verzeiht, Magistra, aber ich kann Euch nur das weitergeben, was meine Untergebenen mir berichtet haben. Es sind fähige Leute, die jeden Kreuzer wert sind, den ihr aufgewendet habt. Bedenkt bitte, dass jeder der Söldner weiß, dass er doppelt entlohnt wird, wenn die von Euch genannten Ziele erreicht werden. Aber man sagt, Prinzessin Rhiana sei eine Göttin ...«

»Unsinn!«, unterbrach ihn die Magierin. »Ihr übertreibt maßlos. Man sagt lediglich, sie sei schön wie eine Göttin. Aber auch die schönste Frau von Aventurien kann keine Windhose aussenden, es sei denn, sie wäre eine überaus fähige Magierin. Und Rhiana ist dies nicht.«

»Dann müssen König Arlos' Leute über mächtige Verbündete verfügen, von denen Ihr uns nichts gesagt habt!«

»Werdet nur nicht unverschämt, mein Bester!«, giftete die Magierin. »Ihr seid nichts weiter als ein Söldling, merkt Euch das. Ich bezahle Euch, und Ihr habt Euren

Teil der Vereinbarung zu erfüllen. Wie wollt Ihr Euren Fehler wettmachen?«

Der Söldnerhauptmann verbeugte sich, aber in seinen Worten schwang Ironie mit. »Ich weiß sehr wohl, dass meine Dienste käuflich sind, Magistra, aber einen Fehler in meinem Handeln und dem meiner Leute vermag ich nicht zu entdecken. Seid aber unbesorgt. Es sind genug Soldaten übrig geblieben, um diese armselige Siedlung zu erobern und zu schleifen. Wir bringen Euch das Haupt der Rhiana von Talania und den Gegenstand, den Ihr begehrt. Sorgt Ihr nur dafür, auch Euren Teil der Vereinbarung zu erfüllen, und haltet die vereinbarten Dukaten bereit.«

KAPITEL 2

Die Schlacht

Zwanzigster Efferd 912 BF, Albernia, südlich von Burg Draustein

Die Schar machte sich an den Abstieg. Rhiana und Neel folgten als Letzte. »Denkt Ihr das Gleiche, was ich denke, Neel?«, fragte Rhiana leise.

»Dass die Lage nicht ganz so schlimm ist wie befürchtet?«, fragte Neel zurück.

Rhiana nickte.

»Seid nicht zu hoffnungsvoll, Prinzessin«, warnte Neel. »Sechzig bis hundert Feinde lauern vor der *Zuflucht* in den Wäldern, wenn Groff richtig beobachtet hat, und es sind offenbar gut ausgerüstete Söldner, darunter blutdürstige Orks. Wir hingegen sind schlecht gerüstet, und die meisten unserer Leute sind ungeübt im Kämpfen, manche zu alt, manche zu jung, vor allem die an der Palisade.«

»Ja«, gab die Prinzessin zu. »Aber sie sind alle tapfer und werden mit dem Mut der Verzweiflung kämpfen. Der Feind dagegen hat bereits eine große Niederlage erlitten. Die Hälfte seiner Streitmacht wurde zusammen mit den Belagerungsmaschinen zerschmettert. Das gibt uns einen Vorteil.«

»Hmm«, machte Neel. Die Prinzessin hatte nicht ganz Unrecht. Hinzu kam, dass Söldner keine Ehre hatten, nicht Rondra gefällig, sondern für Geld kämpften. Sie hatte schon erlebt, dass Söldner das Weite suchten, wenn ihre Verluste zu groß wurden. *Aber nicht die Ork-Söldner*, dachte sie. *Die rennen nicht weg. Hoffentlich sind es nicht zu viele Orks.*

Laut sagte sie: »Gestern Abend haben wir im Tal eine Windhose beobachtet. Sie zog gen Osten ab. Mir scheint, die Götter haben uns diese Windhose geschickt. Denn nur die Windhose kann das angerichtet haben, was Groff mit seinen scharfen Augen beobachtet hat.«

»Nicht *die* Götter«, widersprach ihr Rhiana, »sondern *eine ganz bestimmte Göttin.*« Ihre Stimmung schlug unvermutet in Ärger und Trotz um. »Aber ich will *ihre* Geschenke nicht, und das weiß sie auch!«

Neel konnte sich keinen Reim darauf machen. Manchmal war dieses schöne Geschöpf neben ihr ausgesprochen rätselhaft. Neel beschloss, es einfach hinzunehmen und nicht darüber zu grübeln.

Prinzessin Rhianas Augen leuchteten wieder, als sei nichts geschehen. »Neel, ich glaube, ich weiß jetzt, was passiert ist«, sagte sie sichtlich erregt. »Der Feind wollte die *Zuflucht* vernichten und hat zweihundert Bewaffnete in drei Gruppen in Marsch gesetzt. Die Hauptgruppe mit den schweren Belagerungsmaschinen war natürlich am langsamsten. Die anderen beiden Gruppen waren viel früher am Tal. Die eine Gruppe hat in den Hügeln nahe der *Zuflucht* ein Lager aufgeschlagen, die zweite Gruppe am Passberg. Einige von denen haben die arme Belisa umgebracht …« Ihre Stimme belegte sich, als sie Belisa erwähnte. Vermutlich sah sie die blutverschmierte Gestalt wieder vor sich. »… die anderen legten sich in der Senke auf die Lauer. Man hat fest damit gerechnet, dass wir Leute ausschicken würden, um Belisas Körper heimzuholen und die rätselhaften Mörder zu jagen. Aber dann kam die Botschaft, dass die Hauptgruppe in eine Windhose geraten und vernichtet worden war. Wer auch immer den Feind kommandieren mag, musste seine Planung umwerfen. Er oder sie hat entschieden, den Hinterhalt aufzugeben und stattdessen die Gruppe vom Passberg gegen die *Zuflucht* vorrücken zu lassen.«

Neel hatte aufmerksam zugehört. Sie musste neidlos eingestehen, dass die Prinzessin ihr überlegen war, wenn es darum ging, Dinge hinter den Dingen zu erkennen, selbst scheinbar unwichtige Details zu gewichten und daraus ihre Schlüsse zu ziehen. »Es klingt überzeugend, Prinzessin«, sagte sie. »Aber wir sollten uns jetzt nicht länger mit Fragen nach dem Warum beschäftigen, sondern die Dinge einfach nehmen, wie sie sind. Tun wir unser Bestes, die Arbeit der Windhose fortzuführen und die verbliebenen Feinde zu vernichten. Schwer genug wird es werden.«

»Ich erwäge, die Gruppe im Osten anzugreifen«, sagte Rhiana, und ihre Augen blitzten kampfeslustig. »Wir könnten sie aufreiben.«

»Ich rate davon ab«, erwiderte Neel. »Auf dem Hang und im Wald können wir unseren Vorteil als berittene Kämpfer nicht geltend machen. Der Feind hingegen kann die Deckung der Bäume nutzen und uns bequem aus den Sätteln schießen – falls wir die Pferde überhaupt nutzen können. Ihr habt gesehen, welche Schwierigkeiten sie mit dem Boden haben.«

»Ihr habt Recht, Neel«, gestand Rhiana nach kurzer Pause ein.

Als Letzte der Schar erreichten die beiden Frauen die Senke, wo bereits die Vorbereitungen für den Aufbruch getroffen wurden. Belisas in eine Decke gehüllter Leichnam lag vor dem Sattel auf dem Rücken von Franins Pferd. Der Wallach warf ein über das andere Mal den Kopf zurück, beunruhigt über den Geruch der Leiche. Die dicke Schmiedin hielt seine Zügel und redete beruhigend auf ihn ein. Die Menschen mit ihren weniger empfindlichen Nasen nahmen nur den Geruch des feuchten Grases und Laubs sowie die Ausdünstungen der Pferde wahr. Rhiana trat zu Franin, deutete auf Muir und flüsterte ihr etwas zu. Neel sah zu Muir und bemerkte ihre Blässe. Die Kleine war erst fünfzehn und hatte den Anblick von Belisas Körper offensichtlich noch nicht überwunden. Sie umklammerte das Banner, und die Knöchel ihrer Hände waren so weiß wie ihr Gesicht.

»Irgendwelche Vorkommnisse?«, erkundigte sich Neel bei Ayka.

»Es ist alles ruhig geblieben, Ordensfrau«, meldete Ayka. Da Neel auf Rangbezeichnungen keinen Wert legte, benutzte sie gelegentlich diese Anrede, von der sie wusste, dass die Amazone sie als zutreffend und Rondra gefällig empfand. Die Tatsache, dass Neels Orden nicht mehr bestand, spielte dabei keine Rolle. »Keine Hinweise auf den Feind.«

»*Wir* haben Hinweise auf den Feind«, teilte Neel ihr mit. »Ihr werdet bald Gelegenheit haben, Euer Schwert in Blut zu tauchen.« Sie sah Rhiana an, und diese nickte ihr zu.

»Fertig machen zum Abmarsch!«, befahl Neel. »Groff, Ihr kennt das Gelände am besten. Führt uns auf einem Weg ins Tal, der für die Pferde bequemer ist, als es der Anstieg war. Aber keine langen Umwege. Wir haben es eilig.«

»Ja, Ordensfrau.« Groff hatte endlich den gewünschten Titel gefunden.

Die Schar setzte sich in Bewegung, Groff voran, dahinter Muir, Rhiana mit Eisfell an der Seite und Neel. Die Männer und Frauen führten ihre Pferde am Zügel. Die alte Ronka ging wie immer etwas steif und gebückt, schien sich aber gut erholt zu haben. Und die Schmiedin hatte bergab erheblich weniger Probleme als vorhin.

Es war still hier oben auf dem Hang. Der Wind wisperte in den noch immer fülligen Kronen der Laubbäume. Manchmal hörte man ein Rascheln oder leises Knacken im dichten Unterholz, wo ein Fuchs unterwegs sein mochte, das Keckern eines Eichhörnchens oder das Rätschen eines Eichelhähers.

Plötzlich drang ein anderer Laut aus dem Tal herauf, aus der Ferne vom Wind herangetragen. Er klang hart und metallisch, verzweifelt und drängend. In der *Zuflucht* wurde die Sturmglocke geläutet! Jedem Einzelnen in der Schar brannten die Laute in den Ohren und stachen ins Herz.

»Der Feind greift an!«, rief die Prinzessin. »Schneller! Wir müssen unseren Leuten zu Hilfe eilen!«

Einige sahen dies als Aufforderung, ohne Rücksicht auf dorniges Unterholz und tückische Mulden den schnellsten Weg ins Tal zu suchen, aber Neel befahl ihnen umgehend, weiterhin Groff zu folgen. »Verdammt noch mal!«, fluchte sie. »Ihr helft weder Euch noch anderen, wenn Eure Pferde sich die Beine brechen!«

Groff tat sein Bestes, die Gruppe so schnell wie möglich und so sicher wie nötig nach unten zu führen. Noch immer war der Hang zu steil zum Reiten. Selbst geschickte Pferde wie Rhianas Sturmbraut oder Neels Ujiko stemmten sich oft mit steifen Vorderbeinen in den mal weichen, mal bröselnden Boden, um nicht abzurutschen. Immer noch gellte der Klang der unermüdlich geschlagenen Sturmglocke Tier und Mensch in den Ohren. Neel war klar, dass der Ruf der Glocke nur noch ihnen galt, denn in der *Zuflucht* würde es keinen mehr geben, dem man die drohende Gefahr in den Kopf bimmeln musste.

Endlich ging der steile Hang in kaum noch abschüssiges Gelände über. Der Hügelrücken schwang in einer sanften Welle aus. Wiesen mit kniehohem Gras, halb verblühten Astern und Herbstzeitlosen, Spitzwegerich, Brennessel- und Distelinseln, Holunderbeer- und Haselnusssträuchern gingen in Schafweiden über, wo Heidekraut und vereinzelte Birken das Bild bestimmten. Irgendwo dort vorn schlängelte sich der Passpfad entlang.

»Aufsitzen!«, befahl Neel.

Eilends stiegen die Männer und Frauen in die Sättel. Manche geschmeidig und elegant wie Prinzessin Rhiana, andere mit sparsamsten Bewegungen wie Neel und Ayka, einige mühsam wie die Ronka oder schwerfällig wie Franin.

Die Glocke wurde immer noch geläutet. Dann, urplötzlich, riss das Geräusch ab. Niemand wagte sich auszumalen, was das zu bedeuten hatte.

»Reiterschar abmarschbereit!«, meldete Neel ihrer Shastra.

Rhiana übernahm das Kommando. »Muir und Neel zu mir! Der Rest folgt in Dreierreihen! Reiterschar vorwärts!«

Rhiana ließ Sturmbraut langsam antraben. Neels Schecke folgte mit einer halben Länge Rückstand auf der rechten, Muirs Pferd in gleichem Abstand auf der linken Seite. Das junge Mädchen hielt mit einer Hand die Zügel, mit der anderen das in Lederschlaufen am Sattel abgestützte Banner. Muir war eine gute Reiterin, die schon als Dreijährige im Sattel gesessen hatte, und ihr erfahrenes Pferd, der Wallach Tandrigo, benötigte kaum Hilfen. Das Banner mit dem gelben Löwen straffte sich im Wind. Außen rechts bewegte sich Eisfell in respektvollem Abstand zu den Pferdehufen. Hinter den drei Frauen folgten die restlichen Reiter wie befohlen in Dreierreihen. Den Abschluss bildete Franin, vor sich die sterbliche Hülle von Belisa.

Rhiana presste Sturmbraut kurz die Hacken in die Flanke, und die Stute ging in schnellen Trab über. Alle anderen passten sich dem Tempowechsel an. Selbst Franins Pferd hielt trotz der doppelten Last Anschluss. Die Reiter erreichten die Talsohle. Von hier bis zur *Zuflucht* erstreckte sich ebenes Gelände, teils sandig, teils mit Gras bewachsen. Die Pferde würden damit nur wenig Mühe haben.

Neel musste Ujiko zügeln, damit er nicht versuchte,

Sturmbraut zu überholen. Der kleine, zähe Hengst ließ sich nur ungern abhängen. Er hatte ein Kämpferherz, genauso wie seine Reiterin. Aber dies war Prinzessin Rhianas Reiterschar, und ihr gebührte die Ehre, die Berittenen in den Kampf zu führen. Neel spürte, wie ihr Herz schneller schlug und das Blut in ihren Adern pulsierte. In ihr erwachte die Amazone. Für Rondra, für Rhiana, für die *Zuflucht*! Schwert für Gerechtigkeit! Tod den Angreifern! Aber sie ließ nicht zu, dass ihr Blut zu sehr in Wallung geriet. Neel war eine unerbittliche, aber zugleich abgeklärte Kämpferin. Sie teilte sich ihre Kräfte ein, soweit das in einem Kampf möglich war, ließ den Gegner sich austoben, um im geeigneten Moment den unvermuteten Schlag oder Stoß anzubringen, der ihn mit etwas Glück vom Leben zum Tode beförderte. Ihr mandelförmiges rechtes Auge war blicklos nach vorn gerichtet.

Ihre Gedanken befanden sich schon auf dem Schlachtfeld. In stetigem Fluss bewegten sich vor ihrem inneren Auge die Gegner, die sie in mehr als drei Jahrzehnten bezwungen hatte. Sie parierte deren Attacken und schlug selber zu. Ihr Körper stimmte sich auf den Ablauf eines Kampfes ein, auf den Ablauf eines jeden Kampfes, den sie geführt hatte. Die Gesichter, Helme, Visiere, Rüstungen, Schilde, Waffen und Pferde verschmolzen schließlich zu einem einzigen Monstrum, mit allem gerüstet und allem bewaffnet, was Neel je kennen gelernt hatte. Sie wappnete sich gegen jeden möglichen Hieb und Stoß des übermächtigen Gegners, suchte und fand diese oder jene Lücke für eine tödliche Attacke. Auf diese Weise stimmte sie jede Faser ihres Körpers auf den vor ihr liegenden Kampf ein, ohne dabei zu verkrampfen. Sie wusste, dass sie dieses Mal nicht nur gut sein musste, sondern besser. Sie kämpfte nicht nur für Rondra und für sich selbst, sondern auch für Rhiana. Sie zu beschützen war ihre höchste Aufgabe. Ihr war klar, dass Maruna und Tjalmar ihr niemals verzeihen würden, wenn sie ohne die Prinzessin zurückkehrte. Wichtiger jedoch war, dass sie es sich selbst niemals verzeihen würde.

Was auf den Hügeln nah ausgesehen hatte, erwies sich in der Ebene als fern. Hinzu kam, dass einzelne Bäume und Baumgruppen die Sicht versperrten. Neel hatte jedes Zeitgefühl verloren. Sie wusste nicht mehr, ob sie und die anderen Minuten, Stunden oder Tage geritten waren. Ohne sich dessen bewusst zu sein, stemmte sie sich in die Steigbügel und federte die Bewegungen ihres Hengstes ab. Sie hatte aufgehört, das Hier und Jetzt zu empfinden, wartete nur auf das Dort und Gleich.

Sie passierten einen Hohlweg mit riesigen, wild wuchernden Brombeerhecken zu beiden Seiten. Plötzlich kam die *Zuflucht* in Sicht. Zwischen ihr und den Reitern befand sich flaches, mit Gras bewachsenes Land. Die Sicht versperrende Bäume waren wohlweislich gerodet worden. Nur einige Büsche und Sträucher waren geblieben, die Freund und Feind kaum Deckung boten. Es waren nur noch etwa dreihundert Schritt zu reiten. Rauch stieg auf. Mindestens zwei der kleineren Hütten und Teile der Palisade brannten. Bewaffnete brandeten von Osten und von Westen gegen das ringförmige Bollwerk, die meisten zu Fuß, einige zu Pferde. Sie attackierten nicht das gut befestigte Tor, sondern zwei Stellen, die jeweils fünfzig Schritt vom Tor entfernt waren. Sie hatten damit eine gute Wahl getroffen. Der Palisadenring wurde auf der Innenseite durch acht über den gesamten Umfang verteilte Podeste gesichert, von denen aus die Verteidiger mit Speeren, Spießen und Lanzen, vor allem aber mit Pfeil und Bogen die Angreifer abzuwehren versuchten. Die angegriffenen, teilweise in Flammen stehenden Teile der Palisade lagen genau in der Mitte zwischen zwei Podesten und konnten selbst von den Bogenschützen nur schwer unter Beschuss genommen werden.

Mehrere kleine Gruppen von Angreifern benutzten Baumstämme als Rammböcke, während andere Äxte und Hellebarden zwischen die brennenden Palisadenhölzer schoben und diese aufzubrechen versuchten. Weitere Bewaffnete hieben mit Schwertern und Streitäxten auf das Holz ein. Auf der Ostseite war ihnen bereits der Durchbruch gelungen. Erste Angreifer waren in die *Zuflucht* eingedrungen und attackierten die Verteidiger, andere strömten nach. Bogenschützen des Feindes schossen Brandpfeile mit ölgetränkten Lappen in die *Zuflucht* hinein und versuchten, weitere Gebäude und Teile der Palisade in Brand zu setzen.

Neel schätzte, dass es insgesamt etwa hundert Kämpfer waren, aufgeteilt in zwei Abteilungen. Da die Verteidiger bereits ein weiteres gutes Dutzend der Angreifer vor den Palisaden niedergestreckt hatten, war Groffs Schätzung wohl doch etwas zu rosig ausgefallen.

Rhiana zügelte ihre Stute und hob die Hand. Neel und Muir folgten ihrem Beispiel. Die Reiterschar, die sich beim schnellen Ritt auseinander gezogen hatte, erhielt Gelegenheit aufzuschließen.

»Wir scheinen gerade noch rechtzeitig gekommen zu sein!«, sagte Neel.

Die Prinzessin nickte. Ihre blonden Haare glänzten in der Sonne. In ihren blauen Augen leuchteten Mut und Entschlossenheit. Blitzschnell hatte sie die Lage erfasst. »Mit den Eindringlingen müssen Tjalmar und seine Leute allein fertig werden«, sagte sie. »Aber ein zweiter Durchbruch muss unbedingt verhindert werden. Wir greifen den Feind auf der westlichen Seite an.«

Neel hätte die Reiterschar wahrscheinlich auf dem kürzesten Weg an den Feind herangeführt, und das war die östliche Seite. Aber sie musste zugeben, dass die Überlegungen der Prinzessin Hand und Fuß hatten.

Prinzessin Rhiana zog das Schwert blank und reckte es in die Luft. Neel schwang ihren Säbel über dem Kopf. Überall hinter den beiden wurden Waffen blank gezogen, Lanzen und Spieße angelegt, und wer ein Visier am Helm hatte, klappte es hinunter. Rhiana selbst hatte darauf verzichtet, den Helm aufzusetzen. Ihr langes blondes Haar bewegte sich leicht im Wind.

»Bildet einen Keil!«, rief Rhiana nach hinten. »Mir nach!«

Mit der Linken gab sie Sturmbraut einen Klaps und ließ der Stute die Zügel. Sturmbraut kannte dieses Signal und galoppierte los. Neel und Muir folgten in der zweiten Reihe, die anderen Reiter versuchten, ein sich auffächerndes V zu formen. Wenn man bedachte, dass dies keine geübten Reitersoldaten waren, sah das Ganze recht gut aus. Eisfell machte einen mächtigen Satz zur Seite, um nicht unter die Hufe zu geraten, und rannte dann so schnell er konnte den Reitern hinterher.

»Für den toten König Arlos!«, rief Rhiana im vollen Ritt, das Schwert nach vorn gerichtet.

»Für König Arlos!«, antwortete hinter ihr der vielstimmige Chor ihrer Reiterschar.

Das Banner flatterte im Wind. Muir saß kerzengerade im Sattel, die Zähne zusammengepresst, den Schaft des Banners umklammert. Der gelbe Löwe schickte sein Rudel in den Kampf.

»Für König Arlos!«, schallte es hinter den Palisaden aus mehr als zweihundert Kehlen.

Neel konnte sich nicht erinnern, jemals für einen König in die Schlacht geritten sein, erst recht nicht für einen toten König. Aber auch sie hatte in den Ruf eingestimmt. *Für Rondra!*, dachte sie. *Für Prinzessin Rhiana! Und meinetwegen auch für König Arlos!*

Rhiana wandte sich zur Seite und rief Muir zu: »Lass dich zu Franin zurückfallen und schütze das Banner! Du greifst nicht in den Kampf ein, hörst du?!«

Muir gehorchte.

Neel war erleichtert. Muir war mit Abstand die jüngste und unerfahrenste Kämpferin der Reiterschar. In vorderster Linie hätte sie kaum Aussichten gehabt, diesen Waffengang zu überleben. Neel erinnerte sich, dass die Prinzessin vor dem Aufbruch in der Senke mit Franin geflüstert und auf Muir gedeutet hatte. Neel war sicher, dass Rhiana die Schmiedin beauftragt hatte, die Kleine zu beschützen.

Die Bewaffneten an der Palisade hatten das Geschrei der Angreifer und die Antwort der Verteidiger gehört. Als die im Westen gegen das Bauwerk anrennende Abteilung des Feindes erkannte, dass ihr der Angriff galt, ließen die Söldner von ihren Bemühungen ab, eine Lücke in den Befestigungsring zu schlagen, und wandten sich den heranstürmenden Reitern zu. Drei von ihnen waren schwer gepanzerte Reiter. Auch die Pferde waren geschützt. Diese Reiter würden wohl die härtesten Brocken für die berittenen Kämpfer der Prinzessin sein. Aber Neel wusste, dass die Stärke dieser Reiter zugleich ihre Schwäche war. Sie räumten gnadenlos unter Fußsoldaten auf, wurden wegen ihrer Schwerfälligkeit mit leichter gerüsteten Reitern aber weniger gut fertig. Trotzdem waren sie erzgefährlich. Der Rest des feindlichen Trupps bestand aus Fußsoldaten, die Hälfte davon Orks.

Der Feind führte kein Banner mit sich. Neel hatte auch nichts anderes erwartet. Alles sprach dafür, dass der Feind genau jener war, der auch König Arlos ermordet hatte, und das war schließlich auch nicht unter offen gezeigten Farben geschehen.

Sturmbraut war ein schnelles und starkes Pferd, aber Ujiko war ein zäher Kämpfer. Er gab alles und ließ sich nicht abhängen. Neel erwartete nichts anderes von ihm. Unter anderen Umständen hätte sie ihn angespornt, das Letzte aus sich herauszuholen, um als Erster beim Feind zu sein. Neel hätte einfach mit der Arbeit begonnen und sich den Erstbesten des Söldnergesindels vorgenommen, um sich allmählich zu dem Anführer der Meute vorzuarbeiten.

Aber dieses Mal war alles anders. Neels einziges Interesse bestand darin, Prinzessin Rhiana zu beschützen. Sie beobachtete das Mädchen von der Seite. ›In einer Schlacht ist niemand schön, sondern nur angestrengt‹, hätte sie früher gesagt, wenn jemand an ihrer Meinung interessiert gewesen wäre. Wenn sie Rhiana ansah, geriet ihre Anschauung allerdings ins Wanken. Rhiana war auch in ihrer kriegerischen Entschlossenheit schön.

Das feindliche Gesindel schien keineswegs die Absicht zu haben, sich einfach abschlachten zu lassen. Dort brausten fünfundzwanzig Reiter heran. Na und? Der Feind hatte allein in dieser Gruppe drei Panzerreiter und knapp fünfzig Fußsoldaten. Und das Söldnergesindel hatte Augen, um zu sehen, dachte Neel. Was dort heranritt, waren schlecht bewaffnete und unzureichend gerüstete Kämpfer. Ganz anders die Söldner. Jeder Einzelne von ihnen trug Helm, Armschutz, Brustpanzer und einen Schild, auch die Orks. Und dass sie alle bestens darin geübt waren, ihre Schwerter, Krummsäbel und Äxte zu schwingen, konnte nicht bezweifelt werden. Es schien sich um eine eindeutige Angelegenheit zu handeln. Die Söldner warteten den Angriff nicht ab, sondern rückten vor.

Aber wir haben Rondra. Und Prinzessin Rhiana, die uns alle mitreißt. Und vielleicht sogar den Geist des toten Königs Arlos. Fragt sich nur, ob das alles reicht gegen euch Gruselfratzen.

Rhiana und Neel brachen in die Front der Söldner ein, teilten mit den Schwertern nach links und nach rechts aus, schlugen eine Bresche in den massiven Pulk. Die im Keil nachfolgenden Reiter erweiterten die Bresche. Noch wichen die Feinde an der Spitze des Keils eher zurück, als sich massiv dem Kampf zu stellen.

Neel war fürs Erste mit den Leistungen der Reiterschar zufrieden. Aber die Reiter hinter ihnen durften dem Druck des Feindes nicht nachgeben. Wenn es dem Feind gelang, den Keil zu sprengen und die Bresche zu schließen, wären die vordersten Reiter – Rhiana, Neel und vielleicht noch Ayka, Beff und Mooker – eingeschlossen und eine leichte Beute für die Übermacht.

Rhiana hielt auf einen der Panzerreiter zu, der seinerseits die Lanze anlegte und auf sie zugaloppierte. Schneller war jedoch einer der Orks, der plötzlich vor dem Pferd der Prinzessin auftauchte, die Hauer bleckte und mit dem Krummsäbel ausholte.

Rhiana riss Sturmbraut nach links, um sich dem Ork zum Kampf zu stellen, und wartete auf den ersten Hieb. Das war ein Fehler, denn der Ork hatte es zunächst einmal nicht auf Rhiana, sondern auf ihr Pferd abgesehen. Hässlich grinsend schlug er nach dem Bauch der Stute. Ohne Zweifel hätte er ihn der Länge nach aufgeschlitzt. Neel bereinigte das Problem, indem sie dem Ork mit einer kurzen, fast beiläufigen Aufwärtsbewegung ihres eigenen Säbels die Hand mit der Waffe abschlug. Beides flog in hohem Bogen davon, ohne Rhianas Stute einen Kratzer zuzufügen.

»Erwartet von Schwarzpelzen niemals ein ritterliches Duell!«, rüffelte Neel die Prinzessin und ließ gleichzeitig den hochgerissenen Säbel wieder hinabsausen. »Auch nicht von den anderen Fußsoldaten. Sie werden immer zuerst versuchen, dir das Pferd unter den Beinen wegzuschlachten.« Der Säbel traf den Ork genau an der Stelle im Genick, wo Helm und Brustpanzer einen Spalt ließen. Der Kopf flog der Hand hinterher.

Der Panzerreiter war heran. Das Pferd steckte in einem schwarzen Umhang, der nur die Beine, die Nüstern und die Augen frei ließ. Der Reiter trug eine Vollrüstung und hatte das Visier seines Helms heruntergeklappt. Die angelegte Lanze zielte auf Rhianas Herz.

Die Prinzessin ließ Sturmbraut einen Sprung zur Seite machen. Der Lanzenstoß ging ins Leere. Das Pferd des Panzerreiters war bei weitem nicht so wendig wie Sturmbraut und wurde von der Wucht des Anritts direkt in die Reihen der Angreifer getrieben. Die Lanze fand auch hier kein Ziel, aber gleich vier der Angreifer – Adana, Beff, Groff und Susmin Turibai Montas, eine der jungen Adligen – schlugen auf den Panzerreiter ein. Vergeblich versuchte er die Schwert- und Säbelhiebe abzuwehren. Die Schläge prasselten auf Helm und Rüstung, bis er aus dem Sattel kippte und regungslos am Boden liegen blieb.

Überall stieß jetzt Metall klirrend auf Metall. Bis auf Muir war die gesamte Reiterschar in den Kampf verwickelt.

Ein weiterer Söldner brach unter den Schwertstreichen von Ayka und Nordal zusammen. Mooker hatte es auf den zweiten Panzerreiter abgesehen, der gerade in den Kampf eingriff, und versuchte ihn mit der Armbrust aus dem Sattel zu schießen, aber sein Pferd bewegte sich zu unruhig. Der Panzerreiter erkannte die Gefahr, die ihm von einem Armbrustbolzen drohte, und griff Mooker an. Kurzerhand sprang Mooker aus dem Sattel, legte seelenruhig an und drückte den Abzugsbügel gegen den Schaft, kurz bevor der Reiter ihn erreicht hatte. Der Bolzen wurde von der Sehne geschnellt und durchschlug den Brustpanzer des Feindes. Der Reiter fiel in das Gras, sein plötzlich nicht mehr gegängeltes Pferd sprang mit einem Satz über dem am Boden kauernden Mooker hinweg.

Franin erschlug mit der Streitaxt einen Ork, der es auf Muir und das Banner abgesehen hatte. Ein weiterer Ork versuchte laut brüllend seinen Spieß in die Brust von Franins Pferd zu rammen, stolperte jedoch über den Körper seines Spießgesellen und traf nur den toten, in die Decke gewickelten Leib von Belisa. Blitzschnell zog er den Spieß wieder frei und wollte ihn der Schmiedin in den Bauch treiben. Zu spät senkte sich Franins Streitaxt. Aber der Schwarzpelz brach plötzlich zusammen. Ein Dolch steckte in seinem Hals. Muir hatte ihn geworfen. Ihre weit aufgerissenen Augen zeigten, wie verwundert und erschrocken sie war, dass sie getroffen hatte. Franin bedankte sich bei der Kleinen mit hochgerecktem Daumen.

Trotz der Anfangserfolge wurde die Lage bedrohlicher. Alle Söldner auf der Westseite hatten inzwischen in den Kampf eingegriffen, und sie bekamen Verstärkung durch zehn Nachzügler von der Ostseite. Angetrieben wurden sie durch den verbliebenen Panzerreiter, der offenbar ihr Befehlshaber war und sich bisher im Hintergrund gehalten hatte. Die Söldner nutzten die Überzahl und die bessere Ausrüstung jetzt besser. Jeweils zu zweit oder zu dritt griffen sie einen der Reiter an. Im Nu verkehrte sich das Bild. Die eben noch triumphiert hatten, gerieten fast ausnahmslos in Bedrängnis. Die ersten Pferde fielen.

Beffs Pferd wurde von drei Orks buchstäblich zerstückelt. Beff wehrte sich verzweifelt, erlag aber der Übermacht. Die kleinwüchsige Gerberin Rula wurde von einem Pfeil durchbohrt und rutschte leblos aus dem Sattel. Der junge Knecht Dethgard wurde aufgespießt. Woloff Turiba Galana, ein weiterer junger Adeliger, konnte einen der Angreifer töten, fiel dann aber unter der Beilattacke des anderen. Niib konnte sich zwar durchsetzen, wurde aber schwer verwundet und hielt sich nur noch mühsam im Sattel. Muir ritt zu ihr und führte das Pferd der schon fast besinnungslosen Frau aus der Kampfzone.

Alle anderen kämpften um ihr Leben. Allein die alte Ronka behauptete sich souverän. Neel hatte gehört, dass Iskara Ronka Bhidanji einst eine Kriegerschule besucht hatte und im Königreich Talania eine der besten

Fechterinnen gewesen war. Inzwischen war sie alt und hüftsteif, besaß jedoch noch erstaunlich viel Kraft in den Armen. Und sie hatte nichts verlernt. Schnell, treffsicher und mit meisterhaft elegantem Armschwung wehrte sie mit ihrem Säbel jeden einzelnen Angriff gegen ihr Pferd und sich selbst ab, teilte dabei selbst aus und verletzte eine der beiden angreifenden Söldnerinnen tödlich. Die andere blutete aus mehreren Wunden und ließ schließlich von der Ronka ab.

Neel ärgerte sich darüber, dass die Reiter ihre Hauptwaffe, die Schnelligkeit der Pferde, nicht nutzten. »Vom Feind lösen, sammeln, neu angreifen!«, schrie sie Ayka zu. »Verdammt noch mal, das haben wir doch oft genug geübt!«

Ayka gab den Befehl weiter, und die meisten Reiter ließen ihre Tiere im Galopp Distanz zu den Feinden gewinnen. Ayka führte sie in einem weiten Bogen an die Front zurück und griff diesmal den Feind im äußersten Westen an.

Neel hätte sich ihnen gern angeschlossen, aber die Lage erlaubte dies nicht. Drei Söldner rannten mit zwei Piken, einer Axt und einem Schwert auf Rhianas Stute zu. Die Prinzessin dachte nicht daran zu flüchten, wollte aber auch nicht noch einmal zulassen, dass ihr der Kampf zu den Bedingungen der Fußsoldaten diktiert wurde. Sie griff selbst an. Sie gab Sturmbraut das Signal, auf die Söldner zuzupreschen, und die Stute gehorchte sofort. Zwei der Söldner knieten nieder und richteten grimmig grinsend ihre Piken auf, der dritte, eine Frau, blieb stehen und holte zum Hieb mit dem Schwert aus. Kurz bevor Rhiana das Trio erreicht hatte, zügelte sie ihre Stute in vollem Lauf und lenkte sie nach rechts. Die Pikenstöße gingen ins Leere, den Schwertstreich wehrte die Prinzessin im Vorüberreiten mit dem Schild ab. Sie zügelte Sturmbraut erneut, lenkte sie erst scharf nach links und dann zurück. Die Prinzessin griff wieder an, diesmal im Rücken des Trios. Mit einem einzigen Schwertstreich streckte sie die Söldnerin nieder. Den beiden anderen war das grimmige Grinsen vergangen. Sie guckten nur noch grimmig. Einer stieß mit der Pike zu, der andere schwang die Streitaxt, aber die Prinzessin war schon an ihnen vorbei, ließ Sturmbraut sofort wieder kehrtmachen und attackierte die Söldner erneut von vorn. Diesmal erwischte sie den Mann mit der Pike. Der Dritte im Bunde, der noch über Pike und Axt verfügte, ergriff die Flucht. Rhiana hätte ihn von hinten niederstrecken können, aber sie tat es nicht, sondern zügelte Sturmbraut und ließ den Söldner entkommen.

Viel zu edel, Prinzessin, dachte Neel, die alles beobachtet und nicht eingegriffen hatte, weil sie sah, dass Rhiana das Heft des Geschehens in der Hand behielt. *Aber endlich zeigt hier mal jemand, wozu wir berittene Kämpfer haben!*

Rhiana verharrte kurz vor dem Körper des Söldners. Dann wandte sie sich ab und hielt nach weiteren Gegnern Ausschau, die gefährlicher als der flüchtende Axtkämpfer waren, und fasste dabei den kommandierenden Panzerreiter ins Auge. Neel konnte für einen kurzen Moment das Gesicht der Prinzessin mustern. Sie wirkte blass, und in den Augen standen Tränen.

Sie weint um die Toten, dachte sie. *Auch um die des Feindes. Aber sie ist immer noch schön.*

Und sie war tapfer. Sie biss die Zähne zusammen und reckte das Kinn entschlossen vor.

Im nächsten Moment bekam Neel Probleme. Sie wurde von vier Orks zugleich angegriffen, die hinter einigen Büschen gelauert hatten und sich die Amazone ganz gezielt vornahmen. Neel vermutete, dass es sich um Stammesgenossen oder sogar Verwandte des von ihr getöteten Schwarzpelzes handelte. Die Amazone sah angesichts der Übermacht keinen Vorteil mehr darin, vom Sattel aus zu kämpfen. Sie würde ohnehin nicht alle vier Orks zugleich daran hindern können, ihren Schecken umzubringen, und dann sowieso zu Fuß kämpfen müssen. Und sie schätzte Ujiko. Er war eines der besten Pferde, die sie geritten hatte, und schwer zu ersetzen.

Sie versetzte Ujiko mit der flachen Seite der Klinge einen Klaps und sprang aus dem Sattel mitten unter die Orks. Der Schecke bäumte sich auf und brachte sich in Sicherheit.

Neels Erscheinen in ihrer Mitte hatte die Schwarzpelze überrascht. Die Amazone, den Säbel in der Linken, einen Parierdolch in der Rechten, nutzte die Verwirrung der Orks, griff den nächst erreichbaren Ork an und schlug sofort mit dem Säbel zu. Sie erwischte ihn schwer am Kopf, und er ging zu Boden. Seine Kumpane grunzten, bleckten die Hauer und drangen mit einer Streitaxt und zwei Krummsäbeln auf die Amazone ein. Neel wurde urplötzlich bewusst, dass diese drei zu viel für sie waren. Mit Glück und Geschick vermochte sie vielleicht zwei Feinde abzuwehren, nicht aber drei. Schon gar nicht Orks, die der Tod des Kumpanen nur noch mehr angestachelt und blutgieriger gemacht hatte.

In diesem Moment griff Rhiana ein. Die Prinzessin führte einen Schwertstreich gegen den am weitesten links postierten Ork, aber der hatte den Schlag geahnt, duckte sich weg und griff Rhiana und Sturmbraut seinerseits mit dem Krummsäbel an. Rhianas Strategie von vorhin trug bei Orks keine Früchte. Sie stellten sich nicht mit Piken auf und warteten auf eine Gelegenheit zum Zustoßen. Sie stürmten immer nach vorn und metzelten nieder, was ihnen in den Weg kam. Aber Rhiana war dagegen inzwischen gewappnet. Sie riss Sturmbraut herum und schleuderte dem Ork mit der Linken ihren Speer zwischen die Beine. Er brachte ihn ins Stolpern und blieb in seinem linken Fuß stecken. Der

Schwarzpelz ging zu Boden, und Rhiana setzte ihn mit einem Schwerthieb außer Gefecht.

Neel, die eben noch einen mit der Streitaxt geführten Schlag pariert hatte, sah sich plötzlich ohne Gegner, denn die beiden verbliebenen Orks stürzten brüllend auf Rhiana und ihre Stute zu. Plötzlich schoss von rechts ein grauer Schatten heran. Eisfell! Laut knurrend sprang der Wolfshund einem der beiden Orks an die Kehle und biss zu. Der Ork schüttelte sich und schlug mit dem Krummsäbel nach Eisfell. Ohne die Kehle loszulassen, warf sich Eisfell herum, doch die scharfe Klinge erwischte ihn trotzdem am Rücken. Das wunderschöne eisgraue Fell färbte sich rot, aber auch jetzt gab der Wolfshund die Kehle nicht frei. Zu einem zweiten Hieb kam der Ork nicht mehr, weil Neel ihm den Parierdolch in den Nacken stieß. Der Ork sank gemeinsam mit Eisfell zu Boden und rührte sich nicht mehr. Aber auch der Wolfshund, noch immer in der Kehle des Orks verbissen, blieb reglos liegen.

Neel fluchte leise und eilte dem letzten Ork hinterher. Er wollte gerade die Axt gegen Rhianas Pferd schwingen, aber plötzlich steckte ein Pfeil in seinem Rücken, und er brach zusammen. Einer der drei Bogenschützen der Reiterschar schien gerade nach einem geeigneten Ziel gesucht zu haben und hatte es offensichtlich auch gefunden.

Ayka setzte die von Neel gewünschte Taktik erfolgreich um und führte die verbliebenen Reiter ein über das andere Mal vor und zurück. Mehrere Feinde sanken zu Boden, aber zwei weitere Reiter verloren ihre Pferde, einer davon auch sein Leben. Der Feind war immer noch überlegen.

Doch plötzlich gab es Entlastung für die bewaffneten Reiter. Das Gattertor in der Palisade schwang auf. Tjalmar führte dreißig oder vierzig Bewaffnete gegen den Feind. Der Thorwaler hatte sich zu einem Ausfall entschlossen. Entweder hatten die Verteidiger die Eindringlinge zurückgeschlagen, oder Tjalmar vertraute darauf, dass die verbliebenen Verteidiger sich allein zu helfen wussten.

In Tjalmars Pulk trug ein junger Bursche das gleiche Banner, mit dem Muir, sorgsam beschützt von Franin, noch immer die Angriffe der Reiterschar begleitete. Lauter Jubel brach bei den Reitern aus, als sie Tjalmars Kämpfer und das Banner mit den Farben von König Arlos sahen. Neue Hoffnung erwachte und setzte neue Kräfte frei. Ayka führte die berittenen Kämpfer gegen die rechte Flanke des Feindes, Tjalmar seine Leute gegen die linke Flanke. Die Söldner sahen sich plötzlich in die Zange genommen. Einige versuchten zu flüchten. Wütend streckte der Panzerreiter einen seiner eigenen Leute nieder und trieb die anderen wieder in den Kampf.

Die neue Attacke der Reiterschar hatte dazu geführt, dass sich Rhiana und Neel im Moment ein Stück hinter der Front befanden. Selbst Muir und Franin waren ihnen näher als der nächste Feind. Rhiana steckte das Schwert in die Scheide, stieg aus dem Sattel und stürmte mit bangem Gesicht zu Eisfell. Der Wolfshund war schwer verletzt, aber offenbar lebte er noch. Er hatte die Kehle des toten Feindes endlich freigegeben und leckte mühsam Rhianas Hand, als sie neben ihm kniete und ihn liebkoste. Dann schloss er kraftlos die Augen.

»Lieber, lieber tapferer Eisfell«, flüsterte sie ihm ins Ohr. »Du darfst nicht sterben!«

Die Prinzessin ließ sanft ihre Hand über das blutige Fell gleiten, als wäre sie eine Heilerin. Neel wusste allerdings, dass Rhiana diese Fähigkeit nicht gegeben war. Es wäre wohl auch etwas zu viel des Guten gewesen. Schließlich hatten die Götter das Mädchen bereits reichlich mit Gaben bedacht.

Rhianas Blick war für einen Moment nach innen gerichtet. Schließlich hob sie Eisfells Körper vorsichtig an und legte ihn unter die überhängenden Zweigen eines Busches, wo er vom weiteren Kampfgeschehen wohl verschont bleiben würde. Als sie sich Neel zuwandte, war ihre Miene ernst, aber nicht mehr so bang wie vorhin. »Wenn wir das durchstehen und ihn hinterher gut pflegen, wird er wieder gesund«, sagte sie.

Neel nickte nur. Sie dachte an das Pferd, das Rhiana bei der Musterung abgelehnt hatte, weil sie seine Krankheit gespürt hatte.

Die Prinzessin schwang sich auf ihre Stute Sturmbraut. Neel pfiff Ujiko herbei und stieg ebenfalls in den Sattel.

»Seid nicht zu streng mit mir, Neel«, sagte Rhiana. »Ich weiß, dass eine Schlacht tobt und wir gebraucht werden. Aber das war ich Eisfell schuldig.«

»Ich habe keinen Tadel ausgesprochen, Shastra«, erwiderte Neel. Es gab auch keinen Grund, Rhiana zu tadeln. Die Prinzessin hatte bewunderungswürdig gekämpft und drei Feinde getötet. Ohne ihr mutiges Eingreifen würde Neels Körper dort drüben in seinem Blut liegen, erschlagen von Orks, was Rondra ihr niemals verziehen hätte. Rhiana hatte sich wahrhaftig eine Kampfpause verdient.

»Und jetzt nehmen wir uns den Anführer vor!«, erklärte Rhiana entschlossen.

Das war ganz nach Neels Geschmack. Der Panzerreiter hatte sich bisher klug aus allen Gefechten herausgehalten und hinter der Front seine Leute eingesetzt. Wenn es gelang, ihn auszuschalten, war der Feind führerlos. Neel bezweifelte, dass unter den Fußsoldaten jemand genug Grips und Mumm hatte, die Nachfolge des Panzerreiters anzutreten und die Söldner beieinander zu halten.

Seitdem Tjalmar mit seinen Leuten in den Kampf eingegriffen hatte, war das Kräfteverhältnis ausgeglichener. Die schlechtere Bewaffnung und Ausbildung der Verteidiger wurde durch ihre Kampfmoral annähernd wettgemacht. Der Feind kam nicht mehr dazu, selbst anzugreifen, sondern musste sich abwechselnd gegen Tjalmars Kämpfer und gegen die blitzschnellen Attacken der Reiter verteidigen. Aber der Panzerreiter wurde noch immer durch einen Ring von Fußsoldaten abgeschirmt.

Sturmbraut und Ujiko schlossen zu den gerade neu angreifenden restlichen Reitern auf. Neel rief Ayla zu, den Angriff abzubrechen und der Prinzessin zu folgen. Rhiana übernahm die Spitze, ließ anhalten und zählte ihre Leute. Der Kampf hatte weitere Opfer gefordert. Die Reiterschar bestand nur noch aus dreizehn berittenen Kämpfern: Rhiana, Neel, Ayka, Iskara Ronka Bhidanji, Mooker, Nordal, Groff, den Zwillingen Vilko und Susmin, dem klapperdürren, aber offenbar zähen Schreiber Reddel, dem Bauern Toss sowie Franin und Muir. Hinzu kamen noch zwei Bogenschützen ohne Pferd. Die anderen zehn waren entweder tot oder schwer verletzt.

Die Prinzessin richtete das Wort an alle. »Ihr habt großartig gekämpft. Aber wir müssen jetzt noch einmal alles geben. Wir teilen uns auf. Ayka führt die erste Gruppe, der Nordal, Susmin, Vilko, Reddel und Toss angehören. Ihr unterstützt Tjalmars Leute. Die Bogenschützen versuchen, Euch dabei zu helfen. Der Rest folgt mir. Wir sprengen den Ring um den Panzerreiter. Franin, Ihr bleibt zurück und schützt unsere Bannerträgerin.«

Es gab nichts weiter zu bereden. Rhiana gab Sturmbraut einen leichten Klaps und ließ ihn in den Galopp gehen. Neel auf ihrem Schecken und die Ronka folgten im Windschatten. Mooker, Groff blieben dicht dahinter, Franin und Muir folgten mit einigem Abstand.

Aus dem Augenwinkel sah Neel, dass Ayka mit ihren Reitern wieder in die östliche Flanke des Feindes hineinhackte, die bereits von Tjalmars Leuten unter Druck gesetzt wurde. Aber Tjalmar benötigte dringend Unterstützung. Aus der aufgebrochenen Palisade strömten mindestens zwanzig Söldner und drohten ihrerseits, Tjalmars Leute in die Zange zu nehmen. Allerdings wurden sie von weiteren Verteidigern verfolgt. Es war offensichtlich, dass sich eine Entscheidung über Sieg und Niederlage anbahnte.

Rhianas Gruppe griff den Feind von Westen her an. Dort schützte ein Ring von fünfzehn Söldnern wie eine Leibgarde den Panzerreiter. Allerdings begann der Ring bereits zu bröckeln, weil einige der Söldner in die Kämpfe gegen die von Ayka und Tjalmar geführten Kämpfer einbezogen wurden.

Die Prinzessin zog das Schwert blank. »Bleibt dicht neben mir, Neel«, rief sie der Amazone zu.

Neel erkannte, was sie vorhatte. Fast auf Tuchfühlung reitend, preschten die beiden Frauen mit ihren Pferden zwischen zwei Söldnern hindurch. Vergeblich versuchten die Söldner, mit ihren Waffen die Pferde oder die Reiter zu treffen. Mit mehreren schnellen Schwertschlägen streckte Rhiana auf der linken Seite den Söldner nieder. Neel gelang das Gleiche auf der rechten Seite schon mit dem ersten Säbelhieb. Der Ring war gesprengt. Gemeinsam mit den drei nachdrängenden Reitern – der Ronka, Mooker und Groff – verhinderten sie, dass er wieder geschlossen wurde, indem sie die heraneilenden Söldner auf Distanz hielten oder niedermachten. Als sie einen geduckt heranlaufenden Feind übersahen, griff Franin mit ihrer Streitaxt ein. Der kraftvoll geführter Hieb traf die Söldnerin voll.

Die Reiter ritten zurück, lockten die restlichen Söldner aus dem Verteidigungsring und griffen erneut an. Die Prinzessin löste sich von ihren Gefährten und ritt dem Panzerreiter entgegen, der jetzt auf sich allein gestellt war. Er nahm den Kampf an und preschte auf sie zu. In seiner schwarzen Rüstung sah er riesengroß und bedrohlich aus.

Anders als die beiden anderen Schweren Reiter setzte er nicht die Lanze, sondern einen Morgenstern ein. Neel, die Rhiana im Auge behielt, während sie selbst einem Söldner zusetzte, bedauerte, dass die Prinzessin den Helm nicht aufgesetzt hatte, wusste aber zugleich, dass ihr bei einem Treffer mit dem Morgenstern ein Helm auch nicht viel helfen würde.

Mit dem Schwert würde sie die stachelbewehrte Kugel nicht abfangen können. Ihr blieb nur der Schild. Das schien Rhiana ebenfalls erkannt zu haben. Sie riss ihn mit der Linken hoch und konnte ihn gerade noch zwischen die heranschwingende Kugel und ihren Oberkörper bringen. Die Kugel krachte dagegen und beulte ihn ein, schwang zurück und traf erneut.

Neel konnte sich gut vorstellen, wie sehr Rhianas linker Arm und die Schulter unter der Wucht der beiden Schläge schmerzen mussten. Mit der Rechten versuchte sie, ihr Schwert gegen den Panzerreiter einzusetzen, und traf auch seinen Armschutz, erzielte mit dem Schlag aber keine erkennbare Wirkung. Sie lenkte Sturmbraut zur Seite, und die Kugel schwang ins Leere. Ihr schien klar zu sein, dass der Panzerreiter als Nächstes mit dem Morgenstern gegen ihr ungeschütztes Pferd vorgehen würde. Mit dem Schild konnte sie die Stute kaum schützen. Sie ging auf Distanz zu dem Panzerreiter. Der riss sein großrahmiges Pferd, das ebenfalls ganz in Schwarz gehüllt war, herum und griff erneut an.

Neel wünschte sich, sie könnte Mooker mit seiner Armbrust der Prinzessin zu Hilfe senden. Aber der dunkelhaarige Wachsoldat war ein gutes Stück entfernt in einen Schwertkampf verwickelt. Die Armbrust trug er über der Schulter. Vermutlich hatte er nicht einmal die Zeit gefunden, sie neu zu spannen.

Neel versuchte, an Rhianas Seite in den Kampf gegen den schwarzen Panzerreiter einzugreifen. Aber ihr Gegner gab noch immer nicht auf und versperrte ihr den Weg.

Die Amazone sah so gut wie keine Möglichkeit für eine auf sich allein gestellte Leichte Reiterin, einen übermächtig gerüsteten Schweren Reiter zu bezwingen. Es sei denn … Aber das war viel zu riskant, und sie hoffte, die Prinzessin würde nicht auf die Idee kommen.

Rhiana nutzte den schnellen Antritt ihrer Stute und preschte im Galopp nach rechts, bevor sie und Sturmbraut in die Reichweite des Morgensterns gerieten. Der Reiter versuchte sie zu verfolgen, aber Sturmbraut war viel schneller und wendiger als das schwer gerüstete Schlachtross des Feindes. Die Prinzessin ritt eine enge Kehre und befand sich urplötzlich im Rücken des Panzerreiters. In vollem Galopp hielt sie auf ihn zu. Neel stellte fest, dass Rhiana das Schwert in die Scheide gesteckt hatte.

Bei Rondra, dachte Neel. *Das Mädchen ist auf die gleiche Idee gekommen und ist verrückt genug, es zu versuchen.*

»Tut es nicht, Prinzessin!«, schrie sie.

Doch Rhiana ließ sich nicht aufhalten. Sturmbraut war nur noch eine Länge vom Pferd des Feindes entfernt und schickte sich an, es links zu überholen. Der Panzerreiter, dessen Sichtfeld vom Visier stark eingeengt wurde, schien noch nichts bemerkt zu haben. Er ahnte aber wohl, dass seine Gegnerin irgendwo hinter ihm sein musste, und riss sein Ross nach rechts herum. Sturmbraut machte die Bewegung mit. Für ein paar Augenblicke hatten die beiden Pferde Tuchfühlung.

Darauf hatte die Prinzessin gewartet. Sie krallte sich mit den Händen in Sturmbrauts Mähne fest, zog sich hoch, kniete im Sattel, drückte sich ab und sprang auf den Rücken des Schlachtrosses.

Neel hielt den Atem an und hätte fast vergessen, den Schwerthieb ihres Gegners zu parieren.

Der Sprung gelang tadellos. Rhiana kam dicht hinter dem Sattel des Reiters auf. Sturmbraut löste sich von dem Schlachtross und galoppierte davon.

Der Panzerreiter bemerkte, dass sich irgendetwas hinter ihm getan hatte, und drehte den Oberkörper. Gleichzeitig zog er den Stiel des Morgensterns hoch, um die Stachelkugel über seinen Kopf hinweg nach hinten schwingen zu lassen.

Höchste Gefahr für die Prinzessin!

Neel legte alle Kraft in einen einzigen Hieb, der dem zähen Gegner das Schwert buchstäblich aus den Händen riss, ließ Ujiko über den Verletzten hinwegsetzen und preschte auf Rhiana und den Panzerreiter zu.

Aber die Prinzessin war bereits nach vorn gerutscht und klammerte sich an die Rüstung des Reiters. Die Stachelkugel traf ins Leere. Der Reiter schleuderte die nutzlos gewordene Waffe fort und zog einen langen Dolch aus der Scheide. Rhiana war schneller. Während sie sich weiter mit der Linken an der Rüstung des Feindes festklammerte, griff sie mit der Rechten an den Stiefel, hatte plötzlich ihrerseits einen Dolch in der Hand und rammte ihm dem Reiter zwischen dem Nackenschutz des Helms und dem oberen Rand der Rückenrüstung in den Nacken.

Der Reiter sackte nach vorn und kippte dann vom Pferd. Rhiana zügelte das Schlachtross und beruhigte es mit leisen Worten.

Neel hatte nicht eingreifen müssen, und sie gestand sich ein, dass sie ohnehin zu spät gekommen wäre. Ihr fiel ein Stein vom Herzen, dass die Prinzessin nicht zu Schaden gekommen war. Wie es aussah, hatte sie nicht einmal eine Schramme davongetragen. Neel ließ Ujiko zu dem Schlachtross herantraben, hob den Säbel hoch über den Kopf und schrie, so laut sie konnte: »Es lebe Prinzessin Rhiana!«

Weit gellte ihr Ruf über das Schlachtfeld. Wer von

den Kämpfern nicht gerade auf Leben und Tod mit einem Gegner rang, sah auf. Und sah Prinzessin Rhiana auf dem schwarzen Schlachtross des Feindes sitzen. Daneben Neel, den Säbel noch immer in die Luft gereckt.

Aus mehr als hundert Kehlen vor und hinter den Palisaden kam der Ruf begeistert zurück: »Es lebe Prinzessin Rhiana!«

Auch die verbliebenen Feinde hatten zur Kenntnis genommen, dass ihr Anführer gefallen war. Die meisten kämpften nur noch halbherzig, wehrten lediglich die gegen sie gerichtete Attacken ab, wichen dabei zurück. Einige warfen die Waffen weg und ergaben sich. Andere suchten ihr Heil in der Flucht. Allein die Orksöldner zeigten sich unbeeindruckt, fletschten noch wütender als zuvor die Hauer und griffen weiter an. Bald standen sie allein auf weiter Flur einer Übermacht gegenüber. Aber sie zeigten selbst dann keine Einsicht, als sie umzingelt waren und Rücken an Rücken kämpfen mussten. Tjalmar rief ihnen zu, sich zu ergeben, bot ihnen sogar freien Anzug an, erntete aber nur Hohngelächter. Mooker, der seine Armbrust inzwischen wieder mit der Kurbel gespannt hatte, jagte einem Ork-Söldner, der schlimmer als alle anderen wütete, einen Bolzen in die Stirn. Auch das konnte die anderen nicht beeindrucken. Der Kampf war erst zu Ende, als der letzte Schwarzpelz am Boden lag.

Zwanzig Söldner hatten sich ergeben, weitere flohen nach Osten und Westen die Hänge hinauf. Einige Reiter wollten sie verfolgen, aber Rhiana gebot ihnen Einhalt. »Es ist genug Blut geflossen«, rief sie ihnen zu. »Lasst sie laufen!«

Maruna erschien und besprach sich mit Tjalmar. Der ließ daraufhin auch gegenüber den Gefangenen Milde walten. Sie mussten ihre Waffen und Rüstungen abgeben und durften dann abziehen.

Neel protestierte weder gegen Rhianas noch gegen Tjalmars Entscheidung. Sie verachtete Söldner, weil sie ihr Schwert nicht der Gerechtigkeit liehen, sondern für Geld kämpften. Sie war überzeugt, dass keiner von ihnen in Rondras Paradies gelangen würde. Rache an ihnen zu nehmen, entsprach jedoch nicht ihrer Art. Die Söldner hatten die *Zuflucht* überfallen und viele ihrer Bewohner getötet. Neel dachte an Belisa, an Beff, an Rula, an Dethgard und die anderen. Viele andere Namen würde sie erst erfahren, wenn sie hinter die Palisaden zurückgekehrt war. Aber Söldner überfielen alles, was ihnen als Ziel zugewiesen wurde, und versuchten jeden zu töten, der ihnen Widerstand leistete. Die wahren Feinde waren die Leute, die ihnen den Auftrag erteilt hatten. Aber die waren nicht zugegen, hatten andere die blutige Arbeit verrichten lassen. Der Einzige, den Neel nicht hätte ziehen lassen, war der schwarze Panzerreiter. Auch er war wohl nur ein Söldner gewesen, aber Neel machte ihn, und ihn ganz allein, für Belisas Ermordung verantwortlich. Wenn er die Tat nicht selbst begangen hatte, dann war sie zumindest auf seinen Befehl hin erfolgt. Rhianas Heldentat hatte sie allerdings der Notwendigkeit entzogen, diesen Mann selbst zu töten.

Neel sah zu ihrem Schützling hinüber. Die Prinzessin saß wieder auf ihrer Stute und führte das erbeutete Schlachtross am Zügel.

Sie ist erschöpft und leidet, weil sie töten musste, dachte Neel. *Sie trägt auf der Rüstung, am Schwert, auf dem Umhang und sogar im Gesicht das Blut ihrer Feinde. Aber, verdammt noch mal, sie ist immer noch schön!*

Auch Tjalmar sah zu Rhiana hinüber. Ihre beispiellose Tapferkeit hatte den Kampf entschieden. Er war stolz auf sie. Und er war unendlich glücklich, dass sie das Gefecht heil überstanden hatte. Wie es in ihrem Inneren aussah, konnte er leicht erahnen, wenn er ihr Gesicht betrachtete. Sie litt, weil so viele Freunde gefallen waren. Sie litt, weil durch ihre Hand andere zu Tode gekommen waren, auch wenn die Angreifer dies herausgefordert hatten. Aber sie würde es mit der Zeit verwinden. Erneut wünschte sich Tjalmar, dass sie sich gegen das Leid nicht allzu sehr verhärten würde.

Mehr als fünfzig Verteidiger waren gefallen oder schwer verletzt worden. Die *Zuflucht* hatte ein Fünftel ihrer Bewohner verloren. Zu dem Schmerz über die Opfer kam das Wissen, dass die Gemeinschaft einen solchen Aderlass nur schwer verkraften konnte. Einen weiteren durfte es nicht geben.

Trotz allem, was ihnen vom Feind angetan worden war, hatte Tjalmar die Überlebenden abziehen lassen. Er hätte anders entschieden, aber er beugte sich dem Wunsch von Maruna. Die Thronregentin entschuldigte sich, dass sie nicht in den Kampf eingreifen konnte. Die Zeit habe nicht ausgereicht, sich mit Sumu zu vereinen und einen Zauber zu wirken, sagte sie. Und sie bat, nicht zu hart mit dem Feind umzuspringen. Es bestünde nicht die Notwendigkeit, keinen Feind entkommen zu lassen. Sie waren in jedem Fall entdeckt. Wenn diese Söldner nicht siegten, würden andere kommen. Die *Zuflucht* war verloren. Sie würden flüchten und sich ein neues Versteck suchen müssen.

Inzwischen glaubte Tjalmar, den wahren Grund dafür zu kennen, dass Maruna keinen Zauber gegen die Feinde wirken konnte. Noch während des Kampfes war durchgesickert, dass die am Abend zuvor beobachtete Windhose die Hauptstreitmacht des Feindes vernichtet hatte. Tjalmar fragte sich, welcher Gott ihnen diese Windhose geschickt haben mochte. Oder welche Druidin. Wenn Maruna diesen Zauber gewirkt hatte, würde dies ihre Blässe und Müdigkeit erklären. Eine Windhose, die hundert oder mehr Feinde samt Pferden,

Wagen und Belagerungsgerät durch die Luft schleuderte, erforderte ein hohes Maß an magischer Kraft. Maruna würde auf Tage oder Wochen auf Sumus Hilfe verzichten müssen.

Woher wusste Maruna, dass der Feind im Anmarsch war?, fragte sich Tjalmar. Er entschied sich, nicht darüber nachzugrübeln. *Wer versteht schon eine Druidin? Nur eine andere Druidin oder ein Druide.*

Die Feuer waren gelöscht, die Verletzten und Toten wurden geborgen, erbeutete Waffen und Rüstungen zusammengetragen. Tjalmar würde Leute über die Hügel im Osten schicken, um einsammeln zu lassen, was die Windhose an Brauchbarem zurückgelassen hatte. Tjalmar sah auf die Reste der verbrannten Hütten. Der Geruch von Rauch, verkohltem Holz und Asche lag in der Luft. Schmerzlich betrachtete er den Gutshof, der unversehrt geblieben war. Wie viel Arbeit hatte es gekostet, aus der Ruine des einstigen Herrensitzes wieder ein bewohnbares Gebäude zu machen … Bald, sehr bald würde der rote Hahn erneut auf den Dächern der *Zuflucht* stehen. Und dieses Mal würde er alles verzehren, was ihm Nahrung bot.

Wieder schweifte Tjalmars Blick über die Wiesen vor der Palisade. Prinzessin Rhiana hatte Sturmbraut und das Schlachtross ihrer Bannerträgerin Muir anvertraut und war allein ein Stück über das Schlachtfeld geschritten. Jetzt kehrte sie zurück und ging auf Tjalmar zu. Auf den Armen trug sie Eisfell.

KAPITEL 3

Der Fels

Fünfter Ingerimm 913 BF, südwestlich des Golfes von Prem

Salamander lehnte am Mast der *Wogenfee* und kroch fröstelnd noch tiefer in den dichten, dunkelblauen Kapuzenmantel aus Bausch. Der Ingerimm war kühl in diesem Jahr, vor allem hier draußen auf dem Meer. Der Mantel verdeckte den Säbel, den er als Signum seines Standes stets am Gürtel trug. Die Sonne stand im Zenit, wärmte aber kaum. Es roch nach dem Salz des Meeres und dem Pech in den Kalfaterfugen der Deckplanken. Eine leichte Brise aus Nordwest ließ die Kogge schwerfällig auf den Wogen dümpeln. Längst war das große Rahsegel aus schwerem blauem Kusliker Leinen eingeholt worden. Müßig sah Salamander den Matrosen aus Bethana zu, die achtern den schweren Stockanker ausgebracht hatten, jetzt mit dem Ankerspill die Leine spannten und das im Schlepp geführte Beiboot heranholten. Dann richtete er den Blick auf den schwarzen Felsen, der etwa hundert Schritt breit und fast hundertsechzig Schritt hoch vor ihnen aufragte. Der Fels war kahl wie ein rasierter Schädel, wenn man von einigen Dutzend Seevogelnestern absah, die hier und da aus Felsritzen wucherten und zusammen mit den darunter verlaufenden weißen Kotstreifen der Vögel wie Schorf oder Grind auf der Felshaut wirkten. Die Besitzer der Nester, zumeist Seemöwen und Lummen, kreischten in luftiger Höhe, wenn sie nicht gerade auf Beutefang in die See hinabstießen, und wurden genauso kreischend von ihrem Nachwuchs empfangen, sobald sie mit einem Fisch im Schnabel zu ihrem Nest zurückkehrten.

Gut neunzig Seemeilen westlich von Salza befand sich dieser Fels mitten im Meer und bot Wind und Wellen schroff und trotzig die Stirn. Er lag außerhalb der üblichen Schifffahrtswege, und für gewöhnlich verirrte sich höchstens mal eines der größeren Fischerboote an diesen Ort, gutes Wetter vorausgesetzt, wenn es glimpflich ausgehen sollte. Eine Insel mochte man den Felsen kaum nennen, und er war nur in den sorgsam gehüteten Seekarten von Kapitänen verzeichnet, die in den Gewässern südwestlich des Golfes von Prem zu Hause waren. Der schwarze Brocken trug auch keinen allgemein anerkannten Namen. Die Handelsschiffer und Fischer, die ihn kannten, nannten ihn »Wachtposten«, »Sturmtrutz« oder auch respektlos »Nase«, weil er aus der Ferne gegen das Abendrot eine gewisse Ähnlichkeit mit einem gewaltigen, krummen Gesichtserker besaß. Aber die Respektlosigkeit der Seeleute täuschte. In Wahrheit mieden sie den Felsen, fürchteten ihn sogar. Obwohl sich an der Ostseite eine Ausbuchtung befand und sogar Stufen zu erkennen waren, die sich irgendwo im unteren Viertel verloren, wäre keiner von ihnen auf die Idee gekommen, dort festzumachen und hinaufzusteigen. Die »Nase« sei den Zwölfgöttern nicht genehm, sagten jene, die an die Zwölfgötter glaubten. Ungute Dinge würden dort geschehen. Seeleute, die an andere Götter, an Dämonen oder gar nichts glaubten, äußerten sich ähnlich unbehaglich. Manche spannen auch ihr Seemannsgarn und webten dichte, bunte Teppiche daraus. Sich plötzlich öffnende, alles verschlingende Strudel sollte es hier geben. Stürme, die aus heiterem Himmel herabfegten und einzig und allein diesen Felsen mit hundert Schritt hohen Brechern überschütteten. Efferd, der sich aus dem Wasser erhob und zornig seinen Dreizack reckte. Ganze Rudel von Seeschlangen, jede davon groß genug, den verdammten Felsen zu verschlucken, die aber lieber Koggen und Holken verspeisten. Selbst Flugdrachen wollte man schon in der Nähe des Felsens gesichtet haben. Kurzum, es war kein Ort für einen Sterblichen.

Für Salamander, der schon zum fünften Mal diesen Ort besuchte, besaß der Fels einen anderen Namen als »Nase«, »Wachtposten« oder »Sturmtrutz«, aber dieser Name war geheim und nur den Flammenräten bekannt: Augenhort. Und Salamander kannte auch den Grund, warum es niemandem außer den Obersten Dienern des Pyrdacor gelingen konnte, Augenhorts Treppen zu erklimmen. Es lag Magie über diesem Felsen, starke Magie, die schon aus der Ferne unaufdringlich, aber bestimmt auf den Geist einwirkte und jeden abwehrte, der nicht willkommen war. Und selbst er, Salamander, der doch als Besucher geduldet wurde, spürte ein Unbehagen, das ihn dazu drängte, Augenhort schleunigst wieder den Rücken zu kehren. Aber selbstverständlich würde er dem Drang vorerst nicht nachgeben können.

Salamanders Blick schweifte zu den anderen Schiffen, die unweit des Felsens vor Anker gegangen waren und deren Besatzungen, soweit sie sich an Deck aufhielten, interessiert dem Treiben des Neuankömmlings zusahen. Es handelte sich um fünf Schiffe. Das größte war ein zweimastiger Holk, wohl in Kuslik beheimatet, wenn Salamander das Wappen am Heck richtig deutete. Weiterhin gab es zwei Koggen ganz ähnlich der *Wogenfee,* eine schäbig aussehende und nicht sonderlich seetüchtig erscheinende Potte, die es trotzdem irgendwie hierher geschafft hatte, sowie eine schnittige, bunt angemalte Thalukke mit spitzem Bug. Letztere stammte ohne jeden Zweifel aus dem Perlenmeer und hatte vermutlich die längste Reise hinter sich. Was nicht bedeutete, dass die Ratsmitglieder, die damit gereist waren, ebenfalls aus dem Südosten Aventuriens stammten. Sie konnten das Schiff in jedem anderen Hafen angemietet haben. Salamander und Waran hatten schließlich auch in Harben ein Schiff aus Bethana bestiegen. Die Kapitänin der *Wogenfee* gehörte dem Flammenbund an, und die Verschwiegenheit der restlichen Seeleute wurde mit dem Geld des Bundes erkauft – und der Drohung, dass schon so manche Plaudertasche eines plötzlichen und unerwarteten Todes verstorben war. Ein flüchtiger Blick auf Dom Lando – der das Schiff höchstpersönlich gemietet und besichtigt hatte, ohne indes das Ziel von Salamanders Reise zu kennen – genügte für gewöhnlich als Versprechen, dass dies keine leere Drohung war. Natürlich wäre es für Salamander einfacher gewesen, in Havena an Bord zu gehen, aber dort kannte man ihn, und seine Interessen in Albernia duldeten keine Gerüchte über Ausflüge zu einem verwunschenen Felsen weit draußen im Meer, schon gar nicht, wenn das Ganze nach einem geheimen Treffen von Verschwörern aussah.

Der fast kahle Kopf von Waran erschien am Lukendeckel des Achterkastells. Das immer noch blasse Gesicht des Mannes wies darauf hin, dass ihm der Aufenthalt auf einem Schiff wenig Spaß bereitete, und vor allem der Sturm vor drei Tagen hatte ihn sichtlich in Mitleidenschaft genommen. Dass Waran Reisen wie diese am liebsten allein in seiner Kajüte verbrachte, war Salamander von früher her bekannt. Aber der Sturm hatte Warans Leiden vervielfacht. Auch in den Tagen danach hatte er sein Essen kaum angerührt und Besuche von Salamander in seiner Kajüte abgelehnt.

Zögerlich verfrachtete Waran den Rest seines Körpers an Deck, sah sich suchend um, entdeckte Salamander und winkte ihm müde zu. Langsamen Schrittes, immer eine Hand an der Takelage, an der Reling oder am Geländer der Treppe, die vom Achterkastell zum Hauptdeck hinabführte, kam er heran. Die *Wogenfee* dümpelte so sachte auf den Wogen, dass Salamander es kaum bemerkte. Aber Waran schien selbst damit Probleme zu haben.

»Ich hoffe, es geht Euch wieder etwas besser«, sagte Salamander, als der Mann ihn erreicht hatte.

»Besser geht es mir, wenn ich wieder festen Boden unter den Füßen habe«, erwiderte Waran missmutig.

»Was ja bald der Fall sein wird.« Salamander deutete mit dem Kopf zum Felsen.

Waran winkte ab. »Dieser Knust im Meer ist nicht viel besser.«

Salamander lachte. »Immerhin schaukelt er nicht.«

»Ich sehne den Tag herbei, an dem ich in Harben an Land gehe«, sagte Waran. »Dann, aber wirklich erst dann, geht es mir wieder gut. Als Erstes werde ich mich dann in den ›Kormoran‹ begeben und mir den Wanst mit Fasanenbrust und einem ganzen Schlauch Raschtulswaller voll schlagen.«

Gemessen daran, dass Waran meistens nur einsilbige Antworten gab, war dies eine erstaunlich ausführliche Auskunft. Ungeachtet seines leidenden Gesichtsausdrucks schien es ihm in der Tat wieder besser zu gehen. Er musste heute sogar einen ausgesprochen redseligen Tag erwischt haben, denn er deutete zu den anderen Schiffen hinüber und fügte hinzu: »Wir sind die Letzten.« Es klang vorwurfsvoll.

Salamander zuckte die Schultern. »Wir haben eine gute Entschuldigung. Für einen Sturm kann man nichts. Die anderen werden ihn auch zu spüren bekommen haben, sind aber offenbar nicht so weit vom Kurs abgekommen.« Seine Sorglosigkeit war gespielt. Einige der anderen Schiffe ankerten gewiss schon seit Tagen hier, das Tulamidenschiff vielleicht schon seit ein oder zwei Wochen. Es konnte sein, dass sie sich Vorwürfe anhören mussten, zu spät ausgelaufen zu sein, vorhersehbare Ereignisse wie einen Sturm nicht eingeplant zu haben. Ein Schiff musste immer das Letzte sein, aber Salamander ärgerte sich im Stillen, dass es sich dabei um die *Wogenfee* handelte. Als Letzte zu kommen, war auffällig. Und Salamander blieb gern unauffällig.

Waran sah zu, wie Matrosen das Beiboot mittschiffs zogen und eine Strickleiter vom Hauptdeck herabließen. Eine steile Sorgenfalte bildete sich auf seiner Stirn. Offenbar dachte er nur ungern daran, in das kleinere, stärker schaukelnde Gefährt umzusteigen.

Unauffällig musterte Salamander den anderen Mann. Er mochte knapp fünfzig Jahre alt und damit mindestens zehn Jahre älter und etwa ein oder zwei Finger kleiner als er selbst sein, der fünf Spann und einen Finger maß. Auch wenn Waran im Moment einen leidenden Eindruck machte, so war er doch ein kräftiger, gesunder Mann mit wenig Bauchansatz. Er trug unter dem Knie geschnürte Hosen und ein Wams, darunter ein Leinenhemd, darüber einen Kapuzenumhang, alles erdfarben und schlicht, aber von bester Qualität. Das Gesicht zeugte von Intelligenz, aber auch von Entschlussfreudigkeit, Durchsetzungsfähigkeit und nicht zuletzt auch Härte, selbst wenn er diese im Moment vermissen ließ. Der Mann hätte alles sein können: ein tüchtiger Handwerksmeister, ein Hofbeamter, ein Offizier, ein Adliger. Tatsächlich jedoch war er ein reicher Kaufmann aus Neetha, der im Lieblichen Feld ein Vermögen mit Waren aus dem Süden und von den Zyklopeninseln gemacht hatte, sich vor allem jedoch als Waffenhändler betätigte. Er hieß natürlich auch nicht Waran – das war sein Deckname im Flammenrat, so wie auch Salamander außerhalb des Rates einen anderen Namen trug –, sondern Tassilo Darando. Mit einiger Wahrscheinlichkeit lagen die Handelsinteressen und -strategien des Flammenbundes in seinen Händen, und sicher versorgte er den Bund mit den benötigten Waffen.

Eigentlich durfte Salamander dies alles gar nicht wissen, und Waran selbst hatte, ganz wie es vom Dragor verlangt wurde, kein Gran an Information über sich preisgegeben. Aber Salamander besaß Möglichkeiten, sich verbotene Informationen dieser Art zu verschaffen, und hatte sie erfolgreich genutzt. Er wusste gern, mit wem er es zu tun hatte, und er hatte seine eigenen Pläne. Über Basilisk, seine zweite Kontaktperson im Flammenrat, hatte er ebenfalls einiges herausgefunden. Er wusste inzwischen, dass sich hinter dem Decknamen Basilisk die Magistra Lysdia Lynd verbarg, die in Brabak als Schwarzmagierin dem Weg der linken Hand folgte und Mitglied des Bundes der Wissenden war. Sie war wie Salamander erst Ende Dreißig, aber schon in das Kollegium der Magierakademie aufgenommen worden. Sie galt als äußerst talentiert und kundig, benahm sich jedoch unauffällig und folgte zumindest nach außen hin den Regeln dieser Schule. Salamander kannte zahlreiche andere, wirklich ketzerische Schwarzmagier, die mit allem gebrochen hatten, dämonische Magie für ihre eigenen Zwecke anwandten, sich aber auch für Drachenmagie interessierten und deshalb leicht für die Ziele des Flammenbundes zu gewinnen waren. Aber auch Magistra Lynd musste abgründige Seiten oder Machtinteressen besitzen, dazu die Fähigkeit, andere zu führen und zu manipulieren, denn sonst wäre sie wohl kaum vor zwei Jahren vom Dragor für den Flammenrat ausgewählt worden.

Kapitänin Joluth, eine hagere, dunkelblonde Frau in speckiger Kleidung und mit wettergegerbtem Gesicht, stand plötzlich vor ihnen und deutete eine Verbeugung an. »Das Boot ist bereit zum Übersetzen, Ihr Herren.«

Waran seufzte. »Dann beeilen wir uns.« Er blinzelte Salamander zu. »Den Zwölfgöttern zuliebe.«

Salamander verstand die Anspielung. Niemand im Flammenrat hielt es mit den Zwölfgöttern. Natürlich nicht. Die Zwölfgötter, so spotteten sie manchmal, das waren sie selber. »Ja«, entgegnete er und zeigte lächelnd seine makellosen Zähne. »Götter warten nicht gern.«

Die beiden Männer benötigten kein Gepäck. Alles, was sie dort drüben brauchten, befand sich an Ort und Stelle. Auch wenn sie wider Erwarten Wochen dort zubringen mussten.

Einen Vorteil hat es, als Letzter zu kommen, dachte Salamander. *Man hat den kürzesten Aufenthalt von allen im Augenhort. Und das ist wahrhaftig nicht zu verachten.*

»Ihr wisst Bescheid, Kapitänin Jolath«, sagte er zu der hohlwangigen Frau, die etwa in seinem Alter war, während er zusammen mit Waran zur Backbordseite des Hauptdecks ging. »Eure Leute kehren zum Schiff zurück. Achtet auf das vereinbarte Signal und holt uns wieder ab. Es kann ein paar Stunden dauern, aber auch Tage.«

Die Frau tippte mit zwei Fingern der Rechten kurz an ihre Mütze aus gewachstem Segeltuch, die genauso speckig und dreckig glänzte wie ihr Wams. »Alles wie besprochen, Herr.«

»Schaut genau hin, um sicher zu gehen, dass Ihr von den Richtigen gerufen werdet«, ergänzte Salamander. »Ihr seht ja die anderen Schiffe, die ebenfalls auf ihre Rückkehrer warten. Ach ja, und vergesst die anderen Gesichter, die Ihr vielleicht betrachten könnt, wenn die Herrschaften am Kai erscheinen.« Am liebsten hätte er ihr das Gegenteil gesagt: Sie solle sich jedes Gesicht gut einprägen und ihm später beschreiben. Aber das ging natürlich nicht, schon gar nicht im Beisein von Waran. Immerhin merkte sich Salamander vor, beim nächsten Treffen im Augenhort einen seiner Spitzel in die Besatzung einzuschmuggeln, der seine Blicke auf den Kai richtete. Er ärgerte sich, dass er nicht schon früher auf diese Idee gekommen war. »Ihr und Eure Leute habt sie niemals gesehen«, fuhr er fort. »Das gilt für alles, was

Ihr hier seht, auch für Dinge, die Euch vielleicht merkwürdig erscheinen mögen. Der Mann, der Euch mit dieser Mission beauftragte, hat gewiss über die Wichtigkeit dieses Punktes mit Euch gesprochen und deutlich gemacht, was Neugier und eine lose Zunge für Folgen haben können. Im Gegensatz zu mir ist dieser Mann sehr konsequent und in seinem Handwerk äußerst fähig. Ich möchte es nur erwähnt haben.«

Was Salamander gesagt hatte, stimmte nur zur Hälfte. Er selbst hielt sich für weitaus fähiger und konsequenter als Dom Lando, allerdings in einem übergeordneten Sinne. Richtig war allerdings, dass Dom Lando sein blutiges Handwerk bestens beherrschte.

Die Kapitänin, die bislang Gleichmut gezeigt hatte, schluckte kurz, bevor sie antwortete. »Ja, Herr. Ich habe Euch gut verstanden – und diesen anderen Mann noch besser.«

Salamander nickte und begab sich zu der Strickleiter. Zwei Seeleute erwarteten ihn: eine im Gesicht tätowierte Frau, die eine vielfach geflickte Wollweste trug, und ein hagerer Mann, dessen Oberkörper trotz der kühlen Witterung entblößt war, wenn man von einem breiten Lederriemen absah, der von der Schulter zur Taille reichte und als Depot für allerlei Segelmacherwerkzeug diente. Die beiden machten Anstalten, ihm über das Schanzkleid zu helfen, aber Salamander wehrte sie unmissverständlich ab. Er war zwar kein Seemann, aber körperlich gut in Form und traute sich ohne Weiteres zu, eine Reling zu erklimmen und eine Strickleiter hinabzuklettern. Obwohl seine derzeitigen Aufgaben in Albernia – im Dienste verschiedener Herren und im Dienste eigener Interessen – ihm keine größeren körperlichen Betätigungen abverlangten, übte sich Salamander täglich im Kriegshandwerk und maß oft seine Kräfte im Ringkampf mit den Leibwächtern von Sarja Galban, Baronin auf Burg Abilacht, alles zumeist jungen, kräftigen Burschen, denen er jedoch durchaus gewachsen war.

Der weite Mantel hinderte ihn ein wenig beim Klettern, aber wenig später stand er aufrecht im schaukelnden Boot und nahm dann auf der vorletzten Sitzbank im Heck Platz. Hinter ihm stand die Steuerfrau und benutzte einen Bootshaken und eine Taukugel, um Boot und Kogge so weit auf Abstand zu halten, dass die Rüsten nicht aufeinander prallten. Auf den Ruderbänken saßen drei Matrosen und eine Matrosin, die Riemen schon in den schwieligen Fäusten, und warteten auf das Kommando zum Ablegen.

Salamander und die Steuerfrau sahen nach oben. Waran hatte die Hilfe der Matrosen an Deck nicht ausgeschlagen, kletterte jetzt aber behände nach unten. Salamander packte zu, als der andere unsicher einen Fuß nach dem schwankenden Bootsboden ausstreckte, und fing ihn auf, als er leicht taumelte. Er drückte Waran auf die Sitzbank, wo dieser sich mit beiden Händen so fest an das Holz klammerte, dass die Knöchel weiß wurden.

»Ablegen!«, befahl die Steuerfrau mit kehliger Stimme.

Die Matrosen tauchten die Riemenblätter ins Wasser und legten sich ins Zeug. Die Steuerfrau legte den Bootshaken zur Seite und übernahm auf der letzten Heckbank die Bedienung des Ruders.

Ruhig und gleichmäßig glitt das Boot durch das Wasser. Der Abstand zur Kogge wuchs, während der Felsen mit jedem Riemenschlag gewaltiger, schroffer, abweisender und bedrohlicher zu werden schien. Salamander fühlte sich unwohl, wenn auch bei weitem nicht so unwohl wie Waran, der starr und verkrampft auf der Bank hockte, den Griff der Hände keinen Moment lockernd, obwohl das Boot kaum noch schwankte, die Augen so sehr nach oben gedreht, dass nur das Weiße in ihnen zu sehen war. Das Wasser war jetzt so glatt wie bei einem Binnensee bei Windstille, wirkte seltsam dunkel, fast wie schwarze Tinte. Es roch wie eine Kloake. Die Praiosscheibe – manchmal nannte Salamander die Sonne so, aus alter Gewohnheit und um in Albernia nicht aufzufallen – hatte sich verhüllt. Das Kreischen der Vögel konnte man nicht mehr hören. Die einzigen, übernatürlich laut wirkenden Geräusche stammten vom Eintauchen der Riemenblätter in das Wasser, vom Knarren der Lederbeschläge, vom Quietschen der hin und her bewegten Dollen, vom leise gurgelnden Wasser, das am Bootskörper entlangfloss, von den schnaufenden, schwitzenden Matrosen. Die vier waren kräftig und pullten keinesfalls um ihr Leben, sondern bewegten die Riemen eher widerwillig. Das Schwitzen und Schnaufen kam nicht von der Anstrengung. Kapitänin Jolath hatte unter ihren Leuten jene ausgesucht, die sie für besonders willensstark hielt. Aber die verzerrten Gesichter zeigten, dass der Odem der Furcht, der von dem Felsen ausging, sie zu überwältigen drohte. Salamander machte sich nicht die Mühe, sich nach der Steuerfrau umzusehen. Zweifellos galt für sie das Gleiche, aber sie hielt weiterhin Kurs.

Wenn der Dragor die Magie nicht abgemildert hätte, wäret ihr längst vor Angst gestorben, dachte Salamander.

Weder Salamander noch Waran verspürten den Wunsch, sich in dieser auch von ihnen als bedrückend empfundenen Umgebung zu unterhalten. Im Innern des Felsens, wo das Magiefeld unwirksam war, würden sie sich wieder besser fühlen. Salamander wünschte sich, dann hellwach zu sein. Er hoffte auf einen Fingerzeig, wer Warans zweiter Kontakt unter den Räten war. Jeder Rat hatte Kontakt zu zwei anderen Räten. Salamander kannte die Räte Waran und Basilisk. Waran kannte Salamander und einen unbekannten Rat, Basilisk kannte ebenfalls Salamander und einen weiteren Rat, der jedoch nicht Waran war. Auch diesen Namen hoffte Salamander herauszufinden. Wusste er erst einmal die Namen, kannte er zumindest ihr Geschlecht und ihre Statur und konnte gezielter vorgehen, um die Personen zu ermitteln, die sich dahinter verbargen. Die heimliche Überwachung von Waran und Basilisk hatte ihn bislang nicht auf die Spur der gesuchten Räte bringen können.

Erste Flamme Atamur, dachte Salamander, *das hast du dir drachisch gut ausgedacht. Und am schwersten wird es sein, dich selbst zu enttarnen, Dragor.*

Die Frage, ob der Dragor zu allem anderen auch in die Köpfe seiner Räte schauen konnte, stellte sich Salamander nicht mehr. Er hatte sich diese Frage schon vor Jahren beantwortet. Könnte Atamur in die Köpfe schauen, hätte er Salamander längst vernichtet. Es sei denn, er spielte mit ihm. Auch das konnte Salamander egal sein. Er stand mit beiden Beinen in dieser Welt und spielte sein Spiel, so gut er es konnte. Und er glaubte, ziemlich gut darin zu sein. Wenn ein anderer Spieler besser war als er und ihn als Gegner erkannte, war das Spiel aus. Dies beunruhigte Salamander nicht. Das Leben war endlich, ob mit oder ohne Götter, Dämonen oder Drachen. Irgendwann war jedes Spiel aus. Aber bis es so weit war, gedachte er es mit Leidenschaft zu spielen.

Das Boot erreichte die Einbuchtung, deren Kai als Anlegeplatz für die Besucher des Felsens diente. Der Einschnitt war gerade mal anderthalb Bootslängen breit und wirkte wie ein Schlund. Von den Schiffen dort draußen hätte keines passieren können. Die Ruderer mussten Acht geben, nicht mit den Riemen gegen die zu beiden Seiten hoch aufragenden Felswände zu stoßen. Die Steuerfrau bewies ein gutes Auge, als sie das Boot genau in der Mitte des Einschnitts hielt. Mit unwillkürlich leiser, etwas krächzender Stimme befahl sie den Ruderern, die Riemenblätter im Wasser zu halten, um die Fahrt abzubremsen. Nach zehn oder zwölf Schritten prallte das Boot mit kaum spürbarer Erschütterung gegen die Kaimauer, die das Ende des Einschnitts im Halbkreis umgab. Einer der Matrosen kniete im Bug, warf eine mit einem Palstek versehene Leine über einen Poller und machte das Boot fest.

Salamander schob die Kapuze seines Mantels nach vorn, sodass sein Gesicht kaum noch zu erkennen war, und erhob sich. »Kommt«, sagte er zu Waran und reichte ihm die Hand.

Der Kaufherr benötigte offenbar einiges an Willenskraft, um den Klammergriff seiner Hände von der Sitzbankbohle zu lösen und die angebotene Hilfe anzunehmen. Salamander packte ihn fest am linken Unterarm und zog ihn hoch. Die Oberkante der Kaimauer befand sich mittschiffs nur gut einen Spann über dem Dollbord. Salamander entließ Waran kurz aus seinem Griff, stieg auf den Kai und reichte dem anderen erneut seinen Arm. Aber Waran schien die Aussicht auf festen Untergrund zu beflügeln. Er schlug die Hilfe aus und stieg allein aus dem Boot. Er atmete tief durch, wobei schwer zu sagen war, ob dies ein Ausdruck von Erleichterung oder Besorgnis war.

»Die Kapuze«, erinnerte ihn Salamander an die Regeln.

Rasch, fast verlegen streifte sich Waran die Kapuze des Umhangs über. Sein Gesicht wurde jetzt genauso umschattet wie das von Salamander. Die Männer erfüllten damit das Gebot des Dragor, der nicht duldete, dass Flammenräte, die einander zufällig im Augenhort begegneten, ihre Gesichter zeigten. Salamander nickte dem anderen zu. Die beiden Männer setzten sich in Bewegung.

»Ablegen!«, zischte die Steuerfrau so leise, dass es kaum zu hören war. Offenbar hatte sie Angst, irgendwelche Dämonen, die hier hausen mochten, auf das Boot aufmerksam zu machen.

Der Matrose im Bug löste den Stek und zog die Leine ein.

»Pullt!«, flüsterte die Steuerfrau eindringlich.

Salamander und Waran hatten das Ende des von schwarzem Gestein umschlossenen Kais erreicht. Eine schmale Treppe mit einem altersschwachen, verrosteten Eisengeländer führte von dort den Felsen hinauf. Die Stufen waren in das Gestein geschlagen worden und wirkten ausgetreten, als seien hier seit Jahrtausenden tagtäglich Dutzende von Personen unterwegs gewesen. Salamander überlegte nicht zum ersten Mal, wer den Felsen zum Augenhort gemacht hatte, wann und zu welchem Zweck dies geschehen war. Er fand keine Antwort darauf. Vermutlich wusste dies nicht einmal der Dragor.

Die Männer stiegen die steilen Stufen hinauf und wandten sich nicht um. Den Geräuschen nach zu urteilen, verließ das Boot gerade den Felskanal. Die Riemenschläge kamen viel schneller als vorhin. Offensichtlich hatten die Ruderer es eilig, den verwunschenen Felsen hinter sich zu lassen.

Salamander wusste, dass sie noch immer von den Schiffen aus beobachtet werden konnten. Er zweifelte nicht daran, dass allen Verboten zum Trotz tatsächlich neugierige Blicke den Kapuzenmännern folgten. Wahrscheinlich hatte selbst Kapitänin Jolath ihre Augen auf sie gerichtet. Aber keiner der Neugierigen würde seine Neugier befriedigen können und blieb deshalb auf Vermutungen angewiesen, die, je stärker sie ins Kraut schossen, der Wahrheit wahrscheinlich am nächsten kamen.

Auf etwa dreißig Schritt Höhe mündete die Treppe in einen mannshohen Tunnel ein, der ins Innere von Augenhort führte. Die Männer traten ein und verschwanden aus dem Sichtfeld ihrer etwaigen Beobachter. Etwa zehn Schritt lang war der Tunnel eben und wurde nur vom eindringenden Tageslicht erhellt. Dann bog er nach links ab, ein Stück weiter wieder nach rechts. Zuerst half im Dunkel nur Tasten, aber dann sorgten rußende Talglichter, die in einigem Abstand an den Wänden angebracht waren, für gerade so viel Helligkeit, um die nähere Umgebung ausmachen zu können. Es stank nach verbranntem Talg, und die Luft war stickig, aber die beiden Männer fühlten sich befreiter und schritten munterer aus. Der Odem der Furcht hatte sich verflüchtigt.

Noch niemals hatte Salamander im Augenhort jemand anderen als die Flammenräte und den Dragor erblickt, aber irgendjemand musste die Talglichter anzünden und auswechseln, die Räume säubern, Vorräte herbeischaffen. Der Dragor würde das gewiss nicht sein. Salamander war sicher, dass den Flammenräten ein Teil des Bundes verborgen blieb, der einzig und allein der Ersten Flamme unterstand. Und es würde sich dabei wohl kaum nur um dienstbare Geister oder Sklaven handeln. Es war eher davon auszugehen, dass der Dragor seine eigenen Truppen besaß. Es würde zu der Art passen, wie er alles und jedes absicherte. Auch diese Geheimnisse des Flammenbundes versuchte Salamander zu erforschen.

Der Boden bestand wieder aus Stufen, die allerdings weitaus weniger steil als vorhin nach oben führten. Stumm setzten die Männer ihre Wanderung fort. Es gab hier nichts zu bereden. Beide wappneten sich gegenüber etwaigen Vorwürfen wegen ihres späten Erscheinens und bereiteten sich innerlich auf die Unterredung mit dem Dragor vor, der sich in Privataudienz von jedem Flammenrat über die Arbeit des letzten Jahres berichten ließ und jedem Anweisungen für die nächsten Monde gab.

Der Tunnel erweiterte sich zu einem Saal. Das nackte Gestein der Höhle wich glatten rötlichen Marmorquadern und spitz zulaufenden Obelisken, die mit seltsamen Ornamenten verziert waren, wie sie Salamander nirgendwo sonst in Aventurien gesehen hatte. Die Obelisken wirkten auf ihn wie riesige Drachenzähne, in die jemand in einer fremden Schrift Einzelheiten über die von ihnen aufgespießten Opfer eingeschnitzt hatte. Die Luft wirkte frischer. Vermutlich gab es versteckte Luftschächte, die nach draußen führten. Dutzende von Talglichtern und Teerfackeln beleuchteten Drachenskulpturen oder auch nur die Nachbildungen von Drachenköpfen in verschiedener Größe, einige nur ein paar Finger, andere ein paar Spann, etliche jedoch einige Schritt groß, die in zahllosen Nischen kauerten. Das flackernde Licht waberte rot und gelb über die Drachenfratzen und verlieh besonders den größeren unter ihnen die Illusion bestürzender Lebendigkeit. Sie schienen die Nüstern zu blähen, die roten Augen zu rollen, die gespaltenen Zungen pfeilschnell hin und her zu bewegen und die Mäuler zu öffnen, um ihren Feuerodem gegen die Eindringlinge zu schleudern.

Bei seinem ersten Besuch hatte sich Salamander bei diesem Anblick unwillkürlich erschrocken, beim zweiten Besuch hatte er die Skulpturen und Köpfe eingehend untersucht, aber jetzt nahm er die steinernen Drachen kaum noch wahr. Auch Waran zeigte sich unbeeindruckt.

Die Mitte des Saals war leer und ließen einen in Rot, Gelb und Schwarz gehaltenen Mosaikfußboden zur Geltung kommen, der als Ganzes betrachtet mehrere Drachen im Flug zeigte. Allerdings waren viele der Steinchen herausgebrochen, und an mehreren Stellen zeigten Reste von aufgemauerten Sockeln, dass der Saal nicht immer so leer ausgesehen hatte. Darüber, was sich auf den Sockeln befunden hatte, konnte nur gerätselt werden. Vielleicht waren es weitere große Skulpturen gewesen, vielleicht auch Schreine und Altäre.

Neben dem Zugang zu dem Tunnel, durch den sie hierher gelangt waren, gab es zahlreiche weitere Tore und Mauerdurchbrüche, einige davon mit schweren Holztüren, die offenbar aus neuerer Zeit stammten, verschlossen. Am auffälligsten und prachtvollsten war ein großes, mit einer Doppelpforte abgesperrtes Tor. Die Pforten bestanden aus Holz und Eisen und Auflagen aus fein ziseliertem Gold. Das Tor war einzig und allein der Ersten Flamme vorbehalten. Salamander wusste, dass der Flammenbund reich war, aber wenn er jemals daran gezweifelt hätte, wäre er beim Anblick dieses Tores eines Besseres belehrt worden.

Zur Linken und Rechten des goldenen Tores befanden sich jeweils sechs schmale, im oberen Bereich halbkreisförmig ummauerte Durchgänge, die für die Flammenräte bestimmt waren. Jedem der Räte war einer dieser Durchgänge zugewiesen, und die beiden Männer beeilten sich jetzt, sie zu passieren. Waran verschwand im zweiten Durchgang der linken Seite, Salamander im dritten der rechten Seite. Niemand von beiden wusste, ob die Räte der linken oder rechten Seite höher in der Gunst des Dragor standen oder die Nähe zum goldenen Tor etwas darüber aussagte. Da Erste Flamme Atamur den Räten gelegentlich andere Durchgänge zuwies, war jedoch davon auszugehen, dass es eine Symbolik dieser Art gab.

Salamander passierte festen Schrittes einen etwa zehn Schritt langen Gang und erreichte eine mit Eisen beschlagene Holztür, die wie immer unverschlossen war. Er trat ein, schloss die Tür hinter sich und verriegelte sie. Er folgte damit dem vorgeschriebenen Ritual. Alles hatte ab sofort dem Ritual zu folgen. Dies war seine Zelle, die er erst wieder verlassen durfte, wenn der Dragor dies erlaubte. Aus Neugier hatte er anfangs versucht, die Tür wieder zu entriegeln, und dabei feststellen müssen, dass sich der Riegel erst wieder bewegen ließ, wenn Erste Flamme Atamur es wünschte. Das Gleiche galt für die gegenüberliegende Tür, die zu den Gemächern des Dragor, seinem Audienzzimmer und zum Ratssaal führte.

Die Zelle war vier mal vier Schritt groß und enthielt

alles, was nötigenfalls für einen Aufenthalt von einigen Wochen erforderlich war. Ein derartiges Martyrium war Salamander bislang allerdings erspart geblieben. Der längste Aufenthalt vor drei Jahren hatte fünf Tage umfasst, und das hatte Salamander bei weitem gereicht. Es war großzügigere Räumlichkeiten gewohnt. Aber immerhin: Es gab eine Schlafstätte mit Strohsäcken und Decken, eine Öffnung im Boden für die Notdurft, einen Schrank für die Aufbewahrung der eigenen Habe, ein stets gefülltes Wasserfass, das über einen Zufluss mit Regenwasser gespeist wurde, einen Waschzuber, Becher, Teller, Küchengerät und ausreichend Vorräte wie Dörrfleisch, Stockfisch, Käse, Zwieback und Hartbrot.

Salamander entkleidete sich, trat nackt zum Schrank und verstaute die Kleidung, den Säbel und zwei zwischen Stiefeln und Waden getragene Dolche. Er nahm das im Schrank aufbewahrte dunkelrote Kapuzengewand aus Samt, Riemensandalen und die Drachenmaske heraus. Er streifte sich das Gewand über, zog die Riemen der Sandalen fest und setzte die Maske auf. Sie stellte ein stilisiertes Drachenantlitz dar, bestand aus hauchdünnem, getriebenem Silber, war mit Rubinen und Diamanten verziert und wurde mit Bändern am Hinterkopf gehalten. Obwohl sie leicht war, genügend große Aussparungen für Augen, Nase und Mund aufwies und ihn eigentlich nur wenig behinderte, hasste Salamander diese Maske.

Mummenschanz, dachte er verächtlich und schlug die Kapuze hoch.

Dann trat er zur gegenüberliegenden Tür. Normalerweise rief der Dragor die Räte zusammen, indem er den großen Gong im Ratssaal schlug. Einzelne Räte wurden mit bestimmten Klangfolgen eines kleineren Gongs in das Audienzzimmer befohlen. Salamander ging jedoch davon aus, dass er jetzt nicht auf ein Gongsignal warten musste. Der Dragor wusste immer ganz genau, wann der letzte Rat eingetroffen war, und beorderte die anderen Räte in den Saal, bevor es dem zu spät Gekommenen möglich war, zu der Runde zu stoßen. Der Letzte sollte das Gefühl haben, ein Versager und Störer zu sein.

Wie er es vorausgesehen hatte, ließ sich die Tür öffnen. Er wurde erwartet. Wenn es schlimm kam, dann wurde er zornig und ungeduldig erwartet.

Er eilte einen mit zahllosen Fackeln hell erleuchten Gang entlang. Hinter sich hörte er das Geräusch einer sich öffnenden Tür. Nicht ohne Genugtuung stellte er fest, dass er sich schneller als Waran umgezogen hatte. Nicht er, Salamander, sondern Waran würde der letzte Flammenrat sein, der zu der Versammlung stieß. *Ein kleiner, wenn auch vielleicht etwas alberner Triumph.*

Salamander drehte sich nicht um, und Waran versuchte offenbar nicht, ihn einzuholen. Zur Rechten lagen die Gemächer des Dragor und das Audienzzimmer. Eine mit Silberblech beschlagene Pforte verwehrte den Zugang zum Warteraum. Dies bedeutete, dass der Dragor in den letzten Stunden keine Audienz abgehalten hatte, was ungewöhnlich war. Erste Flamme Atamur verwendete für gewöhnlich zu Beginn des Treffens zwei oder drei Tage darauf, seine Räte einzeln zu konsultieren. So lange hatte der Sturm die *Wogenfee* nicht aufgehalten.

Salamander passierte die silberne Pforte. Vor ihm lag die reich verzierte, schmiedeeiserne Doppelpforte, die zum Ratssaal führte. Er trat heran und schlug dreimal mit der Faust dagegen, nicht zu laut und nicht zu leise. Hinter sich hörte er die Schritte von Waran.

»Tretet ein, Flammenrat!«, wurde ihm von innen geantwortet.

Es war die Stimme des Dragor. Salamander war kein ängstlicher Mann. Er fürchtete kaum etwas auf der Welt, weil er keine Angst vor dem Sterben hatte. Und doch konnte er nicht verhindern, dass sich seine Muskeln unwillkürlich anspannten und die Faust eines Riesen seinen Magen zusammenzupressen schien. Zu mächtig war Erste Flamme Atamur, als dass selbst Salamander ihm unbefangen gegenübertreten konnte.

Er gab sich einen Ruck und wollte die Tür öffnen, aber plötzlich erhielt er von hinten einen derben Stoß in die Rippen, der ihn zur Seite schleuderte und beinahe zu Fall gebracht hätte. Noch im Taumeln wollte er den Säbel aus der Scheide ziehen und hätte dies auch getan. Aber er griff natürlich ins Leere. Der Säbel lag in seiner Zelle.

Waran ließ ihm nicht die Möglichkeit, die Sache mit den Fäusten auszutragen, sondern öffnete die Tür, trat als Erster ein, verneigte sich tief und sagte: »Flammenrat Waran, Euer Auserwählter.«

»Willkommen, Waran«, sagte der Dragor, der an der Stirnseite des Saals auf seinem Drachenthron saß, ohne erkennen zu lassen, ob er Warans Erscheinen mit Wohlwollen oder Unmut aufnahm. Die seltsam hoch und unnatürlich klingende Stimme von Erste Flamme Atamur ließ selten Gefühle zum Ausdruck kommen.

Salamander rieb sich die Seite, glättete das Gewand, rückte die verrutschte Maske gerade, zog die Kapuze wieder tiefer ins Gesicht und trat in den Eingang.

»Und wie ich sehe, ist auch Salamander schon zur Stelle«, fuhr der Dragor fort, als Salamander im Eingang erschien.

Salamander verneigte sich auf die gleiche respektvolle Art, wie Waran es getan hatte. »Verzeiht unser spätes Erscheinen, Euer Dragor. Ein Sturm hat uns …«

»Langweilt mich nicht mit Einzelheiten«, unterbrach ihn der Dragor. »Kommt beide und setzt Euch.«

Die beiden Männer folgten der Einladung und begaben sich zu der hufeisenförmig angeordneten Tafel, an deren oberem Ende Erste Flamme Atamur thronte. Sie senkten den Blick, denn es war nur erlaubt, den Dragor anzusehen, wenn er das Wort an die Runde richtete.

Das zahle ich dir noch heim, Darando! Salamander war froh, dass die Maske sein wütendes Gesicht verdeckte. Er fragte sich, ob Waran ihm nicht die ganze Zeit eine Komödie vorgespielt hatte. Gewiss, er war seekrank gewesen und mochte die See nicht, aber mit seiner Ängstlichkeit hatte er wohl ein bisschen übertrieben. *Dabei hätte ich gewarnt sein sollen. Darando gilt im Lieblichen Feld als skrupelloser, eiskalter Händler, der nichts als den eigenen Geldbeutel anbetet und über Leichen geht.*

Die Sitzordnung der Räte entsprach der Anordnung ihrer Zellen, sodass die beiden einzigen freien Stühle der zweite zur Linken und der dritte zur Rechten des Dragor waren. Vom Eingang aus gesehen verkehrten sich die Seiten allerdings, das heißt, die Plätze zur Rechten des Dragor befanden sich auf der linken Seite des Saals und umgekehrt. Während Waran seinem Sitz auf der rechten Seite zustrebte, begab sich Salamander nach links. Der Boden war mit kostbaren Teppichen bedeckt, die alle in Rot- und Gelbtönen gehalten waren und hell lodernde Flammen darstellten. Salamanders Gesichtsfeld wurde durch die Maske eingeengt, und er sah im Vorübergehen kaum mehr als die mit Schnitzereien reich verzierten Stühle mit ihren hohen Lehnen, die zwar prachtvoll ausschauten, aber recht unbequem waren. Zwei der Räte nahm er im Halbprofil wahr, der eine zurückgelehnt, der andere die Arme auf die Tafel gestützt, vom dritten sah er nur einen Zipfel des dunkelroten Gewandes, nackte Beine und Riemensandalen. Niemand sah auf oder wandte sich um, denn auch dies wurde vom Dragor nicht geduldet.

Salamander hatte seinen Platz erreicht, schob den schweren Stuhl so leise wie möglich zur Seite, setzte sich und rückte den Stuhl wieder zurecht. Von gegenüber kamen ähnliche Geräusche, als Waran sich setzte.

Salamander hielt den Blick weiter gesenkt und betrachtete interessiert die Maserung der Tafel, die wie die Stühle aus dunkelrotem Mohagoni bestand, das aus Südaventurien stammte. Auf der Tafel befand sich ein für ihn bestimmter Silberpokal, und in Reichweite gab es Schläuche und Krüge mit Rotwein – Aranischer Schlauchwein und Raschtulswaller, wie Salamander aus vergangenen Jahren wusste – und Wasser.

Da hast du deinen ersehnten Raschtulswaller, Darando! dachte Salamander. *Dafür musst du nicht einmal in den ›Kormoran‹ gehen. Mir wäre es recht, du würdest dich besaufen und unvorsichtig werden. Aber den Gefallen wirst du mir wohl kaum tun.*

Schweigen hatte über der Runde gelastet, aber jetzt ergriff Erste Flamme Atamur das Wort. »Flammenräte, *endlich* ist unsere Runde vollständig.«

Salamander, dessen Sinne für jedes Detail aufnahmebereit waren, entging die Betonung des Wortes ›endlich‹ nicht, empfand sie aber nicht als Besorgnis erregend. Wenn Erste Flamme Atamur wirklich ungehalten war, klang das anders.

Den Räten war es jetzt erlaubt, den Blick anzuheben und sich bei Bedarf einzuschenken. Das musste jeder selbst tun, was für einige der Räte, die sich normalerweise bedienen ließen, ungewohnt war und nicht immer gut ging. Zunächst allerdings mussten sie einem weiteren Ritual gehorchen, dem wichtigsten von allen.

»Flammenräte, schwört Euch auf unseren Bund ein!«, befahl der Dragor. »Erhebt Euch!«

Alle Räte kamen dieser Aufforderung unverzüglich nach, ohne Rücksicht auf die Geräusche beim Stühlerücken zu nehmen. Sie richteten aus ihren Silbermasken heraus den Blick auf den Dragor.

Salamander hatte jetzt zum ersten Mal seit seinem Eintritt Gelegenheit, das Bild der Ersten Flamme Atamur in sich aufzunehmen. Dieser hatte sich nicht erhoben, sondern blieb auf seinem prachtvollen, mit Gold, Rubinen, Granaten und Karneolen verzierten Thron sitzen, der anders als die Ratsstühle mit dunkelroten Kissen auf dem Sitz und der Rückenlehne gepolstert war. Der Dragor trug ein purpurrotes Kapuzengewand aus schwerer Seide, das bis zum Boden reichte. Es war lang genug, die Füße zu bedecken, aber da der Dragor erhöht saß, war es Salamander schon einmal gelungen festzustellen, dass der Führer des Flammenbundes menschliche, dazu recht kleine und schlanke Füße besaß, die in Riemensandalen steckten. Den kleinen Füßen entsprach die gesamte Gestalt. Der Dragor war schlank, nur etwa achteinhalb Spann groß und hatte schmale Schultern. Er konnte ein schlanker Mann, aber auch eine Frau sein. Das weite Gewand ließ keine weiteren Rückschlüsse auf den Körperbau zu. Die Kapuze verhüllte den Kopf, und das Gesicht war hinter einer mit Edelsteinen besetzten Drachenmaske aus Gold versteckt. Von den Augen dahinter war nichts zu erkennen. Vielleicht war er ein Mann oder eine Frau, vielleicht aber auch wirklich das, was zu sein er vorgab: ein Zwitter aus Mensch und Drache, ein zweibeiniger Drache, der mal die eine und mal die andere Gestalt annehmen konnte. Wer oder was Erste Flamme Atamur war, interessierte Salamander brennend, und deshalb maß er jeder Einzelheit Bedeutung zu. Andererseits war er sich durchaus bewusst, dass alles, was er sah, auch ein durch Magie erzeugtes Trugbild sein mochte.

Der Dragor streckte die Arme aus dem Gewand hervor. Sie waren schlank und steckten in goldfarbenen Handschuhen, die bis zu den Oberarmen reichten und keinen Fetzen Haut entblößten. Erste Flamme Atamur wartete, bis sich die Unruhe gelegt hatte. Dann richtete er die Handflächen in Richtung des Rates. Plötzlich tanzten auf den Handschuhen kleine Funken, dann züngelnde blaue und rote Flammen, die rasch größer wurden. Jetzt umwaberten hellgelbe, gierige lodernde Flammen die Hände.

»Pyrdacor, wir rufen Euch!«, rief der Dragor.

Die zwölf Räte antworteten ihm laut und inbrünstig im Chor.

»Aus Flammen geboren,
Pyrdacor verschworen,
Sind wir erkoren,
Die Herrschaft des Drachen
Steht vor den Toren.«

Obwohl Salamander weder an Pyrdacor noch an andere Götter glaubte, überlief es ihn jedes Mal eiskalt, wenn der Flammenrat diesen Spruch intonierte. Es waren nicht die Worte, die ihn beeindruckten, denn Pathos dieser Art erzielte bei ihm keine Wirkung. Es war vielmehr die Leidenschaft, mit der dieser Spruch vorgetragen wurde, es war das Wissen um die Macht des Flammenbundes, das sich in diesem Moment kristallisierte, und es war der zum Ausdruck kommende bedingungslose Wille, diese Macht anzuwenden. Er selbst fühlte sich dann zu seinem eigenen Erschrecken absolut und unbedingt als Teil dieses machtvollen Bundes und als williger Arm des Dragor, der alles tun wollte, um die Macht des Bundes zu festigen und zu mehren. Hinterher fragte er sich stets, ob Erste Flamme Atamur bei diesem Ritual nicht mit etwas Magie nachhalf, um die Wirkung zu erhöhen. Vermutlich war es so. Und Salamander war sich ziemlich sicher, dass dieses Einschwören auf den Bund der Hauptgrund für den Dragor war, den Flammenrat einmal jährlich an diesem Ort einzuberufen. Während ihm diese Gedanken durch den Kopf gingen, wappnete er sich gleichzeitig gegen das, das nun folgen würde. Er musste nicht lange warten.

Aus dem Nichts heraus fegte ein Windstoß durch den Saal, der jede einzelne der hunderte von Kerzen auf den vier Kronleuchtern zum Erlöschen brachte. Ein tiefes, Furcht erzeugendes Röhren erklang von irgendwo, das den gesamten Felsen erzittern ließ, und ging dann in ein schrilles Kreischen über. Der weiße, fast durchsichtige Astralleib eines riesigen, mit den Flügeln schlagenden Drachens hing plötzlich in der Luft und füllte fast den ganzen Saal aus. Der Drache schien einer fremden Sphäre anzugehören, die sich jenseits der Welt des Sterblichen und Erfahrbaren befand. Er steckte in einem Käfig aus blassroten und blassblauen Lichtstäben, die insgesamt die vieleckige Form eines gigantischen geschliffenen Diamanten bildeten.

Im nächsten Moment war der Spuk vorbei. Alle Kerzen brannten wieder. Nur ein wenig Rauch hing noch in der Luft.

Alle Räte standen stocksteif da, obwohl ein jeder von ihnen auch diesen Teil des Rituals zur Genüge kannte.

»Pyrdacor hat Euren Schwur gehört und Euch geantwortet«, teilte ihnen der Dragor mit. »Denkt daran – Ihr seid Ihm einmal mehr verpflichtet worden! Der Bund mit Ihm wird stärker und stärker!«

Während Salamander sich wie die anderen Räte setzte und – wie einige andere auch – nach einem Weinschlauch griff, um sich einzuschenken, gestand er sich ein, dass auch dieser Teil des Rituals ihn immer noch beeindruckte. Allerdings nicht mehr so sehr wie beim ersten Mal. Heute stellte er sich eher die Frage, wie Erste Flamme Atamur es anstellte, dies alles so wahrheitsgetreu erscheinen zu lassen. Er war überzeugt davon, dass die Erscheinung nicht wirklich die Essenz des in seinem Karfunkelstein gefangenen Drachengottes gewesen war, sondern auf der Magie des Dragor beruhte. Salamander beschloss, einen der ihm untergebenen Magier zu befragen, mit welcher Art von Magie solche Ergebnisse zu erzielen waren. Er selbst verstand wenig von Magie, aber er wollte immer gern wissen, wer was wie anstellte. Nur so konnte man Freund und Feind richtig einschätzen.

Erste Flamme Atamur wandte sich erneut an die Runde. »Wie ich schon zuvor erläutert habe, sind bestimmte Angelegenheiten dringend geworden und erfordern, die Sitzung des Rates in diesem Jahr abzukürzen. Den neu hinzugekommenen Räten sei gesagt, dass aus diesem Grunde die Privataudienzen entfallen. Ich werde in den nächsten Monden jeden Einzelnen von Euch persönlich aufsuchen und mich mit ihm beraten.«

Nicht beraten, sondern ihm Anweisungen geben, korrigierte ihn Salamander im Stillen. Wohlweislich hütete er sich, diese Korrektur laut zu äußern.

»Auch müssen Waran und Salamander …«

Für gewöhnlich wurde Salamander vor Waran genannt. *Eine kleine Strafe dafür, dass ich als Letzter erschienen bin?,* dachte Salamander.

»… in diesem Jahr leider auf die Geschichte vom Ersten Drachenkrieg verzichten, die ich dem Rat bereits gestern vorgetragen habe. Zu ihrem Glück dürfen sie jedoch von den Heldentaten unseres göttlichen Gebieters Pyrdacor im Zweiten Drachenkrieg erfahren, mit deren Schilderung ich gerade beginnen wollte.«

Die Geschichte des Ersten und Zweiten Drachenkriegs war ein Teil des Rituals, und jeder Flammenrat kannte sie längst auswendig. Der Vortrag des Dragor zu diesem Thema dauerte stets einige Stunden. Salamander war erleichtert, dass der Dragor nicht von vorn begann. Aber Erste Flamme Atamur musste in der Tat noch wichtige Dinge zu erledigen haben, wenn er darauf verzichtete.

Schöne Sarja, du wirst bald wieder in meinen Armen liegen!, frohlockte Salamander.

Interludium

Das Seeungeheuer peitschte über die Hornplatte hinweg mit dem Tentakel, um die Angreifer fern zu halten.

»Es entkommt!«, rief Thurgon.

»Niemals!«, antwortete Hardred Bjarnison. Der gewaltige Thorwaler duckte sich, dass es aussah, als würden sich die Wale auf dem Hautbild auf seiner Brust im Kampf mit den Seeschlangen zum entscheidenden Biss krümmen. Er sprang unter dem peitschenden Tentakel hindurch, der hinter ihm an den Mast schlug. Das markerschütternde Krachen peitschte über die aufgeregten und wütenden Rufe der Seeleute und das Geschrei des Verletzten hinweg, doch der Mast hielt.

Fünfter Ingerimm 913 BF, Meer der sieben Winde

Hardred ließ die Axt fallen und warf sich gegen die Harpune, die Korin gerade abgefeuert hatte. Er stemmte sich mit seinen Füßen an der Hornplatte des Wesens ab, schob die Spitze der Harpune durch das Fleisch und rammte sie dann mit seinem ganzen Gewicht in den schwarzen, pulsierenden Fleck. Das Ungeheuer erzitterte, der Tentakel peitschte über das Deck, und im Todeskampf traf er Hardred an der Brust. Der kräftige Kämpfer wurde durch die Luft geschleudert und krachte gegen das große Schnapsfass, das sicher am Mast verzurrt war. Es brach, und das kostbare Premer Feuer ergoss sich auf das Deck.

Hardred stieß einen lauten Schrei aus, als der Branntwein über die tiefen Schnitte auf seiner Brust lief, aber dann war er schon wieder auf den Beinen und stürzte sich auf das nur noch zuckende Seeungeheuer. Seine Leute hackten und stachen mit ihm auf den Gegner ein, bis dessen Leib in sich zusammensank, weil zu viel seiner schleimigen Körperflüssigkeit herausgelaufen war.

Korin eilte zum Thorgun, der sich bereits um den jungen, noch immer wimmernden Laske kümmerte. »Gebrochen«, verkündete er ungefragt und ohne aufzuschauen. »Aber das bekommt unsere Frenja schon wieder hin!«

Korin nickte. Frenja war die Kräuterfrau und Heilerin, die in Thorwal den Otta der Schwerthaie betreute. Eine schwere, mit Schleim bespritzte Hand legte sich auf seine Schulter.

»Das Feuer zieh ich dir von der Heuer ab«, sagte Hardred lachend, als Korin sich umwandte. »Wenn du ordentlich schießen würdest, wäre es noch ganz.«

»Und wenn du mit deiner Axt so gut umgehen könntest, wie du mit trunkenem Kopf immer prahlst, bräuchtest du keinen Schützen«, konterte Korin.

Lachend schloss er Hardred in die Arme, der zurückzuckte, als Korin an seine Wunden in der Brust geriet. »Du bist verletzt!«, sagte er und kam sich dumm vor, das Offensichtliche ausgesprochen zu haben.

Hardred winkte ab. »Ein paar Kratzer – die Narben werden schöne Gischt ergeben für mein Kampfbild.« Er fuhr sie mit dem Finger nach, ohne sie zu berühren, und tatsächlich könnte man sich die weißen Narben, die sich zweifelsohne daraus ergeben würden, mit etwas Phantasie als weiße Gischt in seinem Hautbild ansehen.

»Du solltest Thorgun trotzdem einen Blick darauf werfen lassen«, mahnte Korin, und Hardred nickte.

Hardred wandte sich um. »Hjore, wir fahren heimwärts«, rief er. »Thivar, Asleif, Akja, Egil, an die Ruder. Volle Segel setzen. Wer dann noch nichts zu tun hat, der schneidet mir den Panzer von diesem Vieh, und dass ihr ihn mir schön sauber schabt. Wer Fleisch darauf vergisst, muss es aufessen.«

Er erntete lautes Lachen und fuhr fort: »Und dazu Branntwein für alle, aber nur einen Krug – mehr ist ohnehin nicht übrig geblieben.«

»Du musstest dich ja darin wälzen«, rief Akja, die gerade ihr Ruder durch die Schlaufe an der Reling schob, und Hjore ergänzte: »Umso wichtiger, dass wir rasch nach Hause kommen!«

»Das wohl!« und »Wahr gesprochen!«, kommentierten die Männer und Frauen lauthals und machten sich an die Arbeit. Die Otta der Schwerthaie hatte einen weiteren Sieg errungen, und sie freuten sich darüber mit der Unbeschwertheit, die den Thorwalern im Blute lag.

In Kürze werden die wichtigsten Hetmänner unter meinem Segel vereint sein, dachte Hardred Bjarnison. *Die Pfeffersäcke in Havena werden sich warm anziehen müssen. Bald wird wieder der gefürchtete Ruf über die Küste schallen: ›Die Thorwaler kommen!‹*

KAPITEL 4

Der Drache

Mit leiernder und einschläfernder Stimme, fast wie in Trance, begann der Dragor vom Zweiten Drachenkrieg zu berichten. Drachenkaiser Pyrdacor wurde demnach von allen Völkern Aventuriens überschwänglich geliebt und verehrt, insbesondere von den Achaz, den Echsenmenschen. Damit erregte er die Eifersucht der Zwölfgötter sowie auch den Neid einiger Hoher und Alter Drachen, die gemeinsam gegen Pyrdacor Krieg führten. Da Pyrdacor mit seinen Feuer speienden Nachkommen und geschuppten Zauberkriegern im ehrlichen Kampf nicht zu besiegen war – so zumindest stellte es der Dragor dar –, wurde er durch abscheuliche Heimtücke und hinterhältige List zu Fall gebracht. Pyrdacors ehrlose Bezwinger erwiesen sich auch nach ihrem Sieg als schändlich, denn sie begnügten sich nicht damit, ihrem Feind die Macht zu nehmen. Vielmehr zerstreuten sie seinen Hort in alle Winde, und das wichtigste Artefakt daraus, das Erste Schwarze Auge, galt bis heute als verschollen. Mehr noch, man beraubte den Gottdrachen seiner diesseitigen Existenz. Übrig blieb allein sein Karfunkelstein, der seine Essenz enthielt.

Fünfter Ingerimm 913 BF, südwestlich des Golfes von Prem

Salamander hörte nur mit einem Ohr zu. Stattdessen beobachtete er unauffällig seine Umgebung. Der Ratssaal war riesig und hätte auch hunderten von Räten Platz geboten. Die Tafel der zwölf Räte und der Thron des Dragor verloren sich fast darin. Wenn Salamander den Blick hob, schaute er auf einen riesigen Seidengobelin mit einem Schrein davor, der einem goldenen Drachenkopf nachempfunden war. Der Gobelin selbst stellte den fliegenden und Feuer speienden Pyrdacor im Kampf mit seinen Feinden dar. An der gegenüberliegende Wand, der Salamander den Rücken zukehrte, befanden sich ein ähnlicher Gobelin und Schrein, damit auch die Räte zur Rechten des Dragor den gleichen Anblick genießen konnten. Es wurde erwartet, dass jeder der Räte vor einem der beiden Schreine kniete und Pyrdacor Treue schwor, bevor er den Saal verließ.

Wenn Salamander den mit Kapuze und Maske verhüllten Kopf nach links wandte und in Richtung des Dragor schaute, sah er nicht nur Erste Flamme Atamur auf seinem Thron, sondern dahinter auch einen mindestens vier Schritt breiten und drei Schritt hohen Felsbalkon an der Stirnseite des Saals. Die weit überhängenden Felsen ließen nicht genug Tageslicht ein, um auf die Kronleuchter verzichten zu können, wohl aber frische Meeresluft. Salamander empfand den leichten, kühlen Luftzug als angenehm, denn die vielen brennenden Kerzen heizten den Ratssaal trotz seiner Größe auf. Er wusste, dass dieser Balkon dem Westen zugewandt war, während die Schiffe auf der anderen Seite ankerten.

Der Felsbalkon fesselte Salamanders Aufmerksamkeit nicht lange. Anders war dies bei einer Säule aus rötlich gesprenkeltem Marmor, die sich zwischen dem Thron des Dragor und dem Balkon befand. Sie war gut anderthalb Schritt hoch, unten wie ein Drachenhorn geformt und endete oben kugelförmig. Der kugelförmige Teil war mit einem unten verschnürten Tuch aus dunkelrotem Samt abgedeckt und in Salamanders Beisein noch niemals enthüllt worden. Gleichwohl wusste er, dass sich dort das Kostbarste befand, was dieser Felsen zu bieten hatte. Die Kugel, die dort ruhte, war ein machtvolles Artefakt aus Alten Zeiten. Sie hatte diesem Felsen seinen geheimen Namen verliehen. Es handelte sich um ein Schwarzes Auge. Natürlich nicht um das verschollene Erste Schwarze Auge aus Pyrdacors Hort, dessen Macht sehr viel größer war und mit dem ein Magier jeden beliebigen Ort in der Vergangenheit, in der Zukunft und in anderen Sphären beobachten konnte. Aber auch die Macht eines normalen Schwarzen Auges war Ehrfurcht gebietend. Ein Magier wie Erste Flamme Atamur vermochte damit zu fernen Orten zu schauen. Beispielsweise konnte er seine Flammenräte auf diese Weise jederzeit beobachten, solange sie sich an dem Dragor bekannten Orten aufhielten, was Salamander sehr wohl bewusst war und ihn stets besonders vorsichtig sein ließ.

Dieses Schwarze Auge war vor langer Zeit zum ersten Mal an genau diesem Ort benutzt worden. Möglicherweise von einem Magier oder einer Magierin, möglicherweise auch von einem Wesen, das mächtiger war als ein Sterblicher. Vielleicht hatte dieser frühere Besitzer die Einsamkeit des Felsens im Meer geschätzt. Oder dieser Felsen war damals gar nicht von Wasser umspült, sondern Teil der Landmasse gewesen. Eine gewaltige Sturmflut mochte sich in das Land gefressen, den Golf von Prem als tiefe Wunde geschlagen haben und diesen einen Felsen verschont haben. Unter Umständen war dies alles das Ergebnis unbeherrschter Anwendung elementarer Magie eben jenes früheren Besitzers des Schwarzen Auges gewesen. Oder er hatte genau dieses Ergebnis erzielen wollen, aus welchen Gründen auch immer. Salamander wusste es nicht und der Dragor vermutlich auch nicht.

Dies alles änderte nichts an den Gegebenheiten: Einmal benutzt, konnte ein Schwarzes Auge nur mit gewaltigen magischen Mitteln an einen anderen Ort gebracht werden. Über diese Mittel schien der Dragor nicht zu verfügen, wie allmächtig er sich sonst auch gab. Wollte er das Auge einsetzen, musste er sich zum Augenhort begeben. Salamander wusste nicht, wo sich Erste Flamme Atamur die restliche Zeit des Jahres aufhielt, aber es gab Hinweise, dass dies nicht oder nur selten der Augenhort war. Dies ließ Salamander Hoffnung, nicht auf Schritt und Tritt überwacht zu werden.

Ein weiteres, noch nicht fixiertes Schwarzes Auge in die Hände zu bekommen, war eines der erklärten Ziele des Dragor und damit auch des Flammenrats. Und natürlich stand über allem das Ziel, das verschollene Erste Schwarze Auge aufzuspüren und mit dessen Hilfe Pyrdacor ins Dasein zurückzurufen. Salamander war sich allerdings nicht sicher, ob Erste Flamme Atamur nicht insgeheim Pyrdacor doch lieber weiter in seinem Karfunkelstein ruhen lassen wollte, um selbst mithilfe des Ersten Schwarzen Auges – wenn er es denn erst einmal besaß – Herrscher über Aventurien zu werden. Allerdings konnte sich Salamander auch andere Personen vorstellen, die mit dem Ersten Schwarzen Auge etwas anzufangen wüssten …

Salamander rief seine Gedanken zur Ordnung. Spekulationen konnte er auch anderswo anstellen. Er musste seinen in diesem Jahr offenbar nur kurzen Aufenthalt im Augenhort nutzen, um seine eigenen Interessen voranzubringen. Er wandte sich der Tafelrunde zu. Da saßen sie, die Flammenräte: Salamander selbst und sein erster Kontakt Waran, sein zweiter Kontakt Basilisk sowie Viper, Natter, Kobra, Alligator, Klapperschlange, Otter, Kröte, Molch und Gecko. Die erzwungene Unterwürfigkeit gegenüber dem Dragor konnte nicht darüber hinwegtäuschen, dass dies ein machtvolles Gremium überaus fähiger und überaus gefährlicher Männer und Frauen war. Jeder Flammenrat führte ein Segment des Flammenbundes und war zugleich mit Sonderaufgaben betraut, die den Bund insgesamt betrafen und denen eines Ministers entsprachen. Jedem Rat, jeder Rätin standen erhebliche Geldmittel aus schier unerschöpflichen Schätzen des Bundes zur Verfügung, um die Ziele des Bundes zu fördern, weitere Mitglieder zu gewinnen, Spitzel- und andere Hilfsdienste zu entlohnen, Bestechungsgelder und den Sold angeworbener Soldaten zu bezahlen, Aufstände zu schüren und Überfälle zu finanzieren. Jeder ausgegebene Kreuzer musste allerdings genauestens belegt werden, sodass es schwer fiel, selbst etwas abzuzweigen, wie Salamander aus eigener Erfahrung wusste. Der Dragor legte das Gesamtkonzept fest, die Einzelheiten blieben den Räten überlassen. Salamander war in Albernia eingesetzt, was jedoch nicht bedeutete, dass alle Flammenbündler in Albernia ihm unterstanden. Der Bund war nicht regional unterteilt, sondern besaß eine sich überlappende Zellenstruktur, die das gesamte Aventurien umfasste. Salamander kannte nur die Flammenbündler, die seinem Segment angehörten, und dieses umfasste Zellen mit zusammen knapp hundert Mitgliedern, deren Netz von Nostria bis zum Bornland, von Thorwal bis Al'Anfa reichte. Gleiches galt für die Segmente der anderen Räte, sodass Salamander nur vage schätzen konnte, wie viele Flammenbündler es außer seinen eigenen Leuten allein in Albernia gab. Außerdem oblag es Salamander, politische Verhandlungen mit wichtigen Persönlichkeiten – meistens hohen Hofbeamten und Adeligen, manchmal auch den Herrschern selbst – zu führen, die nicht dem Flammenbund angehörten, und den politischen Einfluss des Bundes auszubauen. Er trat dabei niemals als direkter Abgesandter des Flammenbundes – dessen Existenz Außenstehenden möglichst lange unbekannt bleiben sollte – auf, sondern verhandelte im Auftrag von Dritten, deren eigene Interessen dem Bund nützlich waren. In gewisser Weise konnte man ihn als Außenminister des Flammenbundes bezeichnen, Waran als Handelsminister, Basilisk als Ministerin für magische Fragen. Die restlichen Räte waren für kriegerische Auseinandersetzungen, Bespitzelung, Wirtschaft, Attentate, Artefakte, Schatzverwaltung, innere Verwaltung, Transport sowie Kontakte zu den Achaz zuständig. Letzteres, von Alligator wahrgenommen, war überaus wichtig, da die Echsenmenschen traditionell als Verbündete und Anhänger von Pyrdacor infrage kamen.

Salamander vermied es, einzelne Räte allzu lange zu mustern, aber aus den Augenwinkeln heraus beobachtete er vor allem Waran und Basilisk – die Magistra saß zwei Plätze von Waran entfernt –, die ihrerseits gelegentlich zu ihm herüberschauten.

Einmal musterte er Basilisk etwas genauer, entdeckte aber wenig Neues. Das weite Gewand konnte die üppigen Brüste der Frau nicht verbergen. Von seinem Gewährsmann wusste er, dass Magistra Lynd nicht gerade schlank war, aber sehr weiblich und appetitlich wirkte, vor allem auf Männer, die einen vollen Busen und breite Hüften zu schätzen wussten. Salamanders Geschmack war, was Frauen anging, nicht festgelegt. Er hatte zwar eine gewisse Vorliebe für schlanke Frauen mit kleinen Brüsten, aber auch das Gegenteil davon besaß für ihn durchaus seinen Reiz. Im Übrigen hielt er sich viel auf seine Anpassungsfähigkeit zugute, die sich auch auf die Lenden erstreckte. In Brabak wurde herumgetratscht, dass Magistra Lynd eine Schwäche für sehr junge und sehr schlanke Männer hatte. Aber Salamander traute sich durchaus zu, die Magistra davon zu überzeugen, dass ein gleichaltriger und erfahrener Mann auch seine Reize besaß. Tatsächlich hatte er sich vorgenommen, falls er anders nicht weiterkam, nach Babrak zu reisen, um die Bekanntschaft der Magistra zu suchen und, wenn es sich denn ergab, mit ihr das Lager zu teilen. Er wusste aus Erfahrung, dass selbst als verschwiegen geltende Frauen – und was dies anging, auch Männer – im Bett oft recht gesprächig werden konnten.

Nun macht schon, dachte Salamander. *Zeigt mir eure anderen Kontakte.*

Als hätte Basilisk die Botschaft vernommen, schaute sie – für Salamanders Empfinden einen Moment zu lange – zum Ende der Reihe, in der Salamander saß. Dort befanden sich Gecko und Klapperschlange. Salamander konnte nicht genau entscheiden, wem der Blick gegolten hatte, aber Basilisk tat ihm den Gefallen, noch einmal hinzuschauen. Dieses Mal hatte Salamander keinen Zweifel: Gecko musste die zweite Kontaktperson des Basilisken sein.

Sehr schön, dachte Salamander und musterte seinerseits Gecko. Der ungewöhnlich kleine und dicke, stets gebückt gehende Rat mit braunen Altersflecken auf den zittrigen Händen war auffällig genug, um ihn zu erkennen, wenn er ohne Maske im Umfeld der Magistra auftauchte. Und das würde früher oder später der Fall sein. Salamander würde seine Spitzel darauf ansetzen.

Blieb die Frage nach dem zweiten Kontakt von Waran. Der gab sich jedoch keine Blöße und starrte meistens auf den Pyrdacor-Gobelin. Wenn er überhaupt einen Rat ins Augen fasste, dann war dies Salamander. Vermutlich versuchte Waran zu ergründen, wie zornig der andere über die Attacke an der Tür war. Da er die Mimik hinter der Maske ohnehin nicht erkennen konnte, hoffte er wohl auf eine Geste von Salamanders Händen, die auf der Tafel ruhten. Aber Salamander gab ihm keinen Hinweis.

Einer der Räte, es war Natter, griff nach einem der Weinschläuche, um sich nachzuschenken. Dabei kam sein Gewand mit seinem noch zu einem Viertel gefüllten Pokal in Berührung. Der Pokal kippte um, der Wein schwappte über die Tafel und über das Gewand des Rates. Der Pokal rollte über die Kante der Tafel, prallte scheppernd gegen die Stuhlkante, prallte dumpf auf dem Teppich auf und rollte ein Stück davon. Alle Räte sahen zu Natter hinüber. Dieser saß stocksteif da und starrte den Dragor an. Erste Flamme Atamur jedoch hatte entweder nichts bemerkt oder ignorierte den Vorfall. Unbeirrt setzte er wie in Trance seinen heruntergeleierten Monolog über Pyrdacors Heldentaten und die Schändlichkeit seiner Feinde fort.

Natter entspannte sich. Als sich die allgemeine Aufmerksamkeit von ihm abwandte, angelte er mit dem Fuß nach dem Pokal, hob ihn auf und schenkte ihn sich wieder bis zum Rande voll.

Salamander lächelte in sich hinein. Dass Natter dem Wein in großen Mengen zusprach, war ihm schon früher aufgefallen. *Eure Schwäche für den Wein wird es mir eines Tages leichter machen, Euch aufzuspüren, Flammenrat Natter,* dachte er. Er liebte Hinweise dieser Art. Molch, sein Nachbar zur Linken, besaß beispielsweise keine Manieren, ließ Darmwinde fahren und rülpste ungeniert, wann immer ihn das Bedürfnis überkam. Viper, die Nachbarin zur Rechten dagegen, war allen gegenüber hochnäsig, fast schon beleidigend arrogant. Molch und Viper würden sich auch in ihrer gewohnten Umgebung wohl kaum anders verhalten, was Salamander zu gegebener Zeit eine Hilfe sein konnte.

Der Dragor kam zum Ende seines Vortrags und berichtete von der Zerstörung des Hortes Pyrdacors und der Auslöschung der diesseitigen Existenz des Drachengottes. Kurz vor seinem Ende hatte der Drachengott angeblich eine ewige Flamme erschaffen, aus der vor rund dreitausend Jahren der erste Flammenrat entsprungen war, wobei der damalige Dragor die Erste Flamme gewesen war, die zu einem sterblichen Menschen wurde. Die ewige Flamme brannte weiterhin im Astralraum, und ihre niemals versiegende Energie stand dem jeweiligen Dragor zur Verfügung.

Erste Flamme Atamur schien aus der Trance erwacht zu sein. Seine Stimme klang für seine Verhältnisse beinahe lebhaft und eindringlich, als er an die Aufgaben des Flammenbundes erinnerte. Es galt, das Erste Schwarze Auge zu finden, mit dessen Hilfe die magischen Barrieren der Magierakademie zu überwinden und Pyrdacors Karfunkelstein, der unter der Akademie ruhte, zu erobern. War dies vollbracht, würden die Magier des Flammenbundes mithilfe des Ersten Schwarzen Auges und zahlreicher anderer magischer Artefakte Pyrdacor in die diesseitige Welt zurückbringen, die sein angestammtes Erbe war.

»Und der allmächtige Pyrdacor wird seine Schwingen entfalten und wieder über Aventurien walten!«, endete der Dragor.

Die Flammenräte erhoben sich von ihren Sitzen.

»Und der allmächtige Pyrdacor wird seine Schwingen entfalten und wieder über Aventurien walten!«,

rief der Rat im Chor und fuhr fort:

»Aus Flammen geboren,
Pyrdacor verschworen,
Sind wir erkoren,
Die Herrschaft des Drachen
Steht vor den Toren.«

Damit war der rituelle Teil der Sitzung beendet. Die Räte setzten sich wieder. Normalerweise folgte nun jener Teil der Zusammenkunft, welcher am ehesten der Bezeichnung Flammenrat gerecht wurde: Die einzelnen Räte legten Rechenschaft ab über ihre Tätigkeit und nahmen Lob, Tadel, Meinungen und Vorschläge der anderen Räte entgegen. Für Salamander war es von besonderem Interesse, den einzelnen Räten zuzuhören.

Er schöpfte eine Reihe von Informationen daraus. Manchmal rutschte einem Rat eine Bemerkung heraus, die erahnen ließ, wo der Betreffende seine Basis hatte. Dialekte waren aussagekräftig. Nicht zuletzt erlaubten Redegewandtheit, aufblitzende Intelligenz, Witz, Brutalität, Derbheit und andere Eigenschaften Rückschlüsse auf die Person, die hinter dem Decknamen steckte. Salamander notierte im Geiste alles, was ihm auffiel, und versuchte später die einzelnen Mosaiksteinchen zusammenzusetzen.

Der Dragor hielt sich aus dieser Diskussion heraus und griff in der Regel nur dann ein, wenn ein einzelner Rat oder der Rat insgesamt seine Kompetenzen überschritt. Voraussetzung für diese offene Aussprache waren jedoch die vorausgegangenen Privataudienzen, in denen der Dragor den einzelnen Räten auferlegte, was sie dem Rat mitteilen durften und was nicht.

Da es dieses Mal keine Privataudienzen gegeben hatte, überraschte es Salamander nicht, als der Dragor erklärte: »Die Berichte der Räte werden auf das nächste Treffen verschoben. Stattdessen wird dem Flammenrat eine besondere Ehre zuteil.«

Salamander horchte auf, und auch die anderen Räte wirkten überrascht. Einige rutschten auf den Sitzen hin und her, Stühle knarrten, Schnaufen und heftiges Atmen waren zu hören, eine spürbare Anspannung lag über der Runde.

Der Dragor erhob sich von seinem Thron und stieg gemessen die Stufen hinab. Das lange Purpurgewand streifte über die Stufen, dann über den Teppich und raschelte leise. Erste Flamme Atamur trat vor die Säule, die das Schwarze Auge trug. »Dem Rat ist es erlaubt, sich um mich zu versammeln«, verkündete er.

Das ließ sich keiner zweimal sagen. Eilends erhoben sich die Räte, begaben sich zu der Säule und bildeten einen Ring um das verhüllte Schwarze Auge und den

Dragor. Dieser nestelte bereits an der Schnur, die das Tuch zusammenhielt.

Salamander spürte, dass sich sein Pulsschlag erhöht hatte. Er hatte noch niemals in ein Schwarzes Auge geschaut, natürlich nicht, und das Gleiche galt mit großer Wahrscheinlichkeit für die anderen Räte. Zu selten war ein solches Artefakt. Und die wenigen, die man bislang gefunden hatte, wurden von ihren Besitzern eifersüchtig gehütet. Aber Salamander dachte bereits weiter. Er konnte sich nicht vorstellen, dass der Dragor ihnen das Schwarze Auge nur zeigen wollte. Er würde es mit seiner Magie zum Leben erwecken. Und er hatte ganz bestimmt einen Grund, dies in der Gegenwart des Flammenrats zu tun.

Der Dragor hatte die Schnur gelöst, zog das dunkelrote Samttuch langsam und feierlich von dem Artefakt und ließ es danach achtlos zu Boden fallen.

Die Räte standen still da, die meisten regungslos. Nur jene, denen durch den Dragor die Sicht versperrt wurde, drängelten, reckten die Hälse oder suchten sich einen anderen Platz in der Runde. Alle starrten das Artefakt an. Es handelte sich um eine schwarze, in höchster Vollkommenheit gerundete Kugel, die etwa zwei Spann im Durchmesser maß. Salamander hatte schon Kristallkugeln von Magiern gesehen, auch solche von Scharlatanen auf den Märkten, die vorgaben, daraus die Zukunft lesen zu können. Die meisten dieser Kugeln waren viel kleiner, aber die Größe war es nicht, die diese Kugel zu etwas Besonderem machte. Es war vielmehr die absolute Schwärze. Kein einziger Lichtstrahl wurde zurückgeworfen, nichts war in der Kugel zu erkennen, nicht einmal der Rand schimmerte kristallin. Tatsächlich hatte Salamander den Eindruck, dass das Artefakt nicht aus einem besonderen schwarzen Kristall bestand, auch nicht aus einem Stoff, der vielleicht der Kohle verwandt sein mochte. Ihm fehlten die Worte und das Wissen um diese Dinge, aber sein Gefühl sagte ihm, dass dieser Stoff etwas war, das jenseits der Erfahrungen von sterblichen Wesen Bestand hatte. Vielleicht war es eine Zusammenballung von absoluter Dunkelheit aus einer jenseitigen Sphäre. Es mochte in der diesseitigen Sphäre wie eine Kugel geformt sein, war in Wahrheit aber sicherlich etwas ganz anderes. Eine Ehrfurcht gebietende Macht strahlte von ihm aus. Nichts, das Angst machte. Aber etwas, das unfassbar fremdartig war.

Der Dragor streckte beide Hände aus und legte sie seitlich auf die Kugel, versuchte sie so weit wie möglich zu umfassen. Er murmelte kaum hörbar vor sich hin. Was davon an Salamanders Ohr gelangte, entstammte keiner Sprache, die er jemals in Aventurien gehört hatte.

Etwas geschah. Alle spürten es, ohne im Moment etwas sehen zu können. Immer enger drängten sich die Räte um das Artefakt. Nur zu dem Dragor wurde respektvoll Abstand gehalten.

Ganz allmählich erwachte das Schwarze Auge zum Leben. Erst waren es nur ein paar winzige blaue Blitze, die durch die Kugel zuckten, dann ein paar Farbkleckse, die auftauchten und im Nu wieder verschwanden. Plötzlich jedoch schien die Kugel in einer Lichtkaskade zu explodieren.

Im gleichen Moment ließ der Dragor die Hände sinken und trat einen Schritt zurück. Ein Bild formte sich in der Kugel. Eine Waldlichtung, umgeben von hohen Laubbäumen und dichtem Unterholz. Im Hintergrund war die mit Efeu bewachsene Ruine eines Turms zu erkennen. Seitlich davon gab es einige Zelte und Hütten. Zwischen den Zelten bewegten sich Menschen. Eine Feuerstelle. Rauch stieg auf. Auf der Lichtung grasten Pferde, Rinder und Schafe.

Es war ein ungemein deutliches, lebensechtes und

plastisches Bild, als würde der Betrachter auf halber Höhe auf einem der Bäume am Rande der Lichtung sitzen und hinabschauen. Und das Bild war nicht starr festgehalten wie auf der Leinwand eines Malers, sondern das Laub der Bäume schwankte im Wind, die Tiere und die Menschen bewegten sich, von jeder Seite der Kugel hatte man einen anderen Blickwinkel auf diese Welt im Kleinen. Nur hören konnte man nichts.

Der Dragor streckte die Rechte aus, als wollte er erneut die Kugel berühren, ließ die Hand jedoch einen Spann vor der Kugel verharren. Er drehte die Hand leicht zur Seite und nach unten. Das Bild in der Kugel folgte der Bewegung. Der Dragor drückte die Hand nach vorn, und das Bild wanderte nach vorn. Jetzt waren die Zelte nahe am Turm groß und deutlich zu sehen. Im nächsten Moment füllte eine Schmiedin das Bild aus, die gerade ein Hufeisen in ein Feuer hielt, während ein Gehilfe die Holzkohle mit einem Blasebalg zur Weißglut brachte. Wieder bewegte der Dragor die Hand, schneller diesmal, mit beinahe hektischen Bewegungen. Das Bild sprang hin und her. Mal war ein bärtiges Haupt zu sehen, mal eine bewaffnete Frau mit Gesichtstätowierungen und einer Augenklappe, dann eine ältere Frau in einem langen grauen Gewand, die vielleicht eine Druidin sein mochte. Der Dragor schien mit all dem nicht zufrieden zu sein, verharrte nirgendwo lange, bewegte weiter die Hand, schien etwas zu suchen. Die Kugel zeigte jetzt den Rand der Lichtung, wo sich ein Bach durch das Grün schlängelte. Das Bild in der Kugel folgte dem Bachlauf ein Stück durch den Wald, bis die Bäume zurückwichen und der Bach sich zu einem kleinen See erweiterte. Zwei nackte junge Frauen standen bis zu den Knien im Wasser. Sie neckten einander und spritzten sich gegenseitig nass. Ein großer Wolfshund beteiligte sich an dem Spiel und sprang zwischen den Frauen im Wasser herum. Einmal blieb er stehen, spitzte die Ohren, als habe er ein fremdes Geräusch gehört, und wirkte unruhig.

Der Dragor ließ ein kehliges Geräusch hören, das wie das zufriedene Schnurren einer Katze klang. Er schien gefunden zu haben, was er suchte, und bewegte die Hand nur noch ganz langsam und behutsam nach vorn. Jetzt waren die beiden jungen Frauen in ihrer ungezwungenen Nacktheit und Fröhlichkeit ganz deutlich zu erkennen. Die eine war eigentlich noch ein Mädchen, hübsch anzusehen, schlank wie ein Knabe und noch etwas eckig, mit kleinen Brüsten, das Schamhaar nur zarter Flaum, das dunkle Haar zu mehreren lustigen kleinen Zöpfen gebunden. Sie schien den Dragor nicht zu interessieren. Nach einer weiteren winzigen Handbewegung zeigte das Bild in der Kugel einzig und allein die andere Frau.

Sie war atemberaubend schön. Ihr nackter Körper glich dem einer Göttin: groß und schlank, lange, wohlgeformte Beine, schmale, grazil geschwungene Hüften, ein flacher Bauch mit einem sinnlich gewölbten Schamhügel, vollendet geformte, straffe Brüste, ein schlanker Hals. Die Haut war rein und von der Sonne zart gebräunt. Die leicht abfallenden Schultern waren nicht zu breit und nicht zu schmal, wirkten aber gleichzeitig athletisch und kraftvoll. Die Arme zeigten bei aller fraulichen Schönheit deutlich ausgeprägte Muskeln, die wie der gesamte straffe, offensichtlich regelmäßig geschulte Körper ahnen ließen, dass diese Frau kein Heimchen war, das hinter dem Ofen saß.

Der Dragor erlaubte den Räten nur einen kurzen Blick auf den nackten Körper der Frau. Das Bild in der Kugel zeigte jetzt nur noch den Kopf der unbekannten Schönen. Lange blonde Haare, offen getragen, umrahmten ein edles Gesicht mit strahlend blauen Augen, einer makellos geformten Nase und einem sanft geschwungenen Mund, dessen Lippen rot und voll waren. Die hohe Stirn verriet Intelligenz. Als die junge Frau vergnügt lachte, waren zwei kleine Wangengrübchen zu sehen, und wenn sie wie jetzt nur lächelte, wirkte ihr Gesicht anmutig, und in den leuchtenden Augen blitzte etwas Rätselhaftes, Geheimnisvolles auf. Zugleich lag in diesen Zügen aber auch Entschlusskraft, Willensstärke und Leidenschaft.

»Schaut alle genau hin und prägt Euch dieses Gesicht ein«, sagte der Dragor. »Wir haben sie endlich gefunden – das ist Prinzessin Rhiana von Talania.«

Ein Raunen ging durch die Runde. Auch Salamander war überrascht. Er hatte die Prinzessin niemals zuvor gesehen, sie sich aber jünger vorgestellt, als ein halbes Kind noch, allenfalls so alt wie ihre Gespielin dort draußen am See. *Aber die Jahre gehen dahin,* dachte er. *Aus der kleinen Rhiana, von der ich vor Jahren gehört habe, ist inzwischen eine Frau geworden. Und was für eine schöne und begehrenswerte Frau!*

Der Dragor ließ den Räten noch einen Moment Zeit, sich das Gesicht einzuprägen. Dann trat er an das Schwarze Auge heran und berührte es leicht. Das Bild verblasste schnell. Tiefes Schwarz kroch heran und verschluckte jedes Licht. Das in die Ferne schauende Auge hatte sich geschlossen und zeigte sich jetzt wieder als schwarze Kugel ohne jedes Leben.

Erste Flamme Atamur machte sich nicht die Mühe, das Schwarze Auge zu verhüllen. Er wandte sich den Räten zu. »Ihr seht, unsere Sache kommt voran.« Er richtete den Blick auf Salamander. »Salamander, Ihr werdet Euch um Rhiana kümmern. Aber nicht allein. Ich werde Euch in Kürze einen Beauftragten senden, der alles Weitere mit Euch bespricht. Ihr werdet ihn unterstützen.« Er streckte Salamander einen seiner Ringe entgegen. »Der Beauftragte wird sich durch einen Ring ausweisen, der diesem hier gleicht. Schaut ihn Euch genau an.«

»Es wird mir eine Ehre sein, Euer Dragor«, erwiderte Salamander, verneigte sich und betrachtete dann den Ring an. Er bestand aus Gold. Der Reif war schlicht, aber der Kopf zeigte einen fein ziselierten Drachen mit Rubinaugen.

Salamander wusste, dass es eine Auszeichnung war, mit dieser für den Bund so wichtigen Angelegenheit betraut zu werden. In diesem Fall allerdings hätte er sich gewünscht, einem anderen wäre diese Ehre zuteil geworden.

Der Dragor wandte sich ab und tat ein paar Schritte in Richtung der Saaltür. Es sah ganz so aus, als wollte Erste Flamme Atamur die Ratsversammlung aufheben. Einige der Räte machten bereits Anstalten, zu einem der Pyrdacor-Schreine zu gehen, um sich ebenfalls zu verabschieden. Salamander blieb unschlüssig stehen. Es war nicht die Art des Dragor, sang- und klanglos zu verschwinden.

Salamander behielt Recht. Der Dragor verharrte im Schritt und wandte sich um, als sei ihm noch etwas eingefallen. »Ach ja«, sagte er, und es klang fast gelangweilt. »Es gibt da noch eine Kleinigkeit zu regeln.«

Schauspieler!, dachte Salamander.

Die Räte warteten auf die Aufforderung, sich wieder zu setzen, aber diese kam nicht. Stattdessen schaute der Dragor erst zu dem linken Pyrdacor-Gobelin, dann zu dem rechten und verneigte sich jeweils. Dann sah er wieder zu den versammelten Räten, ohne dabei einen bestimmten Rat ins Auge zu fassen. »Wir hätten uns schon vor Monden mit Rhiana befassen können«, sagte er, und es hörte sich fast beiläufig an. Auch als er fortfuhr, klang seine Stimme leidenschaftslos. »Denn einer von Euch hat sie damals aufgespürt. Doch leider, leider, leider hat dieser Flammenrat uns seine Entdeckung nicht mitgeteilt und stattdessen eigenmächtig gehandelt.«

Jeder einzelne der Flammenräte erstarrte, auch Salamander. Was der Dragor so gelassen vorgetragen hatte, war eine ungeheure Anschuldigung, die unabsehbare Folgen haben musste.

»Mehr noch, dieser Flammenrat ist verantwortlich dafür, dass dank seines stümperhaften Eingreifens das Mädchen samt ihren Getreuen entwischen konnte. Wir verdanken es einem Zufall, dass wir das neue Versteck aufspüren konnten.«

Aus dem Nichts heraus verwandelte sich der vorher so schläfrig und uninteressiert wirkende Dragor in eine Furie. Er schnaubte zornig. Schwarzer Rauch stieg aus den Atemlöchern der Goldmaske, die Maske begann zu glühen. Das war kein Mensch mehr, der vor den Räten stand. Sein rechter Zeigefinger richtete sich anklagend auf Basilisk, als wollte er die Magistra durchbohren. Seine Stimme überschlug sich. »Basilisk, ich klage Euch des Hochverrats an! Ihr habt Pyrdacor verraten, Ihr habt den Dragor verraten, und Ihr habt den Flammenbund verraten!«

Basilisk stand einen Moment stocksteif da und wich dann ein paar Schritte in Richtung Felsbalkon zurück. Die Flammenräte, die sich in der Nähe der Magistra aufgehalten hatten, bewegten sich seitlich von ihr weg und drängten zu den Wänden des Saals. Salamander, der dort bereits stand, machte ihnen Platz. Basilisk sah sich hektisch um, schaute zum Balkon. Einen Moment lang schien sie zu erwägen, sich in die See hinabzustürzen. Aber dann tat sie zögernd wieder einen Schritt auf den Dragor zu. »Euer … Euer Erhabener … Ihr … Ihr versteht nicht …«, stammelte sie.

»O doch, ich verstehe sehr gut, was Ihr im Sinn hattet«, fauchte der Dragor mit kaum noch verständlicher Stimme. Er bot einen furchtbaren Anblick. Dicker Qualm quoll jetzt sogar zwischen Maske und Kapuze sowie aus den Armschlitzen des Gewandes hervor. Die

Maske glühte so hell, dass sie zu schmelzen drohte. Salamander war über den Anblick genauso erschrocken wie die anderen Räte, aber ein Teil seines Verstandes blieb nüchtern und war sogar in der Lage, Mutmaßungen anzustellen. *Ist der Dragor in Wahrheit ein Dämon? Oder ist das wieder ein Illusionszauber?*

Die Maske des Dragor zerlief. Das flüssige Gold tropfte auf den Teppich und versengte ihn, erstarrte, formte sich zu Klümpchen und bizarr geformten Figuren, die wie züngelnde Schlangen mit kleinen Köpfen aus Edelsteinen aussahen. Der Qualm, der aus dem Kopfteil des Gewandes austrat, verdichtete sich. Die meisten Räte mussten husten und würgen, als der beißende Rauch sie erreichte, aber keiner wandte sich ab. Salamander hielt mit tränenden Augen den Atem an und starrte wie die anderen auf den Dragor.

Dessen Gestalt schien größer und massiver zu werden. Das Gewand wölbte sich und zerriss. Eine letzte dichte Rauchwolke stieg zur Decke des Saals auf. Aus dem Rauch trat ein grüngesichtiger zweibeiniger Drache hervor, das breite Maul mit den dolchscharfen Zähnen geöffnet, die rot glühenden Augen auf Basilisk gerichtet, die Flügel angelegt, die Nüstern schnaubend, die gespaltene Zunge züngelnd. Die armlangen Handschuhe waren geplatzt und herabgefallen. Die Hände besaßen jetzt dicke Hornpolster und scharfe Klauennägel, die Arme waren mit Schuppen besetzt. Der Dragor, wenn er es denn noch war, trug vier lange Hörner auf dem Kamm, Flügelmembranen an den Ohren und einen Rückenkamm. Er stützte sich auf einem Reptilienschwanz ab wie auf einem dritten Bein.

Drohend ging er auf Basilisk zu und stieß zum ersten Mal einen Feuerodem aus. Die Flammen schossen auf Basilisk zu, erreichten sie aber nicht ganz.

Magistra Lynd bettelte nicht länger, sondern stellte sich. Mit einem Ruck der Rechten riss sie die Silbermaske herunter, die den Fluss der magischen Kräfte behinderte, und warf sie zu Boden. Mit der Linken streifte sie die Kapuze nach hinten und befreite ihr dichtes, leicht gelocktes dunkles Haar, das ungebändigt wie eine Löwenmähne aussah. Salamander stellte fest, dass Lysdia Lynd ein volles, ebenmäßig geformtes Gesicht besaß, das unter anderen Umständen durchaus eine gewisse Schönheit besitzen mochte. Jetzt aber war es verzerrt, mit einem herabperlenden Schweißfilm und hektischen roten Flecken bedeckt. Die graubraunen Augen darin waren weit aufgerissen, ließen Panik erkennen und flackerten unstet, als drohe die Verzweiflung in Wahnsinn umzuschlagen.

Die Magistra verfügte über keinerlei sichtbare Waffen. Salamander wusste von seinem Spitzel, dass Magistra Lynd einen Zauberstab besaß, den sie in ein Flammenschwert verwandeln konnte. Offensichtlich war sie jedoch arglos in diese Versammlung gegangen und hatte, wie es verlangt wurde, alle Waffen, also auch den Zauberstab, in ihrer Zelle zurückgelassen. Obwohl der Schuppenpanzer eines Drachen nur schwer zu durchdringen war, hätte er ihr als Flammenschwert jetzt vielleicht gute Dienste leisten können. Da sie als überaus fähige und kundige Schwarzmagierin galt, traute Salamander ihr grundsätzlich zu, einen mächtigen Dämonen zu ihrem Schutz herbeizurufen. Aber nach allem, was er wusste, konnten Magier eine derartig aufwändige Magie nicht einfach aus dem Ärmel schütteln, sondern benötigten dazu einiges an Konzentration und Vorbereitung. Beides stand ihr hier an diesem Ort nicht im ausreichenden Maß zur Verfügung.

Was bleibt ihr?, fragte sich Salamander.

Die Magistra blieb die Antwort nicht lange schuldig. Mit schriller Stimme formulierte sie einen Zauberspruch und beschwor damit einen der kleineren Dämonen, dessen Dienste ihr jederzeit zur Verfügung standen. Dass ihr dies trotz der bedrohlichen Lage gelang, war erstaunlich und stellte ihr Können eindrucksvoll unter Beweis.

Eine wallende schwarze Kutte erschien aus dem Nichts und baute sich vor dem Drachen auf. Rote Augen glühten wie Kohlen, die gerade einem Feuer entnommen worden waren, aus der Kutte, und gelbe Krallenhände hielten ein Krummschwert und eine Peitsche. Ansonsten war nichts von einem Körper zu entdecken, und das Innere der Kutte schien aus tiefschwarzer Nacht zu bestehen. Der Dämon führte einen Schlag mit der Peitsche nach dem Drachen. Dieser war stehen geblieben, fing den Schlag mit der Rechten ab, bekam die Schnur zu packen und entriss dem Gegner die Peitsche. Diese löste sich in blauen Rauch auf.

»Heshthot wird dir nicht helfen können«, grollte der Dragor.

Im nächsten Moment erschien eine andere Peitsche in der Krallenhand, aber der Dämon griff jetzt mit dem Krummschwert in der anderen Hand an.

»Ich sagte, dein armseliger Diener kann dir nicht helfen, Basilisk!«, wiederholte der Dragor.

Er blockte den Schwerthieb mit der schuppigen linken Hand ab, packte das Schwert an der scharfen Schneide und riss es mit einem gewaltigen Ruck mitsamt der Krallenhand des Dämons aus der Kutte. Schwert und Krallenhand gingen wie die Peitsche in Rauch auf. Bevor der Dämon die Hand und das Schwert ersetzen konnte, sprang der Drache auf ihn zu, packte mit beiden Händen die schwarze Kutte, presste sie zusammen und wrang sie, als ware sie ein nasser Scheuerlappen. Vergeblich versuchte der Dämon, sich dem Griff zu entziehen oder die Peitsche einzusetzen. Unbarmherzig presste der Drache die Finsternis aus der Kutte, bis Letztere nur noch so dick wie ein Strick war. Plötzlich begann die Kutte zu kokeln. Funken und Blitze liefen von einem Ende zum anderen. Wenig später stand sie in Flammen. Dann gab es einen lauten Knall. Der Dämon war verschwunden. Nur ein wenig Rauch war von ihm verblieben, der sich langsam im Raum verteilte.

Der Dragor wandte sich wieder der Magistra zu, deren Gesicht noch wilder verzerrt war als vorhin. Unverhüllter Irrsinn geisterte in ihren Augen, als der Feuerodem des Drachen erneut nach ihr leckte. Aber sie war immer noch fähig, ihre Magie einzusetzen. Ihre Hände umfassten die Flammen, die fast ihre Brust erreicht hatten. Keuchend stieß sie eine Zauberformel hervor. Ihre Stimme klang wie kreischendes Metall.

Eine dünne, unsichtbare Haut schien sich um die Flammen zu legen und sie zu ersticken. Der Dragor stieß erneut seinen Feueratem aus, stärker diesmal. Die Flammen umloderten den Körper der Magistra, schienen ihr aber nichts anhaben zu können.

Doch der Drache lachte nur. Es klang laut und kehlig, ganz anders, als man es von dem Dragor kannte. Er hob die Klauenhände, baute mit ihnen eine Wand aus Feuer auf, wölbte sie halbkugelförmig nach vorn und stülpte sie über die Magistra. Basilisk kreischte auf und stemmte sich dagegen. Das Letzte, was Salamander von ihr sah, war ein vor Anstrengung dunkelrotes Gesicht mit blutunterlaufenen Augen, die weit aus den Höhlen hervorgetreten waren und zu platzen drohten. Dann war nur noch eine Glocke aus Feuer zu sehen. Das Kreischen der Frau aus dem Feuer heraus hielt an, wurde lauter, steigerte sich in Todesangst zu einem erbärmlichen, schrillen Schrei, der Glas hätte zerspringen lassen und die Trommelfelle der Anwesenden bis zum Äußersten beanspruchte. Dann riss der Schrei ab. Nur der Nachhall hing noch eine Weile im Saal. Die Feuerglocke sackte in sich zusammen und erlosch. Wo sich der Körper der Magistra befunden hatte, lag nur noch ein Häuflein grauweißer Asche.

Salamander empfand ein flüchtiges Bedauern für Basilisk und zugleich Ärger, dass all seine Mühe umsonst gewesen waren. Wieder einmal. Ihr Vorgänger im Rat, der ebenfalls den Namen Basilisk trug, war eines natürlichen Todes verstorben, kaum dass Salamander herausbekommen hatte, wer sich hinter dem Namen verbarg. Magistra Lysdia Lynds Mitgliedschaft im Flammenrat hatte gerade mal zwei Jahre angedauert. Der Dragor würde einen neuen Rat ernennen und ihm wohl ebenfalls den Namen Basilisk geben. Vermutlich würde auch dieser neue Basilisk die Kontaktperson für Salamander und Gecko sein. Salamander musste wieder von vorn anfangen. Daneben sorgte er sich ein wenig, dass Magistra Lynds Verrat Auswirkungen auf ihn haben könnte. Immerhin bestand aus der Sicht des Dragor die vage Möglichkeit, dass er, Salamander, in den Verrat der Magistra eingeweiht gewesen war. Andererseits würde der Dragor die Magistra mit dem Schwarzen Auge überwacht haben, seit er von ihrem Verrat wusste, und erkannt haben, dass nichts auf eine Mitwissenschaft von Salamander hindeutete. Salamander beglückwünschte sich, dass er noch nicht versucht hatte, Lysdia Lynd zu umgarnen. Hätte der Dragor ihn bei der Magistra entdeckt, wäre wohl heute ein zweiter Aschehaufen auf dem verkohlten Teppich zurückgeblieben. Trotzdem entschloss sich Salamander, in Zukunft noch vorsichtiger zu sein.

Der Drache wandte sich den Räten zu und stieß erneut seinen Feuerodem aus, der dieses Mal jedoch gegen die Saaldecke gerichtet war. »So ergeht es allen Verrätern!«, grollte er. »Lasst Euch dies eine Warnung sein!«

Der Dragor drehte sich abrupt um, trat zum Felsbalkon, stieß sich ab und sprang in die Tiefe. Im Fallen öffnete er die Schwingen und flog davon.

KAPITEL 5

Die Bürde

Fünfter Ingerimm 913 BF, Nordmarken, im Wald südlich von Turehall

In der mit Efeu bewachsenen Ruine des alten Turms roch es nach Schimmel sowie dem Kot und Urin von Ratten. Selbst im unteren Bereich waren die Mauern brüchig und feucht. Oben reckten sich nur an der Südseite Reste von Zinnen in den Himmel, und vom Mauerwerk des einst kegelförmigen Daches und der oberen Plattform fehlten zwei Drittel. Die meisten Treppen endeten im Nichts. Die wenigen verbliebenen Balken und Bretter der Wehrgänge waren morsch, von Schwämmen und Pilzen bedeckt oder verkohlte Stümpfe. Heute schien die Praiosscheibe und leuchtete von oben in das Gemäuer, aber bei schlechtem Wetter verschonte der Regen selbst das untere Stockwerk nicht.

Aber die Flüchtlinge stellten keine hohen Ansprüche. Sie hatten einige der Löcher mit gewachstem Segeltuch abgedichtet, eine Feuerstelle eingerichtet und jenen Teil ihrer Habe, der kostbar war und der Witterung nicht ausgesetzt sein durfte, an den trockensten Stellen gelagert. Der Rest des Turms sowie ein noch halbwegs bewohnbares Nebengebäude, in dem sich einstmals die Quartiere der Wachsoldaten befunden hatten, dienten Maruna, Rhiana, Tjalmar, der Ronka Bhidanji und einigen anderen als Unterkunft.

Rund um den Turm waren Dutzende von großen und kleinen Zelten auf der Lichtung errichtet worden. Im Wald hatte man Erdhöhlen ausgehoben. Einige der

Flüchtlinge wohnten in den Planwagen, mit denen sie den beweglichen Teil ihrer Habe von der alten *Zuflucht* in das neue Quartier geschafft hatten.

Gut achtzig Meilen lagen zwischen den beiden Orten. Befestigte Straßen und Wege hatten sie gemieden und waren in dem meist hügeligen Gelände nur langsam vorangekommen. Dass es überhaupt gelang, verdankten sie ihren starken Ochsen und Pferden sowie den riesigen Rädern der Planwagen. Letztere hatten ihnen schon damals geholfen, als sie von Abilacht in die nun verlorene *Zuflucht* gezogen waren.

Sie bewegten sich nur nachts voran, um unbemerkt zu bleiben. Viel Zeit ging beim Überqueren der Sarpe, die ihr Wasser weiter nördlich bei Kyndoch dem Großen Fluss zuführte, verloren. Zum Glück führte der Fluss Niedrigwasser, da Efferd in den Wochen zuvor nur wenig Regen über das Land geschickt hatte. Die Kundschafter hatten eine Furt ausfindig gemacht. Trotzdem ging eine volle Nacht verloren, um die Furt und die sumpfigen Flussauen zu durchqueren. Am Ende hatten sie neun Nächte benötigt, um in diesen Wald zu gelangen, der sich zwischen Turehall und Klippag, aber anders als diese Orte auf der linken Seite des Großen Flusses befand.

Der Turm und die Soldatenquartiere waren alles, was von einer früheren Burg geblieben war. Niemand wusste genau, wer die Burg mitten im Wald erbaut hatte, welchem Zweck sie gedient haben mochte und wer sie zerstörte. Vielleicht hatte einer der früheren Herzöge von Elenvina sie einst errichten lassen. Der Wald berührte an dieser Stelle einen Nebenarm des Großen Flusses, der früher der Hauptarm gewesen ein mochte. Die hohen Bäume versperrten die Sicht auf den Fluss, aber vor Jahrhunderten war dies sicher anders gewesen. Vielleicht hatten Soldaten von hier aus Feinde ausgespäht, die gen Elenvina zogen. Oder die Burg war eine Bastion gegen Räuberbanden und Flusspiraten gewesen. Später mochte der übrig gebliebene Turm eben diesen Räubern selbst als Unterschlupf gedient haben. Es gab in Albernia und Nordmarken Dutzende von verlassenen oder zerstörten Burgen und Herrensitzen. Sie zeugten von einer Vergangenheit, in der zum einen Orks, Thorwaler und andere Feinde in das Land eingefallen waren, zum anderen der alles Leben bestimmende Große Fluss sein Bett immer wieder neu gewählt und damit manchen einst blühenden Ort von den Handelswegen abgeschnitten hatte.

Die Flüchtlinge interessierte die Geschichte der einstigen Burg wenig. Wichtig war allein, dass dieser Ort nicht mehr genutzt und der Wald darum herum nur selten von Jägern aufgesucht wurde. Für Köhler und Holzsammler lag er ohnehin zu weit von den Siedlungen entfernt, und die von drei Armen des Großen Flusses durchzogenen Auen besaßen weder Weg noch Steg. Den neuen Bewohnern bot der abgeschiedene Wald Sichtschutz, Wasser, Holz, Fische und ein wenig Kleinwild.

Sie wollten nur wenige Monde bleiben, bis ein Quartier gefunden war, das sicherer war. Sie konnten auch gar nicht länger bleiben. Der Wald vermochte sie auf Dauer nicht zu ernähren. Mit ihren Toten und manchem Hab und Gut hatten sie auch einen Großteil der Ernteerträge in der alten *Zuflucht* zurücklassen müssen, bevor sie sie angezündet hatten, um den Feind zu verwirren. Die meisten der Rinder mussten im Winter geschlachtet werden, weil es nicht genügend Futter für sie gab. Es fehlte an allem. Den nächsten Winter würden sie nicht überstehen. Und sie lebten ständig in der Sorge, dass der alte Feind die Spuren ihres Zugs lesen konnte oder Leute fand, die trotz aller Vorsichtsmaßnahmen den nächtlichen Zug an dieser oder jener Stelle beobachtet hatten. Dass die Flucht gänzlich unbemerkt geblieben war, mochte niemand glauben, obwohl die Magie der Druidin ihre auffälligsten Spuren beseitigt hatte.

Maruna hatte Schreiber Reddel, Neel und Susmin Turibai Montas nach Havena geschickt. Sie sollten dort geheime Verhandlungen mit Bel Ghadi führen, der über die halb im Meer versunkenen Reste des alten Havenas herrschte. Es gab verlässliche Hinweise, dass Bel Ghadi den Flüchtlingen, natürlich gegen gute Bezahlung, dort sichere Quartiere besorgen konnte, bis es ihnen gelungen war, Schiffe anzumieten und eine entlegene Insel anzusteuern. Ihnen allen war klar, dass die Gemeinschaft nur überleben konnte, wenn sie fernab vom Festland ein neues Talania gründete. Ob sie allerdings eine noch unbekannte fruchtbare Insel im Meer der sieben Winde finden würden, wusste niemand. Ob nicht auch diese Insel von dem unerbittlichen Feind aufgespürt werden konnte, war ebenfalls offen.

Die ungewisse Zukunft lastete auch auf Rhiana. Um sich selbst machte sie sich keine Sorgen, aber die Alten, die schon so vieles seit den Tagen in Talania erduldet hatten, taten ihr Leid. Trotz ihrer Jugend hatte sie seit der Schlacht um die *Zuflucht* manches von ihrer Unbekümmertheit verloren.

Als die Schlacht vorüber war, hatte sie kein Hochgefühl, sondern Trauer und Leere empfunden. Stumm hatte sie über sich ergehen lassen, dass man sie bejubelte und hochleben ließ. Sie fühlte sich nicht als Heldin. Sie hatte nicht mehr getan als Neel oder Tjalmar, als Ayka oder Mooker. Dutzende hätte sie nennen können, deren Tapferkeit sie persönlich miterlebt hatte. »Dankt allen, die gekämpft und ihr Bestes gegeben haben«, hatte sie schließlich gesagt. »Dankt den Toten, die mehr als das gegeben haben. Dankt Maruna, die unsere Gemeinschaft all die Jahre mit ihrer Weisheit und Magie gelenkt und beschützt hat. Und dankt den Göttern.«

Berührt hatte sie allerdings, dass Iskara Ronka Bhidanji sie in den Arm nahm und darauf bestand, den Säbel ihrer Vorfahren als Geschenk anzunehmen. Die Großtante hatte sie niemals zuvor in den Arm genommen. Diese Geste bedeutete Rhiana mehr als der Säbel.

Während die anderen sorgsam behütete Fässer selbst gebrauten Bieres sowie Krüge mit Premer Feuer, Bornländer Met und Meskinnes ans Tageslicht beförderten und den Sieg feierten, hatte sich Rhiana zurückgezogen. Still weinte sie um die Toten und streichelte den verletzten Eisfell.

In den Wochen danach hatte sie keine Waffe angerührt, nicht einmal ein Holzschwert. Niemand verlangte dafür eine Erklärung. Maruna und Tjalmar schienen sie zu verstehen. Selbst Neel drängte sie nicht. Rhiana pflegte Eisfell, unternahm lange, einsame Ritte mit Sturmbraut, beschäftigte sich mit Rabe, wie sie den Hengst des toten Feindes getauft hatte. Er war auch unter der schwarzen Hülle schwarz. Anfangs wirkte er verängstigt, wurde aber bald zutraulicher. Sie half beim Zusammentragen der Habe, packte überall mit an, wo eine Hand gebraucht wurde, lehnte es jedoch ab, dem Geleitschutz für den Zug anzugehören. Stattdessen spannte sie Sturmbraut und Rabe vor einen der Planwagen und übernahm die Zügel.

Erst im neuen Quartier kehrten Lebensfreude und Lebensmut zurück. Man sah Rhiana wieder fröhlich lachen, sie kämpfte erfolgreicher denn je mit dem stumpfen Schwert gegen jeden, der sich von ihr herausfordern ließ, übernahm Wach- und Erkundungsaufgaben und schien wieder ganz die Alte zu sein. Aber der Eindruck täuschte. Rhiana war nachdenklicher geworden. Sie spürte, dass sie innerlich *stark* war und durch die Auseinandersetzung mit ihren widerstreitenden Gefühlen noch an Stärke gewonnen hatte. Aber sie wusste noch immer nicht, welchen Weg sie in Zukunft gehen sollte.

Wo war ihr Platz? War sie dazu bestimmt, mit dem Schwert für Gerechtigkeit zu sorgen, wie eine Amazone, wie Neel? Dann hatte sie schwerlich etwas auf jener fernen Insel zu suchen, zu der Maruna die Flüchtlinge führen wollte. Neel selbst hatte bereits geäußert, sie wisse noch nicht, ob sie sich mit den anderen einschiffen werde. Sollte Rhiana gemeinsam mit Neel dem Weg des Schwertes und der Gerechtigkeit folgen, am Ende vielleicht einen neuen Amazonenorden gründen, häretisch wie jener, dem Neel angehört hatte? Oder wäre es Rondra gefälliger, sich jenen anzuschließen, die ihr geweiht waren und sich auf sie beriefen: den Geweihten in den Tempeln oder jenem Amazonenorden, der sich das Recht nahm, Abweichler als Häretiker zu bekämpfen? Neel verachtete beide, die ›geweihten Heuchler‹ und die ›Schwertverräter‹. Aber vielleicht täuschte sich Neel.

Als Rhiana an diesem Morgen verschwitzt von den Übungsstunden zurückkehrte und eigentlich erst einmal ein Bad im nahen See nehmen wollte, sah sie Maruna vor der Turmruine allein im Gras sitzen und etwas aus einer Holzkumme löffeln. Vermutlich war es ein Brei aus Frischkäse und Hirse, der den meisten Flüchtlingen als Morgenmahl diente. Seit Wochen hatte Rhiana das Gespräch mit der Druidin gesucht. Aber entweder war Maruna beschäftigt gewesen oder hatte sich zurückgezogen, um sich mit Sumu zu vereinen. Heute schien das anders zu sein. Maruna wirkte entspannt und ansprechbar.

Rhiana bahnte sich ihren Weg durch eine Schar spielender Kinder und passierte die im Freien errichtete Schmiede, wo Franins Lehrjunge mit dem Blasebalg für weiße Glut sorgte und die Schmiedin mit gleichmäßigen Schlägen ein Hufeisen auf dem Amboss bearbeitete.

Rhiana trat zu der Druidin und fragte: »Darf ich Euch einen Moment Gesellschaft leisten, Mutter Maruna?«

Die Frau mit den langen grauen Haaren nickte und deutete neben sich. »Setzt Euch zu mir ins Gras, Prinzessin Rhiana.«

Rhiana hatte Helm und Kettenhemd am Übungsplatz zurückgelassen. Sie trug ein kurzes, leichtes Gewand aus hellblau eingefärbtem Leinen, das in der Taille gegürtet war und ihre langen, wohlgeformten Beine bis zu den Oberschenkeln frei ließ. Die Füße steckten in Riemensandalen. Am Gürtel hing das Schwert, das in der Schlacht um die alte *Zuflucht* ihr Leben geschützt und das Leben anderer genommen hatte. Sie legte den Schwertgürtel ab, ließ sich nieder, schlug die Beine übereinander und umfasste eines ihrer Knie. Respektvoll wartete sie, dass die ältere Frau das Gespräch eröffnete.

Maruna bot ihr die Kumme mit dem Brei und ihren Holzlöffel an. »Nehmt davon. Es ist sehr gut und reicht für uns beide.«

»Ich danke Euch sehr, aber ich bin nicht hungrig«, sagte Rhiana.

Die Frau nahm noch einen letzten Löffel Brei und stellte die Kumme dann beiseite. Aufmerksam musterte sie das Mädchen. »Euch bedrückt etwas, Prinzessin«, stellte sie fest.

Rhiana war nicht überrascht. Sie wusste, dass sich die Druidin darauf verstand, ihr direkt ins Herz zu schauen. Das war schon immer so gewesen. Es bedeutete allerdings nicht, dass Maruna auch bereit war, mit ihr darüber zu reden. Maruna lebte in ihrer eigenen Welt und war nur selten bereit, andere Menschen an sich heranzulassen. Selbst Rhiana gegenüber wahrte sie eine niemals eindeutig zu bestimmende Mischung aus vertrauter Nähe und unpersönlicher Ferne.

»Ich habe in den letzten Wochen über vieles nachgedacht und wüsste gern Euren Rat.«

Die Druidin, wie immer schmucklos in ein langes

graues Gewand gekleidet, senkte leicht das Haupt. »Ich danke Euch für Euer Vertrauen und höre Euch gern zu. Aber erwartet bitte nicht zu viel von mir.«

Rhiana entschloss sich, mit der Tür ins Haus zu fallen. »Ich weiß nicht, welchen Weg ich fortan gehen soll«, gestand sie ein.

Maruna schwieg eine Weile. Rhiana fürchtete schon, sie würde sich ihr entziehen, wie sie es so oft getan hatte. Aber dann sagte die Druidin: »Es hat sich in den letzten Monden viel ereignet, und Entscheidungen stehen bevor, die noch tiefer in unser Leben einschneiden werden, als es diese vergangenen Ereignisse vermocht haben. Viele von uns fragen sich, welchen Weg sie fortan gehen sollen. Das gilt auch für mich selbst. Aber ich bin alt, und viele der anderen in unserer Gemeinschaft sind es ebenfalls. Wir haben schon viele Entscheidungen für unser Leben getroffen, falsche und richtige. Wir entscheiden nicht mehr in erster Linie für uns, sondern für unsere Kinder und die uns Anempfohlenen. Ihr dagegen, Prinzessin Rhiana, seid jung, und das ganze Leben liegt noch vor Euch. Ihr steht an einer Weggabelung, und der Weg, für den Ihr Euch entscheidet, wird Euer ganzes weiteres Leben bestimmen. Aber bedenkt bitte, dass Eure Entscheidung auch Einfluss auf andere hat, die Euch bewundern und Hoffnungen in Euch setzen.«

Das war nicht die Art von Antwort, die Rhiana gelten lassen wollte. Sie vergaß beinahe Ihren Respekt vor Maruna und platzte trotzig heraus: »Ich will nichts hören von Verpflichtungen, die ich gegenüber anderen habe. Ich will nicht hören, dass ich eine Prinzessin bin und den geraubten Thron von Talania zurückerobern soll. Und schon gar nicht will ich hören, dass mir in die Wiege gelegt wurde, meinen Namen in die Annalen der aventurischen Geschichte einzuschreiben.«

Maruna hob besänftigend die Hände. »Eines Tages, Rhiana, werdet Ihr erkennen, dass Ihr Euch Eurer Vorbestimmung und Eurer Verantwortung nicht entziehen könnt. Niemand kann das. Je früher man diese Dinge erkennt und sich ihnen stellt, desto besser kommt man damit zurecht. Verzeiht mir, wenn ich Euch all die Jahre vielleicht zu oft bedrängt habe, aber ich habe mir immer gewünscht, dass Ihr die besondere Rolle, die Euch zugedacht ist, früh annehmt. Ich selbst bin meiner Bestimmung erst spät gefolgt. Hätte ich mich Sumus Ruf früher geöffnet, wäre mir manches erspart geblieben.« Sie machte eine Pause und schien sich zu besinnen. »Aber ich rede zu viel, statt Euch zuzuhören. Vielleicht hätte ich Euch schon früher öfter zuhören sollen, statt Euch zu belehren.«

Dieses Eingeständnis ließ Rhiana alle Waffen strecken. »Ich weiß nicht, wo ich anfangen soll«, sagte sie schlicht. »Ich weiß nicht einmal, ob ich meine Gedanken in Worte zu kleiden vermag, die vor Euch bestehen können.«

»Ich erwarte von Euch keinen geschliffenen Vortrag«, erwiderte Maruna lächelnd. »Beginnt einfach. Lasst mich wissen, was Euch bewegt.«

Rhiana suchte nach einem Anfang. Oft in den einsam oder in Gesellschaft von Tieren verbrachten Stunden hatte sie über ihr bisheriges Leben nachgedacht. Bisher war sie behütet aufgewachsen. Ihre Mutter hatte sie niemals kennen gelernt, den Tod ihres Vaters hatte sie als schmerzlich empfunden, aber damals noch nicht wirklich verstehen können. Dass er ermordet wurde, hatte man ihr erst später gesagt. Maruna hatte schon auf Burg Abilacht die Rolle ihrer Mutter eingenommen, Tjalmar und in gewisser Weise auch die kriegerische Neel ersetzten ihr den Vater. Behutsam hatte vor allem Maruna sie darauf vorbereitet, dass ihr eine besondere Rolle zukommen werde. Eines Tages werde sie mit dem Schwert ihren Vater rächen, mit dem Schwert werde sie den Thron ihres Vaters für sich zurückerobern, mit dem

Schwert werde sie noch Größeres vollbringen. Für ganz Aventurien. Wenn Rhiana nach diesem Größeren fragte, hatte Maruna stets geantwortet, sie werde es erfahren, wenn die Zeit dafür reif sei.

Rhiana hatte die Rolle einer Kämpferin für Gerechtigkeit gefallen, wie sie wohl jedem Kind gefallen würde. Und Neel, die ganz und gar nach dem Grundsatz ›Schwert für Gerechtigkeit‹ lebte, bestärkte sie darin. Dass zum Schwert auch der Tod gehörte, war Rhiana nicht verborgen geblieben. Aber der Tod war fern, und irgendwie hatte sie wohl geglaubt, Siege erringen zu können, ohne töten zu müssen und ohne die eigenen Gefährten fallen zu sehen. Sie hatte sich selbst belogen.

»Das Schwert und der Tod«, sagte sie schließlich. »Warum müssen wir unsere Ansprüche mit dem Schwert durchsetzen? Warum folgen wir *ihr?* Warum folgen wir Rondra?«

»*Ich* folge Rondra nicht«, sagte Maruna. »Aber ich will mich nicht dahinter verschanzen, dass ich den Zwölfgöttern nicht zugestehe, mein Leben zu bestimmen. Sie sind in meinen Augen nur Wesen, die in einer anderen Welt leben, zugegeben mächtiger als Menschen, bisweilen klug und freundlich, doch meistens so dumm und eitel wie diese. Aber lassen wir das, denn es bringt uns nicht weiter. Auch Sumu, die mein Leben bestimmt, ist grausam zu ihren Geschöpfen. Und wir, als Sumus Arm, sind es auch. Töten wir nicht die Tiere des Waldes, damit sie uns ihr Fleisch, ihr Fell und ihr Horn geben? Töten wir nicht die Fische im Fluss? Töten wir nicht die Schweine, Rinder, Ziegen und Schafe, die uns anvertraut sind?«

»Müssen wir deshalb auch Menschen töten?«, fragte Rhiana.

»Nur wenn es uns aufgezwungen wird«, sagte Maruna. »Du hast es selbst erlebt. Wir haben keinem der Söldner etwas getan, aber sie haben die *Zuflucht* überfallen, haben viele unserer Freunde getötet und wollten unser Hab und Gut rauben. Sollten wir uns abschlachten lassen? Dein Vater, König Arlos, lebte friedlich auf Burg Abilacht. Er wurde ermordet. Verdient nicht auch sein Mörder den Tod? Und jene, die den Mord angeordnet haben?«

Rhiana seufzte leise. »Ihr wisst, dass ich meinen Vater sehr geliebt habe. Ich war vierzehn, als Ihr mir eröffnet habt, dass mein Vater ermordet wurde. Ich habe Euch damals versprochen, ihn zu rächen, und dieses Versprechen gilt noch immer. Aber Ihr habt mir niemals erlaubt, nach Burg Abilacht zu reiten und Nachforschungen anzustellen.«

»Weil es zu gefährlich ist, Rhiana«, erwiderte Maruna. »Der Feind hat viele Hände und viele Schwerter. Ihr habt es erlebt. Ich bin überzeugt davon, dass König Arlos von den gleichen Leuten umgebracht wurde, die ihn damals vom Thron gestürzt und erst kürzlich Söldner gegen die *Zuflucht* in Marsch gesetzt haben. Dieser Feind trachtet auch Euch nach dem Leben. Deshalb dürft Ihr ihm niemals in die Hände fallen. Verliert Euer Ziel, den Tod Eures Vaters zu rächen, niemals aus den Augen, Prinzessin Rhiana. Aber habt Geduld. Dreizehn Jahre sind seither vergangen. Auf ein paar Jahre mehr kommt es nicht an. Eure Rache darf nicht Euer eigenes Leben kosten. Wenn das der Preis ist, taugt die Rache nichts. König Arlos würde dies nicht wollen. Euer Tod würde ihn ein zweites Mal sterben lassen, und der Feind hätte endlich sein Ziel erreicht.«

»Warum musste mein Vater sterben?«, fragte Rhiana nicht zum ersten Mal. »Und warum will der Feind auch meinen Tod?«

Auf derartige Fragen hatte Maruna stets geantwortet, sie wisse nicht, warum der Feind sich nicht damit begnügt habe, den Thron von Talania zu rauben, sondern König Arlos und die Seinen weiterhin grausam verfolgte. Heute allerdings war Maruna mitteilsamer. »Ich glaube, dass der König ein Geheimnis bewahrte und deshalb sterben musste. Der Feind konnte ihm das Geheimnis nicht stehlen und vermutet es bei uns.«

»Ein Geheimnis?«, fragte Rhiana und atmete unwillkürlich schneller. Ihre straffen Brüste zeichneten sich deutlich unter dem von Schweiß durchtränkten Leinen ab. »Was für ein Geheimnis?«

»Es ist nur eine Vermutung, mehr nicht«, wich die Druidin aus. »Ich bin darin nicht eingeweiht. Ich ahne nur, dass es um ein Wissen geht, das sich der Feind aneignen möchte. Wenn er es aber nicht erringen kann, will er auf jeden Fall verhindern, dass andere davon Gebrauch machen.«

»Und deshalb will er mich töten?«

Maruna nickte. »Er denkt, dass Ihr das Geheimnis kennt. Und mehr noch, Rhiana. Ich weiß, Ihr wollt nichts davon hören, dass Ihr zu Höherem bestimmt seid. Aber ich vermute, auch der Feind kennt diese Prophezeiung. Jeder auf Burg Abilacht hat davon gehört, also gewiss auch der Feind. Er sieht in Euch eine Gefahr. Auch aus diesem Grunde will er Euch töten.«

Rhiana dachte darüber nach. Sie hatte davon geträumt, ihren eigenen Weg gehen zu können, sich den Erwartungen entziehen zu können, die andere an sie herantrugen. Aber wie konnte sie das, wenn es einen gnadenlosen Feind gab, der es auf ihr Leben abgesehen hatte und sie weiterhin verfolgen würde, unabhängig davon, für welchen Weg sie sich entschied?

Dass sie eine Prinzessin war, bedeutete ihr wenig. Ihr Vater, König Arlos, hatte sie als Erbin des geraubten Throns von Talania benannt, obwohl ihre Mutter unbekannter Herkunft und nicht die Königin gewesen war. Sarja, Baronin von Abilacht, König Arlos' zweite Frau, hatte ihm einen Sohn geboren, der eigentlich einen größeren Anspruch auf den Thron besaß. Aber Rhianas

Halbbruder Elim würde geistig auf ewig ein Kind bleiben und niemals allein regieren können, falls es denn je gelingen sollte, den Thron zurückzuerobern. Aber gewiss würde Sarja gern die Rolle der Thronregentin übernehmen. Man sagte ihr nach, dass sie nach Höherem als dem Lehen einer Baronin strebte.

»Bedroht der Feind auch Prinz Elim?«, fragte sie.

»Glaubt Ihr, dass König Arlos seinem im Kopf kranken Sohn ein Geheimnis anvertraut hat?«, fragte Maruna zurück. »Dass Prinz Elim jemals ein Schwert führen wird? Wenn der Feind Elim fürchten würde, hätte er ihn längst umgebracht.«

Viele weitere Fragen gingen Rhiana durch den Kopf, aber sie entschied sich, sie zurückzustellen. Sie spürte, dass Maruna trotz all ihrer Weisheit ihr die Entscheidung über den weiteren Weg nicht abnehmen konnte – und wohl auch nicht wollte. Auf eine Frage wollte Rhiana allerdings nicht verzichten.

»Mutter Maruna – habt Ihr die Windhose gegen den Feind geschickt?«

Die Druidin nickte. »Warum fragt Ihr?«

Rhiana schluckte. »Weil *sie* … weil *sie* behauptet, es getan zu haben.«

»Rondra? Plagt sie Euch wieder mit Visionen?«

Die Prinzessin senkte den Kopf. Eine feine Röte hatte ihr Gesicht überzogen. Sie tat sich schwer damit, über diese Dinge zu sprechen. »Sie ist mir in den vergangenen acht Wochen zum Glück nur ein einziges Mal erschienen. Sie sagte: ›Ich habe die Herren der Winde gebeten, deinen Leuten eine Windhose zu schicken, Rhiana. Du stehst in meiner Schuld. Irgendwann wirst du diese Schuld einlösen müssen.‹«

»Ich lege mich ungern mit Göttern an«, sagte Maruna. »Aber Rondra schmückt sich mit falschen Federn. Sumu hat die Windhose geschickt. Ich frage mich, warum die Göttin Euch belügt.«

»Und ich wünschte, sie würde mich endlich in Ruhe lassen«, seufzte Rhiana. »Genügt es nicht, dass ich eine Prinzessin, eine Rächerin und eine zu Höchstem berufene Anführerin sein soll? Muss ich auch noch die Tochter einer Göttin sein?«

Die Druidin wirkte wie erstarrt. »Hat sie das gesagt?«

Rhiana sah immer noch zu Boden und nickte leicht. »Ja, ich glaube, sie wollte mir die Botschaft vermitteln, sie sei meine Mutter. Ich *will* aber nicht die Tochter der Göttin des Krieges sein!«

Die Druidin schwieg eine Weile und sagte dann: »Sie spielt ein Spiel mit Euch, Rhiana. Aber Ihr seht daran, dass Ihr etwas Besonderes sein müsst, wenn sogar eine Göttin sich mit Euch beschäftigt. Nehmt Eure Besonderheit an, Rhiana.«

Die Prinzessin erhob sich und nahm ihr Schwert auf. »Ich danke Euch für Eure Aufmerksamkeit und Euren Rat, Mutter Maruna«, sagte sie mit mühsam beherrschter Stimme. »Und nun erlaubt mir bitte, ein Bad zu nehmen.«

Ohne Marunas Antwort abzuwarten, wandte sie sich um. Sie war verärgert, dass die Druidin das Geständnis genutzt hatte, erneut ihre eigene Forderung zu bekräftigen.

Rhiana schlug den Vorhang beiseite, der die Tür zu einem der Räume im ehemaligen Quartier der Wachmannschaft ersetzte. Der Raum war winzig, aber sauber und besaß ein kleines, mit Pergament abgedichtetes Fenster, das etwas Licht hereinließ. Die Einrichtung bestand aus einem Alkoven mit einem Strohsack und ein paar Wolldecken, zwei Truhen mit Rhianas Habe, einem Lehnstuhl, einem Tisch und einem Schemel. Das alles war weitaus mehr, als die meisten anderen Flüchtlinge besaßen. Eine Nische bot Platz für einen weiteren Strohsack und Decken. Das war Muirs Schlafplatz.

Das Mädchen erwartete die Prinzessin bereits und

hatte ein Badetuch, ein frisches Unterkleid und ein Gewand – so kurz wie jenes, das Rhiana trug, aber leuchtend weinrot und anschmiegsamer, da es aus Baumwolle bestand – herausgelegt. Die ehemalige Bannerträgerin lächelte hoffnungsvoll, als sie Rhiana sah. »Gehen wir zum See, Prinzessin?«

»Genau das hatte ich vor«, sagte Rhiana. Der Anblick ihrer stets freundlichen und gut gelaunten Bediensteten milderte ihren Zorn über den Ausgang des Gesprächs.

Muir nahm die frischen Sachen auf und eilte ihrer Herrin voraus, mal fröhlich hüpfend, mal rennend, dann wieder darauf wartend, dass Rhiana folgte. Die Pferde und die wenigen verbliebenen Rinder, Schafe und Ziegen, die auf der Lichtung grasten, schauten ihr verblüfft zu.

Ich wollte, ich wäre noch so jung und unbeschwert wie Muir, dachte Rhiana.

Sturmbraut und Rabe trabten heran und ließen sich von Rhiana liebkosen. Eisfell tauchte von irgendwoher auf, bellte übermütig und schloss sich den beiden jungen Frauen an. Im Moment verfolgte er spielerisch die hüpfende Muir, aber sein Hauptinteresse galt Rhiana. Seit die Prinzessin den Wolfshund gesund gepflegt hatte, bestand ein enges Band zwischen ihnen. Eine lange Narbe erinnerte an die schwere Rückenverletzung, aber das nachwachsende eisblaue Fell deckte sie langsam zu. Der Hieb des Orks hätte ihm um ein Haar das Rückgrat zerschmettert, aber inzwischen lief Eisfell wieder ohne Beschwerden herum. Oft spürte Rhiana ihn so deutlich mit all seinen Instinkten, seiner Daseinsfreude und der Sorge um die Sicherheit seines ›Rudels‹, dass sie nicht verwundert gewesen wäre, wenn er plötzlich zu ihr gesprochen hätte. Sie konnte zwar manchmal die Ängste und Schmerzen von Tieren ›lesen‹, aber so intensiv hatte sie dies noch bei keinem anderen Tier empfunden, auch nicht bei Sturmbraut oder Rabe.

Muir, die Pferde und Eisfell machten Rhiana fröhlich. Sie merkte, dass die Lasten allmählich von ihr abfielen. Sie freute sich jetzt nur noch auf das Baden im See und war versucht, wie Muir herumzuhüpfen. Sie stellte sich Maruna vor, die dies beobachten und ihr später vorhalten würde: »Das ziemt sich nicht für eine erwachsene Prinzessin.« Da Maruna tatsächlich aufschaute, als Rhiana die Lichtung verließ, konnte die Prinzessin gar nicht anders: Sie setzte ein spitzbübisches Lächeln auf und hüpfte wie ein kleines Mädchen zwischen den Bäumen davon. Sie wusste, dass es albern war, aber sie genoss es. Und es änderte nichts an der Liebe und Verehrung, die sie für Maruna empfand.

Wenn sie doch nur nicht immer so ernst wäre. Aber sie trägt schwer an ihrer Bürde, die Gemeinschaft zu führen. Und außerdem ist sie eine Druidin. Wie sagt Neel immer: ›Wer versteht schon eine Druidin? Nur ein Druide.‹

Die Pferde waren zurückgeblieben und widmeten sich wieder dem saftigen Gras der Lichtung. Eisfell schnupperte eifrig an Dutzenden von interessant riechenden Pflanzen, Sträuchern und Bäumen, setzte hier und da eine Duftmarkierung. Die beiden Frauen folgten dem Bach, der die kleine Siedlung auf der Lichtung mit frischem Wasser versorgte und etwas tiefer im Wald in einen See mündete. Hier baden zu dürfen, war nicht das Privileg von Prinzessin Rhiana, aber zum Leidwesen von Rhianas feiner Nase begnügten sich die meisten Flüchtlinge mit einer Katzenwäsche am Bachlauf. Wenn Rhiana allerdings im See badete, war sie froh darüber, dass so wenige ein solches Bad zu schätzen wussten.

Als der kristallklare See vor ihr auftauchte, lief Rhiana schneller. Sie sehnte sich nach der Frische und Kühle des Wassers. Noch im Laufen löste sie den Schwertgürtel und ließ ihn mit der Waffe in das Gras am Ufer gleiten. Dann schlüpfte sie blitzschnell aus Gewand und

Unterkleid und rannte nackt ins Wasser, tauchte unter und kam prustend wieder hoch. Sie schüttelte ihr nasses Haar, dass die Tropfen nur so flogen. Eisfell schloss sich ihr sofort an, stieß sie mit der Schnauze an und paddelte davon, als sie ihn spielerisch jagte.

Muir stand am Ufer und sah abwartend zu. Ihre Aufgabe war es, die frische Kleidung bereitzulegen, ihre Herrin mit dem Badetuch abzutrocknen und ansonsten darüber zu wachen, dass keiner von den Mannsleuten nahe genug herankam, um die nackte Prinzessin zu sehen. Das zumindest war der Auftrag, den ihr Maruna erteilt hatte. Aber sie wusste, dass Rhiana das anders sah.

»Nun komm schon, Muir!«, rief Rhiana ungeduldig. »Oder bist du etwa wasserscheu?«

Das ließ sich das Mädchen nicht zweimal sagen. Sie legte die für Rhiana mitgebrachten Sachen ab und zog ihr züchtiges langes Kleid über den Kopf. Darunter trug sie gar nichts. Fröhlich kichernd rannte sie zu der Prinzessin und wurde von ihr sofort nass gespritzt. Sie bückte sich und schaufelte ihrerseits Wasser über Rhiana und Eisfell, der sich wieder näher herangetraut hatte. Eine Weile planschten die jungen Frauen herum, spritzten sich gegenseitig nass und kreischten vergnügt auf, wenn eine kalte Dusche sie unerwartet traf. Manchmal tauchten sie auch unter oder schwammen zum anderen Ende des Sees.

Einmal benahm sich Eisfell eigenartig. Er schwamm ans Ufer, stellte die Ohren auf, witterte und knurrte leise. Rhiana und Muir dachten, ein ungebetener Besucher käme von der Siedlung heran, und tauchten vorsichtshalber bis zu den Schultern unter. Aber Eisfell beruhigte sich wieder und kehrte planschend ins Wasser zurück.

Die beiden jungen Frauen hatten sich ausgetobt. Muir watete ans Ufer, setzte sich auf einen Felsen und ließ ihren Körper von den durch die Baumkronen brechenden Sonnenstrahlen trocknen. Rhiana mochte den

See noch nicht verlassen und genoss die Kühle des Wassers. Sie sah zu Muir hinüber.

»Weißt du eigentlich, dass du sehr hübsch bist, Muir?«, fragte sie.

»Ach was«, wehrte Muir verlegen ab. »Mein Brüste sind kaum mehr als Mückenstiche, und überhaupt … Ich wünschte, ich wäre so schön wie Ihr, Prinzessin Rhiana. Jeder rühmt Eure Schönheit, aber allein mir ist es vergönnt, Eure Schönheit ganz unverhüllt zu schauen. Ihr seid so wunderschön! Nur der allerschönste und edelmütigste Prinz oder König ist würdig, von Euch erhört zu werden.«

»Muir, du übertreibst mal wieder maßlos«, meinte Rhiana. »Du bist viel schöner als ich. Von wegen ›Mückenstiche‹. Wenn ich ein Mann wäre, würde ich mich auf der Stelle in dich verlieben.« Sie zögerte einen Moment. Sie wollte eigentlich eine neugierige Frage loswerden, traute sich aber nicht so recht. Muir war ihre Bedienstete und zugleich ihre beste Freundin. Sie teilten vieles miteinander, aber über Männer hatten sie sich noch nie unterhalten, zumindest nicht ernsthaft. Aber dann entschied sich Rhiana, es zu wagen. Muir war noch eine sehr junge Frau, aber eigentlich doch schon mehr Frau als Mädchen. Sie wusste, dass Muir bereits von Rahja erhört wurde und ihr einmal im Monat Tribut zollte. »Hast du schon mal in den Armen eines Mannes gelegen, Muir?«

Rhiana hatte befürchtet, das Mädchen zu erschrecken oder zu verletzen, aber Muir war ganz unbefangen. »Noch nicht«, sagte sie. »Ich wünsche es mir sehr, besonders mit einem, aber meine Eltern erlauben es nicht. Sie sind sehr streng, wie du weißt.«

Rhiana lachte. »Ja, ich weiß – streng wie Maruna.« Neugierig fragte sie: »Wer ist der eine? Magst du es mir sagen?«

»Aber ja. Lardan, der Schmiedelehrling.«

»Oh«, sagte Rhiana und lächelte. »Er ist groß für sein Alter. Und nett. Und sehr kräftig. Überall, wie ich rein zufällig gesehen habe.«

Jetzt wurde Muir doch noch rot. »Das stimmt.«

»Du willst ihn?«

»Ja, aber ich bin noch zu jung.«

»Ayka war vierzehn, als sie ihren ersten Jungen zur Welt brachte«, meinte Rhiana. »Inzwischen hat sie elf Kinder, fast jedes von einem anderen Vater. Sie scheint sich vorgenommen zu haben, das neue Talania im Alleingang zu besiedeln.«

Muir lachte fröhlich. Jeder in der Siedlung fragte sich, wie es der drallen und nicht besonders hübschen Rothaarigen immer wieder gelang, ihrer Sammlung von Kindesvätern noch einen neuen hinzuzufügen. Und das alles, ohne ihre Pflichten als Wachsoldatin zu vernachlässigen, von den Zeiten, da sie hochschwanger war und niederkam, mal abgesehen.

Rhiana entschloss sich, das Wasser zu verlassen, weil ihr kalt wurde. Muir beeilte sich, das Badetuch zu holen und sie abzutrocknen. Einen winzigen Moment lang fragte sich Rhiana, wie es sein mochte, wenn sie Muir aufforderte, das Badetuch aus der Hand zu legen und ihren Körper nur mit den Händen zu streicheln. Aber der Moment verging.

»Ich habe gut reden«, sagte sie. »Ich bin fast einundzwanzig und noch unberührt. Das hat man davon, wenn man immer zu hören bekommt, man sei etwas Besonderes und müsse auf seinen Prinzen warten.«

Muir lachte erneut hell auf. Sie war wirklich ein fröhliches Mädchen. »Ihr könntet jeden haben, wenn Ihr wolltet.« Sie reichte Rhiana das Unterkleid.

»Wirklich?«, tat Rhiana unschuldig. Sie schlüpfte in das Unterkleid. »Auch Vilko Turiba Montas?«

»Aber ja doch!«, rief Muir. »Er himmelt Euch an! Mögt Ihr ihn?«

»Er hat ein hübsches, offenes Gesicht und schöne braune Locken«, gestand Rhiana.

»Er soll auch einen stolzen Speer haben«, entfuhr es Muir. »Oh, verzeiht mir, Prinzessin. Andere Mädchen behaupten es jedenfalls.« Sie kicherte leise. »Soll ich mal meinen Freundinnen andeuten, dass Ihr ihn nicht ganz uninteressant findet?«

»Untersteh dich, Muir!«, sagte Rhiana streng. »Kein Wort über das, was wir beredet haben, oder unsere Freundschaft ist beendet!«

Unwillkürlich machte Muir einen Knicks. Sie wussten beide, das die Ungezwungenheit ihres Gesprächs damit zunächst einmal beendet war. Rhiana konnte sicher sein, dass Muir nach dieser Zurechtweisung niemandem ein Sterbenswörtchen von dem verraten würde, was sie beredet hatten.

Rhiana wollte unbedingt ihre eigenen Entscheidungen treffen und nicht bedrängt werden. Es war ihr angenehm, dass sich die jungen Männer in der Gemeinschaft ihr gegenüber vorsichtig verhielten. Gewiss, sie sehnte sich manchmal danach, sich einem Mann zu öffnen und seine Liebe zu spüren. Aber sie war nicht Ayka, die sich jedem öffnete. Sie verachtete Ayka dafür in keiner Weise. Es war einfach deren Art. Aber Rhiana empfand anders. Vilko Turiba Montas … Der war hübsch, und manchmal stellte sie sich vor, von ihm fest in den Arm genommen zu werden, ihm sich zu öffnen. Aber sie glaubte nicht, dass sie das *wirklich* wollte. Es war für sie nur ein Spiel. Etwas, das im Kopf geschah und nicht Wirklichkeit werden sollte.

Maruna hatte sie stets davor gewarnt, sich einem der jungen Burschen in der *Zuflucht* hinzugeben. Natürlich dachte Maruna vor allem daran, dass nicht jede Mutter wie Ayka war und unbekümmert in die Schlacht zog, statt sich darum zu sorgen, den Kindern die Mutter zu erhalten. Maruna wollte Rhiana für die eine, besondere

Aufgabe aufgehoben wissen, und dieser Aufgabe wurde eine Jungfrau eher gerecht als eine Mutter. Aber Rhiana glaubte nicht, dass Maruna sie ernsthaft davon hätte abhalten können, die Liebe mit einem Mann zu erproben, wenn ihr danach zumute gewesen wäre. Tatsache war vielmehr, dass es in der Gemeinschaft der Flüchtlinge niemanden gab – auch nicht Vilko Turiba Montas –, den Rhiana tief und leidenschaftlich liebte, mit dem sie ihr Leben teilen wollte und mit dem sie gemeinsame Kinder haben wollte. Und sie war inzwischen aus dem Alter der mädchenhaften Schwärmerei heraus. Sie stellte Ansprüche. Wer nicht ihr ganzes Herz eroberte, der würde sie nicht besitzen dürfen. Aber wer ihr ganzes Herz eroberte, würde ihre ganze Leidenschaft zu spüren bekommen. Wenn er ihrer würdig und treu war, würden sie beide Rahjas höchste Wonnen genießen, bis sie gemeinsam alt und grau wurden. Wenn er dagegen ein verräterisches Herz besaß … Rhiana wagte nicht, darüber nachzudenken. Sie wusste nur eines: Wen sie liebte, dem würde sie alles verzeihen. Bis auf den Verrat an der Liebe.

KAPITEL 6

Der Schwarzmagier

Vierzehnter Rahja 913 BF, Albernia, Burg Abilacht

Ritter Mortenberg war ein Frühaufsteher. Jenen Teil seiner Arbeit, die außer ihn selbst niemanden in Albernia etwas anzugehen hatte, verrichtete er gern in den frühen Morgenstunden, wenn er ungestört und das Leben auf Burg Abilacht noch nicht erwacht war. Insbesondere scheute er Sarjas Neugier, aber die Baronin hatte einen tiefen und festen Schlaf, stand meistens spät auf und kam selten auf die Idee, ihn zu dieser Stunde zu Liebesdiensten zu ermuntern.

Seit zwei Stunden saß Mortenberg an seinem schmalen, zierlichen Schreibtisch aus poliertem Mohagoni und schrieb den Bericht an Graf Tedesco. Anfangs hatte ihm das Licht einer Kerze gute Dienste getan, aber seit einer Stunde fiel genügend viel Licht der aufgehenden Sonne durch das kleine Fenster in der dicken Mauer des Palas direkt auf die Schreibtischplatte. Nichts und niemand hatte ihn bisher bei seiner Arbeit gestört. Mortenberg bewohnte eines der Gästezimmer der Burg, das neben den Gemächern der Baronin lag und zu diesen einen direkten Zugang besaß. Dass Prinz Elim mit seinen Betreuern auf der anderen Seite des Palas im Nordflügel untergebracht war, empfand Mortenberg als Erleichterung. Der kindliche Prinz hatte seine Augen überall und konnte mit seiner ewigen Fragerei sogar Mortenbergs Geduld erschüttern. Da Sarja ihrem Sohn kalt und abweisend begegnete und ihn möglichst aus ihrer Nähe verbannte, seit sein Schwachsinn offenkundig war, bekam Mortenberg Elim allerdings oft tagelang nicht zu Gesicht.

Zu den wenigen Geräuschen in der Burg bei Sonnenaufgang zählten die Schritte der Wachsoldaten auf den Wehrgängen und im Innenhof der Burg sowie das gelegentliche leise Klirren oder Klappern von Waffen. In halbstündlichen Abständen rief der Wachkommandant im Burghof die Wachen auf den Wehrgängen und Söllern an und erhielt von ihnen die Rückmeldung, dass es keine besonderen Vorkommnisse gab. Mortenberg hielt diese Vorsicht in Friedenszeiten für übertrieben, aber Sarja bestand auf dem Ritual. Vermutlich ging es ihr vor allem darum, die Wichtigkeit ihrer Burg zu betonen.

Allmählich regte sich jedoch Leben in den Gesindestuben, den Stallungen und in der Küche. Die zwölfköpfige Jagdhundemeute wartete auf die Morgenfütterung und machte sich lautstark bemerkbar. Das Gitter des Burgtors wurde ratternd hinaufgezogen. Mortenberg reckte sich und schaute hinab in den Burghof, wo es jetzt munterer zuging. Bauern aus der Umgebung brachten mit Karren und Wagen Gemüse, Brot, Milch, Käse und Eier. Wasserträger hängten Holzgefäße in ihr Joch und bewegten sich träge zum nahen Bach. Eine Kutsche fuhr vor, der ein auffällig großer Mann entstieg. Er trug ein bis zum Boden reichendes dunkelrotes Gewand, einen schwarzen, rot abgesetzten und an einigen Stellen kristallen blitzenden Samtumhang und einen ebensolchen spitzen Hut. Letzterer ließ ihn noch größer erscheinen als er ohnehin schon war. Der Mann sprach mit einem Bediensteten und betrat das ebenerdig liegende Geschoss des Palas. Seinem Aussehen nach war der Fremde ein Magier, und Mortenberg ging davon aus, dass er entweder der Baronin oder ihm seine Aufwartung machen wollte.

Noch ein Frühaufsteher, der die Nacht wahrscheinlich in einem nahen Gasthaus verbracht hat.

Mortenberg sah zu der Kutsche hinunter, die kein heraldisches Symbol aufwies. Der Kutscher unterhielt sich mit dem Stallmeister. Da er nicht die Purpurschärpe des Fürsten trug, konnte Mortenberg davon ausgehen, dass der Magier nicht in fürstlichem Auftrag kam. Hinzu kam, dass die Anwendung von Magie in Havena verboten war und der Fürst sich nicht mit Magiern abgab. Mortenberg wusste daher, dass der Besucher sich in Geduld üben musste, bis er vorgelassen würde, mochte seine Kleidung noch so kostbar sein. Falls er die Baronin zu sprechen wünschte, war ihm anzuraten, sich erst einmal einem ausgedehnten Frühstück im Empfangszimmer zu widmen. Sarjas Zeremonienmeister, der die Besucher empfing, wie auch ihre Zofe hatten Anweisung, die Baronin nur zu wecken, wenn Besucher von Rang eintrafen. Damit waren Adlige gemeint. Ein Magier zählte nicht dazu. Mortenberg blieb gelassen, wandte sich vom Fenster ab und sah den Bericht an Graf Tedesco noch einmal durch. Er nickte zufrieden, tauchte den Federkiel in das Tintenfass und setzte seine Signatur unter das Dokument. Dann rollte er das Pergament zusammen, erhitzte Wachs und versiegelte es mit seinem ritterlichen Siegelring, der drei gekreuzte Klingen vor einem Totenkopf zeigte. Eine zuvor schon ausgestellte Honorarnote fügte er bei. Sie war aus seiner Sicht das Wichtigste an der ganzen Angelegenheit. In dem Bericht hatte er erwähnt, dass die Honorarnote dieses Mal bedeutend höher ausgefallen war als sonst, da es zu erheblichen Mehraufwendungen gekommen sei.

Er begab sich mit dem Tischglöckchen auf den Gang, läutete seinem persönlichen Lakaien und gab ihm genaue Anweisungen, wem in der Burg das Pergament zu übergeben sei. Ein vertrauenswürdiger Kurier würde noch heute losreiten, und Graf Tedesco sollte in etwa drei Wochen im Besitz des Pergaments sein.

Mortenberg ging davon aus, dass die Informationen über den Flammenbund den Grafen zufrieden stellen würden. Der Ritter war sorgsam darauf bedacht, immer nur wenige neue Hinweise preiszugeben, genug, um die Erwartungen des Grafen zu befriedigen und die Honorarnote berechtigt erscheinen zu lassen. Er dachte gar nicht daran, den Grafen in vollem Umfang an seinem Wissen über den Bund teilhaben zu lassen.

Mortenberg überlegte, ob er noch mit dem Bericht an Kunibrand, den Herzog von Tobrien, beginnen sollte. Die Honorarnote an ihn war bereits fertig. Der Betrag war ebenfalls erheblich höher als sonst und würde mit ähnlichen Argumenten begründet werden. Die höheren Aufwendungen. So war das nun mal. Alles wurde teurer. Bei sich empfand Mortenberg ein diebisches Vergnügen, dass er jedem der beiden Erzfeinde zu Diensten war und ihnen ganz ähnliche Informationen zukommen ließ. Manchmal machte es ihm auch Sorge, dass das Doppelspiel auffliegen könnte, aber er glaubte sich gut abgesichert zu haben. Im Übrigen betrog er keinen der beiden, sondern lieferte das, was sie haben wollten. Mochte jeder von ihnen damit anfangen was er wollte.

Ein Diener vieler Herren. Und doch bin ich vor allem mein eigener Herr!

Er beschloss, es für heute gut sein zu lassen. Der Bericht an Herzog Kunibrand hatte bis morgen Zeit. Der Besuch des Magiers lenkte ihn zu sehr ab. Er fragte sich, was Sarja mit einem Magier zu bereden haben mochte. Falls der Besuch ihr galt. Er konnte sich allerdings auch vorstellen, dass der Magier zu ihm wollte. In diesem Fall hatte er eine vage Vermutung, was der Mann von ihm wollte. Mortenberg legte die Honorarnote in ein Geheimfach des Schreibtischs. Dass Ritter Mortenberg dem Reichsverweser Graf Tedesco als Berater diente, war in Albernia bekannt. Tatsächlich nahm Emerthon III. Fürst ui Bennain gelegentlich Mortenbergs Dienste in Anspruch, wenn es darum ging, Tedescos Wünsche und Launen sowie seine Pläne in Bezug auf Albernia zu erforschen. Manchmal nutzte er ihn auch als Vermittler, obwohl Mortenberg nicht den Status eines Gesandten besaß. Dass der Ritter Depeschen an Graf Tedesco schickte, würde daher niemanden verwundern. Gewiss hätte sich Fürst Emerthon allerdings über den Inhalt solcher Dokumente gewundert. Mortenbergs Verbindung zu Herzog Kunibrand mussten jedoch um jeden Preis vor Emerthon und Tedesco geheim gehalten werden. Und selbstverständlich durfte keiner der Beteiligten wissen, woher Mortenbergs Wissen über den Flammenbund stammte. Sowohl Tedesco als auch Kunibrand gingen davon aus, dass Mortenberg Spitzel einsetzte. Mehr mussten sie auch nicht wissen.

Der Lakai kehrte zurück und klopfte an der Tür. Mortenberg ließ ihn eintreten.

»Ein Magister Zaraldus wünscht Euch die Aufwartung zu machen, Herr Ritter.«

Also doch Besuch für mich und nicht für Sarja.

»Hat er gesagt, welche Angelegenheit so dringlich ist, dass er bereits am frühen Morgen das Gespräch mit mir sucht?«

»Nein, Herr Ritter.«

Mortenberg überlegte, ob er nicht zuerst in Ruhe frühstücken und den Magier noch ein bisschen zappeln lassen sollte. Aber dann siegte seine Neugier. »Ich lasse bitten.«

Wenig später kehrte der Lakai zurück, eben jenen schwarz gekleideten Magier im Gefolge, den Mortenberg vom Fenster aus beobachtet hatte. Dieser schob den Lakaien zur Seite, kaum dass der ihn angemeldet hatte, machte eine scheuchende Handbewegung und schloss eigenhändig die Tür. Er deutete eine knappe Verbeugung an und sagte: »Mein Name ist bereits gefallen, aber ich möchte ihn wiederholen, denn vielleicht habt Ihr bereits von mir gehört: Der Name ist Zaraldus, ehemaliger Magister Zaraldus.«

Der Magier war hager und groß, mindestens eine Handbreit größer als Mortenberg, der sich selbst nicht gerade für einen Zwerg hielt. Das Alter des Mannes schätzte der Ritter auf etwas über vierzig. Das waren fünf oder sechs Jahre mehr, als Mortenberg sie aufzuweisen hatte. Auffällig waren an Zaraldus die markante, leicht schiefe und leicht gebogene Nase, die dichten Augenbrauen und das straff nach hinten gekämmte und zu einem Zopf gebundene schwarzgraue Haar.

Mortenberg wies mit der Hand auf einen Stuhl, aber der Mann blieb in der Nähe der Tür stehen.

»Vergebt meine Unwissenheit, aber Euer Name ist mir nicht geläufig«, sagte Mortenberg. »Schiebt es bitte darauf, dass wir in einer abgelegenen Provinz leben und wenig über die großen Persönlichkeiten in der hermetischen Forschung erfahren.«

Der Mann machte sich nicht die Mühe, diese Höflichkeit mit einer ähnlich gearteten höflichen Floskel zu beantworten. Stattdessen musterte er sein Gegenüber eingehend und ziemlich unverschämt. Mortenberg stellte fest, dass die dunkelgrauen Augen der Magiers eng beieinander standen und einen arroganten, stechenden Blick besaßen. Er entschied für sich, dass er diesen Mann nicht mochte.

»Ich muss Euch dringend sprechen, Ritter von Mortenberg«, sagte Zaraldus.

»Mortenberg ohne ›von‹«, stellte Mortenberg richtig. »Meine Familie verfügt über keinerlei Grundbesitz. Was ist Euer Begehr, Magister?«

»Ich darf mir erlauben, Euch ebenfalls zu korrigieren, Ritter Mortenberg. Hochgelehrter Herr ist die korrekte Anrede. Ich unterrichte nicht mehr.«

»Ich war bisher der Meinung, der Anspruch auf diese

Anrede bestünde auch nach dem Ausscheiden aus dem Kollegium einer Akademie weiter.«

»Es sei denn, einem Magister wird die Lehrerlaubnis entzogen. Das war bei mir der Fall. Wenn es Euch interessiert: Ich wurde aus der Dunklen Halle der Geister zu Brabak ausgeschlossen. Nebenbei gesagt, bin ich stolz darauf. Nur wenigen widerfährt diese Ehre, und zwar nur den allerbesten.«

Mortenberg zog die Augenbrauen hoch. Dieser schwarzmagischen Akademie hatte auch Magistra Lysdia Lynd angehört. Selbst Magier, die offen mit Dämonen paktierten, wurden dort geduldet. Wenn Zaraldus aus der Dunklen Halle der Geister zu Brabak ausgeschlossen worden war, dann gewiss nicht, weil seine Forschungen Bereichen der schwarzen Magie galten, die als zu schwarz angesehen wurden. Zaraldus musste vielmehr sein Wissen für persönliche Zwecke eingesetzt und sich dabei als skrupellos und zügellos erwiesen haben.

Ein besseres Zeugnis gibt es nicht für den Flammenbund, dachte Mortenberg voller Selbstironie. *Wenn dieser Zaraldus dem Bund noch nicht angehört, sollte man ihn schleunigst anwerben.*

»In Anbetracht meiner überragenden Verdienste für die thaumaturgische Forschung stünden mir jeder Titel und jede Anrede Aventuriens zu«, fuhr Zaraldus fort. »Aber ich verzichte darauf. Ich weiß, was ich wert bin. Niemand muss es mir sagen.« Er machte eine kleine Pause. »Aber wenn Ihr darauf besteht, dürft Ihr mich trotzdem Magister nennen.«

An Selbstbewusstsein schien es dem Magister nicht zu mangeln.

»Schön«, sagte Mortenberg. »Nachdem wir nun wissen, wie der andere angeredet werden möchte, bleibt immer noch die Frage nach Eurem Begehr, Magister.«

»Eine Unterhaltung unter vier Augen, Ritter.«

»Die führt Ihr bereits.«

Zaraldus deutete auf die Verbindungstür zum nebenan liegenden Gemach der Baronin. »Dann will ich deutlicher werden: eine Unterredung, die nur vier Ohren etwas angeht. Ich habe hier etwas, das diesen Wunsch verständlich erscheinen lassen wird.«

Der Magier griff in eine verborgene Innentasche seines Umhangs, zog einen Ring hervor und reichte ihn Mortenberg. Eine steile Falte bildete sich auf der Stirn des Ritters. Er hatte bereits so etwas geahnt. Trotzdem nahm er sich die Zeit und betrachtete den mit der Darstellung eines rubinäugigen Drachen verzierten Ring aufmerksam, bevor er ihn dem Magier zurückgab. Ein Zweifel war nicht möglich: Es glich dem Ring des Dragor wie ein Ei dem anderen.

»Ihr habt mich überzeugt«, sagte er. »Folgt mir bitte in das Turmzimmer.«

Die beiden Männer stiegen die enge, gewundene Treppe hinauf, die von den Gemächern der Baronin zum obersten Raum des Söllers führte. Darüber gab es nur noch die Wehrplattform mit ihren Zinnen, auf der Tag und Nacht Soldaten der Dritten Honinger Eisenfaust Wache hielten. Die Baronie Abilacht war ein Lehen des Grafen von Honingen, der im Austausch gegen die von der Baronin zu leistenden Abgaben Soldaten für Burg Abilacht abstellte. Sarja hatte sich oft darüber beklagt, dass im Zweifelsfall der Graf und nicht sie die Eisenfaust-Soldaten befehligte. Ihr wäre es lieber gewesen, weniger Abgaben zu zahlen und eigene Truppen zu unterhalten, aber davon wollte der Graf natürlich nichts wissen. Der Ritter nahm Sarjas Klagen amüsiert zur Kenntnis, ohne sich etwas anmerken zu lassen. Er kannte den Machtwillen seiner Geliebten. Manchmal fragte er sich, was hinter ihrer schönen Stirn vorging. Er kannte zwar ihre Pläne in Bezug auf Talania, aber es war nicht ausgeschlossen, dass Sarja heimlich noch andere Ziele verfolgte. Tatsächlich gab es dafür gewisse Hinweise. Solange Sarja ihm nicht ins Gehege kam, war dem Ritter dies allerdings egal.

Jeder kocht sein eigenes Süppchen. So besehen passen wir wirklich gut zusammen.

Mortenberg vergewisserte sich, dass die zur Plattform führende Treppe verriegelt war – die Wachen benutzten diesen Weg nicht, sondern gelangten über die Wehrgänge nach oben –, und schloss die zu Sarjas Gemächern führende Tür. Er setzte sich und deutete auf einen der anderen drei mit Schnitzereien verzierten Lehnstühle aus Eichenholz, die zusammen mit einem runden Intarsientisch, einer schlichten Kommode und einem wuchtigen Wandschrank die Einrichtung bildeten. Das einzige Fenster des Raums ging zum Burginnenhof hinaus.

Der Magier legte den Hut und den schwarzen, dunkelrot gesäumten Samtumhang ab und drapierte beides übertrieben sorgsam auf einem Stuhl. Der Ritter nahm an, dass ihm Zeit gegeben werden sollte, die kostbare Kleidung wahrzunehmen und zu bewundern. Auch der Hut war dunkelrot abgesetzt. Wie Mortenberg schon beim Blick aus dem Fenster bemerkt hatte, glitzerten Hut und Umhang an manchen Stellen, wo der schwarze Samt offenbar mit Brillantsplittern versehen war. Zumindest ging Mortenberg davon aus, dass dies angesichts der Kostbarkeit der teuren Stoffe keine schnöden Glassplitter waren. Manche Magier glaubten, schon in der Kleidung zum Ausdruck bringen zu müssen, dass die Geheimnisse der Welt ihnen offen standen. Die Splitter sollten den Sternenhimmel darstellen. Was der Umhang weitgehend verhüllt hatte, kam jetzt zur Geltung: ein bodenlanges dunkelrotes Seidengewand mit einer besonderen Auffälligkeit: Auf der Brust war ein gelber, Feuer speiender Drache aufgestickt. Dies war das Symbol des Flammenbundes. Es passte zu der Dreistigkeit des Magisters, dass er dieses Symbol eines Geheimbundes offen zeigte. Das war zwar nicht unbedingt ein Verstoß gegen die Pflicht der Mitglieder, sich unauffällig zu verhalten – zweifellos würde Zaraldus persönliche oder magische Gründe für die Abbildung geltend machen und Dritten gegenüber behaupten, nichts von einem Flammenbund zu wissen –, aber der dahinter steckende Geltungsdrang konnte nicht übersehen werden. Mortenberg hatte längst damit begonnen, in seinem Kopf eine ›Akte Zaraldus‹ anzulegen, und trug bereits die ersten Schwächen darin ein. Er fragte sich, ob der Dragor wusste, wie sein Beauftragter sich kleidete, wenn er mit einer geheimen Mission beauftragt wurde.

»Ich weiß nicht, inwieweit Ihr in die Strategie der Ersten Flamme Atamur eingeweiht seid«, sagte Zaraldus und setzte sich.

Mortenberg nahm es als das, was es war, als Unverschämtheit und als Tatsache. Die Unverschämtheit würde er dem Magier eines Tages noch gebührend zurückzahlen, aber eine Anzahlung war bestimmt nicht verkehrt. »Ich rate Euch zu mehr Respekt, Magister. Ihr sprecht zu einem Flammenrat. Wenn ich es will, seid Ihr morgen ein Häuflein Asche.«

Zaraldus zeigte sich unbeeindruckt. »Es tut mir Leid, Ritter, Euch das sagen zu müssen, aber ich stehe unter dem besonderen Schutz des Dragor. Ich bin angehalten, mit Euch zusammenzuarbeiten, aber Ihr habt keinerlei Macht über mich.«

Mortenberg hatte immer vermutet, dass Erste Flamme Atamur über den Flammenrat hinaus einen Stab von engen Mitarbeitern unterhielt, die an seine direkten Weisungen gebunden waren. Er war jedoch nicht bereit, sich als Mitglied des Flammenrats einem solchen Lakaien des Dragor zu beugen. Zumindest so lange nicht, bis der Dragor diesen unmissverständlich als engen Vertrauten auswies, dem der Flammenrat Salamander unterstellt war. Obwohl Mortenberg Magier und Magierinnen mehr fürchtete als Männer oder Frauen, die eine Waffe aus Stahl führten, war er unerschrocken und nahm den Fehdehandschuh auf. Zaraldus würde es nicht wagen, offen oder versteckt Magie gegen ihn anzuwenden, weil er fürchten musste, dafür vom Dragor hart bestraft zu werden. Wenn sich die Gelegenheit ergab, wollte Mortenberg dem Magier gern und ausführlich das Ende seiner Kollegin Magistra Lysdia Lynd schildern.

»Mein lieber Magister, wisst Ihr überhaupt, was der Flammenrat ist? Wisst Ihr, dass der Dragor aus ihm hervorgegangen ist, dass wir seine Regierung sind? Kennt Ihr die Macht des Flammenrats? Natürlich nicht. Ich warne Euch, zu Eurem Besten. Ihr seid nichts weiter als ein Büttel des Dragor. Er selbst hat Euch mir gegenüber so bezeichnet.« Das stimmte zwar nicht, aber das konnte Zaraldus nicht wissen. »Der Dragor schützt Euch, das ist richtig, solange Ihr die Aufgaben, die Euch zugewiesen wurden, sorgsam, loyal und fähig erfüllt. Aber täuscht Euch ja nicht über Euren Einfluss und Eure Macht, Flammenbündler und Nichtmagister!«

Zaraldus schnaubte leise, zog es aber vor zu schweigen.

Mortenberg nahm es zufrieden zur Kenntnis.

Ich hatte Recht, er ist *nur ein Büttel.*

Er wechselte den Tonfall. »Ihr wolltet mir etwas über die Strategie des Dragor Atamur erzählen«, erinnerte er den anderen freundlich.

»Ich weiß nicht, ob ich unter diesen Umständen dazu befugt bin«, schnappte der Magier.

Mortenberg zuckte die Achseln und blieb freundlich. »Das müsst Ihr wissen. Dann muss ich dem Dragor leider mitteilen, dass Ihr einem Flammenrat die Auskunft schuldig geblieben seid.«

Dem Gesicht des Magiers war anzusehen, wie es in seinem Kopf arbeitete. Wahrscheinlich versuchte er abzuschätzen, wie sich der Dragor im Falle eines Machtkampfes zwischen ihm und dem Ritter entscheiden würde. Es siegte offenbar die Erkenntnis, dass ein solcher Machtkampf für ihn zu früh kam. »Unser Hauptziel ist bekanntlich, das Wissen zu erlangen, über das König Arlos von Talania verfügt hat. Wir sind sicher, dass er es noch zu Lebzeiten mit anderen geteilt hat. Diese anderen sind wahrscheinlich die Druidin Maruna sowie ein weiterer Vertrauter des Königs, der in Talania geblieben ist und den wir noch nicht ausfindig machen konnten. Wir halten es weiterhin für möglich, dass inzwischen auch Prinzessin Rhiana eingeweiht wurde.«

Mortenberg winkte ungeduldig ab. »Erspart mir bitte diesen Hintergrund, der mir selbstverständlich bekannt ist. Kommt zur Sache, Magister!«

»Wie Ihr wünscht«, sagte Zaraldus knapp. »Kurz nachdem es Erste Flamme Atamur gelungen war, das Versteck der Flüchtlinge ausfindig zu machen, wurde ich beauftragt, Rhiana entweder zu töten oder nach Abilacht zu locken, damit wir sie befragen können.«

Mortenberg runzelte die Stirn. »Ist das nicht ein Widerspruch? Es wäre sehr dumm, das Mädchen zu töten. Eine tote Rhiana kann uns ihr Wissen nicht mehr mitteilen.«

Es wäre jammerschade, wenn diese wunderschöne Frau sterben sollte.

»Wollt Ihr die Entscheidung der Ersten Flamme Atamur etwa als dumm bezeichnen?«, fragte Zaraldus lauernd.

Mortenberg lachte in sich hinein. Dieser Magier ließ wirklich nichts aus. »Kommt mir nicht so, Magister«, sagte er gelassen. »Ich kenne den Dragor weitaus besser als Ihr, und ich weiß, dass seine Entscheidungen niemals dumm sind. Ich habe lediglich auf einen Widerspruch hingewiesen. Ich bin überzeugt davon, dass Ihr mir Gründe nennen könnt, die diese Sache in einem anderen Licht erscheinen lassen.«

»Wie ich bereits erwähnt habe, ist es keineswegs sicher, dass Rhiana eingeweiht wurde. Es ist nur eine Möglichkeit. Auf der anderen Seite werden die Flüchtlinge von Rhiana, Maruna und Tjalmar zusammengehalten. Wenn Rhiana oder Tjalmar stirbt, schwächt das die Flüchtlinge. Besonders Rhiana sehen wir als Gefahr für den Bund und die von uns errungene Machtposition in Talania an. Sie könnte die Flüchtlinge dazu bringen, nach Talania zurückzukehren und gemeinsam mit den dort verbliebenen Anhängern den Thron zurückzuerobern. Wir haben ein Interesse daran, dass sie stirbt.«

»Ich bin stets dafür, zuerst die sanfteren Methoden auszuprobieren«, sagte der Ritter. »Prinzessin Rhiana ist eine bemerkenswerte junge Frau. Und sie ist unglaublich schön. Wenn sie dies wünschte, würden für sie Tausende junger Männer begeistert in den Tod ziehen. Eine solche Frau sollte man überreden, sich dem Flammenbund anzuschließen, statt sie mit Tod und Folter zu bedrohen. Warum nicht ihren Leuten erlauben, nach Talania zurückzukehren? Warum Rhiana nicht den Thron geben? Wir könnten mit ihrer Dankbarkeit rechnen.«

»Ihr vergesst, dass der Bund ihren Vater getötet hat«, sagte Zaraldus.

»Was sie nicht wissen muss«, erwiderte Mortenberg. »Den Flüchtlingen ist nicht bekannt, dass die Thronräuber zu uns gehören. Und sie gehen davon aus, dass es eben diese Thronräuber sind, die Arlos getötet haben und sie weiterhin verfolgen.«

»Derlei Dinge solltet Ihr mit Erste Flamme Atamur bereden, zu dem Ihr ein so gutes Verhältnis habt«, sagte der Magister mit bissiger Ironie. »Aber vielleicht erhaltet Ihr ja Gelegenheit, Rhiana für unsere Ziele zu gewinnen. Wie ich bereits erwähnt habe, kommt eine Doppelstrategie zum Einsatz.« Der Magier erläuterte eingehend seinen Plan. Mortenberg hörte aufmerksam zu. Da Zaraldus im Auftrag des Dragor handelte und den Plan offensichtlich mit ihm abgestimmt hatte, erhob der Ritter keine weiteren Einwände. Im Stillen hoffte er, dass Rhiana den Anschlag überleben würde.

»Ich bin doch etwas überrascht, dass Ihr zu derart profanen Mitteln greift«, bemerkte er, als Zaraldus geendet hatte. »Ich hätte gedacht, Ihr würdet Eure ganz speziellen Fähigkeiten einsetzen. Tatsächlich könnte ich mir denken, dass der Dragor Euch in erster Linie deshalb mit dieser Sache beauftragte, weil Euch magische Mittel zur Verfügung stehen.«

Zaraldus deutete ein humorloses Lächeln an. »Ihr scheint zu denen zu gehören, die meinen, beim Einsatz von Magie müssten Feuerbälle durch die Luft fliegen. Seid unbesorgt, es ist Magie im Einsatz, aber ich werde Euch nicht enthüllen, um welche Art von Magie es sich handelt. Sie ist nicht so offenkundig, dass jeder sie als solche wahrnimmt.«

Mortenberg fiel ein, dass auch die Magistra Lynd darauf verzichtet hatte, mit magischen Mitteln gegen die Flüchtlinge vorzugehen, sondern auf Söldner gesetzt hatte. »Dass Ihr keine Feuerbälle einsetzt, hat mit Maruna zu tun, nicht wahr?«, fragte er.

Ausnahmsweise verzichtete Zaraldus auf eine giftige Antwort. »Die Druidin ist sehr stark und schwer zu überlisten«, gab er zu. »Das schränkt die Möglichkeiten ein, gegen die Flüchtlinge mit offensichtlicher Magie vorzugehen. Es wäre wahrscheinlich auch ein Fehler, weil es unsere Macht zeigen würde. Bisher gehen die Flüchtlinge in der Tat davon aus, es lediglich mit den alten Feinden und Thronräubern aus Talania zu tun zu haben. Wir wissen nicht, was Maruna unternehmen könnte, wenn sie erkennt, dass der Gegner weitaus mächtiger ist. Und es gibt noch einen wichtigeren

Grund, nicht mit massiv eingesetzter Magie gegen die Flüchtlinge vorzugehen: Ich müsste mich dann sehr wahrscheinlich auf ein magisches Duell mit der Druidin einlassen. Zweifellos würde ich als Sieger daraus hervorgehen, aber es bestünde die Gefahr, dass Maruna dabei sterben könnte. Das aber darf nicht passieren, solange wir das geheime Wissen bei ihr vermuten. Mein Plan hingegen bietet auch die Möglichkeit, wenn die Umstände günstig sind, die Druidin zu betäuben und in unsere Gewalt zu bringen.«

Mortenberg nickte. Diesmal hatten ihn die Argumente des Magiers überzeugt. Er verstand jetzt auch, weshalb die Magistra sich gescheut hatte, Magie einzusetzen.

»Für den zweiten Teil des Plans erbitte ich Eure Unterstützung, Ritter Mortenberg«, sagte Zaraldus. »Ich benötige etwas, das Rhiana bekannt ist und das eindeutig auf Abilacht verweist. Wenn sie nicht stirbt, müssen wir sie zur Burg locken.«

Mortenberg dachte nach. Da er darauf setzte, dass der zweite Teil des Planes zum Tragen kam, war er bereit, dem Magier zu Diensten zu sein. »Ich glaube, ich weiß, was Ihr sucht, und habe da etwas im Auge. Es befindet sich allerdings im Besitz der Baronin. Aber ich denke, ich kann es mir … sagen wir mal … ausleihen.«

»Sehr schön«, sagte Zaraldus. »Ich gehe davon aus, dass Rhiana von Talania schon in kurzer Zeit für den Flammenbund kein Problem mehr darstellen wird. Deshalb bitte ich Euch schon heute, mich auch bei meinem zweiten Auftrag zu unterstützen.«

Mortenberg zog die Augenbrauen hoch. »Ein zweiter Auftrag?«

»Erste Flamme Atamur hat mir die ehrenvolle Aufgabe zugewiesen, das Artefakt im Farindelwald zu bergen. Er wünscht jedoch, dass Ihr mich mit Euren Leuten dabei unterstützt.«

»Das überrascht mich«, sagte Mortenberg. »Auf die Bergung wurde bislang verzichtet, weil der genaue Fundort nicht bekannt ist und der Zauberwald als zu gefährlich gilt.«

Zaraldus lächelte selbstgefällig. »Ihr seht, das hat sich nun geändert, Ritter. Es gibt neue Hinweise, die ich Euch zu gegebener Zeit zugänglich machen werde. Und es gibt mit mir jemanden, für den dieser lächerliche Zauberwald kein Problem darstellt.« Er erhob sich. »Aber ich will Eure kostbare Zeit jetzt nicht länger in Anspruch nehmen. Ihr findet mich hier in Abilacht im Gasthof ›Zum Troll‹. Ich bleibe einige Zeit in Eurer Nähe, um die Vorbereitungen für die Ausführung des Plans zu treffen. Den erwähnten Gegenstand könnt Ihr mir durch einen Boten überbringen. Zweifellos werde ich Euch in den nächsten Wochen aber auch gelegentlich aufsuchen, um mit Euch weitere Einzelheiten zu besprechen und Euch auf dem Laufenden zu halten.«

Mir wäre am liebsten, Ihr würdet Euch trollen, am liebsten bis nach Brabak, dachte Mortenberg. Laut sagte er: »Ich freue mich schon jetzt auf das Vergnügen, mich wieder mit Euch austauschen zu können.«

Genauso sorgfältig, wie Zaraldus Umhang und Hut drapiert hatte, nahm er beides wieder auf. Es dauerte einige Zeit, bis der Hut so saß, wie er es sich wünschte, und der Umhang an den als richtig empfundenen Stellen seine Falten schlug. Dann drehte er sich auf dem Absatz um und verschwand grußlos.

Eitelkeit und Unhöflichkeit, notierte Mortenberg in seiner ›Kopfakte Zaraldus‹. *Arroganz, Anmaßung* und *Unvorsichtigkeit im Umgang mit Symbolen des Bundes* standen dort bereits. Irgendwann, wenn Zaraldus sich für den offenen Machtkampf mit ihm entscheiden würde, mochte es nützlich sein, sich der Schwächen des Magiers in der einen oder anderen Art zu bedienen. Sollte Zaraldus mit seiner Mission Erfolg haben und vom Dragor mit mehr

Macht belohnt, am Ende womöglich in den Flammenrat berufen werden, besaß Mortenberg immer noch ein Machtmittel, von dem selbst der Dragor nichts ahnte. Er konnte Graf Tedesco oder Herzog Kunibrand Magister Zaraldus als führenden Flammenbündler benennen und durfte sicher gehen, dass der Magier dann sehr bald und sehr peinlich in irgendeiner Folterkammer befragt wurde. Da Mortenberg kein Freund solcher Methoden war, behielt er sich diesen Weg nur für den äußersten Notfall vor. Dass Zaraldus zum Problem werden könnte, hielt er jedoch für wahrscheinlich. Und die Möglichkeit, ihn demnächst als Flammenrat zu erleben, war nicht von der Hand zu weisen. Mit dem Tod der Magistra Lysdia Lynd war ein Platz frei geworden, und es sprach einiges dafür, dass er einem Mitglied der magischen Zunft vorbehalten war. Vielleicht hatte der Dragor Zaraldus bereits auserkoren, Magistra Lynd zu ersetzen. Der Einsatz gegen Prinzessin Rhiana konnte als Bewährungsprobe für Zaraldus gedacht sein.

Mortenberg stieg aus dem Turmzimmer hinab, suchte sein Gemach auf und setzte sich wieder an den Schreibtisch. Draußen klapperten Hufe, die mit Eisen beschlagenen Räder einer Kutsche knirschten auf dem Sand des Burghofs. Der Magier verließ Burg Abilacht. Langsam bekam Mortenberg Hunger. Es wurde Zeit für ein Frühstück.

Die Geräusche der abfahrenden Kutsche waren kaum verklungen, als sich die Verbindungstür zu den Gemächern der Baronin öffnete. Sarja erschien und lächelte ihn an. Sie trug nichts weiter als ein Paar goldene Ohrringe. Obwohl sie bereits zweiunddreißig Jahre alt war und ein Kind zur Welt gebracht hatte, war sie immer noch eine betörend schöne und verführerische Frau. Ihr langes rotblondes Haar fiel ihr lockig über die Schultern und die üppigen Brüste, ohne diese indes völlig zu verdecken.

Es war für sie eigentlich noch viel zu früh. Gewiss hatte sie Geräusche gehört und war neugierig geworden. Vielleicht hatte sie sich sogar schon von ihren Bediensteten Bericht erstatten lassen.

Schläft sie doch nicht so tief und fest, wie ich immer dachte? Und will sie mich etwa ganz gegen ihre Gewohnheit schon am frühen Morgen verführen?

Sarja trat zu ihm, umarmte ihn von hinten und küsste ihn auf das in den Nacken fallende schwarze Haar. Durch das dunkelblaue Seidenhemd hindurch spürte er, wie sich ihre Brüste sanft an ihm rieben. Sie zerwuschelte sein Haar und trat dann einen Schritt zurück.

»Guten Morgen, mein Liebling«, sagte er und wandte sich zu ihr um.

»Guten Morgen, mein heiß geliebter Undal«, gab sie gähnend zurück. Sie reckte sich und spielte die Schlaftrunkene. Mortenberg wusste sehr gut, dass es ein Spiel war. Wenn sie Lust hatte, konnte Sarja zu jeder Tages- und Nachtzeit ihre Sinnlichkeit einsetzen, und genau das tat sie im Moment ganz bewusst. Die hochgereckten Arme bewirkten, dass die halb verdeckten Brüste plötzlich frei lagen und die Brustwarzen nach oben gehoben wurden. Bei dem Anblick spürte Mortenberg seine Männlichkeit wachsen. Er war nur zu gern geneigt, die Einladung anzunehmen. Er beugte sich nach unten, küsste die rosigen Brustwarzen und umspielte sie zärtlich mit der Zunge. Er spürte, wie sie sich aufrichteten. Sarja genoss es sichtlich und verschränkte die Hände hinter dem Kopf. Mortenberg kniete nieder und küsste die schönen Brüste jetzt von unten, fuhr mit dem Mund ihre Wölbung nach und saugte an den Brustwarzen wie ein Säugling, der trinken will. Er wusste, dass sie das mochte, allerdings nicht zu lange. Er umfasste die Brüste mit beiden Händen und knetete sie fest, ohne ihr dabei wehzutun. Auch das war etwas, das Sarja gefiel. Sein Mund glitt langsam über ihren Bauch, ließ die

Zunge in den Bauchnabel eindringen und ging dann tiefer, bis er den Rahjahügel erreicht hatte. Sie stöhnte leise auf, als seine Zunge sie liebkoste. Aber dann entzog sie sich ihm spielerisch. Rahjas Wonnen kamen ihr schnell, und sie zog es offenbar vor, sie auf andere Art zu erleben. Sie griff nach seinem Seidenhemd und zog es ihm aus dem Hosenbund. Dann streichelte sie seinen muskulösen Oberkörper und küsste die Narben auf der Brust, die von allerlei Hieb und Stichverletzungen geblieben waren. Dann nahm sie ihn an der Hand und führte ihn zu dem Alkoven in ihrem Gemach. Sie ließ sich rücklings in die Kissen fallen, und sie liebten sich.

»Wer war das?«, fragte Sarja, nachdem sie sich von ihm gelöst hatte.

Mortenberg wusste im ersten Moment nicht, wen sie meinte. Aber dann fand er schnell zum Alltag zurück.

»Ein Magister Zaraldus«, gab er zur Antwort. »Ein Schwarzmagier, den man in Brabak der Magierakademie verwiesen hat.«

»Und was wollte er von dir? Oder darfst du es mir nicht sagen?«

Sarja wusste über ihn das, was er alle wissen ließ: Er entstammte dem tobrischen Kleinadel, besaß keine Ländereien, sondern nur den Titel, den ihm Herzog Kunibrand für tapfere Dienste verliehen hatte, bevor er sich von dem aufständischen Kanzler des Mittelreichs abgewandt und Graf Tedesco zugewandt hatte. Im Großen und Ganzen stimmte die Geschichte sogar. Der Bruch mit Kunibrand war allerdings fingiert. In Wahrheit hatte der Herzog Mortenbergs Talente erkannt und ihn als Spitzel zu Tedesco geschickt. Tedesco wiederum versuchte Mortenberg als Spitzel für seine eigenen Interessen einzusetzen. So hatte es sich ergeben, dass Mortenberg dem einen wie dem anderen gab, was er haben wollte, und dabei ein gutes Auskommen fand. Für Sarja wie alle anderen in Albernia war er dagegen ausschließlich ein Mann, der auf Graf Tedesco einen gewissen Einfluss hatte und von ihm manchmal für diplomatische Missionen eingesetzt wurde. Sarjas Frage konnte sich durchaus auf diesen Umstand beziehen. Oder ahnte sie mehr? So umsichtig Mortenberg auch vorging – einer Frau, mit der er einen Teil des Jahres eng zusammenlebte, blieb das eine oder andere, das rätselhaft erscheinen mochte, vielleicht doch nicht ganz verborgen.

»Der Magister soll mir behilflich sein, eine mögliche Intrige gegen Graf Tedesco aufzudecken«, log er. »Eine Intrige, die auch gegen Fürst Emerthon gerichtet sein könnte. Aber das alles ist im Moment nur ein vager Verdacht. Man wird sehen, ob sich mehr daraus entwickelt.«

»Ich mag diesen Zaraldus nicht«, bekannte Sarja. »Er ist hässlich und kleidet sich wie ein Aufschneider.«

»Du hast ihn gesehen?«, fragte Mortenberg überrascht.

»Ich sah zufällig aus dem Fenster, als er in die Kutsche stieg«, sagte Sarja.

Mortenberg nahm sie in den Arm und küsste sie. »Ich mag ihn auch nicht, mein Liebling. Aber ich kann mir die Leute nicht aussuchen, mit denen ich zusammenarbeiten muss. Ich hoffe, er findet nichts und reist bald wieder ab. Wir können froh sein, dass er dir nicht die Aufwartung gemacht und dich gebeten hat, in der Burg wohnen zu dürfen.«

»Ich hätte seiner Bitte nicht entsprochen!«, sagte Sarja entschieden. Trotz ihrer Nacktheit war sie jetzt nicht mehr seine Geliebte, sondern ganz und gar die Baronin und Herrin über Abilacht.

Mortenberg gab das einen leichten Stich. Er täuschte sich nicht über die Art der Bindung, die zwischen ihm und Sarja bestand. Sie teilten Rahjas Wonnen miteinander – auch wenn Mortenberg längst die Macht der Zwölfgötter leugnete, benutzte er meistens noch die Worte, die sich ihm in jungen Jahren eingeprägt hatten – und kamen auch sonst einigermaßen gut miteinander aus. Aber Sarja liebte ihn nicht, und er liebte Sarja nicht. Genau genommen benutzten sie einander. Für die Befriedigung ihrer Lust. Aber auch in anderer Beziehung. Sarja war Mortenberg behilflich gewesen, Zugang zum Hof von Fürst Emerthon in Havena zu finden. Ein mittelloser Ritter aus Tobrien hätte dies allein kaum geschafft. Auch heute noch war es hilfreich, hier und da auf Sarjas Beziehungen zurückgreifen zu können. Andererseits gefiel es Sarja, dass ihr Liebhaber inzwischen das Ohr des Herzogs hatte, weil dies auch ihren Interessen diente. Und sie sah Mortenberg als starken Beschützer, der mit dem Schwert umzugehen wusste und dem sie dafür keinen Sold zahlen musste. Zumindest keinen in Form von Dukaten. Und natürlich setzte sie darauf, dass Tedesco sich zum Kaiser des Mittelreichs aufschwingen und Gefolgsleute wie Mortenberg belohnen würde. Wenn die Dinge in Fluss gerieten, mochte der Ritter durchaus eine Grafschaft als Lehen erhalten. Und Sarja schien, wie Mortenberg wusste, unbedingt davon auszugehen, dass sie dann Gräfin dieser Grafschaft sein würde. Das allerdings sah Mortenberg etwas anders. Bei alledem kannte die Baronin nicht den wesentlichen Grund, der Mortenberg in ihrer Nähe hielt. Dieser Grund wurzelte in den Interessen des Flammenbundes, für den Sarja selbst, Prinz Elim und Burg Abilacht, der letzte Aufenthaltsort von König Arlos, von erheblicher Bedeutung waren.

Sarja beschloss, ein Bad zu nehmen, und verließ, nackt wie sie war, das Schlafgemach, um den Bediensteten Anweisungen zu geben und die Garderobe des Tages zusammenzustellen. Normalerweise wäre das für Mortenberg der Moment gewesen, sich zu verabschieden und sein eigenes Gemach aufzusuchen. Dieses

Mal trödelte er herum und wartete, bis Sarja draußen mit einer Bediensteten plauderte. Er wusste, dass sie einen Teil ihres Schmucks im Alkoven verbarg, und er kannte auch den genauen Ort des Verstecks. Er schob im Kopfteil ein loses Brett zur Seite und nahm eine der beiden Schmuckschatullen aus dem dahinter befindlichen Hohlraum. Er fand sofort, was er suchte, und barg es in seiner Faust. Dann richtete er das Versteck wieder so her, wie er es vorgefunden hatte.

Er hatte Sarja noch niemals bestohlen, aber heute musste es sein, wenn er Zaraldus zufrieden stellen wollte. Er tröstete sich damit, dass er sie nicht wirklich bestahl, sondern sich nur etwas auslieh, das in wenigen Tagen wieder an seinem alten Ort liegen würde. Er hoffte nur, dass sie in der Zwischenzeit nicht ausgerechnet dieses Teil vermissen würde.

KAPITEL 7

Die Rückkehr

Zweiter Praios 913 BF, Nordmarken, im Wald südlich von Turehall

Die Sonne stand bereits tief am Himmel, als die am Waldrand postierten fünf Wachen eine Gruppe von drei Reitern und zwei schwer beladenen Packpferden entdeckten, die sich von Norden her ohne Hast dem Versteck näherte. Sie bewegte sich im breiten Tal des Großen Flusses dahin, weit genug weg von den sumpfigen Auwäldern, aber auch ein gutes Stück von den zerklüfteten Felsen entfernt, durch die sich der Strom einst seinen Weg geschnitten hatte. Groff, der zu den Wachen gehörte und für sein scharfes Sehvermögen bekannt war, nahm die Gruppe in Augenschein. Eine Weile musterte er die Gestalten, die auf den Pferden saßen.

»Es sind Neel, Reddel und die Turibai Montas«, teilte er den anderen schließlich erleichtert mit. »Daran kann es keinen Zweifel geben. Ich erkenne sogar Ujiko, den Schecken von Neel.«

»Endlich sind sie zurück!«, freute sich Mooker, der für alle Fälle seine Armbrust bereits gespannt hatte.

Auch die Gesichter der anderen drei Wachen – Tosnie, Croid und Niib, die von ihrer schweren Verletzung wieder halbwegs genesen war, aber immer noch das rechte Bein nachzog – glätteten sich. Sie alle hatten der herannahenden Reitergruppe mit einer Mischung aus Hoffnung und Sorge entgegengestarrt. Zwar warteten sie seit Tagen ungeduldig auf die Rückkehr der drei, aber die Packpferde hatten nicht in das Bild gepasst.

Neel, Reddel und Susmin Turibai Montas waren vor 13 Tagen ohne Packpferde nach Havena aufgebrochen.

»Tosnie, Ihr reitet zur Lichtung und meldet Tjalmar die Rückkehr der Gruppe«, sagte Niib, die den Befehl über die Wachen führte.

»Zu Befehl.« Tosnie hatte sich schnell an die soldatischen Bräuche gewöhnt, obwohl die meisten Wachen es damit nicht so genau nahmen, was auch für Niib galt. Tosnie war bis vor kurzem noch eine junge Bäuerin gewesen und den Wachen zugeteilt worden, weil im neuen Versteck kaum Bauern benötigt wurden. Sie konnte inzwischen recht gut mit dem Säbel umgehen. Wie die anderen Wachen trug sie Helm und Kettenpanzer. Seit der Schlacht um die *Zuflucht* standen den Flüchtlingen Waffen und Rüstungen in ausreichender Zahl zur Verfügung. Die junge Frau stieg in den Sattel ihres Pferdes und ritt durch den Wald davon.

Es dauerte eine Weile, bis die fünf Pferde den langen Anstieg aus dem Tal bis zur Anhöhe bewältigt hatten. Schon von weitem winkten die Reiter in Richtung Waldrand, wo sie ihre Späher vermuteten. Die Wachen gaben ihre Tarnung auf, traten hinter den Bäumen hervor und winkten zurück.

Fröhlich wurden die Reiter empfangen, als sie die letzte Steigung genommen hatten und die Pferde am Waldrand kurz verschnaufen ließen. Es war heiß an diesem Sommertag. Man sah Pferden wie Reitern an, dass sie unter der Hitze gelitten hatten. Hinzu kamen die anderen Strapazen der Reise. Die Kleider der Reiter und das Fell der Pferde waren staubbedeckt, die Gesichter der Menschen und die Bewegungen der Tiere wirkten müde. Offensichtlich hatte man sich in den letzten Tagen nicht die Zeit für ein Bad genommen.

»Wir wollten unbedingt vor Einbruch der Nacht zurück sein«, erläuterte Susmin Turibai Montas, nahm den Helm ab und pustete sich ein Locke aus der Stirn. Die

Turibai, drei Jahre älter und zwei Finger kleiner als Rhiana, besaß wie ihr Bruder Vilko üppig gelocktes brünettes Haar und ein klares, offenes Gesicht, das von großen dunkelbraunen Augen bestimmt wurde.

Niib, Mooker und Groff stellten wild durcheinander allerlei Fragen nach der Reise, den Packpferden und dem Ausgang der Mission, während sich der sechzehnjährige Croid als Jüngster zurückhielt.

Schreiber Reddel – gut bewaffnet und gerüstet wie die anderen – schaute wie immer sauertöpfisch und ließ sich höchstens mal zu einer einsilbigen Antwort hinreißen. Susmin lachte nur über das Durcheinander. Neel unterband die Fragerei schließlich, indem sie pauschal Auskunft gab. »Wie Ihr seht, sind wir vollzählig und unverletzt zurückgekehrt, können uns über die Reise also nicht beklagen. Die Packpferde haben wir gekauft, desgleichen die dringend benötigte Nahrung, die sie mit sich führen. Alles andere erfahrt Ihr später. Zunächst müssen wir Hauptmann Tjalmar, der Thronregentin und Prinzessin Rhiana Bericht erstatten.«

Die Wachen ließen es damit gut sein und nahmen wieder ihre Spähposten ein. Neel presste Ujiko leicht die Stiefel in die Flanken und ließ ihm die Zügel. Ujiko kannte den Weg zur Lichtung und trottete gemächlich los. Die anderen Pferde und Reiter folgten ihm.

Auf der Lichtung wurden sie bereits erwartet. Allerlei Hilfswillige eilten herbei, nahmen die Pferde in Empfang, befreiten sie von Lasten, Sätteln und Zaumzeug, tränkten und fütterten die Tiere.

Rhiana stand bei Tjalmar, als die Reiter eintrafen. Der Thorwaler hatte sie rufen lassen. Auch früher war die Prinzessin in alle wichtigen Entscheidungen über Wohl und Wehe der Gemeinschaft eingeweiht worden, oft aber erst im Nachhinein. Seit der Schlacht um die *Zuflucht* jedoch wurde sie wie selbstverständlich von Tjalmar und Maruna zu sämtlichen Beratungen hinzugezogen.

Obwohl dies niemand von ihr erwartete oder verlangte, übernahm Rhiana im Wechsel mit Ayka an jedem zweiten Tag das Kommando über die Wachen. Am heutigen Windstag war Ayka an der Reihe, die mit ihren Leuten den südlichen Waldrand bewachte. Von Süden drohte die größere Gefahr, weshalb dort auch acht Wachen postiert waren. Immerhin verlief nur dreißig Meilen weiter südlich eine Reichslandstraße, die durch den Schattengrund der Windhakberge führte und später, auf der anderen Seite des Großen Flusses, in die Reichsstraße von Elenvina nach Kyndoch, Abilacht und Honingen einmündete. Dies war ein wichtiger Handelsweg. Die Tatsache, dass es diese beiden befestigten Straßen gab, war zugleich ein gewisser Schutz vor Entdeckung. So leicht würde niemand das schwierige, weglose Gelände nördlich und westlich davon den Straßen vorziehen. Aber man konnte nie wissen. Räuberbanden mochten nach einem Überfall durchaus auf die Idee kommen, sich mit ihrer Beute in unzugänglichen Wäldern abzusetzen. Bisher allerdings war alles gut gegangen.

Rhiana trug ein kurzes weinrotes Baumwollgewand. Obwohl sie wie fast immer das Schwert am Gürtel trug, genoss sie es, nicht in eine Rüstung eingezwängt zu sein. Ihr im letzten Schein der Sonne güldenrot glänzendes Haar hatte sie gescheitelt und mit bunten Bändern und Spangen geschmückt. Selten trug sie Schmuck, aber heute war ihr danach gewesen. Sie hatte die wenigen Kostbarkeiten angelegt, die ihr von ihrem Vater vererbt worden waren: einen zierlichen Ring mit einem ovalen Opal, ein Diadem aus hochfeinen, ziselierten Goldplättchen und einem prachtvoll eingefassten Diamanten in der Mitte, lang herabhängende Ohrringe aus Gold und Rubinen sowie ein filigran wirkendes, wundervoll gearbeitetes Halsband aus Gold und Diamantsplittern. Ihre Schönheit bedurfte einer solchen Untermalung nicht, aber an diesem Spätnachmittag, die Sonne auf dem Gold ihrer Haut, dem Gold ihres Haares und dem Gold ihres funkelnden Schmucks, sah sie wie eine Märchenprinzessin aus. Rhiana war sich dieses Eindrucks nicht bewusst, und sie hatte auch nicht damit rechnen können, dass Neel, Susmin und Reddel heute zurückkehrten. Aber als sie die drei in ihren staubigen Kleidern sah, hätte sie den Schmuck am liebsten abgelegt und sich einen schlichten Umhang übergestreift. Es war nicht ihre Absicht gewesen, sich gegenüber anderen zu erhöhen.

Ich hoffe, sie nehmen es mir nicht übel, dachte sie. *Immerhin werde ich mich bald von dem Schmuck trennen müssen.*

König Arlos hatte nur wenig Geld und Geschmeide mitnehmen können, als er das Inselreich Talania verlassen musste. Und von dem Wenigen war kaum etwas geblieben. Es hieß, dass sich der Baron zu Abilacht für seine Gastfreundschaft und Verschwiegenheit gut bezahlen ließ. Auch das Schweigen einiger anderer musste erkauft werden, als die Flüchtlinge ihre *Zuflucht* im Tal bezogen hatten. Tiere und Saatgut waren gekauft worden, alles heimlich und oft zu überhöhten Preisen. Man hatte das eine oder andere auf den Märkten in Kyndoch und Burg Crumold erstanden und nur gelegentlich eigene Waren anbieten können. Einiges von dem, was noch übrig war, hatten Neel, Susmin und Reddel bei sich getragen, als sie nach Havena ritten. Rhiana zweifelte nicht daran, dass sie ihren Schmuck opfern musste, um jene Schiffe anzumieten, die die Flüchtlinge an einen hoffentlich sicheren Ort bringen sollten. Aber sie gab ihn gern hin für diesen Zweck.

Tjalmar begrüßte die Ankömmlinge und bat sie in den größten bewohnbaren Raum des alten Turms. Respektvoll überließen die drei Prinzessin Rhiana und Tjalmar den Vortritt. Eisfell schlüpfte ebenfalls hinein und legte sich Tjalmar zu Füßen. Maruna, die den benachbarten Raum bewohnte, erschien an der Tür und nickte den Heimkehrern freundlich zu. Ihr war der bequemste Armsessel an dem blank gescheuerten Holztisch vorbehalten. Muir und zwei weitere Bedienstete trugen aus den anderen Räumen genügend viele Stühle herbei, damit alle Platz fanden. Bis auf Maruna, die keine Waffe trug, legten alle ihre Schwerter ab und setzten sich. Frisches Fladenbrot, ein Topf mit dampfender Kohlsuppe, je ein Schlauch Elenviner Weißwein und Rotwein wurden aufgetragen, dazu Holzkummen, Holzlöffel und Zinnbecher abgestellt. Kerzen und Talglichter wurden angezündet. Es roch nach der Kohlsuppe und dem Schweiß der Pferde, der in den Kleidern der Reiter hing. Niemanden störte es. Das alte Gemäuer war ohnehin kein Ort der feinen Gerüche.

Neel, Susmin und Reddel ließen sich nicht lange nötigen und griffen beherzt zu. Die anderen begnügten sich mit je einem Becher Elenviner.

»Schön, dass Ihr zurück seid«, eröffnete Maruna das Gespräch. »Wie war Eure Reise?«

Neel übernahm es, für alle zu antworten. »Wir hatten kaum mit Widrigkeiten zu kämpfen. Da wir keine Furt fanden, ließen wir uns bei Taindoch von einem Fährmann übersetzen. Das hat uns vier Heller pro Bein gekostet. Eigentlich hätte es nur drei kosten dürfen, aber der Mann meinte, er müsse einen Aufschlag erheben, da er es sonst gewohnt sei, größere Reisegruppen überzusetzen. Das war natürlich gelogen, aber was sollten wir machen? Schreiber Reddel hat all unsere Ausgaben aufgeschrieben.«

Der Schreiber nickte gewichtig, legte Löffel und Brot aus der Hand und kramte umständlich ein Stück Pergament aus dem Brustbeutel. Es enthielt eine Anzahl von Posten in Reddels steiler, gestochen scharfer Schrift. Er reichte es Maruna zusammen mit einem Geldbeutel. »Das ist von dem uns anvertrauten Geld übrig geblieben. Bitte zählt nach.«

»Das wird nicht nötig sein«, sagte die Druidin. »Ich kenne Eure Ehrenhaftigkeit und Eure Sorgfalt.« Sie warf nur einen kurzen Blick auf das Pergament und legte es dann zusammen mit dem Geldbeutel zur Seite.

»Ab Taindoch nutzten wir die Reichsstraße bis Burg Crumold, danach die Landstraße bis Weidenau«, fuhr Neel fort. »In Weidenau haben wir die Pferde in einem Stall untergestellt und einen Flussschiffer gefunden, der nach Havena unterwegs war. Diese Ausgaben hat Reddel ebenfalls festgehalten, auch die Wegzölle, die wir zu zahlen hatten.«

Reddel nickte mit vollem Mund und deutete mit einem Brotknust auf das Pergament.

Neel spülte den trockenen Mund mit Wein aus. »Wenn wir gefragt wurden, hat sich die Turibai als Tochter eines Weinhändlers aus Elenvina ausgegeben, die mit ihrem Begleitschutz nach Havena reisen wollte, um neue Handelsbeziehungen anzuknüpfen. Ich denke, wir haben recht überzeugend gewirkt. Niemand hat allzu aufdringliche Fragen gestellt.«

Die Amazone schenkte sich den Becher noch einmal voll und kippte ihn in einem Zug herunter. Sie schüttelte sich. »Wenn man bedenkt, dass wir angeblich ausgerechnet dieses saure Zeug in Havena anbieten wollten … Kein Wunder, dass uns niemand nach einer Kostprobe gefragt hat. Nun, um es kurz zu machen, auch die Rückreise verlief ohne besondere Vorkommnisse – mit einer Ausnahme, auf die ich später noch zu sprechen komme.« Neel schaute erst Maruna, dann Tjalmar und schließlich Rhiana an. »Aber wir waren ja nicht zum Spaß unterwegs, sondern hatten eine Mission zu erfüllen. Gewiss wollt Ihr vor allem hören, wie das Gespräch mit Bel Ghadi ausgegangen ist. Aber das sollte die Turibai erzählen, denn sie und Reddel haben die Verhandlungen geführt. Und das war gut so. Ich wäre keine gute Gesprächspartnerin für Bel Ghadi gewesen. Tatsächlich wäre ich dem Specksack lieber gern an die Gurgel gegangen.«

»Das hätte all unsere Hoffnungen zerstört«, sagte Maruna.

Neel nickte. »Deshalb habe ich mich beherrscht.«

»Dann solltet Ihr jetzt berichten, Turibai«, mischte sich Rhiana ungeduldig ein. Sie wollte möglichst ohne Umschweife hören, wie die Verhandlungen mit dem heimlichen Herrscher von Havenas Unterstadt ausgegangen waren. Davon hing das Schicksal der Flüchtlinge ab. Und ihr eigenes. Wenn es gelungen war, sich mit Bel Ghadi zu einigen, würde es einen raschen Aufbruch geben. Für Rhiana stellte sich dann die Frage, ob sie bei der Gemeinschaft blieb oder ihren eigenen Weg ging. Um sich irgendwie zu beschäftigen, nippte die Prinzessin an ihrem Wein. Neel hatte Recht, der Elenviner war von mäßiger Qualität. Aber Besseres stand ihnen leider nicht zur Verfügung.

Susmin schaute Rhiana an. Während Neel erzählte, hatte die Prinzessin die Blicke der jungen Adligen schon mehrfach gespürt. Bewunderung für Rhianas Schönheit im Glanz des Schmuckes steckte in ihnen. Und ein bisschen Sehnsucht, selbst möglichst bald den Staub der Reise abzuwaschen und wieder Frau zu sein. Rhiana wusste, dass unter der schwarzen Lederkleidung ein fraulicher, gut gewachsener Körper steckte. Susmin Turibai Montas wurde von vielen jungen Männern der Gemeinschaft begehrt, stand allerdings in dem Ruf, sich nicht leicht erobern zu lassen und ihre Gunst selten zu verschenken. Der manchmal durchscheinende Stolz der Zwillinge Susmin und Vilko auf ihre Herkunft – die Uriba Montas gehörten seit Generationen zu den treuesten und tapfersten Vasallen der Könige von Talania – trug das seine dazu bei, sie unnahbar erscheinen zu lassen.

Die junge Frau wandte den Blick von Rhiana ab und schaute in die Runde. »Bel Ghadi ist mit allen Wassern des Deltas gewaschen«, sagte sie. »Gerissen und habgierig. Aber wir haben mit ihm eine Vereinbarung erzielt. Reddel gelang es sogar, den Preis noch um 30 Dukaten herunterzuhandeln.«

Sie langte an ihren Gürtel, hakte einen dort hängenden Köcher ab, öffnete den Verschluss und nahm ein verschnürtes und mit Wachs versiegeltes Dokument heraus. Sie reichte es Maruna.

»Ich prüfe es später«, sagte die Druidin. »Sagt mir bitte, was drinsteht.«

»Für 70 Dukaten erhalten wir das Recht, drei Monde lang in einem Quartier der Unterstadt zu wohnen, das all unseren Leuten Platz bietet. Wir haben es uns selbst angesehen, deshalb hat die Reise auch ein paar Tage länger gedauert als erwartet. Es handelt sich um ein ehemaliges Kaufmannshaus mit mehreren großen Speichern, weit draußen in der Flussmündung. Nur die Obergeschosse reichen bei Flut aus dem Wasser, aber das sollte uns reichen. Wir zahlen das Geld in erster Linie dafür, dass uns Bel Ghadi freies Geleit zusichert und uns vor Übergriffen des Gesindels schützt, das sich in der Unterstadt herumtreibt.«

»Mit den Meermenschen und allerlei Seeungeheuern müssen wir allerdings allein klarkommen«, ergänzte Neel. »Aber das sollte uns keinen großen Kummer bereiten.«

»Sehr gut«, sagte Tjalmar. »Drei Monde sollten ausreichen, um Schiffe zu finden, die uns in das neue Talania bringen.«

Die Würfel sind gefallen, dachte Rhiana. *Zumindest für die Gemeinschaft. Sind sie auch für mich gefallen?*

»Wie weit ist diesem Bel Ghadi zu trauen?«, fragte die Druidin.

»Er hält die Macht in der Unterstadt in den Händen«, gab Susmin zurück. »Wer sich ihm dort widersetzt, stirbt einen schnellen Tod. Das gefällt dem Fürsten nicht, aber er müsste zu viele Soldaten in die Unterstadt schicken, um Bel Ghadis Macht zu brechen. Und nach Bel Ghadi würde ein anderer kommen, der sich zum König der Diebe, Schmuggler und Halsabschneider aufschwingt. Da ist es einfacher, ihn zu dulden, solange er sich nicht zu viel herausnimmt.«

»Aber ist ihm auch zu trauen?«, wiederholte Maruna ihre Frage. »Hält er sich an Vereinbarungen?«

»Er hat den Ruf, für Geld alles zu tun«, sagte Susmin. »Das schließt sicherlich auch Verrat ein. Aber man sagt auch, dass man auf ihn bauen kann, wenn man ihn bezahlt. Er ist nicht dafür bekannt, seine Geschäftspartner für ein paar Dukaten mehr ans Messer zu liefern. Immerhin ist Verlässlichkeit die Grundlage seines Geschäftes. Wenn ihm allerdings jemand sehr viel mehr Geld bietet …«

»Was meint Ihr, Reddel?«, fragte Tjalmar den Schreiber.

Reddel schien endlich satt zu sein und widmete sich dem Wein. »Mit aller Vorsicht gesprochen: Ihm ist eher zu trauen als irgendeinem Herzog oder Fürsten.«

»Und du, Neel?«, wollte Tjalmar wissen.

»Wenn man mit ihm in einem Raum ist, sollte man seine Geldkatze mit beiden Händen festhalten«, antwortete die Amazone und fügte widerwillig hinzu: »Aber an Vereinbarungen hält er sich, denke ich. Ansonsten müssen wir eben vorsichtig sein und für den Fall des Falles planen. Jedenfalls sind wir dort sicherer als hier. Und verhungern würden wir hier auch.«

»Hat einer von Euch jemals erwogen, Emerthon um freies Geleit zu bitten?«, fragte Rhiana. Sie konnte sich nicht erinnern, dass darüber gesprochen worden war, aber schließlich hatte sie nur an den wenigsten der früheren Beratungen teilgenommen.

»Ja, Prinzessin Rhiana«, antwortete Maruna. »Es wurde darüber gesprochen. Aber wie sollten wir dem Fürsten erklären, dass wir seit zwanzig Jahren in seinem Fürstentum leben, ohne sein Wissen und ohne Steuern zu bezahlen? Und selbst wenn er darüber großzügig hinwegsehen würde – woran ich nicht glauben kann –, besteht die Möglichkeit, dass er freundliche Beziehungen zu den Thronräubern in Talania unterhält. Obendrein wäre unser Eingeständnis Verrat an denen von Abilacht und anderen, die uns geholfen haben. Nein, wir müssen aus Albernia so heimlich hinausgelangen wie wir gekommen sind.«

»Ihr habt Recht wie immer«, gestand Rhiana ein. »Es war nur ein spontaner Einfall.« Sie musste zugeben, dass sie diese Zusammenhänge nicht bedacht hatte. Es bestätigte sie in ihrer Meinung: Ihr fehlte die Weisheit, mit der Maruna die Gemeinschaft führte.

Ein Grund mehr, eigene Wege zu gehen. Die Flüchtlinge haben Maruna. Auf mich sind sie nicht angewiesen.

»Wurde mit Bel Ghadi auch vereinbart, wann wir kommen?«, fragte Tjalmar.

»Die Vereinbarung gilt ab sofort für drei Monde«, antwortete Susmin. »Wir können jederzeit kommen. Ein baldiger Aufbruch wäre also wünschenswert.«

Tjalmar sah Neel an. »Wie sieht es in Kyndoch aus? Können wir ohne viel Aufsehen Flussschiffe mieten?«

Rhiana entsann sich, dass der Plan vorsah, die verbliebene Habe, vor allem auch Nahrungsvorräte, auf dem Wasserwege nach Havena zu bringen. Zunächst auf selbst gebauten Flößen, dann auf Flussschiffen. Der Großteil der Menschen sollte dagegen in kleineren Trupps zu Fuß oder auf dem Pferderücken den Landweg benutzen. Um Zölle würden sie nirgendwo herumkommen, aber einen Zug von Planwagen wie beim Verlassen der *Zuflucht* im Tal sollte es nicht geben, schon gar nicht durch unwegsames Gelände. Dafür lag Havena zu weit entfernt.

»Es gibt dort Stadtgardisten und Soldaten der Fürstlichen Reiterei«, gab Neel zur Antwort. »Aber ich konnte nicht feststellen, dass sie sich für Handelstransporte interessieren, sofern die Zölle ordnungsgemäß gezahlt werden. Verdächtig wären nur größere Gruppen von Bewaffneten – aber darüber haben wir ja schon gesprochen.«

»Dann liegt es an der Thronregentin und Prinzessin Rhiana, eine Entscheidung zu treffen«, sagte der Thorwaler. Es war das erste Mal, dass er Rhiana der Druidin gleichstellte, wenn Entscheidungen für die Gemeinschaft zu treffen waren.

Obwohl Rhiana sich durch Tjalmars Vertrauen geehrt fühlte, wollte sie die Verantwortung nicht übernehmen. »Es ist allein Eure Entscheidung, Mutter Maruna«, stellte sie klar.

Offensichtlich hatte die Druidin sich längst entschieden, denn ihre Antwort kam sofort: »Wir haben alle gewusst, dass dieser Tag kommen würde, und sind darauf vorbereitet. Der Plan ist allen bekannt. Nichts hält uns hier. Wir werden schon morgen mit dem Zusammenpacken der Habe beginnen. Die ersten Wagen und Reiter könnten am Erdstag aufbrechen, der Rest ein oder zwei Tage später. Die Rinder, Ziegen und Schafe verkaufen wir in Turehall oder Taindoch, notfalls erst am nächsten Markttag in Kyndoch, wenn man uns vorher keinen guten Preis bietet.«

Es wird also Ernst, dachte Rhiana.

Die Entscheidung war gefallen. Maruna erhob sich.

»Mit Verlaub, Eure Thronregentin«, sagte Neel. »Ich bitte noch einen Moment um Gehör.«

Die Druidin forderte sie mit einer Handbewegung auf zu sprechen und setzte sich wieder hin.

»Ich erwähnte vorhin, dass es ein besonderes Vorkommnis auf unserer Reise gab«, begann die Amazone. »Genauer gesagt erst heute Morgen. Wir sind auf Reste eines Lagerfeuers gestoßen, in den Auen, nur zwanzig

Meilen von hier. Eine Person, ein Pferd. Wir konnten der Pferdespur eine Weile folgen, aber dann verlor sie sich in einem Bachlauf, wurde mit Absicht unkenntlich gemacht. Die Spur verlief in Richtung auf unseren Wald. Ich bin überzeugt, dort draußen lauert jemand und wird heute Nacht versuchen, an den Wachen vorbeizugelangen.«

Maruna sagte nichts dazu, aber Tjalmar wirkte besorgt. »Du meinst, ausgerechnet jetzt könnte uns noch ein Kundschafter des Feindes ausspähen? Das wäre allerdings fatal und würde alle unsere Pläne zunichte machen. Ich lasse sofort die Wachen verdoppeln und sende einen Trupp in die Auen.«

»Keinen Trupp!«, bat Neel. »Wer immer das ist, er oder sie ist erfahren und äußerst vorsichtig. Ein Trupp macht zu viel Lärm und würde ihn oder sie nicht fassen. Lass mich das machen, allein. Du weißt, dass ich mich lautlos an einen Feind anschleichen kann. Ich möchte gern wissen, wer das ist. Und ihn zum Reden bringen. Und ihn töten, wenn er ein Feind ist.«

»Aber Neel, Ihr müsst doch todmüde von der Reise sein!«, sagte Rhiana. »Lasst mich gehen, wenn Ihr mir die Sache zutraut!«

»Ich zweifle nicht daran, dass Ihr dies mindestens genauso gut wie ich erledigen könntet, Prinzessin«, gab Neel zur Antwort. »Erlaubt mir bitte trotzdem zu gehen. Ich weiß, wo ich zu suchen habe. Und irgendetwas in meinem Innern sagt mir, dass dies meine Aufgabe ist. Und was die Müdigkeit angeht …« Sie reckte sich. »Der Wein war sauer, hat jedoch meine Lebensgeister neu geweckt. Ich fühle mich frisch wie der junge Tag.«

Rhiana musste lächeln. Sie glaubte der Amazone zwar nicht, aber sie wusste, wie dickköpfig Neel war. Wenn man ihr verbot hinauszureiten, würde sie keineswegs schlafen gehen, sondern so lange wach bleiben, bis der Fremde gefasst war. Rhiana musterte die zähe Kämpferin, die seit fast drei Jahrzehnten ihr Schwert für Rondra und die Gerechtigkeit führte. Im flackernden Licht der Kerzen sah sie mit dem stoppelkurzen Haar, den hohlen Wangen und der Augenklappe fast unheimlich aus. Der Lichtschein ließ die Tätowierungen in ihrem Gesicht zucken, als würden sie ein eigenes Leben besitzen. Wer diese Frau als Gegnerin hatte, war nicht zu beneiden. »Wenn Ihr darauf besteht, dann geht.«

Neel verbeugte sich leicht gegenüber der Prinzessin. Dann sah sie Tjalmar an, der die Wachen befehligte.

»Einverstanden«, sagte der Thorwaler. »Aber sei vorsichtig, Neel. Wir brauchen dich!«

Seit Stunden hatte die Sonne dem Madamal die Herrschaft über den Himmel abgetreten. Seine halbe Scheibe schickte fahles weißes Licht über die Wipfel der Bäume. Still und einsam lag die Lichtung da. Obwohl ein leichter Wind die Hitze des Tages mit sich genommen hatte, war es noch immer sommerlich warm. Weder aus dem Turm und dem Nebengebäude noch aus den Hütten und Zelten drangen Lichter oder Geräusche. Alle wussten, dass der Aufbruch bevorstand, und einige hatten noch am Abend im Licht einiger Fackeln Gerätschaften zusammengeräumt. Aber die Fackeln waren fast heruntergebrannt, die meisten Menschen schliefen dem Tag entgegen. Nur die Wachen kauerten in ihren Verstecken nahe der Lichtung und am Waldrand, den Blick auf die Umgebung gerichtet, die Gedanken bis nach Havena, vielleicht bis zu einem neuen Talania vorauseilend. Das Wasser des Baches plätscherte leise, die Blätter der Bäume wisperten im Wind, aus dem Wald drang hin und wieder das leise Rascheln eines kleinen Tiers oder der Ruf eines Kauzes.

Rhiana konnte nicht schlafen. Noch immer hatte sie

keine Entscheidung getroffen. Es galt, so vieles gegeneinander abzuwägen. Bilder und Gesichter aus der Vergangenheit tauchten vor ihrem inneren Auge auf. Sie fragte sich, was ihr Vater von ihr erwartet hätte. Würde er selbst noch leben, hätte er die Getreuen natürlich in jedes neue Versteck begleitet. Seiner Tochter hätte er vielleicht erlaubt, ihren eigenen Weg zu gehen, es möglicherweise sogar ausdrücklich gewünscht. Allerdings nur dann, wenn es jemand anderen aus der königlichen Familie gab, der die Gemeinschaft zusammenhielt. Rhiana hatte sich oft die Frage gestellt, warum die Gemeinschaft nach all den Jahren noch immer bestand. Gewiss, die Alten würden Talania niemals vergessen und beieinander bleiben wollen. Sie träumten von einer eigenen neuen Insel oder gar von der Rückeroberung des Inselreichs. Jeder von ihnen hatte Dutzende von Freunden und Verwandten in Talania zurückgelassen und glaubte, dass sie und ihre Kinder, ganze Klans und alteingesessene Familien sich erheben und zu den Flüchtlingen überlaufen würden, sobald das Signal kam, die Thronräuber davonzujagen und die Tochter von König Arlos zur Königin zu machen. Aber zwei Jahrzehnte waren seit der Flucht vergangen. Das war eine lange Zeit. Es gab keine Nachrichten aus Talania, weder gute noch schlechte. Zu abgeschieden lag das Königreich auf seiner einsamen Insel dort draußen im Meer der sieben Winde. Die Dinge mochten sich gewandelt haben. Die Thronräuber konnten sich als kluge Regenten erwiesen haben, die das Volk nicht ausplünderten und unterdrückten, sondern sich mit dem Zehnten begnügten und sparsam mit der Knute umgingen.

Warum sollten sie ausgerechnet für mich kämpfen wollen? Ich bin nicht einmal eine legitime Prinzessin. Ich bin nicht weise wie Maruna. Vielleicht bin ich wirklich Rondras Tochter und dazu verdammt, Krieg und Verwüstung über das Land zu tragen, allen, die mit mir sind, den Tod zu bringen.

Die Alten glaubten an die Gemeinschaft, weil dieser Glaube ihre einzige Hoffnung war. Aber warum blieben die Jungen? Die Treue zu den Eltern allein konnte wohl kaum bewirken, dass nur ganz wenige sich davongeschlichen hatten, um in einer Stadt einen Lehrmeister zu suchen oder für guten Sold die Kriege der Mächtigen zu führen. Und selbst von denen kehrten die meisten irgendwann zurück.

Irgendwie glauben sie alle an mich, auch die Jungen. Die Alten glauben an mich, weil ich König Arlos' Tochter bin. Die Jungen glauben an mich, weil ich jung bin wie sie. Wenn ich gehe, verlieren die Alten ihren Glauben an das Königreich, und die Jungen werden sich einen anderen Leitstern suchen. Die Gemeinschaft wird sterben ohne mich. Ich kann sie eigentlich gar nicht verlassen, wenn ich meinem Vater und mir selbst treu bleiben soll!

Da an Schlaf nicht zu denken war, erhob sich Rhiana und trat nackt ans Fenster. Hinter sich hörte sie die gleichmäßigen Atemzüge von Muir, die unbeeindruckt von den bevorstehenden Ereignissen tief und fest schlief. Das Madamal bildete den Kelch und stand im Nordwesten am Himmel. Ein paar dunkle Wolken wanderten über den Kelch, ohne ihn vollständig zu verdecken. Der größte Teil des Himmels war klar. Rhiana beugte sich vor und suchte nach Sternen, die ihr Vater und Maruna ihr gezeigt und erklärt hatten, als sie noch ein Kind war. Sie suchte das Sternbild des Drachen, das Unheil und Veränderungen brachte, wenn es vollständig zu sehen war, konnte es aber nicht erkennen. Es war zu lange her, dass sie bewusst zum Sternenhimmel geschaut hatte. Sie wusste nicht mehr, wo es zu suchen und ob es überhaupt im Moment zu sehen war. Stattdessen erblickte sie den hellen Nordstern und den rosenrot leuchtenden Elfenstern. Sie lächelte, als sie sich an die kleine Rhiana erinnerte, die geglaubt hatte, dass die Elfen, die in den Wäldern und Auen lebten, alle Rosen pflückten, die sie finden konnten, und nachts zu ihrem Stern brachten, damit er so schön leuchten konnte.

Vom anderen Ende der Lichtung hörte Rhiana gedämpfte Stimmen, dann die vom Gras gedämpften Schritte eines Menschen sowie das leichte Pochen aufsetzender Hufe. Das konnte nur Neel sein, die sich kurz mit den Wachen unterhalten hatte und ihren Schecken Ujiko am Zügel führte. Sie gab sich offenbar Mühe, so wenig Geräusche wie möglich zu machen, um die Schlafenden nicht aufzuwecken.

Endlich, nach mehr als sechs Stunden, war Neel zurückgekehrt! Rhiana war gespannt, was sie zu berichten hatte. Um ein Haar wäre sie nackt herausgerannt. Aber sie besann sich. Es schickte sich nicht, dass Prinzessin Rhiana nackt mitten auf der Lichtung stand, auch nicht im Licht des Madamal. Neel hätte sicher nur gegrinst, aber immerhin konnten jederzeit Männer aus den Zelten kommen, die Rhiana mit geweiteten Augen betrachten würden. Sie fand im Dunkeln nicht sofort ihr Unterhemd und schlüpfte deshalb einfach in das Baumwollgewand. Dann griff sie nach ihrem Schwertgurt und legte die Waffe an. Das war natürlich Unsinn. Es war schließlich nur Neel. Aber Rhiana hatte sich angewöhnt, die Waffe immer bei sich zu tragen. Das war Neels Schule. Sie würde es mit Zufriedenheit zur Kenntnis nehmen.

Rhiana hatte sich leise verhalten, und Muirs Schlaf war tief. Sie wachte nicht auf. Rhiana trat hinaus ins Licht des Madamal, das noch immer vom Licht einiger fast heruntergebrannter Fackeln unterstützt wurde, und lief Neel, die gerade das alte Nebengebäude passierte, fast um. Diese griff sofort nach ihrem Säbel und zog ihn blank.

Rhiana erstarrte, trat unwillkürlich einen Schritt zurück und hatte im nächsten Moment selbst das Schwert in der Hand. Wollte Neel mitten in der Nacht ihre Kampfbereitschaft prüfen? »Neel, was soll das?«, flüsterte sie. »Ich bin es doch, Rhiana!« Verwundert stellte sie fest, dass das Pferd vor ihr zurückwich. Dann sah sie, dass es nicht Ujiko, sondern ein großer Falbe war.

»Rhiana? Ja, natürlich …« Die Amazone senkte den Säbel, steckte ihn aber nicht in die Scheide. Ihre Stimme klang merkwürdig rau und kehlig. Beinahe fremd.

Einen Moment lang hatte Rhiana den Eindruck, dass es gar nicht Neel war. Vorsichtshalber behielt sie ihre Waffe ebenfalls in der Hand. Aufmerksam betrachtete sie die andere Frau. Das Madamal und die Fackeln spendeten Licht genug, um sicher gehen zu können. Der markante Gesichtsschnitt, die grauen Stoppelhaare, die Augenklappe, die Tätowierungen im Gesicht, die asketische Gestalt, die Lederkleidung, der Säbel. Natürlich war das Neel! Aber sie benahm sich eigenartig. Irgendetwas musste passiert sein. Hatte der Fremde sie verletzt?

»Ist alles in Ordnung mit Euch?«, fragte sie.

»Ja«, gab Neel zurück. »Ich bin nur etwas müde.«

Irgendetwas ist mit der Stimme. Eine Erkältung? Ja, das wird es sein.

Es gelang Rhiana nicht, sich zu entspannen. Sie versuchte, das vertraute Verhältnis wieder herzustellen, indem sie flachste: »Müde? Sagtet Ihr nicht vorhin, Ihr fühltet Euch frisch wie der junge Tag?«

»Ja, aber jetzt bin ich müde«, entgegnete Neel mürrisch, ohne den Spaß aufzunehmen.

Wahrscheinlich hat sie schlechte Laune, weil ihr der fremde Späher entwischt ist. Aber sein Pferd hat sie immerhin erbeutet. Vielleicht hat er Ujiko verletzt oder sogar getötet. Ja, das würde alles erklären. Sie hat nie darüber gesprochen, aber ich glaube, der Schecke bedeutet ihr viel.

»Ihr habt keinen Erfolg gehabt, nicht wahr?«, fragte Rhiana mitfühlend. »Konntet Ihr den Fremden nicht finden, oder ist er geflüchtet? Was ist mit Ujiko passiert?«

»Hört zu, Rhiana«, entgegnete Neel schroff. »Mir ist jetzt nicht nach Reden zumute. Ihr erfahrt morgen früh alles, was Ihr wissen müsst. Sagt mir jetzt bitte, wo ich Maruna finde. Ich muss ihr Bericht erstatten. Es ist wichtig.«

»Das wird nicht möglich sein«, erwiderte Rhiana. »Sie ist in den Wald gegangen, um sich mit Sumu zu vereinen. Wo genau sie sich aufhält, verrät sie niemandem. Und sie will gewiss auch nicht gestört werden.«

»Und Tjalmar?«, wollte Neel wissen. »Macht schon!«

»Was soll mit ihm sein?«, fragte Rhiana ärgerlich zurück. Sie empfand Neels Verhalten als unfreundlich, wenn nicht feindselig und konnte es sich nicht erklären. Die Amazone behandelte sie, als sei sie noch ein kleines Mädchen. Und selbst damals, als Rhiana noch dieses kleine Mädchen gewesen war, hatte Neel es niemals an Respekt gegenüber der Prinzessin fehlen lassen.

»Wo finde ich ihn?«

Ihr Götter, Neel ist wirklich nicht ganz beieinander!

»Wo Ihr ihn immer findet!«, gab Rhiana patzig zurück. Dann tat ihr Neel aber doch Leid. Auch wenn sie durcheinander war und sich garstig benahm, hatte sie es verdient, dass ihre Schülerin sie ehrenvoll behandelte. Sie deutete zum Turm. »In dem Raum rechts vom Eingang.«

Wortlos wandte sich Neel ab. In diesem Moment kam Eisfell zögernd und erst halb wach aus dem Turm. Obwohl er viel Zeit mit Rhiana verbrachte, vergaß er nicht seine Treue und enge Verbundenheit mit seinem Herrn. Nachts wich er ihm niemals von der Seite.

Der Wolfshund benahm sich mindestens so merkwürdig wie Neel. Er witterte in Richtung der Amazone, sträubte das Fell und knurrte. Er machte Anstalten, auf Neel loszugehen, und diese hob sofort wieder den Säbel.

Es ist das fremde Pferd, dachte Rhiana. Dabei interessierte sich Eisfell normalerweise kaum für Pferde und wusste sehr gut, dass Pferde aus eigenem Antrieb keine Gefahr für das ›Rudel‹ darstellten, sondern irgendwie dazugehörten. *Oder ist es doch Neel, die er angreifen will? Vielleicht hat sie mit dem Fremden gekämpft und trägt seinen Geruch.*

Neel in ihrer derzeitigen Verfassung schien in der Lage zu sein, den Hund zu töten, wenn er sie angriff. Blitzschnell war Rhiana bei Eisfell, bekam ihn am Lederhalsband zu packen und zog ihn zurück. Er knurrte weiter und zeigte seine Zähne. Rhiana war immerhin froh, dass er nicht losbellte und alle Schlafenden auf die Beine brachte. Sie sprach leise auf ihn ein, und er beruhigte sich ein wenig.

»Nehmt die Bestie mit und legt Euch schlafen, Rhiana«, riet Neel ihr grimmig. »Morgen werdet Ihr alles verstehen, was Euch im Moment seltsam erscheinen mag.«

Rhiana dachte nicht daran, sich hinzulegen. Sie hatte schon zuvor nicht schlafen können, und das würde ihr jetzt noch weniger gelingen. Aber sie nahm Eisfell mit sich zum Nebengebäude. Sie fand einen Strick, der eigentlich für die Pferde gedacht war, zurrte ihn an einem Mauerhaken fest und leinte den Wolfshund an. Statt ihren Raum zu betreten, blieb sie bei Eisfell am Eingang stehen und schaute Neel hinterher.

Die Amazone beachtete Rhiana und den Hund nicht mehr. Sie führte das fremde Pferd zum Turm und ließ es dort einfach stehen. Der Falbe war offenbar gut erzogen und rührte sich nicht vom Fleck. Neel verschwand im Turm.

Vergebens wartete Rhiana darauf, dass ein Licht entzündet wurde und Gesprächsfetzen einer Unterhaltung zwischen Neel und dem Thorwaler an ihr Ohr drangen. Allmählich begann sie sich ernsthaft Sorgen zu machen. Neels Verhalten kam ihr jetzt nicht mehr nur merkwürdig, sondern verdächtig vor. Dass sich dieser vage Verdacht erst jetzt in ihr breit machte, hatte damit zu tun, dass sie seit vielen Jahren Neel und Tjalmar stets als Einheit empfunden hatte. Manchmal herrschte ein rauer Ton zwischen den beiden, niemals jedoch Feindschaft. Es gab zwei Paare unter den Flüchtlingen, die sich als geschwisterliche Waffengefährten betrachteten und jederzeit für den anderen die Hand ins Feuer legen würden. Das waren zum einen die Zwillinge Susmin Turibai und Vilko Tariba Montas. Aus dem gemeinsamen Blut und der lebenslangen Bindung heraus. Zum anderen waren es Neel und Tjalmar. Aus immer wieder bewiesener Treue und Zuverlässigkeit heraus.

Plötzlich explodierte die Stille und mit ihr Rhianas stilles Ahnen, das zu phantastisch gewesen war, um Gestalt anzunehmen.

Der halb erstickte Schrei eines Mannes kam aus dem Turm, gefolgt von einem Röcheln.

Eisfell zerrte so wütend an der Leine, dass er sich fast erdrosselte, bellte so laut, wie Rhiana ihn noch niemals gehört hatte, fletschte die Zähne, schien schier wahnsinnig darüber zu werden, dass er am Eingreifen gehindert wurde.

Neel stürmte aus dem Turm, sprang auf ihr Pferd und galoppierte über die Lichtung.

Überall zwischen den Hütten und Zelten tauchten Menschen mit erschrockenen, verschlafenen Gesichtern auf, wurden Waffen gegürtet, wurde durcheinander geschrien, die meisten behinderten sich gegenseitig. Alle schienen zu glauben, dass Feinde die Siedlung angriffen.

»Lasst Neel nicht entkommen!«, schrie Rhiana, aber ihre Stimme ging im allgemeinen Lärm fast unter.

Der Falbe war ein kräftiges und schnelles Tier. Neel hatte bereits den Rand der Lichtung erreicht, brach durch das Unterholz, folgte dem Bett des Baches.

Verzweifelt sah sich die Prinzessin nach einem Pferd um. Sturmbraut und Rabe befanden sich auf der Koppel am anderen Ende der Lichtung. Weder sie noch die anderen Pferde trugen Zaumzeug oder Sättel. Rhiana konnte Sturmbraut auch ohne beides reiten, nicht hingegen Rabe. Und Rabe war das einzige Pferd der Flüchtlinge, dem sie zutraute, dem Falben mit seinen weiträumigen Galoppsätzen folgen zu können.

Die nackte Muir tauchte im Eingang auf, Mund und Augen weit aufgesperrt.

Rhiana beachtete das Mädchen nicht. Sie hatte im Moment andere Sorgen. Mit einem Mal wurde ihr klar, dass sie, ob sie nun wollte oder nicht, die Anführerin der Gemeinschaft war, dass sie entscheiden musste, was zu tun war. Niemals hatte sie sich vorstellen können, dass es dazu kommen würde. Aber Maruna war irgendwo draußen im Wald, Neel hatte einen entsetzlichen Verrat an der Gemeinschaft begangen, und Tjalmar konnte offensichtlich nicht kommen und Befehle geben. Wer außer ihr konnte jetzt den Leuten sagen, was sie zu tun hatten? Niemand.

Die Prinzessin sah Susmin Turibai Montas und Vilko Turiba Montas, beide halb nackt, und rannte auf sie zu. »Macht den Leuten klar, dass uns niemand angreift. Aber Neel ist wahnsinnig geworden und hat Tjalmar angegriffen. Alle, die Pferde und Waffen haben, sollen im Wald nach ihr suchen. Fangt sie!« Sie notfalls auch zu töten, brachte sie nicht über die Lippen. »Warnt Maruna, wenn Ihr sie findet, vor Neel. Maruna ist in großer Gefahr! Ich muss jetzt zu Tjalmar!«

Die Zwillinge schnauzten rundum die Leute an und brüllten Befehle. Allmählich kehrte etwas wie Ordnung ein. Einige Frauen und Männer, manche noch immer nackt, waren bereits bei den Pferden und legten ihnen Zaumzeug an. Zwei Wachen vom nördlichen Waldrand tauchten auf. Sie hatten den Lärm gehört und wollten nach dem Rechten sehen. Susmin schickte sie umgehend zurück.

Rhiana rannte zum Turm.

Tjalmar! Ihr Götter, ihm darf nichts Schlimmes passiert sein!

Ihr Herz wusste es anders.

Muir war sich ihrer Nacktheit bewusst geworden – die sie mit etlichen Männern und Frauen auf der Lichtung teilte –, huschte in den Raum, zog sich eine Tunika über und stürmte ihrer Herrin hinterher.

Eisfell bellte immer noch, obwohl er schon ganz heiser klang. Niemand kümmerte sich um ihn.

Mit bangem Herzen betrat Rhiana den Turm und zog den Vorhang zu Tjalmars Raum zurück. Das Licht des Madamal drang durch das kleine Fenster herein, aber sie konnte nur Umrisse erkennen. Der große Thorwaler lag auf seinem Lager und röchelte leise.

»Bringt Licht!«, rief Rhiana, als andere herandrängten. »Macht schnell!«

Die Prinzessin wartete nicht, sondern stürzte zu Tjalmar, kniete vor seinem Lager, fasste nach seiner Hand. Sie war feucht von seinem Blut. »Tjalmar, lieber Onkel Tjalmar, ich bin es, Rhiana!«, schluchzte sie.

»Prinzesschen ...«, flüsterte der Thorwaler mit brüchiger Stimme. Seine freie Hand glitt liebkosend über ihr Haar.

Gleich mehrere Fackeln und Kerzenleuchter wurden herangetragen. Im Raum wurde es hell. Entsetzt wichen die Leute zurück, als sie Tjalmar in seinem Blut liegen sahen. Ein Dolchgriff ragte nahe dem Herzen aus seiner nackten, stark behaarten Brust. Die einst blondgrauen Brusthaare wirkten wie ein blutiger Teppich. Das Blut sickerte weiter aus der Wunde und lief seitlich am Brustkorb hinab.

»Bitte geht!«, sagte Rhiana mit erstickter Stimme. »Schickt die Heilerin.«

Stumm verschwanden alle, auch die schluchzende junge Muir.

»Neel ...«, röchelte Tjalmar, hustete und spuckte Blut. Offenbar hatte er die Amazone im Licht des Madamal, das durch das Fenster drang, erkannt.

»Ich weiß«, sagte Rhiana und küsste die blutige Hand des Thorwalers. »Aber warum?«

Tjalmar wollte antworten, brachte aber kein Wort hervor. »Bitte quält Euch nicht«, bat ihn Rhiana. »Wir werden Neel für das bestrafen, was sie Euch angetan hat.«

Ich bin auch schuldig, denn ich habe ihr den Weg gewiesen. Neel wusste offenbar nicht mehr, wo sich Tjalmars Quartier befand. Ich hätte sie nicht allein zum Turm gehen lassen dürfen. Ich hätte Tjalmar rufen sollen. Ich hätte ... Ach, es ist wirklich wahr, mir fehlt die Weisheit und die Übersicht. Maruna wäre so etwas nicht passiert!

Der Vorhang wurde zurückgeschlagen, und die Heilerin Usmida schlurfte in den Raum, so schnell es ihr hohes Alter zuließ, saubere Tücher in der Hand, die Tasche mit den Kräutern, Tinkturen und Salben umgebunden. Rhiana machte ihr Platz, ließ Tjalmars Hand aber nicht los. Der Thorwaler klammerte sich mit letzter Kraft an der Prinzessin fest.

Rhiana musste nicht in Usmidas runzliges Gesicht unter dem weißgrauen, im Nacken verknoteten Haar schauen, um zu wissen, wie es um Tjalmar bestellt war. Sie tat es dennoch, in letzter banger Hoffnung. Usmida schüttelte sorgenvoll das Haupt. Die immer noch scharfen alten Augen waren umschattet. Sie griff in die Tasche, entnahm ihr einige Kräuter, legte sie in das Blut um die Einstichwunde, nahm andere Kräuter, kaute sie im Mund und presste den Brei gegen den Dolch. Tjalmar stöhnte auf. Usmida legte weitere Tücher um die Wunde, die sich ebenfalls rot färbten. Aber die Wunde schien nicht mehr ganz so stark zu bluten.

»Der Dolch müsste entfernt werden«, nuschelte die Heilerin, die nur noch ein paar Zahnstummel im Mund hatte. »Aber im Moment geht das nicht. Der Hetmann würde uns verbluten. In ein paar Stunden, wenn die Kräuter gewirkt haben, wird es möglich sein.«

Usmida wusste, dass sie log, Rhiana wusste es, und Tjalmar wusste es wohl auch. Mit dem Thorwaler ging es zu Ende. Wenn er nicht trotz seines Alters ein so bärenstarker Mann gewesen wäre, hätte er längst die Besinnung verloren.

Nur Magie könnte ihm vielleicht noch helfen, dachte Rhiana. *Aber wir haben niemanden, der sich auf magische Heilkünste versteht. Maruna ist zwar eine starke Druidin, aber sie versteht sich nicht auf die Magie des Heilens.*

Als hätten Rhianas Gedanken sie herbeigerufen, stand die Druidin plötzlich im Raum. Stumm sah sie auf Tjalmar hinab. Das Gesicht der großen, schlanken Frau wirkte wie versteinert. Mit müden Schritten trat sie an das Lager des Thorwalers heran, kniete wie Rhiana nieder und nahm Tjalmars andere Hand. Usmida trat einen Schritt zurück. Sie wusste, dass sie nichts mehr für den Mann tun konnte, der einst Hetmann in Thorwal und später Kommandant der Leibwache von König Arlos gewesen war, einen Mann, den Usmida ein halbes Leben lang gekannt und geschätzt hatte. Tjalmar, der Treueste der Treuen. Ohne ihn würde die Gemeinschaft nicht mehr das sein, was sie mit ihm war. Die Alten gingen, weil sie gehen mussten. Auch Usmida würde bald den letzten Weg gehen. Tjalmar hätte wohl noch viele Jahre vor sich gehabt. Aber auch er musste gehen. Vor ihr. Sie zürnte den Göttern deswegen.

Maruna sprach kein einziges Wort. Zwischen ihr und Tjalmar bestand eine Vertrautheit, die keiner Worte bedurfte. Eine Vertrautheit, die auch zwischen Maruna und Neel, zwischen Tjalmar und Neel bestanden hatte.

Das Band zwischen Tjalmar und Neel hatte die Amazone mit dem Dolch durchtrennt. Aber der Dolchstich hatte nicht nur Tjalmars Brust durchbohrt. Er hatte auch das Band zwischen Maruna und Neel auf ewig zerschnitten.

Rhiana hielt weiter die andere Hand des Thorwalers. Auch sie schwieg. Es gab nichts zu sagen. Sie spürte nur Trauer und Angst und Verlorenheit. Sie hatte schon einmal den Vater verloren. Hier verlor sie den zweiten. Und der innerlich bereits vollzogene Bruch mit Neel verbannte die letzte Person aus ihrem Herzen, die sie ungeachtet des Geschlechts als väterlichen Freund gesehen hatte. Die Einzige, die ihr noch blieb, war Maruna. Bei ihrem Eintritt hatte Rhiana in all ihrem Schmerz eine Geborgenheit empfunden, sogar ein Spur Erleichterung, nicht mehr die Verantwortung tragen zu müssen. Maruna trug wieder alle Lasten. Maruna würde Tjalmar in den Tod begleiten. Maruna würde wissen, was zu tun war.

Aber der Thorwaler war noch nicht tot. Er rang so zäh mit dem Tod, wie er mit jedem Gegner auf dem Schlachtfeld gerungen hatte. Er hustete weiter Blut, doch er gab noch nicht auf. Er wusste, dass er diesen Gegner nicht besiegen konnte, doch er wollte ihm alles abfordern, ihm einen anständigen Kampf bis zum Letzten liefern.

»Mein … Bruder …«, flüsterte er.

»Deinem Bruder werden wir Nachricht geben«, sagte Maruna sanft.

Rhiana hatte nicht gewusst, dass Tjalmar einen Bruder hatte und dieser noch lebte. Er hatte ihr gegenüber diesen Bruder niemals erwähnt, auch dann nicht, wenn er von Thorwal erzählte.

Eine Weile sah es so aus, als sei Tjalmar bereits zu kraftlos, um noch ein weiteres Wort hervorzubringen. Er hatte die Augen geschlossen. Schweiß stand auf seiner Stirn. Unablässig rann ihm Blut aus den Mundwinkeln. Aber er kämpfte immer noch. Er öffnete noch einmal die Augen und sah Maruna an. In seinem Blick lag tiefe Verehrung. »Du … bist … so … weise …«, flüsterte er.

Sein Kopf neigte sich qualvoll langsam zur anderen Seite. Er schaute die Prinzessin an. Aus seinem Blick sprach liebevolle Fürsorge und Bewunderung. »Und … du … so … schön …«

Plötzlich bäumte er sich auf, entzog den beiden Frauen seine Hände, stieß einen heiseren Schrei aus, packte den in seiner Brust steckenden Dolch und zog ihn mit einem einzigen Ruck aus der Wunde. Dann sank er, das Heft des Dolches noch mit beiden Händen umklammert, auf das Lager zurück. Die Augen waren gebrochen.

Tjalmar war tot.

Eine kalte Hand schien nach Rhianas Herzen zu greifen und es zerreißen zu wollen. Sie warf sich nach vorn, streichelte den Kopf des Thorwalers wie besessen und bedeckte die Stirn, die Augen und die Wangen mit wilden Küssen, als könne sie ihn dadurch ins Leben zurückführen.

Die Druidin schloss für einen Moment die Augen. Ihre Lippen bewegten sich, aber es drang kein Laut über sie hinweg. Vielleicht bat sie Sumu oder sogar Swafnir, diesen Helden in einer anderen Welt für alles zu belohnen, was er für andere getan hatte. Vielleicht schickte sie ihrem früheren Geliebten auch einfach nur einen stummen Gruß hinterher. Dann öffnete sie die Augen wieder.

Sie ließ Rhiana eine Weile gewähren. Dann nahm sie die Prinzessin an der Hand und zog sie von dem Körper des Toten weg.

Rhiana fügte sich, stand nun ganz ruhig und traurig neben der Druidin, sah nicht mehr zu Tjalmar, sondern hielt den Blick gesenkt. Sie wirkte wie ein kleines, schüchternes Mädchen, das nicht verstehen konnte, was geschehen war. In ihrem Herzen jedoch loderte ein verzehrendes Feuer, und sie hatte keine Tränen, um es zu löschen.

Stumm, den Arm um sie gelegt, führte die Druidin Rhiana aus dem Raum. In den freien Arm nahm sie Usmida, die in sich zusammengesunken an der Tür kauerte, und zog auch sie sanft mit sich.

Am Eingang zum Turm hatten sich Dutzende von Menschen versammelt. Man musste ihnen nichts erklären. Sie hatten den Schrei gehört und sahen die Gesichter der Frauen.

»Schickt Frauen und Männer, die den toten Helden waschen und ihm seine Rüstung anlegen«, sagte Maruna tonlos.

Später in der Nacht saßen Maruna und Rhiana in Marunas Raum beieinander. Marunas Luchs lag der Druidin zu Füßen und schlief. Gelegentlich zuckten seine Ohren.

»Er hat uns beide sehr geliebt«, sagte die Druidin. »Ohne große Worte. Auf seine Art. Und Neel.«

»Ich weiß.« Rhianas Augen brannten. Sie konnte noch immer nicht über den Toten weinen. »Was soll nun werden?«

Maruna seufzte. »Tjalmar zu verlieren ist ein schwerer Schlag für uns. Genauso Neel, auch wenn es mir widerstrebt, ihren Namen noch über die Lippen zu bringen. Die beiden sind kaum zu ersetzen. Für den Moment werden wir alle noch enger zusammenrücken und uns gegenseitig trösten.«

Rhiana war der Druidin dankbar, dass sie den Moment nicht nutzte, ihr Gegenüber an die oft formulierten Erwartungen, Verpflichtungen und Prophezeiungen zu erinnern. »Warum hat Neel das getan?«, fragte sie hilflos. »Neel hat auch nach Euch gefragt, Mutter Maruna. Wahrscheinlich wollte sie Euch ebenfalls töten. Ich verstehe es einfach nicht. Kann jemand so krank im Kopf sein, dass er seine besten Freunde umbringt?«

»Vielleicht hat Rondra es ihr befohlen«, erwiderte Maruna. »So wie sie Euch bedrängt. Ihr wisst, dass Neel Rondra als einzige Herrin über sich anerkennt und alles tun würde, was sie befiehlt. Auch wenn sie es nicht versteht.«

Rhiana schüttelte den Kopf. »Nein. Neel hat immer einer Rondra gedient, die das Schwert für die Gerechtigkeit führt.«

»Auf Schwert und Gerechtigkeit wird sich Neel niemals mehr berufen können!«, sagte Maruna hart. »Nur noch auf Rondra!«

Der Vorhang zu Marunas Raum wurde zurückgeschlagen. Muir erschien im Türrahmen und knickste schüchtern. »Verzeiht, wenn ich es wage zu stören, Eure Thronregentin und Prinzessin Rhiana, aber man hat etwas bei dem toten Hetmann gefunden.«

Maruna winkte sie heran. »Tretet näher, Mädchen. Was hat man gefunden?«

Muir kam in den Raum, knickste erneut und öffnete die Hand. Darin lag eine in Gold gefasste Gemme aus Opal. »Dieses Schmuckstück, Hohe Herrin. Ich soll es Euch geben.«

Die Druidin streckte die Hand aus und nahm die Gemme an sich. Sie betrachtete das Schmuckstück aufmerksam und reichte es dann an Rhiana weiter. Es war ein ungewöhnlich großer, schön geschliffener und kostbar eingefasster Opal. Ein in die Fassung eingearbeiteter Ring erlaubte es, die Gemme als Anhänger an einer Kette zu tragen. In den Stein eingeschnitten war ein aufsteigender Löwe. Rhiana erkannte darin das Wappentier ihres Vaters. Auch die Gemme selbst kam ihr vage vertraut vor. Vermutlich hatte König Arlos Tjalmar die Gemme für treue Dienste geschenkt. Ihr war nicht ersichtlich, warum dem eine besondere Bedeutung zukommen sollte.

Maruna schien anderer Ansicht zu sein. »Wo wurde die Gemme gefunden?«, forschte sie nach. »In den Sachen des Hauptmanns?«

Muir schüttelte heftig den Kopf. »Nein, Hohe Herrin. Sie lag am Boden, nahe dem Lager des Hetmanns.« Sie schluchzte auf und fuhr unter Tränen fort: »Wir mussten sie ... wir mussten sie ... vom Blut des toten ... des ...« Sie schniefte. »Verzeiht, Hohe Herrin.«

»Schon gut, Mädchen«, sagte Maruna sanft. »Eure Tränen muss Euch niemand verzeihen. Wir danken Euch dass Ihr uns die Gemme gebracht habt. Aber nun lasst uns bitte allein.«

Muir knickste und verließ eilends den Raum.

»Was ist mit dieser Gemme?«, fragte Rhiana verwundert.

»Ihr habt den Löwen erkannt?«, wollte Maruna wissen.

Rhiana nickte.

»Ich kannte Tjalmar sehr gut und sehr lange«, sagte die Druidin. »Es gab keine Geheimnisse zwischen uns. Wenn König Arlos ihm die Gemme geschenkt hätte, dann hätte Tjalmar sie mir gezeigt.«

»Ihr meint ...« Rhiana wagte kaum, es auszusprechen, weil es ein ungeheuerlicher Vorwurf gegenüber dem treuen Helden war. »Ihr meint, Tjalmar hat sie heimlich an sich genommen?«

»Prinzessin Rhiana!« Auf der Stirn der Druidin war eine steile Falte erschienen. »Neel mag zur Verräterin geworden sein, aber darum sind wir doch nicht alle Verräter! Tjalmar hätte sich lieber einen Arm abhacken lassen, als auch nur einen rostigen Nagel vom Eigentum anderer zu nehmen, am wenigsten von dem, was König Arlos gehörte und Euch vererbt wurde.«

Rhiana war rot geworden. Sie schämte sich, die Worte in den Mund genommen zu haben. »Es tut mir Leid, Mutter Murana. Natürlich habe ich nicht im Traum daran gedacht, dass Tjalmar einer solchen Tat fähig wäre. Aber kann es nicht sein, dass mein Vater ihm die Gemme doch geschenkt hat? Vielleicht hat Tjalmar es Euch verschwiegen, weil er dachte, es könnte Euch kränken.«

Die Druidin faltete die Hände, schien zu überlegen, schaute Rhiana dann tief in die Augen. »In jüngeren Jahren war Tjalmar mein Geliebter.«

Das Bekenntnis kam unerwartet. Rhiana war überrascht. Sie wusste, wie tief das Vertrauen, die Freundschaft und der Respekt der beiden gewesen war, aber mehr hätte sie niemals vermutet. Es fiel ihr schwer, sich Maruna als lustvoll empfindende Frau vorzustellen. Obwohl Maruna es gewesen war, die ihr alles darüber erzählt hatte, was eine Frau wissen musste, wenn Rahja zum ersten Mal nach ihr griff, war die Druidin ihr stets als ein Wesen erschienen, das über den Dingen stand und sich den Trieben nicht hingab. Offensichtlich hatte sie sich geirrt.

»Wir haben nackt beieinander gelegen«, fuhr Maruna fort, »und jeder kannte alles, was der andere besaß. Den Körper, die Kleider, den Besitz. Wir kannten auch das Herz des anderen – oder doch genug davon, um zu wissen, was ihn erfreute und was ihn kränkte. Er wusste, dass Schmuck mich nicht interessiert. Auch nicht die Anerkennung, die damit verbunden sein mochte. König Arlos hat mich auf andere Weise ausgezeichnet. Mit seinem Vertrauen und der Verantwortung, die er mir übertrug. Glaubt mir, Tjalmar hätte mir die Gemme gezeigt!«

»Dann ist mir das Ganze ein Rätsel«, gab Rhiana zu.

»Es muss kein Rätsel sein, wenn Neel die Gemme verloren hat, als sie Tjalmar erstach. Tjalmar mag im letzten Moment etwas gehört und sich gewehrt haben.

Neel kann sie in einer Tasche ihres Lederwamses getragen haben, und sie ist herausgerutscht.«

»Aber mein Vater war bereits tot, als Neel sich uns angeschlossen hat. Er kann sie ihr nicht geschenkt haben.«

Maruna nickte. »Richtig. Neel muss sie von jemandem bekommen haben, vielleicht erst vor kurzem. Jemand, der damit ihren Verrat bezahlt hat.«

Rhiana war bestürzt. Ihre Gedanken überschlugen sich. Bisher hatte sie Neels Verrat auf eine Krankheit, auf einen Dämon, der sie beherrschte, oder lange aufgestauten Hass zurückgeführt. Dass Neel, die so tapfer gegen den Feind gekämpft und sie, Rhiana, beschützt hatte, vom Feind gekauft worden war, konnte sie einfach nicht glauben. Und viele Fragen blieben offen. »Sie wirkte anders als sonst, fragte nach Tjalmars Quartier, obwohl sie es hätte kennen müssen. Die Stimme klang merkwürdig. Eisfell wollte sie angreifen. Sie hatte nicht Ujiko, sondern ein anderes Pferd bei sich. Wie ist das zu erklären?«

»Was immer Neel zu ihrem Verrat getrieben hat – nach all den Jahren bei uns kann sie nicht völlig kaltblütig einen Mord geplant haben. Sie wird erregt gewesen sein und hat vielleicht ein Kraut genommen, um die Erregung zu dämpfen. Es gibt solche Kräuter, und einige davon führen dazu, dass wir anders reden als sonst und zeitweise Dinge vergessen. Das könnte sogar Tjalmars Quartier betroffen habe. Vielleicht wollte sie auch einfach nur sicher gehen, ob er dort wirklich schlief. Vergiss nicht, Neel war zwei Wochen fort, und Tjalmar war dafür bekannt, sein Quartier häufiger zu wechseln.«

»Und was ist mit dem Pferd? Was ist mit Eisfell?«

»Neels Ujiko ist ein zäher Kämpfer, aber kein ausdauernd schnelles Pferd«, antwortete die Druidin. »Da sie anschließend flüchten musste, hat sie ein schnelleres Pferd benutzt. Und Eisfell? Er wird gespürt haben, dass Neel Böses im Schilde führte. Das ist bei Hunden so.«

»Es ergibt für mich trotzdem keinen Sinn«, gestand Rhiana. »Neel musste sich nicht nachts in das Lager schleichen, um Tjalmar zu erstechen und dann zu flüchten. Sie gehörte doch zu uns. Sie hatte viele Möglichkeiten, Tjalmar unbemerkt zu töten und die Tat einem anderen anzulasten.«

Die Druidin dachte eine Weile nach. »Der Entschluss, ihn zu töten, muss erst kürzlich gefallen sein, und unsere Entscheidung aufzubrechen hat den Mord dringlich gemacht.«

»Aber der Feind …«, begann Rhiana.

»Es muss nicht *der* Feind sein«, meinte Maruna. »Wie ich schon sagte, interessiert mich Schmuck nicht, aber ich meine, diese Gemme schon einmal gesehen zu haben, und zwar an einer Frau. Diese Frau war Eure Stiefmutter Sarja Baronin zu Abilacht.« Prinzessin Rhiana hielt den Atem an.

»Ich mag mich täuschen, und vielleicht gibt es eine zweite Gemme dieser Art, aber ich glaube es nicht. Rhiana, Ihr wart damals noch ein Kind, aber versucht Euch bitte zu erinnern. Trug die Baronin jemals diese Gemme?«

Plötzlich kam Rhiana ein Bild in den Sinn. Sie mochte damals ein Kind von fünf oder sechs Jahren gewesen sein. Ihr kleiner Halbbruder war noch ein Säugling. Sarja, eine hübsche Frau mit rotblondem Haar, hatte Elim auf dem Schoß gehabt und ihn geneckt. Rhiana hatte zugeschaut, heimlich die üppigen, kaum verhüllten Brüste ihrer jungen Stiefmutter bewundert und einen Anhänger bemerkt, der zwischen diesen Brüsten hin und her schwang …

»Ja«, sagte sie leise. »Es ist mir gerade wieder eingefallen. Ich habe diese Gemme an ihr bemerkt.« Sie wagte gar nicht, sich auszumalen, was es zu bedeuten hatte, dass Sarja Neel die Gemme gegeben hatte. »Ergibt das denn einen Sinn?«

»O ja«, erwiderte Maruna. »Als wir Burg Abilacht verließen, hat die Baronin so ziemlich alles versucht, unser Ziel ausfindig zu machen. Nach allem, was wir wissen, konnten wir jedoch ihre Spione abschütteln.«

»Müsste sie nicht als Witwe meines Vaters und Mutter seines Kindes auf unserer Seite sein?«

»Sie hat ihre eigenen Interessen. Und sie hat Elim, ein ungeliebtes Kind, seit seine Krankheit festgestellt wurde, aber möglicherweise nützlich. Der Thronerbe von Talania, wenn auch gegen den Willen von König Arlos. Wir haben lange nichts mehr über die Baronin erfahren. Sollte sie aber ähnliche Pläne wie wir verfolgen und vorangetrieben haben, müssen wir ihr ein Dorn im Auge sein. Unsere Gemeinschaft, die sie nicht unterstützt, wenn sie die Thronregentschaft anstrebt. Es könnte ihr nützen, wenn diese Gemeinschaft führerlos ist und auseinander fällt. Und ganz gewiss würde es ihr nützen, wenn Ihr nicht mehr lebt, Prinzessin Rhiana.«

»Dann hätte Neel vor allem mich töten müssen«, widersprach Rhiana.

»Wisst Ihr denn, ob sie nicht genau das tun wollte? Aber Ihr konntet nicht schlafen, und Ihr hattet das Schwert in der Hand, als sie den Säbel gegen Euch zog. War es nicht so?«

Rhiana nickte.

»Tatsächlich glaube ich jetzt die ganze Geschichte von Neels Verrat zu kennen«, fuhr Maruna fort. »Ich weiß nicht, ob sich Neel irgendwann innerlich von uns abgewendet und sich der Baronin angedient hat oder die Baronin an sie herangetreten ist und sie gekauft hat. Es ist sogar möglich, dass Neel von Anfang an die Spionin der Baronin war und ihr regelmäßig über uns berichtet hat. Dann kam der Mordauftrag. Er galt Euch oder ersatzweise einem anderen Führer der Gemeinschaft. Neel verlangte, im Voraus bezahlt zu werden oder zumindest vorab einen Teil der Bezahlung zu erhalten. Die Baronin schickte jemanden, der Neel die Gemme und ein schnelleres Pferd übergab. Das war erst in dieser Nacht möglich, weil Neel erst heute aus Havena zurückkehrte. Vergesst nicht, dass es Neel war, die Spuren des angeblichen Spähers entdeckte – sie wird danach gesucht haben. Und Neel wollte unbedingt selbst hinausreiten, um ihn zu fangen. In Wahrheit wollte sie sich mit ihm treffen, um Gemme und Pferd entgegenzunehmen.«

Das alles war viel schlimmer, als sich eine kranke Neel vorzustellen, die ein Dämon zu der Tat getrieben hatte. Dass Neel den Mörderlohn beim Ausführen der Tat verloren hatte, konnte Rhiana nur wenig trösten. Neel würde nach Burg Abilacht reiten und Ersatz verlangen. Traurig sagte sie: »Wenn das alles wahr ist, trage ich eine noch größere Mitschuld an Tjalmars Tod, als mir bisher bewusst war. Sie wollte mich töten, aber ich schlief nicht und zog das Schwert. Da ich also keine leichte Beute war, wollte sie stattdessen Euch töten. Aber Ihr wart zum Glück im Wald. Also tötete sie Tjalmar. Er musste für mich sterben.«

Vorwurfsvoll schüttelte Maruna den Kopf. »So etwas dürft Ihr nicht denken! Und selbst wenn es so sein sollte: Er hätte jederzeit sein Leben gegeben, um Euch zu retten. Und das gilt auch für mich. Ihr seid das Kostbarste, das die Gemeinschaft hat.«

»Die Gemeinschaft braucht Euch und nicht mich!«

»Nein, Rhiana. Viele der Flüchtlinge verehren mich, das ist wahr. Aber alle wissen auch, dass allein Ihr unseren Traum verwirklichen könnt. Deshalb würde ich für Euch sterben. Deshalb würden wir alle für Euch sterben!«

Die Prinzessin wollte Marunas Opfer und das der anderen nicht, aber sie verbeugte sich in Demut und Dankbarkeit. Aber dann dachte sie an Neel, und ihr Gesichtsausdruck veränderte sich. Wilde Entschlossenheit, Zorn und Kampflust fegten alles Zögern und alle Zurückhaltung hinweg. Ihr Entschluss stand jetzt fest. »Ich werde Tjalmar rächen!«, rief sie leidenschaftlich aus. »Ich werde verhindern, dass Neel oder ein anderer Meuchelmörder Euer Leben oder irgendein anderes für meines nimmt!« Ihre blauen Augen funkelten im Schein der Kerzen wie Schwerter im Licht der Sonne. »Ich werde noch in dieser Nacht losreiten. Allein! Neel wird nach Abilacht unterwegs sein, um ihrer Auftraggeberin zu berichten! Ich werde sie in Abilacht finden und töten! Und ich werde auch die Baronin vor mein Schwert bekommen und sie zwingen, Rechenschaft abzulegen!«

Maruna saß stocksteif da und schwieg lange Zeit. Dann sagte sie: »Ich weiß, dass ich Euch nicht aufhalten kann, Prinzessin. Vielleicht ist es gut so. Ich vermag Euch nicht zu beschützen, weder hier noch anderswo. Das hat schon die Schlacht um die *Zuflucht* im Tal gezeigt. Aber bezähmt Eure Leidenschaft und seid vorsichtig. Neel ist eine gefährliche Gegnerin. Der Baronin stehen Stadtgardisten und Soldaten aus Havena oder Honingen zur Verfügung. Und vergesst nicht unseren eigentlichen Feind. Er ist weitaus schlimmer als alle anderen zusammen! Wollt Ihr nicht wenigstens ein paar unserer besten Leute mitnehmen?«

»Nein, Mutter Maruna!«, sagte Rhiana entschieden. »Neel zu töten ist allein meine Aufgabe. Und was Sarja angeht, so will ich keine Schlacht zwischen ihren und unseren Leuten. Ich werde versuchen, heimlich in die Burg zu gelangen, und ihr in ihren eigenen Gemächern auflauern. Vergesst nicht, dass ich dort als Kind gespielt habe. Ich kenne jeden Winkel – und auch einige der Geheimgänge.«

»Ich muss darauf vertrauen, dass Ihr Eure Ziele erreicht, damit die Prophezeiung sich bewahrheiten kann«, sagte die Druidin gemessen. »Vertraut nur Euch selbst und Eurem Schwert. Hofft nicht auf höhere Mächte, nicht auf Rondra und nicht auf den Schutz einer Prophezeiung, die sich als falsch erweisen mag. Und vergesst bei allem, was Ihr tut, niemals, dass Euer Tod nicht nur von mir und allen anderen, die Euch lieben, beweint würde, sondern in allen zweihundert Menschen, die seit vielen Jahren Eure Gefährten sind, einen Traum sterben ließe, ohne den sie nicht leben können.«

»Ich habe Euch verstanden, Mutter Maruna«, gab Rhiana schlicht zur Antwort, »und nehme Euren Rat dankbar an.« Sie atmete tief durch, weil die Entscheidung gefallen war und Maruna ihr keine Steine in den Weg legte. Dann sagte sie zögernd: »Was werdet Ihr nun tun? Trotzdem aufbrechen? Neel kennt das neue Versteck und wird es verraten haben.«

»Ich werde Susmin und Reddel befragen, ob Neel sich unterwegs merkwürdig benommen und vielleicht heimlich mit Bel Ghadi verhandelt haben könnte. Aber ich gehe davon aus, dass sich Bel Ghadi so oder so an die Vereinbarung hält. Es ist schlimm, wenn unser neues Versteck bekannt ist. Doch dort sind wir sicherer als hier. Wir ändern unsere Pläne nicht. Folgt uns nach Havena so bald Ihr könnt, Rhiana!«

»Und was geschieht mit Tjalmar?«, fragte Rhiana. »Ihr könnt ihn doch nicht einfach hier verscharren und dann aufbrechen.«

»Seid unbesorgt«, erwiderte die Druidin. »Mit Sumus Hilfe werde ich Tjalmars Leib so erhalten, wie er ist. Er wird mit uns reisen. Bis nach Talania. Das habe ich ihm still geschworen, als er von uns ging. Sorgt Ihr dafür, Prinzessin, dass er eines Tages in Talania ankommt und im Boden seiner Wahlheimat seine letzte Ruhestätte findet.«

Interludium

Graf Tedesco stopfte mit den Fingern noch etwas Fasanenbrust, Trüffelpastete und Hirschragout in sich hinein und spülte mit einem ordentlichen Schluck Bosparanjer aus dem Silberpokal nach. Dann schob er sich das Gebiss aus poliertem Hirschhorn in den Mund, das zum Kauen nicht viel taugte, aber eindrucksvoll aussah. Schließlich setzte er die Perücke auf, strich über die kunstvoll ziselierten braunen Locken und prüfte den Sitz. Er schalt sich selbst einen fetten alten Narren. Wem wollte er noch etwas vormachen?

Zweiter Praios 913 BF, Garetien, Perricum, Palast des Grafen

Allen, antwortete er sich selbst. *Wer Kaiser werden will, muss eine gute Figur abgeben.*

Er entschied, dass mit der Schlemmerei Schluss sein musste. Er musste ja nicht gerade wie der klapperdürre Herzog Kunibrand Geschmack an trocken Brot und Wasser finden. Aber etwas Mäßigung konnte nicht schaden. Und körperliche Betätigung. Er musste wieder schlanker werden. Am besten würde sein, sich im Umgang mit Waffen zu üben. Dann schlug er zwei Fliegen mit einer Klappe.

Tedesco läutete nach seinem Schreiber.

Als dieser eintrat, fühlte sich der Graf gleich sehr viel jünger und schlanker. Onken Romidos war mit seinen über fünfzig Jahren zehn Jahre älter und auch um einiges dicker als er.

Mit langen Vorreden hielt sich der Graf nicht auf.

»Sucht unter meinen älteren Hauptleuten jemanden aus, der höflich und respektvoll ist und mich fortan täglich im Kampf mit dem Säbel unterweist. Wählt am besten eine Frau in meinem Alter, die nicht übermäßig schlank ist. Sie wird am meisten Verständnis haben.«

Romidos verneigte sich.

»Euch wird es auch nicht schaden«, fuhr Tedesco fort. »Ich befehle Euch, mir bei den täglichen Übungen Gesellschaft zu leisten.«

Romidos verneigte sich erneut, dieses Mal mit saurer Miene.

Graf Tedesco lachte schallend. »Ich wette, es wird Euch gefallen. Vielleicht nicht an den ersten Tagen, aber später, wenn Ihr an Euch hinabschaut und wieder die Füße sehen könnt.«

Der Schreiber machte Anstalten, sich zu entfernen.

»Bleibt noch«, befahl der Graf. »Ich ließ Euch eigentlich aus einem anderen Grund kommen.« Er schob ihm zwei Stücke Pergament über den Tisch. »Sorgt dafür, dass unser Gewährsmann in Albernia das Geld erhält, das er einfordert. Lobt seine Arbeit, aber schreibt ihm, dass er sich in nächster Zeit weniger um den Flammenbund kümmern, sondern nach Havena reisen soll. Ich erwarte Berichte über Fürst Emerthons Streitmacht zu Land und zu Wasser. Zahl der Soldaten, Ausbildung, Kampfstärke, Anzahl der Schiffe. Alles. Ihr könnt jetzt gehen, Romidos.«

KAPITEL 8

Die Göttin

Dritter Praios 913 BF, Nordmarken, im Wald südlich von Turehall

Die Druidin drängte Rhiana, sich ein paar Stunden hinzulegen und den Schlaf zu suchen, bevor sie aufbrach. Doch Rhiana lehnte ab. Zu viel war in dieser Nacht über sie alle hereingebrochen. An Schlaf war nicht zu denken. Das ging nicht nur Rhiana so. Alle im Lager waren hellwach, der Trauer und den Sorgen um die Zukunft ausgesetzt. Selbst der Gedanke, sich auszustrecken, um wenigstens zu ruhen und Kraft zu sammeln, war Rhiana unerträglich gewesen. Ruhen hieß, all das noch enger an sich heranzulassen, was ihr ohnehin durch den Kopf ging. Ruhen hieß, immer wieder das Bild des in seinem Blut liegenden Tjalmar vor Augen zu haben.

Sich auf die Reise – und auf die Rache an Neel – vorzubereiten, ließ all die Gedanken und Bilder zwar nicht verschwinden, drängte sie aber in den Hintergrund. Die anderen mochten ähnlich empfinden und machten die Nacht zum Tage. Im Schein der Fackeln wurde das begonnen, was eigentlich erst am Morgen in Angriff genommen werden sollte. Die meisten Flüchtlinge packten ihre Habe zusammen und bereiteten sich auf den Aufbruch vor. Man sprach nur gedämpft, um dem toten Helden Respekt zu erweisen, aber überall herrschte Unruhe und Betriebsamkeit. Hier klirrte Zaumzeug, dort wurde raschelnd eine Plane über einen Wagen gespannt, hier scheppernd ein krummer Nagel gerichtet, dort mit dem Holzhammer ein Wagenrad auf die Nabe geklopft. Manchmal fluchte jemand unterdrückt, weil er etwas nicht finden konnte.

Susmin und Vilko, Ayka, Mooker, Nordal und einige andere tauchten nacheinander auf und boten Rhiana Schutz und Hilfe bei ihrer Mission an. Sie dankte jedem Einzelnen, lehnte jedoch mit den gleichen Worten ab, die sie Maruna gegenüber benutzt hatte: Es war allein ihre Aufgabe, Neel für ihren Verrat zu töten. Und gegen Burg Abilacht half kein Sturmangriff. Eine Einzelne, die sich hineinschlich, hatte bessere Aussichten.

Die Letzte, die Rhiana schweren Herzens abwehren musste und die sich nicht abweisen lassen wollte, war Muir, ihre beste Freundin. Muir fürchtete, ihre Herrin zu verlieren, sei es im Kampf oder weil sie es vorzog, den Flüchtlingen auf immer den Rücken zu kehren. Immerhin hatte Rhiana ihr gegenüber manchmal solche Gedanken geäußert. Das junge Mädchen wollte unbedingt bei ihr bleiben, ihr, wenn es sein musste, auch in den Tod folgen. Gerührt über so viel Treue, war Rhiana versucht, Muir nachzugeben. Aber Muir war so schrecklich jung, hatte das ganze Leben noch vor sich liegen. Rhiana fühlte sich für sie verantwortlich. »Ich habe Tjalmar verloren«, sagte sie zu Muir. »Ich habe Neel verloren, weil sie zur Verräterin wurde. Ich könnte es nicht ertragen, auch dich zu verlieren. Wir sehen uns wieder, Muir, ich verspreche es dir!«

Das Mädchen wandte sich ab. Die Prinzessin sah die Tränen der Enttäuschung in Muirs Augen, aber diese Tränen waren besser als die Tränen ihrer Eltern, wenn Rhiana ihnen die tote Muir bringen müsste.

Nachdem das Mädchen die Tränen abgetrocknet hatte, half sie der Prinzessin stumm dabei, das Bündel für die Reise zu schnüren. Sie legte Kleidung bereit, schaffte Proviant herbei und half beim Zusammenstellen der Rüstung und der Waffen.

Während dies alles geschah, wich Eisfell Rhiana keinen Augenblick von der Seite. Ihr war klar, dass er sie unbedingt begleiten wollte, und wenn man ihn nicht ständig anband, würde ihn auch niemand daran hindern können. Nach Tjalmars Tod und vor der Besprechung mit Maruna hatte Rhiana den Hund von seiner Leine befreit. Er war schnurstracks zu seinem toten Herrn gerannt, hatte herzzerreißend gewinselt und geheult. Dann lag er seinem Herrn zu Füßen, die Schnauze ganz flach auf den Pfoten, so reglos, als sei er selber tot. Aber irgendwann, nachdem er auf seine Weise für immer Abschied genommen hatte, war er bei Rhiana erschienen. Er hatte sie zu seiner neuen Herrin erwählt, und sie wollte ihn nicht abweisen. Im Grunde sehnte sie sich nach einem Gefährten und hoffte nur, dass sie nicht auch ihm den Tod bringen würde. Sie hatte schon so vielen den Tod gebracht!

Rondra bringt den Tod. ›Rondras Tochter‹ bringt ihn auch.

Manchmal schaute Eisfell sie mit seinen rätselhaften blauen Augen an und winselte leise. Sie hatte den Eindruck, er wolle ihr etwas Wichtiges sagen, aber sie wusste nicht, was es sein könnte. Sie versuchte, ihn zu ›lesen‹, wie sie es oft bei Tieren machte. Er war gesund, aber tief traurig, stellte sie fest. Und etwas beschäftigte ihn, nagte an ihm. Aber so erging es ihr selbst und den meisten im Lager nach Tjalmars Tod und Neels Verrat. Warum sollte Eisfell eine Ausnahme bilden? Zudem hatte er mehr verloren als die anderen.

Rhiana widmete sich wieder den Reisevorbereitungen. In zwei oder drei Stunden würde die Sonne aufgehen, und spätestens dann wollte sie das Lager verlassen haben. Den Gedanken, Neel einzuholen, hatte sie aufgegeben. Deshalb wählte sie ihre Schimmelstute Sturmbraut als Reitpferd aus. Sie war ausdauernd, mutig, geduldig, verstand sich bestens mit ihrer Reiterin und war, wenn es sein musste, pfeilschnell. Den Rappen

Rabe nahm sie als zweites Pferd mit. Auch mit ihm war sie inzwischen vertraut, und er verstand ihre Körpersprache. Der Hengst war kräftiger, aber auch ungeduldiger und temperamentvoller als Sturmbraut. Das machte ihn weniger berechenbar. Aber vielleicht würde es unterwegs Situationen geben, bei denen ihr Rabes besondere Fähigkeiten nützen konnten. Rhiana dachte daran, dass Neel vermutlich ebenfalls mit zwei Pferden unterwegs war: dem großen Falben und dem kleinen Schecken Ujiko, den sie zweifellos irgendwo jenseits des Waldes zurückgelassen und nach der Mordtat abgeholt hatte. Rhiana wusste nicht, wie sie die neue Neel – die Verräterin Neel –, die sich nicht mehr auf ›Schwert für Gerechtigkeit‹ berufen konnte, einschätzen sollte. Die alte Neel wäre niemals vor einem einzelnen Verfolger geflüchtet. Die neue Neel dagegen mochte durchaus im Sinn haben, lieber den Lohn für ihre Schandtat zu genießen, statt sich einem Duell mit ihrer einstigen Schülerin zu stellen und dabei möglicherweise alles zu verlieren. Wenn sie dann von einem müden, belasteten Pferd auf ein noch vergleichsweise frisches wechseln konnte, mochte die Flucht gelingen. Diesen Vorteil wollte Rhiana mit Rabe ausgleichen. Was das Duell anging, weigerte sie sich, darüber nachzudenken, dass sie Neel noch niemals bezwungen hatte. Sie würde kämpfen und siegen. Oder sie würde kämpfen und sterben. Auf jeden Fall würde sie kämpfen und alles geben, um Tjalmar zu rächen.

Nach einigem Überlegen wählte Rhiana ein drittes Pferd aus, das Tjalmar gehört hatte. Es hieß Tandrigo und war ein kleiner Wallach mit einer hübschen Blesse. Tandrigo war zutraulich, wenn auch etwas eigenwillig. Ihm war die Rolle als Packpferd zugedacht, was ihm wenig gefiel. Als Muir ihm den Proviant, die Kleider zum Wechseln, das Kettenhemd, die Eisenrüstung und das Langschwert aufbürdete, schnaubte er wütend und versuchte die Last abzuwerfen. Das junge Mädchen hatte den Wallach mit Tjalmars Erlaubnis oft geritten. Auch in der Schlacht um die *Zuflucht* war er ihr Pferd gewesen und hatte das Banner am Sattel getragen. Sie streichelte ihn und sprach beruhigend auf ihn ein. »Was machst du für Sachen, Tandrigo? Willst du etwa der Prinzessin nicht helfen, die Mörderin deines Herrn zu bestrafen?«

Muirs vertraute Stimme und ihr gutes Zureden gefielen ihm offenbar. Tandrigo beruhigte sich und nahm seine Rolle als Packpferd hin.

Rhiana hatte ihr weinrotes Gewand gegen eine schwarze Reithose, schwarze Stiefel, ein hellblaues Seidenhemd, ein Wams aus dunkelrotem Hirschleder und Handschuhe derselben Art und Farbe eingetauscht. Sie trug das Schwert und einen Dolch im Gürtel. Am Sattel hingen ein Helm und ein blanker Schild ohne heraldische Symbole. Es war ratsam, auf das Wappentier des einstigen Herrscherhauses von Talania zu verzichten. Sie vermied damit neugierige Fragen. Und sie durfte niemals vergessen, dass Neel und die Baronin nicht die einzigen Feinde waren. Der andere Feind hatte überall seine Spitzel. Der aufsteigende Löwe des König Arlos auf dem Schild würde es ihm gar zu einfach machen, Rhiana zu erkennen.

Rhianas Blondhaar war rechts gescheitelt, fiel sanft nach unten, schmiegte sich gegen die Wangen und war im Nacken zusammengesteckt. Sie liebte das Gefühl, wenn das weiche Haar die Wangen streichelte, und kämmte es deshalb nur selten straff zurück oder ließ Muir daraus einen Zopf flechten. Noch lieber trug sie das Haar offen, aber das war bei einem langen Ritt hinderlich.

Auf jede Art von Schmuck hatte sie verzichtet, aber in ihrer Brusttasche befand sich die Opalgemme, mit der Neel für ihren Mord bezahlt worden war. Außerdem hatte Maruna ihr eine Geldkatze mit fünf Dukaten, einigen Silbertalern, Hellern und Kreuzern gegeben. Rhiana wusste noch nicht, ob sie unterwegs besser Gasthäuser aufsuchen sollte, um dort Speise und Trank zu sich zu nehmen und zu übernachten, oder lieber den mitgeführten Proviant nutzte und im Wald schlief. In Abilacht würde sie jedoch schwerlich ohne ein Nachtquartier auskommen, wenn es ihr nicht im Handumdrehen gelang, Neel und die Baronin zu stellen. Anzunehmen war auch, dass unterwegs Zöllner, Brückenwächter und Fährleute ihren Tribut verlangen würden.

Rhiana hatte sich bereits von Maruna verabschiedet. Sie küsste Muir auf beide Wangen, sah, wie dem Mädchen wieder Tränen in die Augen stiegen, und wiederholte: »Muir, ich komme ganz bestimmt wieder!«

Dann schwang sie sich in den Sattel und ritt los. An langer Leine folgen Rabe und Tandrigo. Eisfell bewegte sich leichtfüßig rechts neben Sturmbraut. Rhiana hatte es nicht anders erwartet. Ein erster Schimmer der Morgendämmerung war hinter den Bäumen im Osten zu erkennen. Es roch nach Pflanzenblättern und Blüten, auf denen der Tau perlte. Die letzten Stunden der Nacht hatten die ersehnte Abkühlung gebracht. Der neue Tag versprach nicht ganz so heiß zu werden wie der vergangene, aber frieren würde sie gewiss nicht.

Bevor Rhiana den Bach entlang in den Wald hineinritt, sah sie sich noch einmal um, nahm das Bild des Lagers in sich auf: die alte Turmruine, in der ein schrecklicher Mord passiert war, das Nebengebäude, die Hütten und Zelte, das emsige Treiben der Flüchtlinge, die bereits die ersten Pferde vor die Planwagen spannten, die rußenden Pechfackeln, die kleine, traurige Muir, die wie verloren dastand und ihr hinterher schaute. Wie viele Menschen mochten vor und hinter den Mauern der einstigen Burg im Laufe der Jahrhunderte zu Tode gekommen sein? Dutzende, Hunderte?

In spätestens zwei, drei Tagen würde die Lichtung wieder einsam daliegen, die letzten Zeugnisse ihrer Gäste auf Zeit würden bald überwuchert sein. Eine kleine Weile war diese Lichtung und der sie umgebende Wald ein Stück Heimat für Rhiana gewesen. Besonders der munter sprudelnde Bach und der kristallklare See, den er speiste, würden ihr fehlen. Aber der Abschied aus der *Zuflucht* im Tal, die viel länger ihr Zuhause gewesen war, hatte ihr mehr zugesetzt. Was sie anrührte, war eher die plötzliche Erkenntnis, dass mit diesem Ausritt ein Abschnitt ihres Lebens unwiderruflich vorbei war. Sie war fest entschlossen, ihr Versprechen gegenüber Maruna und Muir einzuhalten und zu den Flüchtlingen zurückzukehren. Aber alles würde dann anders sein. Eine erwachsene, eine reifere Rhiana würde zurückkehren. Wenn es ihr denn vergönnt war, zurückzukehren.

Die Richtung war Norden. Aus dieser Richtung waren vor ein paar Stunden erst die Rückkehrer aus Havena gekommen. Susmin, Reddel – und die Mörderin. Rhiana konnte kaum glauben, dass dies alles erst einen halben Tag her war. Sie musste Sturmbraut kaum Zügelhilfen geben. Die Stute kannte den Weg und suchte sich einen gangbaren Pfad zwischen Bäumen und Unterholz. Nur selten musste sich Rhiana ducken, um tief herabhängende Äste und Zweige zu meiden. Der Wolfshund schien ebenfalls zu wissen, wohin die Gruppe wollte. Manchmal rannte er ein Stück voraus, schaute sich ungeduldig um und nutzte die Zeit, um diese oder jene Pflanzen zu beschnuppern oder der Spur eines Waldtieres ein kurzes Stück zu folgen.

Rhiana hatte überlegt, ob Eisfell in der Lage sein würde, Neels Spur aufzunehmen. Aber die Amazone war eine erfahrene Kriegerin und Kundschafterin, die sich darauf verstand, die Spuren eines Pferdes unkenntlich zu machen, selbst solche, die nur die Nase eines Hundes erschnüffeln konnte. Was hätte es für einen Sinn gehabt, Neel durch die Auwälder zu folgen, um an irgendeinem See oder verlandeten Arm des Großen Flusses zu scheitern, weil Neel ein Stück nach vorn oder auch zurück durch das Wasser geritten war. Neels Ziel musste Burg Abilacht sein. Jede Suche nach ihr in Wäldern und Auen, auf Wegen und Straßen war Zeitverschwendung.

Rhiana, Eisfell und die Pferde erreichten die Wachen am Waldrand, die wie Schemen zwischen den Bäumen sichtbar waren. Sie waren erst seit einer Stunde im Einsatz und wurden von Vilko Turiba Montas befehligt. Rhiana zügelte Sturmbraut und fragte den Turiba: »Irgendetwas Neues?«

Vilko schüttelte den Kopf mit den braunen Locken. »Keine Spur von Neel, Prinzessin. Sie wird den Wald längst verlassen haben. Unsere Leute können nicht überall sein, und Neel kennt sich hier bestens aus. Sie hat den Zeitpunkt für den feigen Mord gut gewählt. Bei Tageslicht hätten wir sie am Hang sehen können, bevor sie in den Auwäldern verschwand. Das Licht des Madamal reichte dafür nicht aus.«

»Wir hätten sie auch am helllichten Tage nur gesehen, wenn sie es gewollt hätte«, widersprach Rhiana. »Aber es stimmt schon, die Nacht hat ihr geholfen.« Sie ließ Sturmbraut die Zügel. »Wünscht mir Glück, Turiba.«

»Alles Glück von Aventurien, und die Zwölfgötter mögen Euch schützen!«, rief ihr Vilko hinterher. »Kehrt bitte heil zu uns zurück!«

Das klang so aufrichtig und inbrünstig, dass Rhiana unwillkürlich zärtliche Gefühle für den hübschen jungen Mann empfand. Sie musste daran denken, wie sie erst kürzlich Muir gestanden hatte, dass ihr der Junge gefiel. Erst kürzlich, bei dem unbeschwerten Bad im See, bevor die Ereignisse über sie hinweggerollt waren. Einen Moment lang stellte sie sich vor, mit dem nackten Vilko irgendwo im taufeuchten Gras zu liegen, ihn zu streicheln und genommen zu werden. Wenn Neel sie tötete, würde sie niemals erfahren, wie es war, sich einem Mann zu öffnen, sein Verlangen zu spüren, sich gemeinsam Rahjas Wonnen hinzugeben.

Noch ist Zeit. Vilko wäre bestimmt nicht abgeneigt, und ein ungestörtes Plätzchen würden wir schon finden.

Sie gab dem Gedanken nicht nach. Für Rhiana galt noch immer das, was vorher gegolten hatte. Vilko war hübsch, aber sie liebte ihn nicht. Sie wollte nicht Rahjas Wonnen, sondern Rahjas allerhöchste Wonnen. Und die würde sie nur in den Armen eines Mannes finden, den sie heiß, tief und innig liebte und begehrte.

Sturmbraut und die anderen Pferde machten sich an den Abstieg in die Senke. Vorsichtig setzten sie die Hufe. Rhiana drängte sie nicht. Eisfell war ungestümer und eilte manchmal weit voraus. Aber er benahm sich anders als im Wald. Er ließ sich kaum durch interessante Fährten ablenken, beachtete nicht einmal den Zugang zu einem Kaninchenbau. Stattdessen blieb er oft aufmerksam stehen und witterte. Er schien darauf bedacht zu sein, die Gruppe abzusichern und bei Gefahr zu warnen.

Die Sonne stand als feuriger Ball tief im Osten und tauchte das Land in ein weiches, schimmerndes Licht, als ihre Strahlen durch den Frühnebel brachen. Sie brachten die Haare der Prinzessin zum Schimmern und ließen sie rotblond erscheinen, blitzten auf Helm und Schild. Sie vertrieben die Frische des Morgens und fraßen den Tau auf den Pflanzen. Rhiana konnte zur Rechten in der Ferne bereits einen Nebenarm des Großen Flusses sehen. Das breitere Bett des Hauptstroms ließ sich im Gegenlicht der Sonne nur erahnen. Zwischen den beiden Wasserarmen bildete das dichte Geflecht der Bäume und Büsche in den Auen einen sumpfigen grünen Teppich.

Als Sturmbraut die ersten Ausläufer des Auwaldes erreichte, richtete sich Rhiana im Sattel auf, schaute noch einmal kurz zurück und winkte. Sie war sicher, dass Vilko sie dort oben am Waldrand beobachtete. Sie fragte sich, was er denken mochte. Hatte er sich auch schon einmal gefragt, wie es sein mochte, sie nackt in den Armen zu halten?

Ein letztes Mal streifte ihr Blick den Wald. Sie glaubte nicht, dass sie ihn wiedersehen würde. Dann wandte sie sich um und richtete den Blick nach vorn.

Bei alledem, was sie bedrückte, empfand sie ihre Mission auch als längst überfällige Befreiung. Allzu lange hatten Maruna, Tjalmar und Neel sie behütet und von allem abgeschirmt, was ihr Leben und ihre Gesundheit gefährden konnte. Die einzige Ausnahme war die Schlacht um die *Zuflucht* gewesen, als jeder sein Leben einsetzen musste – und selbst dann hatte man ihr Neel als Leibwache zur Seite gestellt. Kleine Ausflüge zu Fuß oder zu Pferd, allein oder mit Muir, hatte Maruna geduldet. Aber wann immer Rhiana die weitere Umgebung erkunden wollte, waren Neel oder Tjalmar, Ayka oder die Geschwister Montas ihre Begleiter gewesen. Maruna legte zwar Wert darauf, dass Rhiana das Leben außerhalb des Tals kennen lernte, und als Sechzehnjährige durfte die Prinzessin sogar für einige Monde nach Südaventurien reisen, wo eine andere kleine Gruppe von Flüchtlingen aus Talania lebte. Das war die aufregendste Zeit im Leben der jungen Prinzessin gewesen. Die Druidin erlaubte ihr auch, nach Kyndoch, Burg Crumold, Burg Dradstein und sogar Weidenau zu reiten, wenn die Gemeinschaft Waren kaufen oder verkaufen wollte. Doch stets hatten sie Bewaffnete begleitet, und Rhiana war als Bauernmädchen verkleidet worden, eingehüllt in dicke, unförmige Kleider, die das schlanke Mädchen darunter leugneten, das Blondhaar unter einem Tuch versteckt. Dies war seit langer Zeit das erste Mal, dass sie, auf sich allein gestellt, eine Nacht außerhalb des Schutzes der Gemeinschaft verbringen würde.

Ein langer, einsamer Ritt lag vor ihr. Bis Abilacht waren es gut und gern hundertfünfzig Meilen. Sie würde vier Tage unterwegs sein, wenn sie die Tiere schonte und möglichst bald die rechts vom Großen Fluss verlaufende Reichsstraße benutzte. Gab es Verzögerungen irgendwelcher Art, dauerte die Reise natürlich länger. Rhiana hoffte, dass sie zügig vorankam. Sie ließ Sturmbraut Abstand zu den Flussniederungen halten, wo Sumpf und Morast den Pferden unnötig viel Kraft abverlangten. Vorerst folgte sie dem Weg, den Susmin, Reddel und Neel auf ihrer Reise nach Havena genommen hatten. Bequemer wäre es gewesen, schon jetzt die Reichsstraße zu benutzen, aber auf dieser Seite des Stromes gab es zwischen Turehall und Klippag weder Furten noch Fähren oder gar Brücken. Dieser Abschnitt der Reise würde auch für die Flüchtlinge der beschwerlichste sein, trotz der großen Räder an den Planwagen.

Die Praiosscheibe schob sich immer höher den Himmel hinauf. Es wurde warm. Rhiana zog das Wams aus und legte es vor sich auf den Sattel. Befreit atmete sie tief durch. Ohne Wams, nur im dünnen Seidenhemd, ließ es sich viel besser aushalten. Sie schaute an sich hinab und sah, wie die hüpfenden Spitzen ihrer Brustwarzen von der Seide umschmeichelt wurden und sich deutlich abzeichneten. Sie überlegte, ob sie sich nicht all ihrer Kleidung entledigen und nackt auf Sturmbraut reiten sollte. Sie hatte das schon oft getan, wenn sie allein oder mit Muir unterwegs war. Muir gefiel das auch. Rhiana hatte wenig Mühe gehabt, sie zu überreden, es ihr gleichzutun. Es war ein herrlich erregendes Gefühl, besonders ohne Sattel und im schnellen Trab, wenn Sturmbrauts seidiges Rückenhaar ihre Schenkel streichelte und die Bewegungen der Stute sich auf den Rahjahügel übertrugen. Sie hatte dabei schon Rahjas Wonnen erfahren, und sie war sich ziemlich sicher, dass es Muir auch so ergangen war. Gesprochen hatte sie nicht mit ihr darüber, aber das erhitzte Gesicht, das leise Stöhnen des Mädchens und die spätere Verlegenheit ließen kaum eine andere Deutung zu.

Lebensfreude und Tod liegen erschreckend eng beieinander, dachte Rhiana und schämte sich ihrer Gedanken. *Tjalmar wurde ermordet, und ich denke an Rahjas Wonnen!*

Jetzt, da sie erneut das Bild des Toten vor Augen hatte, griff die tiefe Traurigkeit, die in ihr steckte, wieder nach ihr und verscheuchte jeden Gedanken an Rahjas Wonnen. Sie gestand sich ein, dass sie ohnehin nicht der plötzlichen Eingebung gefolgt wäre, nackt zu reiten. Dies war alles andere als ein fröhlicher Ausflug. Sie war als Kriegerin unterwegs. Eine Amazone, die eine Amazone jagt. Jeden Moment konnten Fremde auftauchen, die eine nackte Frau im Sattel eines Pferdes als Einladung betrachten würden. Wegelagerer. Versprengte Söldner. Der alte Feind. Dies war eine einsame Gegend ohne Siedlungen und Gehöfte. Aber wo sie unterwegs war, konnten andere ebenfalls unterwegs sein. Aus welchen Gründen auch immer.

Neel kann den Spieß umdrehen. Vielleicht rechnet sie damit, dass jemand Tjalmar rächen will, und lauert diesem Rächer auf. Vielleicht rechnet sie sogar mit mir.

Obwohl ihre Gedanken unziemliche Wege gegangen waren, hatte Rhianas Wachsamkeit kaum darunter gelitten. Ihre Blicke schweiften ständig umher, stets auf der Hut vor Überraschungen, nach einem ungewöhnlichen Blinken in der Sonne oder einem flinken Huschen Ausschau haltend. Wenn es irgend möglich war, umritt sie in weitem Bogen unübersichtliche Dickichte und allzu dichte Bäume, die Deckung für Angreifer boten. Trotzdem war sie froh, dass Eisfell sie begleitete.

Sie hoffte darauf, dass seine feine Nase und sein gutes Gehör Gefahren aufspürten, die ihr sonst verborgen bleiben würden.

Stunde um Stunde verging, ohne dass etwas Außergewöhnliches geschah. Irgendwann jedoch hatte Rhiana das Gefühl, dass etwas nicht so war, wie es sein sollte. Sie vermochte nicht zu sagen, was sie beunruhigte, denn nirgendwo war etwas Verdächtiges zu sehen oder zu hören. Trotzdem glaubte Rhiana manchmal, dass ihr ein fremder Blick im Nacken brannte. Doch wann immer sie sich umwandte, gab es nichts zu entdecken als einsame Hügel, schroffe Felsen, unberührte Bäume, Büsche und Sträucher. Kein Feind, kein Verfolger in Sicht.

Und doch folgt uns jemand! Aber er ist überaus geschickt darin.

Rhiana beobachtete Eisfell. Der Wolfshund war genauso unruhig wie sie selbst. Oft blieb er stehen, wandte den Kopf zurück und witterte. Aber er versuchte nicht, Rhianas Aufmerksamkeit zu erregen. Wenn es denn wirklich einen Verfolger gab, war er weit weg und verringerte den Abstand nicht.

Wer kann das sein? Neel? Sie müsste längst einen guten Vorsprung haben. Warum sollte sie warten? Sie wird den Lohn für die Mordtat in Abilacht abholen und dann möglichst schnell verschwinden wollen. Ist es Muir, die mir trotz des Verbotes gefolgt ist? Sie wäre längst herangeritten. Und auf keinen Fall ist sie geschickt genug, sich so dauerhaft meinen Blicken zu entziehen.

Ein von dichten Buschketten umgebenes Gehölz kam in Sicht. Das war eine der Stellen, um die Rhiana normalerweise einen Bogen machte, weil sie Deckung für einen möglichen Hinterhalt bot. Dieses Mal zog sie ihr Schwert und hielt direkt darauf. Sie trieb Sturmbraut zur Eile und ließ die Pferde links an den Büschen vorbeitraben, dann nach rechts einschwenken. Rhiana hatte jetzt Gelegenheit, sich die Rückseite des Gehölzes anzusehen. Ein Feind war nicht zu entdecken, aber er konnte sehr gut mitten im Gehölz lauern. Allerdings hätte er dann die Gelegenheit zum Überfall bereits verpasst. Rhiana glaubte nicht an einen Feind, sondern wollte ihrerseits das Gehölz nutzen, um dem Verfolger aufzulauern. Sie führte die Pferde ein Stück in das Gehölz hinein, immer noch wachsam das Schwert vorgereckt. Sobald die Tiere der Sicht von außen entzogen waren, durchkämmte sie gemeinsam mit Eisfell den Rest des Gehölzes. Hier hatte niemand gesteckt – aber jetzt war das anders.

Sie suchte sich ein Plätzchen hinter den vordersten Büschen, wo sie selbst nicht gesehen werden konnte, aber das Umland gut im Auge behalten konnte. Eisfell schien das Spiel zu gefallen. Nachdem Rhiana ihm klar gemacht hatte, dass weitere Erkundungen zu unterbleiben hatten, legte er sich still hin, ruhte sich zufrieden aus und reckte nur gelegentlich die Nase hoch, um Witterung aufzunehmen.

Rhiana wartete. Sie wusste, dass bei einem derart zähen und umsichtigen Verfolger Geduld nötig war. Mehr als eine Stunde wollte sie allerdings nicht warten, da sonst ihr Reiseplan durcheinander geriet.

Um ein Haar hätte die List Früchte getragen. Rhiana sah für einen flüchtigen Moment in der Ferne einen Reiter auftauchen. Es schien ein Mann auf einem großen Pferd zu sein. Der Mann trug ein langes Schwert, einen Zopf und einen breitkrempigen Hut. Er ritt im Schatten eines Felsens und war nur als schwach ausgeprägte Silhouette zu erkennen. Im nächsten Augenblick schien der Felsen den Reiter verschluckt zu haben.

Er ist unglaublich gut. Er muss den Braten gerochen haben.

Ihr war klar, dass der Fremde das Gehölz gesehen und seine Schlüsse gezogen hatte, als er nirgendwo in der Ferne die von ihm verfolgte Gruppe entdecken konnte.

Er würde erst näher kommen, wenn Rhiana und die Tiere das Gehölz weit hinter sich gelassen hatten.

Es hatte keinen Sinn, noch länger zu warten. Rhiana war erleichtert über die Gewissheit, dass sie sich nicht etwas eingebildet hatte, sondern dass es den Verfolger tatsächlich gab. Gleichzeitig war sie besorgt, weil sie nicht wusste, was der Mann im Schilde führte. Nach seinem an den Tag gelegten Verhalten glaubte sie jedoch sicher zu sein, dass er, wenn er denn überhaupt einen Angriff im Sinn hatte, diesen nicht vor Einbruch der Nacht unternehmen würde. Bis dahin musste sie sich unbedingt etwas einfallen lassen!

Als die Sonne im Zenit stand, passierte Rhiana Turehall, konnte von dem kleinen Ort auf der anderen Seite des Flusses aber nur ein paar ferne Schindeldächer ausmachen. Die Nebenströme des Großen Flusses vereinigten sich wieder zu einem einzigen breiten Strombett. Die Felswände, die das Tal flankierten, schnürten den Strom enger ein, sanfte Wiesenhänge reichten bis ans Wasser und boten keinen Raum für Überschwemmungen. Damit fehlten die sumpfigen Auen, die Rhianas Weg bisher gesäumt hatten, aber auch die Büsche und Bäume. Hier gab es für Feinde kaum Möglichkeiten, im Hinterhalt zu lauern. Andererseits fehlten auch Rhiana, Eisfell und den Pferden die Möglichkeit, in Deckung zu gehen, falls ein Feind von vorn auftauchte. Die Prinzessin erhöhte ihre Wachsamkeit. Den Verfolger fürchtete sie in diesem Gelände nicht. Er würde sich weiter zurückfallen lassen, um nicht entdeckt zu werden. Und falls er sich näherte, würde sie sich rechtzeitig wappnen können. Sie ritt nahe genug am Strom, um auf der anderen Seite die Reichsstraße erkennen zu können, die dem Lauf des Großen Flusses folgte. Reisende konnte sie darauf nicht entdecken, aber sie rechnete damit, irgendwann Wagen einzuholen, die sich langsamer als sie voranbewegten. Zwischen Elenvina und Honingen gab es regen Handel. Auch die Händler, die nach Havena unterwegs waren, nutzten diesen Teil der Reichsstraße.

Ein Stück nördlich von Turehall gab es eine Floßfähre, die Susmin, Reddel und Neel benutzt hatten. Die Fähre bot eine gute Möglichkeit, den Verfolger abzuschütteln – vor allem dann, wenn sie den Fährmann mit Geld und guten Worten dazu bringen konnte, fürs Erste keinen Reiter mit Hut und Zopf überzusetzen. Tatsächlich entdeckte Rhiana ein Floß auf der anderen Seite des Flusses, der an dieser Stelle etwa zweihundert Schritt breit war. Auch ein Gehöft war zu sehen, nicht aber ein Fährmann. Sie kannte diese Art von Fähren. Wenn man Glück hatte, wurde man für ein paar Heller übergesetzt, aber meistens hatte der Bauer, der sie nebenher betrieb, weder Zeit noch Lust, das Floß über den sich träge dahinwälzenden Fluss zu staken. Es gab die Fähre ohnehin nur, weil die Bauern gelegentlich zum Sammeln und Schlagen von Holz in den Bergwäldern übersetzten. Sofern die Gräfin Irmina zu Burg Crumold, der dieses Land zu Lehen war, es ihnen erlaubte.

Rhiana gönnte den Tieren eine Pause zum Grasen. Sie nahm Tandrigo die Lasten ab und befreite Sturmbraut und Rabe von den Sätteln.

»Hol über!«, rief Rhiana mehrmals über den Fluss, so laut sie konnte, aber niemand tauchte auf. Sie hatte auch nichts anderes erwartet.

Sie kletterte auf den höchsten der Felsen und überzeugte sich, dass der Fremde mindestens vier Meilen und damit etwa eine Reitstunde zurücklag. So weit konnte sie von hier nach Süden sehen. Kein Reiter weit und breit. Beruhigt legte sie sich nahe den Tieren unter einen Felsüberhang, aß etwas Brot und Ziegenkäse, trank dazu aus einem Wasserschlauch. Eisfell erhielt die Reste ihres Essens und durfte aus ihrem Helm Wasser trinken. Dann versuchte sie ein wenig zu schlafen.

Sie vertraute darauf, dass Eisfell sie und die Tiere bewachen und anschlagen würde, falls der Verfolger oder sonst ein Störenfried auftauchte. Obwohl sie in der vergangenen Nacht kein Auge zugemacht hatte und todmüde war, wollte der Schlaf nicht kommen. Schließlich gab sie auf, erhob sich und bereitete die Pferde für den Weiterritt vor.

Noch einmal rief sie über den Fluss. Sie erzielte das gleiche Ergebnis wie vorhin. Sie zuckte die Schultern, stieg in den Sattel und gab Sturmbraut das Signal zum Aufbruch. Bei Taindoch gab es eine weitere Fähre, und spätestens in Kyndoch würde es ohne Schwierigkeiten möglich sein, auf die andere Seite des Flusses zu gelangen. Allerdings lag Taindoch noch zu weit entfernt, um es vor Einbruch der Nacht zu erreichen. Sie würde sich auf ein Nachtlager im Freien einrichten müssen, aber das machte ihr nichts aus. Gut zehn Meilen vor Taindoch gab es nahe am Fluss einen Wald, der Schutz für sie und die Tiere sowie Holz für ein Lagerfeuer bieten würde. Bis dahin wollte sie durchreiten. Sorgen machte ihr der Verfolger. Wie sollte sie zu dem dringend benötigten Schlaf kommen, wenn sie nachts einen Überfall befürchten musste? Ob der Fremde es auf ihre Pferde abgesehen hatte? Sie überlegte verzweifelt, wie sie ihn stellen oder loswerden konnte, aber ihr wollte nichts einfallen.

Eisfell tauchte mehrmals neben Sturmbraut auf und suchte den Blickkontakt mit Rhiana. Sie hatte ein merkwürdiges Gefühl, als sie in die freundlichen, treuen Hundeaugen schaute. Sie las darin mehr als die Intelligenz eines Hundes, konnte aber nicht genau sagen, was es war. Wieder hatte sie das Gefühl, dass Eisfell ihr etwas sagen wollte. Sie versuchte, ihn zu lesen. Dieses Mal machte sie eine merkwürdige Erfahrung. Etwas geisterte durch ihren Kopf. Es waren keine klaren Gedanken, sondern verzerrte Bilder, die sie zunächst nicht zuordnen konnte. Verschwommen wirkende menschliche Gestalten, die goldgelb von innen heraus leuchteten, umwabert von bunten Dampf- oder Nebelschwaden. Schaute sie etwa in Eisfells Kopf? Waren das Menschen, die Eisfell kannte, umlagert von Gerüchen, die nur ein Hund wahrnehmen konnte und die sich ihm stärker einprägten als das, was seine Augen sahen? Sie glaubte, Tjalmar zu erkennen, sich selbst und Neel, alle drei in Dampfschwaden gehüllt, die freundliche, helle Farben aufwiesen. Je länger sie die Bilder in sich aufnahm, desto sicherer wurde sie, dass ihr erster Eindruck sie nicht getäuscht hatte. Ihr eigenes Bild wirkte hell und licht wie die Praiosscheibe, das von Tjalmar strahlte fast genauso hell, das von Neel freundlich und warm, aber nicht so intensiv. Dann gab es noch ein Bild, das erneut die Gestalt des Menschen zeigte, den Rhiana für Tjalmar hielt. Dieser Tjalmar leuchtete nicht von innen heraus, sondern wirkte massiv wie ein Fels und war von milchigen Schwaden in warmen, aber deutlich dunkleren Farben umgeben. Das letzte Bild, das Rhiana wahrnehmen konnte, zeigte eine weitere, veränderte Neel – wenn es denn Neel sein sollte. Anders als der zweite Tjalmar leuchtete auch diese Neel von innen heraus, doch nicht goldgelb, sondern giftgrün, und die sie umgebenden Schwaden waren schwarz und drohend.

Rhiana schüttelte verwirrt den Kopf und zog ihren Geist aus dem Körper des Hundes zurück. Sie hatte noch niemals in die Gedanken eines Tieres schauen können, sondern stets nur seinen Körper, manchmal vage Gefühle und Schmerzen gespürt. Sie war sich auch jetzt nicht sicher, ob diese Bilder wirklich aus Eisfells Kopf kamen oder ihrem eigenen Hirn entsprungen waren. Vielleicht *wollte* sie, dass Eisfell die Dinge so sah, denn der Sinn erschien ihr eindeutig. Das goldgelbe innere Leuchten und die Schwaden in freundlichen Farben zeigten das Maß an Liebe, das Eisfell für diese Personen empfand. Sie selbst und Tjalmar kamen besonders gut weg, während Neel – die normale Neel – als Rudelmitglied gezeigt wurde, dem Eisfeld mit Freundlichkeit begegnete, ohne indes eine besondere Beziehung zu ihr zu haben. Tjalmars zweites Bild mochte den toten Thorwaler zeigen, der nicht mehr von innen heraus strahlte, aber von Eisfells traurig-anhänglicher Liebe umwabert wurde. Das andere Bild von Neel vermochte sie nicht sofort zu deuten. Sie überlegte eine Weile und kam dann zu dem Schluss, dass Eisfell entweder genau wusste, dass Neel seinen früheren Herrn getötet hatte, oder ihre innere Veränderung gespürt hatte. Sie erinnerte sich daran, dass der Wolfshund die Amazone angreifen wollte, bevor sie den Mord beging. Diese andere Neel, so viel schien deutlich zu sein, betrachtete er nicht mehr als Rudelmitglied, sondern als Feind.

Wenn ich wirklich in Eisfells Gedanken schauen kann, ist das eine wundervolle Gabe. Ich muss mir möglichst bald einmal viel Zeit für ihn nehmen und versuchen, tiefer in ihn hineinzublicken.

Unaufhaltsam strebte die Praiosscheibe dem Horizont im Westen zu. Rhiana ermunterte Sturmbraut zu einer schnelleren Gangart, damit sie vor Einsetzen der Dunkelheit den Wald erreichten, dessen sattes Grün in der Ferne bereits erkennbar war. Wenn sie tief genug in den Wald hineinritt, gelang es vielleicht, einen Lagerplatz zu finden, den der Verfolger im Dunkeln nicht so leicht aufspüren konnte.

Und wenn er über magische Mittel verfügt? Er ist so geschickt und scheint sich unbedingt sicher zu sein, dass ich ihm nicht entwische.

Willig kam die Stute Rhianas Drängen nach. Rabe schien sogar Spaß daran zu haben, schneller gehen und seine Kraft zeigen zu können. Nur Tandrigo bockte ein wenig. Rhiana drehte sich im Sattel zu ihm herum und redete ihm gut zu, wie es Muir getan hatte. Tandrigo gab seinen Widerstand auf. Wahrscheinlich vermisste er seine jugendliche Reiterin, die oft mit ihm sprach und ihn streichelte.

Rhiana betrachtete Eisfell, diesen erstaunlichen Hund. Hechelnd und weit heraushängender Zunge hielt er tapfer mit. Er musste noch müder als die Pferde sein, und mit seinem dichten Fell setzte ihm die Wärme mehr zu als den anderen. Er war zwar kräftig und ausdauernd, hatte in den letzten Monden aber kaum Gelegenheit gehabt, sich auf längeren Ausflügen zu beweisen. Dennoch hielt er sich prächtig.

Eine ungestörte Nachtruhe würde uns allen gut tun. Uns steht noch ein langer Weg bevor. Wenn nur dieser Verfolger nicht wäre!

Rhiana wählte einen Weg nahe am Fluss, der die Pferde möglichst wenig beanspruchte: möglichst flaches Gelände, nicht zu steinig, nicht zu sumpfig. Sie versuchte sich an die beiden anderen Ritte nach Kyndoch zu erinnern, die sie in Begleitung unternommen hatte. Ihres Wissens gab es keine besonderen Tücken, wenn man von einem Streifen Auwald absah, der morastig und nach längeren Regenfällen kaum passierbar war. Aber in den letzten Wochen hatte es kaum Regen gegeben. Es war besser, den Auwald zu durchqueren, als den längeren und beschwerlicheren Weg über die westlichen Hügelkuppen zu wählen. Trotzdem gab es irgendetwas in ihrem Hinterkopf, das diesen Auwald als gefährlich einstufte. Sie versuchte es zu ergründen. Ihr fiel nichts ein. Den Reisegruppen der Gemeinschaft war hier niemals etwas passiert.

Ein Wagen ist mal im Morast stecken geblieben. Das war ärgerlich, aber nicht gefährlich.

Das Gelände wurde allmählich sumpfiger. Rhiana ließ Sturmbraut wieder im Trott gehen und gab ihr die

Zügel. Die Stute suchte sich selbst den am besten gangbaren Weg. Der Auwald lag vor ihnen. Hier wurde der Große Fluss nicht von ansteigenden Hügeln an der Ausbreitung gehindert. Einige Meilen weiter nördlich gab es hingegen einen Engpass, wo steile Felswände bis nahe an das Wasser reichten. Wenn der Große Fluss viel Wasser führte, kam es dort zu einer Stauung, und das Wasser breitete sich dann in den davor liegenden Auen aus. Im Moment war dies nicht der Fall. Der Strom war zufrieden mit seinem Flussbett und versuchte nicht, es zu vergrößern.

Rhiana und die Tiere passierten die ersten Bäume und Sträucher. Üppige Blütendüfte stiegen ihr in die Nase. Fremde Düfte. Feuchtigkeit und Wärme ließen hier Blumen und Kräuter gedeihen, die es anderswo in Nordmarken selten oder gar nicht gab. Usmida, die Heilerin, die selbst zu gebrechlich für solche Ausflüge war, beschrieb den Reisenden, die in den Auwäldern unterwegs waren, manchmal das Aussehen von bestimmten Kräutern, die sie benötigte. Meistens allerdings schimpfte sie hinterher, weil sie ihr die falschen gebracht hatten.

Die Gruppe hatte bereits die Hälfte des Auwaldes passiert. Die Pferde kamen nur langsam voran. Sorgsam setzten sie Huf um Huf und erprobten die Tragfähigkeit des schwammigen Untergrunds. Plötzlich fiel Rhiana ein, was ihr an diesem Auwald nicht gefiel. In der Mitte, nur ein kleines Stück von hier, gab es die einzige Möglichkeit, ohne große Mühe einen der seitlichen Hänge hinaufzuklettern. Dieser Hang wiederum lag eingebettet in eine unübersichtliche Hügellandschaft.

Wenn der Verfolger das Gelände kennt und mich wirklich überfallen will, könnte er mich im Westen hinter den Hügeln in schnellem Ritt überholt haben und hier lauern.

Der Gedanke kam zu spät.

Eisfell blieb wie angewurzelt stehen. Er bellte und

knurrte in schnellem Wechsel ein Gebüsch an. Im nächsten Moment flog aus dem Gebüsch ein Speer heran. Er galt Rhiana. Dank Eisfell war sie vorbereitet und duckte sich blitzschnell zur Seite. Der Speer streifte sie nur an der Schulter, zerriss das Seidenhemd, ritzte die Haut. Sturmbraut scheute und brach seitlich aus. Rabe und Tandrigo wieherten laut.

Ein großer, starker Mann von etwa fünfzig Jahren trat aus dem Gebüsch, das lange Schwert zum Streich erhoben. Der Mann trug einen breitkrempigen Hut, darunter lange graublonde Haare, die zu einem Zopf gebunden waren. Auffällig waren die Hautmalereien im Gesicht. Und der Dolch, der in seiner Brust steckte.

Tjalmar!

»Es hat keinen Sinn, Rhiana!«, sagte er. »Quält Euch nicht länger. Geht mit mir. Ich habe den anderen Weg schon gewählt, und ich werde Euch mitnehmen.«

Es war eine tiefe, männliche Stimme, aber es war nicht Tjalmars Stimme. Der Mann war vollständig bekleidet und gerüstet, wenn man von dem etwas seltsam wirkenden Hut absah. Das Merkwürdigste war jedoch der aus dem Kettenhemd ragende Dolchgriff. Blut war nicht zu sehen. Vor ihrem inneren Auge sah Rhiana den sterbenden Tjalmar mit blutverschmierter Brust, der sich selbst den Dolch aus der Brust gezogen hatte.

»Ihr seid nicht Tjalmar!«, rief sie. In einer einzigen flüssigen Bewegung sprang sie von der Stute und hatte im nächsten Moment Schwert und Schild in den Händen.

Der Mann mit dem Dolch in der Brust lachte dröhnend. Der Dolch schien ihn in keiner Weise zu behindern.

Tjalmar ist tot! Was ich sehe, beruht auf Magie. Ein Schwarzmagier hat Tjalmars toten Körper neu belebt.

Eisfell bellte wütend und wollte sich auf den Mann

stürzen, aber Rhiana befahl ihn zurück. Widerwillig gehorchte er.

Mit wilden Schwerthieben drang der Mann auf Rhiana ein. Sie war wie gelähmt und wehrte die Schläge mechanisch mit dem Schild ab. Auch wenn der Verstand ihr sagte, dass dies nicht wirklich ihr teurer väterlicher Freund war, fiel es ihr doch schwer, gegen ihn vorzugehen.

Der Fremde, der wie Tjalmar aussah, kämpfte nicht wie der Thorwaler. Niemand konnte dies besser beurteilen als Rhiana. Schließlich hatte sie in den Übungsstunden Tjalmar hunderte von Malen gegenübergestanden. Der Thorwaler war ein exzellenter Schwertkämpfer und stets ein ritterlicher Gegner gewesen, sowohl in den Übungen mit Rhiana als auch gegenüber Feinden in der Schlacht, wenn es um Leben und Tod ging. Dieser Tjalmar hingegen stach und prügelte auf primitivste Weise auf Rhiana ein. Er war unberechenbar, und das machte ihn erzgefährlich. Immer wieder versuchte er gezielt, ihre Beine oder Füße zu treffen, um ihre Bewegungen zu hindern.

Er will mich nicht besiegen, sondern schlachten!

Diese Erkenntnis weckte den Zorn in Rhiana, und der Zorn half ihr, die Hemmungen gegenüber dem äußerlich so vertraut wirkenden Fremden abzulegen. Sie blockte nicht länger nur die Schläge ab oder sprang hoch, wenn der Fremde nach ihren Füßen schlug. Stattdessen griff sie jetzt selber an. Mit wenigen schnellen Schlägen trieb sie ihn zurück, durchbrach seine Deckung und traf ihn an der Schulter. Der Schlag war hart gewesen, und Rhianas Schwert war scharf. Das Schwert schob sich unter die Nahtstelle zwischen Kettenhemd und Armschutz. Der Fremde trug eine heftig blutende, wenn auch nicht lebensgefährliche Verletzung davon.

Unbeeindruckt davon setzte der Mann erneut zu einem Hieb an, mit dem er Rhianas rechten Fuß abtrennen wollte. Aber inzwischen war die Prinzessin auf Schläge dieser Art vorbereitet. Sie sprang behände zur Seite und ließ den Schlag ins Leere gehen. Sie nutzte die Gelegenheit zu einem von oben geführten Hieb auf das weit vorgestreckte Schwert des Gegners. Klirrend sprang es ihm aus der Hand. Im nächsten Moment umklammerte Rhiana den Mann von hinten und setzte ihm die scharfe Klinge ihres Schwerts an die Kehle.

Der Mann erstarrte.

»Wer oder was seid Ihr?«, fragte die Prinzessin. »Wer hat Euch geschickt?«

Der Mann schnaufte schwer von der Anstrengung, blieb ansonsten jedoch stumm.

Rhiana trat das am Boden liegende Schwert des Fremden zur Seite. Dann entließ sie den Mann aus ihrem Griff, stieß ihn zurück und setzte ihm die Schwertspitze auf die Brust, direkt an der Stelle, wo der Dolch aus dem Kettenhemd ragte.

Du musst ihn töten! Es ist nicht Tjalmar! Es ist ein Untoter!

Aber sie *konnte* ihn nicht töten. Es war, als würde sie jenen Tjalmar töten, den sie wie einen Vater geliebt hatte.

»Verschwindet!«, sagte sie. »Und kommt mir nie wieder unter die Augen! Denn noch einmal werde ich Euer Leben nicht schonen!«

Der Mann sah sie mit hasserfüllten Augen an. Der echte Tjalmar hatte niemals einen solchen Hass empfunden. Schließlich drehte sich der Mann um und schlug sich in die Büsche.

Eisfell wollte ihn verfolgen, aber Rhiana griff nach seinem Halsband und hielt ihn zurück. Sie wartete eine Weile, bis die Geräusche, die der Flüchtende verursachte, in der Ferne verebbten. Dann nahm sie das Schwert und den Speer des Fremden auf und fügte die Waffen den von Tandrigo getragenen Lasten hinzu. Sie zog das vom Speer zerrissene Hemd aus und sah nach der Wunde. Es war nur ein Kratzer, der nicht versorgt werden musste. Aus dem Vorrat an Kleidungsstücken, den Muir für sie zusammengestellt hatte, suchte sie ein weiteres Seidenhemd – dieses war safrangelb eingefärbt und hatte hübsche dunkelrote Borten – heraus und zog es über. Schließlich saß sie auf und ließ Sturmbraut einen Weg aus dem Auwald suchen. Rhiana dachte über den Überfall des Fremden und sein Aussehen nach. Aber eine Erklärung für das eine wie für das andere vermochte sie nicht zu finden.

Die Gruppe erreichte die Ausläufer des Waldes im letzten Licht des Tages. Im Laufe der letzten Stunden hatte Rhiana mehrmals auf Anhöhen in Richtung Süden Ausschau gehalten, konnte den Fremden jedoch nicht erblicken. Sie hatte nicht mehr das Gefühl, verfolgt zu werden. Auch Eisfell zeigte keine Unruhe mehr. Offenbar hatte der Fremde aufgegeben.

Obwohl dichtes Unterholz sowie umgestürzte und vermodernde Stämme das Vordringen erschwerten, ließ Rhiana die Pferde weit genug in den Wald vordringen, bis eine kleine Lichtung erreicht war, die von Laubbäumen und Kiefern umstanden war. Dort gab es Gras für die Pferde und sogar einen Tümpel, in dem sich Regenwasser gesammelt hatte. Rhiana nahm Sturmbraut und Rabe die Sättel und Tandrigo die Traglast ab, lobte ihn eine Weile und streichelte ihn. Er spitzte aufmerksam die Ohren. Offenbar gefiel ihm die Zuwendung. Sie befreite die drei Pferde von ihrem Zaumzeug und streichelte auch Sturmbraut und Rabe ausgiebig, damit sie sich nicht vernachlässigt fühlten. Dann entließ sie die Pferde, damit sie saufen und grasen konnten. Alle drei trabten zunächst einmal zum Tümpel.

Eisfell hatte in der Zwischenzeit die Lichtung eingehend abgeschnuppert, sich dann in den Tümpel gestürzt, sich abgekühlt und getrunken. Patschnass kehrte er zu Rhiana zurück, spritzte sie gehörig nass, als er sich schüttelte, wedelte freundlich und streckte dann alle viere von sich. Offenbar hatte er gegen die Umgebung nichts einzuwenden.

Rhiana freute sich, dass ihre Schutzbefohlenen – Eisfell würde dies wahrscheinlich anders sehen – fürs Erste versorgt und zur Ruhe gekommen waren. Allein für die Tiere verantwortlich zu sein, gehörte zu den neuen Erfahrungen in ihrem Leben. Sie kannte deren Bedürfnisse und war auch früher fürsorglich und warmherzig darauf eingegangen. Es hatte jedoch immer den Stallmeister, Muir oder einen anderen Helfer gegeben, die mit anpackten oder einsprangen, wenn sie etwas vergaß.

Die Prinzessin genoss die schwache Brise und die allmählich einsetzende Kühle. Sie fühlte sich müde und zerschlagen. Der lange Ritt in der Sonne und der Kampf hatten auch ihre Kräfte erschöpft. Hinzu kamen die Ereignisse und die Schlaflosigkeit während der letzten Nacht. Zum Glück versprach diese Nacht deutlich kühler zu werden. Rhiana hoffte auf einen erholsamen Schlaf.

Die trockene Wärme hatte den Vorteil, dass es in diesem Jahr nicht so viele Mücken gab wie sonst. In den Flussauen, wo die Mückenlarven heranreiften, konnte man den Plagegeistern kaum entgehen, aber selbst dort waren die Schwärme in diesem Jahr weniger dicht. Eine Anzahl von Mückenstichen zeugte allerdings davon, dass Rhiana eine Zeit lang durch die Randzonen des Auwaldes geritten war.

Sie war hungrig und sehnte sich nach einer warmen Mahlzeit. Deshalb sammelte sie trockenes Bruchholz und schichtete es auf. Mit dem Dolch fertigte sie aus einem der Äste Kienspäne. Dann tat sie etwas Zunder in die Zünddose, schlug Funken hinein, bis der Zunder brannte, brannte einige der Kienspäne an und hatte wenig später ein munter brennendes Feuer entfacht. Als sie in die Flammen schaute, musste sie unwillkürlich daran denken, dass Neel es gewesen war, die ihr beigebracht hatte, wie man ein Lagerfeuer schichtet und in Gang setzt. Rhiana verscheuchte den unwillkommenen Gedanken und schaute, was Muir ihr außer Brot und Käse als Proviant auf den Weg gegeben hatte. Eisfell, der zuvor geschlafen hatte, wurde plötzlich munter. Erwartungsvoll mit dem Schwanz wedelnd, stand er vor ihr und sah sie mit großen Augen an.

Sie stellte fest, dass Muir auch an Eisfells Verpflegung gedacht und getrocknete Pansen eingepackt hatte. Eisfell sah und roch dies ebenfalls. Er bellte und führte ein ungeduldiges Tänzchen auf. Lachend warf sie dem Hund ein größeres Stück Pansen hin. »Da, du gieriges Raubtier. Damit dein Bild von mir noch ein bisschen strahlender wird.« Bei sich stellte sie fest, dass sie zum ersten Mal seit gestern Abend wieder gelacht hatte. Wofür ein Hund doch alles gut sein konnte.

Aus Rüben, Gerste und Rauchfleisch kochte sich Rhiana in ihrem einzigen Kupferkessel einen Brei, der sie zusammen mit Roggenbrot und einem Stück Käse satt und zufrieden machte. Sie war der Meinung, dass sie diesen ersten Tag in der Wildnis gut gemeistert hatte und sich jetzt ausruhen durfte. Auf der letzten Glut des Feuers kochte in dem wieder gereinigten Kessel Wasser für einen Kräutertee. Sie spürte, wie ihr die Augenlider schwer wurden.

»Rhiana …«, sagte hinter ihr eine weibliche Stimme.

Rhiana wandte sich um. Zögernd, widerwillig, als wollte ihr Körper ihr nicht gehorchen. Vor ihr stand, eingehüllt in einen mattblau schimmernden Lichtkokon, eine große, schöne Frau mit harten, etwas spöttisch blickenden Augen. Ihre Haltung war aufrecht, stolz und befehlsgewohnt. Sie trug einen goldenen Brustpanzer und einen Rock aus Goldpailletten. Die langen Beine, die Schultern und die Arme waren nackt. Sie stützte sich auf einen riesigen Bihänder. Langes, pechschwarzes Haar ringelte sich vom Kopf bis zur Hüfte.

Rhiana starrte die Gestalt an und sprach kein Wort. Sie fürchtete sich vor der Frau, aber zugleich war sie auch zornig. Der Zorn überwog. Sie wollte nichts mit ihr zu schaffen haben.

»Rhiana«, sagte Rondra halb tadelnd, halb spöttisch. »Andere knien nieder und beten mich an, wenn ihnen die große Ehre zuteil wird, meiner leibhaftig zu werden. Du hingegen schaust mich wütend an und denkst nicht daran, deine Knie zu beugen. Diesen Stolz, diesen Mut und diesen Zorn dürftest du von mir geerbt haben.«

»Ich bin nicht Eure Tochter!«, widersprach Rhiana trotzig.

Rondra lachte. »Du willst es nicht sein, aber du bist es! Dein Vater König Arlos hatte ein Schäferstündchen mit mir, ohne zu wissen, dass ich eine Göttin bin.« Sie zeigte auf ihren Bauch. »Dort kommst du her – ob es dir passt oder nicht!«

Rhiana schwieg. Sie dachte an Marunas Worte. Rondra spielte ein Spiel mit ihr. Die Göttin wollte sie für ihre Zwecke benutzen.

»Ich habe Großes mit dir vor, Rhiana«, fuhr Rondra fort. »Ich misstraue den Geweihten meiner Kirche und meinen Amazonen. Sie sind mir zu unehrenhaft, zu lasch und zu willfährig.«

»Ihr klingt wie Neel!«, entfuhr es Rhiana.

Die Göttin lachte, ging aber nicht auf den Einwurf ein. »Ich will eine neue Kirche und einen neuen Orden gründen. *Du* bist meine Amazone, Tochter! Meine einzige treue Amazone! Du hast Fortschritte gemacht, Rhiana!«

»Weil ich getötet habe?«

»Weil du ehrlich gekämpft und gesiegt hast. Du weißt, dass ich nicht nur den Krieg bringe, sondern auch den Zweikampf, die Ehre, die Tapferkeit und die Verantwortung. Du bist in all diesen Dingen bedeutsam vorangekommen, Rhiana. Ich bin stolz auf dich.«

»Ich aber nicht auf Euch«, erwiderte die Prinzessin, ohne Respekt zu zeigen. Wenn dies wirklich Rondra und nicht ein Trugbild dämonischer Magie war, dann war Rhiana ihr so oder so ausgesetzt. Die Göttin würde sich durch Rhianas unbotmäßiges Verhalten nicht von ihren Plänen abbringen lassen, im Guten und im Bösen nicht. »Ihr habt mich belogen! Nicht Ihr habt die Windhose gegen den Feind geschickt, wie von Euch behauptet wurde, sondern wir hatten sie Marunas Magie zu verdanken.«

Rondra machte eine abfällige Handbewegung. »Die Druidin wäre ohne mein Einverständnis nicht in der Lage gewesen, ihre Elementargeister zu veranlassen, eine Windhose zu erzeugen. Viele glauben, etwas aus eigener Kraft zu bewirken, aber in Wahrheit helfen ihnen die Götter. So war es auch in diesem Fall.«

»Was habt Ihr mit Neel gemacht?«, fragte Rhiana. »Warum musste Tjalmar sterben? Und warum wollte mich ein Mann töten, der wie Tjalmar aussah?«

»Du hast mich missverstanden, Tochter«, antwortete Rondra spöttisch. »Ich sagte nicht, dass alles, was geschieht, von den Göttern veranlasst wird. Nur manches. Ich greife nur ein, wenn ich es *will*. Glaube ja nicht, dass ich dich und die deinen beschütze. Vielleicht sorge ich mal dafür, dass ein Ungleichgewicht verhindert wird, aber den Rest müsst ihr selbst tun. Glaubst du im Ernst, ich würde den Kampf, den Krieg und den Tod *verhindern* wollen? Wenn meine Tochter sich nicht bewährt, gebäre ich eine neue oder suche mir eine andere Amazone.«

Rhiana hörte dies alles mit Schmerz und Zorn. Sie mochte nicht glauben, dass diese hartherzige Frau wirklich ihre Mutter war, egal was sie behauptete. »Warum seid Ihr mir erschienen?«, fragte sie. »Um mir zu sagen, dass ich eine Halbschwester bekomme?«

»Du hast sogar meinen Humor geerbt«, sagte Rondra und lachte erneut. »Nein, Rhiana, im Gegenteil. Ich wollte dich nur wissen lassen, dass du auf einem guten Weg bist – auf meinem Weg.«

Im nächsten Moment war die Erscheinung verschwunden.

Rhiana schreckte auf. Sie saß vor dem Kessel am Feuer. Das kochende Wasser sprudelte und dampfte. Sie musste eingenickt und dies alles nur geträumt haben. Oder war ihr wirklich Rondra erschienen? Machte es überhaupt einen Unterschied, ob es ein Traum oder die Wirklichkeit gewesen war? Rhiana war überzeugt davon, dass die Göttin Einfluss auf sie nehmen wollte.

Sie betete zu Hesinde und bat sie um Weisheit. Allmählich beruhigte sie sich wieder, trank ihren Tee, kraulte Eisfell und dachte über das nach, was die Frau im Traum, die sich für Rondra ausgab, gesagt hatte. Sie, Rhiana, sollte ihre Amazone sein, womöglich einen neuen Orden gründen. So deutlich war *sie* niemals zuvor geworden.

Sie wird beizeiten eine neue Tochter gebären müssen, denn ich werde ihr nicht gehorchen! Ich bin auf meinem *Weg und nicht auf ihrem!*

Die Kräuter im Tee entfalteten allmählich ihre Wirkung und ließen sie wieder zur Ruhe kommen. Sie löschte die schwelenden Reste des Lagerfeuers und legte sich schlafen. Eisfell streckte sich zu ihren Füßen aus.

Noch einmal zogen die Bilder der vergangenen Stunden an ihrem inneren Auge vorbei. An einem blieb sie hängen: dem Bild des toten Tjalmar, den aus der Brust gezogenen blutigen Dolch in beiden Händen haltend.

Rhianas Körper begann krampfhaft zu zucken. Und dann weinte sie all die Tränen, die der Körper ihr in der Nacht zuvor verweigert hatte. In die Tränen um den Thorwaler mischten sich Tränen der Enttäuschung über Neel.

Immer noch leise schluchzend, glitt sie in einen erlösenden tiefen und festen Schlaf.

KAPITEL 9

Die Ausreißerin

Vierter Praios 913 BF, Nordmarken, in einem Wald vor Kyndoch

Die Nacht war ohne Störungen verlaufen. Am Morgen hielt Rhiana erneut nach dem unheimlichen Wesen Ausschau, das wie Tjalmar aussah. Der Verfolger war nirgendwo zu entdecken. Die Prinzessin nahm nicht an, dass er sang- und klanglos in der Wildnis verschwunden war. Aber zumindest schien er den Plan aufgegeben zu haben, sie zu überfallen. Zumindest vorerst. Vielleicht kannte er eine Furt über den Großen Fluss, die sie übersehen hatte. Oder er hatte einen Weg nach Süden oder Westen eingeschlagen. Dass er sich in dieser Gegend gut auskannte, stand seit dem Überfall im Auwald fest.

Der Überfall hatte Rhiana nachdenklich gemacht. Ihr ging nicht nur im Kopf herum, warum der Fremde sie hatte töten wollen und dabei den Eindruck erweckte, der tote Tjalmar zu sein. Sie entschied auch, dass sie zu sorglos gewesen war – sorglos genug, um einen Moment lang sogar zu überlegen, nackt zu reiten. Nur Seidenhemd und Hose zu tragen, war nicht viel besser. Sie erkannte, dass sie unbewusst offenbar immer noch durch die langjährige Erfahrung, stets mit Begleitschutz unterwegs gewesen zu sein, der drohende Gefahren rechtzeitig abwendete, bestimmt wurde. Mit einem Speerwurf aus dem Hinterhalt hatte sie nicht ernsthaft genug gerechnet.

Obwohl auch der heutige Tag warm zu werden versprach, entschied sie sich deshalb für Lederhose, Kettenhemd und Armschutz. Sie wollte das Glück nicht herausfordern. Dann brach sie mit den ausgeruhten Pferden und dem munter vorausrennenden Eisfell auf.

Bei Taindoch sollte es eigentlich eine Floßfähre über den Großen Strom geben, aber Rhiana konnte weder ein Floß noch ein Schiff entdecken, das geeignet gewesen wäre, sie und die Tiere überzusetzen. Das Einzige, was rechtsseitig des Flusses auf die Anwesenheit von Menschen hinwies, waren Aalreusen im Wasser, zum Trocknen aufgespannte Netze am Strand, ein Landesteg mitten im Schilf und ein daran vertäutes Ruderboot. Das Boot war viel zu klein und nicht geeignet, die Pferde aufzunehmen. Rhiana nahm es gelassen hin. So musste sie sich zumindest nicht die Lunge aus dem Leib schreien, um jemanden auf sich aufmerksam zu machen. Es waren nur noch wenige Reitstunden bis Kyndoch. Rhiana hätte es vorgezogen, schon jetzt die Reichsstraße auf der anderen Seite zu benutzen, aber auch der Weg links am Fluss entlang bot keine Tücken. Das einzige Problem kurz vor Kyndoch würde die Sarpe sein, aber der Fluss war normalerweise weder breit noch tief, und seine Wasser strömten eher gemächlich dahin. Die Prinzessin rechnete damit, schnell eine Furt zu finden. Die Flüchtlinge hatten den Fluss sogar mit ihren Planwagen durchquert. Für Pferde und einen Hund sollte die Sarpe kein Problem darstellen.

Erstmals entdeckte sie auf der Reichsstraße Leben. Die Nähe zu Kyndoch machte sich bemerkbar. Eine vierspännige Kutsche in Begleitung von sechs Bewaffneten tauchte hinter ihr auf der anderen Seite des Flusses auf, kam schnell auf und verschwand in der Ferne. Rhiana winkte hinüber, als die Kutsche auf gleicher Höhe war, aber entweder wurde sie nicht bemerkt, oder der Kutscher und die Bewaffneten hielten es für unter ihrer Würde, den Gruß zu erwidern. Langsamer voran kamen fünf hochbordige Bauernwagen, die von Ochsen gezogen wurden und in einer Spur fuhren. Sie waren hoch beladen, aber aus der Ferne vermochte Rhiana nicht zu erkennen, ob es sich um Feldfrüchte oder andere Waren handelte. Wahrscheinlich brachte man Korn oder Rüben nach Kyndoch oder Burg Crumold. Die Gruppe wurde nicht von Bewaffneten beschützt. Die Lenker der Wagen trugen große Hüte, um sich vor der Sonne zu schützen, und sahen stur nach vorn, als Rhiana auf ihrer Höhe anlangte. Schließlich passierte Rhiana eine Gruppe von drei kunterbunt bemalten Planwagen, die von Maultieren gezogen wurden. Im Tross der Wagen liefen zwei weitere Maultiere und zwei Esel. Begleitet wurde die Gruppe von drei Reitern zu Pferde. Die Reiter waren so abenteuerlich bunt gekleidet, wie ihre Wagen aussahen, und winkten Rhiana fröhlich zu, als sie sie entdeckten. Froh, endlich auf freundliche Menschen gestoßen zu sein, winkte Rhiana zurück. Mehrmals sah sie sich nach der Gruppe um, während sie auf ihrer Seite des Flusses langsam einen Vorsprung gewann. Es schien sich um Gaukler zu handeln. Im Rondra fanden in verschiedenen Gegenden Aventuriens Theaterfeste, Jahrmärkte und Gauklerumzüge statt. Vielleicht waren die Gaukler zu einem dieser Orte unterwegs. Oder sie versuchten, in Kyndoch, Abilacht oder Honingen Zuschauer für ihre Späße und Kunststücke zu finden. Gaukler fanden überall ihr Publikum, aber nicht überall waren die Zuschauer wohlhabend und freigebig genug, um auch das Herz der Gaukler zu erwärmen.

Die Sarpe hielt Rhiana, Eisfell und die Pferde nur kurz auf. Rhiana ritt auf Sturmbraut flussaufwärts am Ufer entlang und entdeckte schon nach wenigen hundert Schritt Wagenspuren, die zu einer Lücke im dichten Schilfrand führten. Ganz offensichtlich eine Furt. Die Wagen, die sich hier bewegt hatten, waren im kaum abgetrockneten Schlick sicher nur mühsam vorangekommen. Den Pferden und Eisfell machte dies keine Probleme. Als sie den Fluss überquerten, musste Eisfell ein kleines Stück schwimmen, was ihm nichts ausmachte. Er liebte Wasser. Die Pferde wurden nur an den Beinen nass, und Rhiana musste nicht einmal die Füße hochziehen, um trocken zu bleiben.

Auf der anderen Seite der Sarpe stieß Rhiana bald auf einen befestigten Weg, der das Vorankommen erleichterte. Sie ritt wieder flussabwärts, der Mündung entgegen. Bald kreuzte der Weg andere Wege, und schließlich verbreiterte sich der Weg zu einer Straße, die hier und da sogar mit Kopfsteinen gepflastert war. Gehöfte tauchten links und rechts auf, die Wildnis wich Feldern, die zum größten Teil schon abgeerntet waren, Äckern und Wiesen. Schafe, Rinder, Ziegen und Schweine waren zu sehen, gelegentlich auch Landleute, die auf den Feldern und Äckern arbeiteten oder auf den Wiesen Heu mähten. Die Nähe von Menschen, die ihrem Tagewerk nachgingen, und friedlich grasendem Vieh ließen in Rhiana ein Gefühl der Sicherheit aufkommen, das sie seit Tjalmars Ermordung nicht mehr empfunden hatte. Sie spürte, wie die Angespanntheit wich, die Ereignisse der beiden letzten Tage ein wenig verblassten. Sie fühlte sich für den Moment fast heiter und froh. Dabei vergaß sie jedoch nicht, dass der Weg nach Abilacht noch weit und beschwerlich war. Und dort würden die Schwierigkeiten erst wirklich beginnen.

Ihr fiel ein, dass es in einer Stadt viele neugierige Augen und allerlei Gesindel gab. Es war nicht ratsam, eine pralle Geldkatze zu zeigen, wenn man nur ein paar Heller für ein Mahl oder die Fähre ausgeben musste. Auch eine bewaffnete Frau, die man als streitbare Amazone oder Söldnerin ansehen mochte, war nicht gefeit gegen den Überfall einer Bande, die sich in der Stadt auskannte und blitzschnell in einer engen Gasse untertauchte. Sie nahm die Katze, die sie in der Hüfttasche des Gürtels trug, kramte die Kreuzer und Heller, nach einigem Überlegen auch sechs Silbertaler heraus und verteilte sie auf Hosentaschen und Brustbeutel. Die Geldkatze verstaute sie wieder im Gürtel.

Die Türme und roten Ziegeldächer von Kyndoch tauchten auf. Rhiana und ihre Tiere passierten gelegentlich Reisende, die ebenfalls nach Kyndoch unterwegs waren: dahinstiefelnde Wanderer mit Rucksäcken, Handwerksburschen mit farbigen Bändern oder Abzeichen ihrer Gilden an den Hüten, das Bündel am Knotenstock auf dem Rücken, Landleute, die Kiepen voller Gemüse, Holzsammler mit Reisigbündeln, einzelne Reiter und Fuhrwerke. Rhiana erntete den einen oder anderen freundlichen Gruß und gab ihn zurück, und es fehlte auch nicht an bewundernden Blicken, die ihr der eine oder andere junge Bursche zuwarf.

Es war später Vormittag, als die Prinzessin die Stadtmauer erreichte, das Südtor passierte und in Kyndoch einritt. Mit über tausend Einwohnern gehörte die Stadt zu den größten Orten von Nordmarken und Albernia, obwohl sie sich an Pracht und Größe nicht mit Honingen, Nostria, Elenvina oder gar Havena messen konnte. Rhiana ritt durch zum Teil gepflasterte Gassen, passierte Fachwerkhäuser mit spitzen Giebeln, die Wand an Wand gebaut und bis zu drei Stockwerke hoch waren, eng zusammengedrängt, damit möglichst viele von ihnen Platz hinter der Stadtmauer fanden. Sie genoss die Vielfalt, die eine Stadt bot. Hier gab es nicht nur einen Schuhmacher, Schmied, Schlosser, Brauer, Bäcker, Metzger, Böttcher, Schneider oder Weber, sondern deren gleich sieben oder acht, die meistens in der gleichen Straße wohnten, bei gutem Wetter im Freien ihrem Handwerk nachgingen, ihre Lehrlinge rüffelten und ihre Waren anboten. Man hatte die Wahl zwischen mehreren Gasthäusern, es gab ein Badehaus, drei Tempel für verschiedene Zwölfgötter, am Marktplatz Häuser der Handwerksgilden, einen Brunnen mit Holzabdeckung und Schöpfkelle, ein Amtshaus für den Stadtmeister und Unterkünfte für die Stadtgarde. Was Rhiana weniger gefiel, waren der Schmutz und der Gestank in den Straßen. Sie sah mehrere Bettler, krank und elend aussehend, gebückt oder an Krücken gehend. Rhiana warf einer alten, blinden Bettlerin ein paar Kreuzer zu, musste jedoch erleben, dass diese nur zwei Kreuzer für sich erfühlen und einstecken konnte. Die anderen wurden ihr von Kindern weggeschnappt, die frech lachten und johlend flüchteten, als Rhiana sie aufforderte, der Alten das Geld zurückzugeben. Rhiana rief Eisfell zurück, der die Kinder verfolgen wollte, und gab der Alten einen Heller direkt in die Hand, ohne zu wissen, ob sie in der Lage war, die Gabe gegen Diebe zu verteidigen.

»Vergebt mir, Herrin!«, rief eine helle Stimme, die Rhiana vertraut war, die sie aber niemals an diesem Ort erwartet hätte.

Im nächsten Moment stürmte ein junges Mädchen in hellbraunem Wams und Kniebundhosen heran, das stürmisch von Eisfell begrüßt und abgeleckt wurde.

»Muir!« Die Prinzessin wusste nicht, ob sie sich freuen oder zornig sein sollte. Sie sprang von ihrer Stute und nahm das Mädchen in den Arm. »Was bei allen Göttern tust du hier?«

»Ich konnte Euch doch nicht alleine ziehen lassen«, stammelte Muir. »Auch wenn Ihr mir verboten habt, Euch zu folgen.«

»Ich hatte meine Gründe, es dir zu verbieten!«, sagte Rhiana ärgerlich. Ernstlich böse konnte sie dem Mädchen nicht sein, aber sie machte sich sofort Sorgen um sie. Muir war noch so jung und unerfahren. Sie würde ihr keine Hilfe, sondern eine Belastung sein.

Rhiana schob Muir ein Stück zurück, um sie genau

zu betrachten. Ihre Wangen waren vor Aufregung erhitzt, aber sie sah nicht so aus, als hätte sie Schweres mitgemacht. Ihre Kleidung war sauber und nicht beschädigt. Im Gürtel trug sie ein langes Messer. Sie sah nicht einmal müde aus. »Wie hast du es angestellt, meinen Vorsprung einzuholen?« Sie dachte an den Verfolger. »Wurdest du angegriffen, bedrängt? Bist du unversehrt?«

»Aber ja doch, Herrin«, versicherte Muir eifrig. »Niemand hat mich behelligt. Und wie ich Euch eingeholt habe? Ganz einfach, eine Flussschifferin hat mich mitgenommen und direkt hier in Kyndoch abgesetzt. Ich bin gerade erst angekommen und wollte meinen Augen nicht trauen, als ich Euch vorbeireiten sah. Habt Ihr …«

»Langsam, Muir«, unterbrach Rhiana ihren Redefluss. »Und der Reihe nach. Wieso hat man dich gehen lassen? Bringst du etwa eine Botschaft? Auch dann könnte ich nicht verstehen, warum man nicht jemand anderen geschickt hat.«

Muir schüttelte heftig den Kopf, dass die Haare nur so flogen. »Niemand weiß etwas davon. Ich bin ausgerissen. Aber es ist wahr, ich bringe eine Botschaft. Neel hat …«

»Langsam, sagte ich, Muir!«, wiederholte Rhiana. Ungewollt musste sie über das Mädchen schmunzeln. Gleichzeitig war sie gerührt über ihre Treue und Anhänglichkeit. »Du bist also ausgerissen. Aber wie kommst du auf ein Flussschiff?«

»Ich durfte mit den Leuten reiten, die einige unserer Pferde verkaufen wollte. Wir ritten auf gut Glück an den Fluss, um zu sehen, ob dort irgendjemand zu sehen war, der als Käufer infrage kam. Wir müssen ja nicht mehr unser Versteck geheim halten. Der Zufall wollte es, dass tatsächlich ein Schiff stromabwärts unterwegs war. Wir riefen es an, und die Schifferin zeigte sofort Interesse, steuerte ans Ufer. Die Pferde wurden verkauft. Es dauerte eine Weile, bis wir Holz geschlagen und einen Steg gebaut hatten, um die Pferde an Bord zu bringen. Nun, ich habe eines der Pferde an Bord geführt und mich dann versteckt. Später wurde ich entdeckt, aber die Schifferin war sehr freundlich und ließ mich bis Kyndoch mitfahren. Ich bekam sogar etwas zu essen.«

»Sie hätte dich auch kurzerhand über Bord werfen können!«

»Ja, Herrin.« Muir senkte den Kopf.

»Oder dich den Schiffsknechten zu deren Vergnügen übergeben können.«

»Ja, Herrin. Aber sie hat es nicht getan. Sie hat selbst eine Tochter in meinem Alter. Sie wollte mich im Hafen nicht einmal gehen lassen, weil sie Angst um mich hatte.«

»Du solltest deiner Göttin danken«, sagte Rhiana. Sie wusste, dass Muir die Göttin Peraine verehrte. »Sie hat dich ganz außergewöhnlich beschützt, indem sie dir diese Frau und nicht eine andere schickte.«

»Ja, Herrin. Ich weiß, Herrin.«

Rhiana war erleichtert, dass Muir so viel Glück gehabt hatte. Aber jetzt würde sich Peraine gewiss wieder anderen Dingen zuwenden. Wenn sie es denn gewesen war, die ihre Hand über das Mädchen gehalten hatte.

Jetzt muss ich Peraines Rolle übernehmen.

»Was wolltest du mir über Neel erzählen?«, fragte sie.

»Sie ist gestern Vormittag wieder aufgetaucht«, erzählte Muir. »Sie wollte unverfroren in das Lager reiten, als sei nichts geschehen. Aber die Wachen haben sich ihr in den Weg gestellt. Leider hat man die Mörderin nicht töten können. Aber sie wurde in die Flucht geschlagen.«

»Hat sie jemanden von uns getötet?«

Muir schüttelte den Kopf. »Es wurde gekämpft, aber es gab keine Toten, nicht einmal Verletzte.«

Neels Verhalten stellte für Rhiana ein Rätsel dar.

Warum ist sie zurückgekehrt? Um mich zu töten? Aber sie musste doch wissen, dass jeder im Lager sie für das hassen würde, was sie getan hat! Ein Gutes hat Muirs Erscheinen jedenfalls: Ich weiß jetzt, dass Neel erst gestern Morgen nach Abilacht aufgebrochen ist. Sie kann keinen großen Vorsprung haben.

Rhiana musste an den Verfolger denken. Wäre Muir nicht auf dem Schiff gereist, sondern ihr nachgeritten, würde sie der Verfolger wahrscheinlich entdeckt und getötet haben. »Was ist mit Tjalmars Leichnam passiert?«, fragte sie Muir.

»Die Thronre …«, begann Muir. Weiter kam sie nicht, weil Rhiana ihr rasch die Hand auf den Mund gelegt hatte.

»Nenne sie einfach ›sie‹«, sagte die Prinzessin leise. »Und mir gegenüber bleibst du bei Herrin. Das hast du bisher sehr gut gemacht. Keine Titel. Es könnte jemand die Ohren aufsperren.«

»Sie hat Magie angewendet, damit sein Körper erhalten bleibt«, erklärte Muir.

Plötzlich kam der Prinzessin ein schrecklicher Verdacht. Konnte es sein, dass die Druidin gewollt oder ungewollt schwarze Magie angewandt hatte und ihr diese entglitten war?

»Und dann?«, fragte sie ungeduldig.

»Er wurde in Decken gewickelt und in Marunas Planwagen gebettet. Das geschah kurz bevor ich das Lager verließ.«

Rhiana atmete auf. Sie hatte sich nicht vorstellen können, dass Maruna schwarze Magie anwandte. Als Druidin musste dies für sie unvorstellbar, wenn nicht unmöglich sein. Aber froh war sie trotzdem, dass ihr Verdacht sich nicht bestätigt hatte. Wer oder was immer der Verfolger war – er benutzte nicht wirklich Tjalmars Körper. Das zu wissen war eine große Erleichterung.

»Warum fragt Ihr?«, wollte Muir neugierig wissen.

»Ich erzähle es dir später, wenn wir allein sind«, sagte Rhiana. »Es betrifft eine der Gefahren, die du jetzt leider mit mir teilen musst. Aber komm jetzt, wir vertrödeln hier die Zeit. Du reitest Rabe.«

»Ihr nehmt mich mit, Herrin?«, jubelte Muir.

»Ja, dachtest du, ich würde dich hier bei den Bettlern und Dieben lassen?«, gab Rhiana zur Antwort. »Aber eines sage ich dir, Muir: Sobald ich irgendwo eine sichere Bleibe für dich finde, bleibst du dort!«

»Ja, Herrin.« Im nächsten Moment saß Muir schon in Rabes Sattel. Der Hengst ließ es gnädig zu.

Rhiana hatte nicht vor, noch länger in Kyndoch zu verweilen, und strebte dem Hafen zu. Hier gab es drei Kais mit einigen kleinen Speicherhäusern und Kontoren, aber es lagen nur zwei Lastkähne und ein größeres Schiff am Hauptkai. Die Lastkähne wurden gerade mithilfe eines hölzernen Drehkrans entladen. Als sie die Pferde sah, die von Bord des größeren Schiffes geführt wurden, konnte sie sich die Frage sparen, ob Muir mit diesem Schiff gereist war. Die Schifferin war allerdings nirgendwo zu entdecken.

Eine Frau, die wohl die Hafenmeisterin war, rief den beiden Männern, die den Kran mithilfe von Seilen und Flaschenzügen bedienten, lautstark Anweisungen zu. Einige andere Männer und Frauen standen in der Nähe herum und gaben den Arbeitenden gute Ratschläge. Alles in allem wirkte der Hafen winzig und wenig betriebsam im Vergleich zu dem in Havena, was aber nicht verwunderlich war. Havena war ein Seehafen, in dem Schiffe aus allen Himmelsrichtungen festmachten, Kyndoch hingegen nur ein Handelsplatz am Großen Fluss, wo Waren für Elenvina und Havena umgeschlagen wurden.

Rhiana überlegte kurz, ob sie zusammen mit Muir das Mittagsmahl im Hafengasthaus ›Drei Dolche‹ einnehmen sollte. Hunger hatte sie. Aber der Gasthof sah von außen recht schäbig aus, und einige wenig Vertrauen erweckende Gestalten lümmelten im Eingang herum. Hinzu kam, dass man hier wohl kaum auf Reiter eingestellt war. Wenn sie schon eine Pause zum Essen einlegte, wollte sie auch die Pferde versorgt wissen. Und noch weniger gefiel ihr die Aussicht, die Pferde und Tandrigos Traglast im Auge behalten zu müssen, weil die Gefahr bestand, dass sich Diebe in der Nähe herumtrieben.

Sie fragte eine der Frauen, die am Kai Maulaffen feilboten, wo die Fähre zur anderen Seite des Flusses anlegte. Die grinste nur. Rhiana warf ihr zwei Kreuzer zu. Die Frau steckte die Münzen ein und zeigte mit dem Daumen zum anderen Kai. Rhiana sah hinüber. Tatsächlich sah sie dort, halb verdeckt von einem der Speicher, ein Floß liegen, auf dem bereits einige Menschen und Wagen zu erkennen waren.

»Ich kann Euch hinbringen, Herrin«, erbot sich einer der anderen Zuschauer und hielt die Hand offen. Es war ein kräftiger Mann um die Dreißig mit mächtigen Arm- und Beinmuskeln, einem derben Gesicht, einem schwarzen Bart und einer Lederkappe. Er trug ein Lederwams auf nackter Haut, ein Seil mit einem Haken auf dem Rücken und sah wie ein Schauermann aus. Mit seinen flink umherhuschenden Augen wirkte er wie jemand, dem nichts entging, was am Hafen passierte.

Rhiana wollte sich schon abwenden, aber dann überlegte sie es anders. »Ich gebe Euch zwei Heller für das Geleit, wenn Ihr mir unterwegs ein paar Fragen beantwortet«, sagte sie.

Der Mann nickte.

Rhiana reichte ihm einen Heller. »Den anderen, wenn Ihr geantwortet habt.«

Wortlos ergriff der Mann Sturmbrauts Zügel. Eisfell beschnupperte ihn, schien aber nichts gegen ihn einzuwenden zu haben. Der Mann setzte sich in Bewegung. »Fragt«, sagte er.

Rhiana wartete, bis sie außer Hörweite der anderen waren. Sie war sich plötzlich nicht mehr sicher, ob es klug war, ihre Fragen zu stellen. Der Mann würde weitererzählen, was die blonde Amazone ihn gefragt hatte. Aber dann sagte sie sich, dass es nichts ausmachte. Bewaffnet und gerüstet, mit der blutjungen Muir, dem Wolfshund Eisfell und insgesamt drei Pferden war sie auffällig genug. Jeder, der nach ihnen fragte, würde von jedem am Hafen erfahren, dass sie die Fähre über den Fluss genommen hatten. Wenn Neel fragte, war Rhiana das auch nur Recht. Wenn der Verfolger, der nicht Tjalmar war, fragte, konnte es ihr ebenfalls egal sein, denn er war offensichtlich auch allein geschickt genug, jederzeit ihre Spur aufzunehmen. Die einzigen Frager, die sie fürchtete, waren die Gefolgsleute von Sarja und natürlich die Spitzel des alten Feindes. Aber Rhiana hoffte, schneller in Abilacht zu sein als jemand, der für Sarja Erkundigungen einzog. Sie baute darauf, die Baronin überraschen zu können. Und was den alten Feind anging: Sie musste annehmen, dass er die Thronerbin von Talania töten wollte. Das war nichts Neues. Der Verfolger von gestern war vermutlich ein gedungener Meuchelmörder des Feindes, der irgendeine verwirrende Magie benutzte. Wenn der Feind weitere Leute in der Nähe hatte, würde sie sich in jedem Fall früher oder später mit ihnen auseinander setzen müssen.

»Habt Ihr gestern oder heute eine grauhaarige Amazone gesehen, die eine Augenklappe trägt und im Gesicht tätowiert ist?«

Der Mann schüttelte den Kopf. »Nein, Herrin. Sie wäre mir gewiss aufgefallen.«

»Einen großen, breitschultrigen Mann mit Hut und …« Sie wollte den Dolch in der Brust erwähnen, besann sich aber. Damit hatte der Verfolger sie sicherlich nur verwirren wollen. Wahrscheinlich handelte es sich nur um einen Dolchgriff ohne Klinge, den er inzwischen wieder entfernt hatte. »Er müsste eine Schulterverletzung haben«, sagte sie stattdessen.

»Ihr habt Glück«, meinte der Mann. »Ich selbst habe ihn zwar nicht gesehen, aber die Fährfrau erzählte davon. Sie hat ihn drüben gesehen, als er die Reichsstraße entlang ritt. Ein grimmiger Kerl. Er soll sogar einen Dolch in der Brust stecken haben.«

Also doch!

»Wann?«, fragte sie.

»Erst vor zwei Stunden. Er ist nach Abilacht unterwegs, wie es scheint.«

Er hat es wahrhaftig geschafft, vor Kyndoch auf die andere Seite des Großen Flusses zu gelangen und mich zu überholen. Will er mir erneut auflauern? Dann müsste er wissen, dass ich nach Abilacht unterwegs bin. Wenn nicht – was hat er dann in Abilacht verloren? Ein weiterer Gefolgsmann der Baronin?

Die Auskunft beunruhigte sie. Zugleich fühlte sie sich ein wenig erleichtert. Wenn Sarja auch ihn geschickt hatte, war das besser, als wenn es der alte Feind getan hätte. Vorausgesetzt natürlich, dass die Baronin nicht mit dem Feind unter einer Decke steckte.

Rhiana reichte dem Mann den zweiten Heller und kramte einen dritten hervor. »Den für eine letzte Frage. Hat irgendjemand in letzter Zeit nach einer Frau gefragt, deren Beschreibung auf mich zutreffen könnte?«

»Nein, Herrin. Aber wenn es Euch einen Silbertaler wert ist, sorge ich dafür, dass jeder Mann und jede Frau im Hafen einen Eid darauf schwören, nie eine solche Frau und ihre Begleitung gesehen zu haben. Ich darf behaupten, einen gewissen Einfluss im Hafen zu besitzen. Aber ein paar Maß Bier werde ich schon ausgeben müssen, damit alle begreifen, was sie gesehen haben und was nicht.«

Rhiana fragte sich, ob der Schauermann für ein solches Versprechen gut war oder einfach nur daherredete. Sie konnte sich nicht entscheiden, ob er ehrlich oder doch eher wie ein Halunke aussah. Aber vielleicht war er eine Art Bel Ghadi von Kyndoch, der seine Versprechen hielt.

Ich muss mich in Acht nehmen, unser bisschen Geld nicht zu verschwenden! Aber vielleicht ist es in diesem Fall eine nützliche Ausgabe.

Sie gab ihm den Silbertaler. Der Mann grinste, zeigte seine schief gewachsenen Zähne und zog die Lederkappe. »Euer Vertrauen wird nicht enttäuscht werden, Herrin. Nicht nur der Silbertaler wird uns den Mund verschließen, sondern auch Eure Schönheit.«

Fast wäre Rhiana rot geworden. Ein Kompliment aus dem Munde dieses Mannes hatte sie nicht erwartet. Der Mann ließ Sturmbrauts Zügel los und zeigte auf die Fähre. »Ihr solltet Euch sputen, sonst legt sie ohne Euch ab. Sagt der Fährfrau, dass Ihr mit Cailtlin Coss geredet habt und sie auf ein Maß Bier in die ›Drei Dolche‹ kommen kann. Sie weiß schon, wie das zu verstehen ist.«

Rhiana bedankte sich und ließ Sturmbraut antraben. Die dicke, rotgesichtige Fährfrau machte sich bereits an den Tauen des Floßes zu schaffen, hielt aber inne, als sie Rhiana und Muir mit ihren Tieren sah. »Pro Bein zwei Heller«, sagte sie. »Ich sehe zwanzig Beine, aber ich mag Hunde. Für ihn müsst Ihr nichts zahlen. Also sechzehn Beine. Macht drei Silbertaler und zwei Heller.«

Rhiana gab ihr drei Silbertaler. »Behaltet die acht Heller für Euer Entgegenkommen«, sagte sie. »Und Cailtlin Coss lässt Euch sagen, dass auf Euch ein Maß Bier im Gasthaus ›Drei Dolche‹ wartet.«

Die Fahrfrau blinzelte Rhiana zu. »Ihr legt Euer Geld gut an, Herrin.«

Sie wartete, bis Rhiana und Muir die Pferde und Eisfell auf das Floß geführt hatte. Dann stakte sie gemeinsam mit einem Gehilfen die Fähre auf den Fluss hinaus. Ihr Gesicht wurde bei der Anstrengung noch roter, als es ohnehin schon war. Aber die Muskelpakete an den Armen, die kaum kleiner als die von Cailtlin Coss waren, zeigten, dass sie diese Arbeit gewohnt war.

Die anderen Fahrgäste, zwölf an der Zahl, waren ohne Ausnahme Landleute mit ihren Karren, Kiepen, Wagen und Zugpferden. Die Karren, Wagen und Kiepen waren leer. Offenbar hatten die Landleute ihre Waren in der Stadt verkauft und kehrten nun zu ihren Gehöften auf der anderen Seite des Flusses zurück. Da heute Markttag war, würden sie die Waren auf dem Markt oder direkt an die Kaufleute im Hafen verkauft haben, die ihrerseits Lieferungen nach Orten zusammenstellten, die oberhalb und unterhalb von Kyndoch lagen.

Die Bauern, Bäuerinnen, Knechte und Mägde unterhielten sich während der Überfahrt über das Wetter, die Familien, die zu hohen Abgaben an den Landesherren, eine Peraine-Geweihte in Burg Crumold, die wegen ihrer Heilkünste bei allen in hohem Ansehen stand, Überfälle von marodierenden Söldnern, die sich allerdings auf das Hörensagen beschränkten, weil die Gräfin in und um Burg Crumold und Kyndoch mit ihnen kurzen Prozess machte, und über den schlechten Zustand der Reichsstraße. Letzteres brachte einige in Rage. Ein älterer Mann mit wettergegerbtem Gesicht schimpfte lautstark, dass alles am Verlottern sei, seit es im Mittelreich keinen Kaiser mehr gäbe. Eine dralle junge Frau, die einen Säugling in einem Bündel auf dem Rücken trug, hielt entgegen, schon der letzte Kaiser Valpo der Trinker habe die Straßen verkommen lassen und nur noch jene ausbessern lassen, auf denen die Wagen mit den Weinfässern nach Gareth rollten. Die Fährfrau mischte sich ein und verteidigte Valpo. Er sei zwar ein schrecklicher Säufer gewesen, aber das seien andere hohe Herren und Frauen auch. Das Reich zugrunde gerichtet hätten hingegen unfähige Berater und verrückte Alchimisten. Einig waren sich alle darin, dass seit Menschengedenken Jahr um Jahr alles schlechter und teurer wurde, während Praios und Peraine immer weniger auf den Feldern wachsen ließen.

Rhiana und Muir beteiligten sich nicht an dem Gespräch. Was hätten sie auch dazu beitragen sollen? Rhiana hörte nur aufmerksam zu und betrachtete die Menschen. Es war aufregend für sie, so viele fremde Menschen in so kurzer Zeit kennen zu lernen, nachdem sie viele Jahre hinweg fast immer nur die vertrauten Menschen der Gemeinschaft gesehen hatte. Die Leute auf dem Floß waren einfache Leute und hatten zum Teil sicher ähnliche Schwächen und Laster wie jene, die sie kritisierten. Trotzdem erfreute sie sich daran, dass dies ganz normale, ganz alltägliche Leute waren. Keiner von ihnen plante, jemand anderen totzuschlagen, einen Hetmann zu erstechen, einen Thron zu rauben oder anderen die Heimat wegzunehmen. Sie hatte in letzter Zeit zu viele Fremde erlebt, die den Tod bringen wollten, und darüber fast vergessen, dass nicht jeder Fremde ein Feind war. Und war es nicht erfrischend, dass offenbar keiner dieser Leute von einer Göttin bedrängt wurde, keiner einen Thron besteigen und keiner Verantwortung für mehr als seine Familie, seine Felder und sein Vieh übernehmen musste? Keiner von ihnen zog aus, um einen Mord zu rächen. Sie wünschte sich, sie könnte ebenfalls mit Freunden über das Wetter und die Vor- oder Nachteile der kaiserlosen Zeit plaudern.

Natürlich blieben Rhiana und Muir nicht unbeachtet. Als sie die Tiere auf das Floß führten, war verstohlen getuschelt worden, und später erreichte vor allem die Prinzessin der eine oder andere scheue, bewundernde oder einfach nur neugierige Blick. Die Leute mochten sich fragen, wer diese schöne junge Frau war, die als

Kriegerin unterwegs war, aber nicht die Farben der Gräfin oder des Fürsten trug. Was das junge Mädchen, die nicht wie ein Knappe gerüstet war, in ihrer Begleitung zu suchen hatte. Aber sie wussten auch, dass es sie nichts anging, welche hohen Herrschaften diesen oder jenen Krieger zu welchem Zweck durch das Land ziehen ließen. Ihnen genügte es, wenn diese Krieger sie nicht behelligten.

Muir nutzte die Gelegenheit, ihren alten Freund Tandrigo zu streicheln und ihm zu versichern, dass er keineswegs bei ihr abgemeldet war. Eisfell schloss derweil Freundschaft mit einem jungen Mädchen in Muirs Alter, das ihn streichelte und mit einem Stück Brot fütterte. Die beiden jungen Mädchen sahen einander an und lächelten, aber zu einem Gespräch kam es nicht.

Die Fähre legte am anderen Ufer an. Hier gab es keinen gemauerten Kai wie drüben in Kyndoch, sondern nur eine in den Fluss reichende Twiete aus roh behauenen Holzbohlen, die durch Schilf, Sträucher und Büsche das Ufer hinaufführte. Die Anlegestelle lag etwas weiter stromabwärts als der Kai in Kyndoch, denn das Staken konnte nicht völlig verhindern, dass das Floß durch die Strömung abgetrieben wurde. Eine Treidelbahn rechts vom Anleger, wo zwei Pferdegespanne bereitstanden, zeigte, wie die Fährfrau das Problem der Rückfahrt bewältigte. Das Floß wurde ein Stück stromaufwärts getreidelt, weit genug, um trotz des erneut erfolgenden Abtriebs den Kai in Kyndoch nicht zu verfehlen.

Respektvoll ließen die Landleute Rhiana, Muir und den Tieren den Vortritt.

Die Prinzessin und Muir saßen auf. »Die Zwölfgötter mögen mit Euch sein«, rief Rhiana den Leuten zu und ließ Sturmbraut antraben, Muir auf Rabe und Tandrigo mit den Lasten im Gefolge.

Die Leuten murmelten ihnen ähnliche Grüße hinterher. Eisfell eilte weit voraus und erkundete das Gelände. Hinter sich hörte Rhiana das Rumpeln der Karren und Wagen auf den Bohlen. Die Twiete mündete direkt in die Reichsstraße ein, die von Elenvina bis Perricum führte. Wenn Rhiana und Muir auf dieser Straße blieben, gelangten sie über Burg Crumold und Traviarim auf dem kürzesten Wege nach Abilacht. Das waren gut hundertzwanzig Meilen. Rhiana hatte nicht vor, Muir bis Abilacht mitzunehmen. Unterwegs gab es sieben oder acht Herbergen, einige davon befestigte Landgasthäuser, in denen auch die Versorgung der Pferde sichergestellt war. In irgendeinem der Gasthäuser würde sie Muir bis zur Rückkehr warten lassen.

Die Reichsstraße war der weitaus bequemste Weg, um schnell voranzukommen. Auch wenn die Landleute auf der Fähre sich über den Zustand der Straße beklagt hatten, bot sie vor allem Fuhrwerken unübersehbare Vorteile. Sie war mit Granitplatten und Basaltblöcken gepflastert, leicht nach außen gewölbt, damit Regenwasser in Gräben abfließen konnte, und mit vier Schritt ausreichend breit, um sich begegnenden Fuhrwerken das Passieren zu ermöglichen. Solange es einen Kaiser im Mittelreich gegeben hatte, besaßen die Reichsstraßen außerdem den Vorteil, dass auf ihnen keine Zölle erhoben wurden und eine gewisse Sicherheit durch berittene Wächter gewährleistet wurde. In Friedenszeiten galten diese Straßen als verhältnismäßig sicher und waren ein Garant für den aufblühenden Handel zwischen den großen Städten des Reiches gewesen. Das galt inzwischen nicht mehr, wie Rhiana wusste. Die Macht des Reichsverwesers Graf Tedesco war begrenzt, die Reichskasse leer. Die unter dem Greifenbanner reitende Straßenwacht gab es nur noch in Garetien. Wer immer in den Fürsten- und Herzogtümern, selbst den Grafschaften und Baronien, durch welche die Straße führte, ausreichend Soldaten zur Verfügung hatte, bot eigene

Straßenreiter und Zöllner auf. Diese allerdings dienten in nur geringem Maße dem Schutz der Reisenden, sondern beschränkten sich meistens darauf, von ihnen Wegzoll zu verlangen.

Rhiana zügelte Sturmbraut, als sie ein Stück außer Sicht- und Hörweite der Landleute waren, und ließ Muir aufschließen. Sie erzählte dem Mädchen von dem seltsamen Verfolger, der wie Tjalmar aussah, und dem Kampf mit ihm.

Muir bekam große, runde Augen. »Und Ihr habt ihn wirklich laufen lassen, Herrin?«, fragte sie verwundert.

»Ich töte niemanden, der sich nicht wehren kann«, sagte Rhiana. »Und jemanden, der wie Tjalmar aussieht, schon gar nicht. Wie auch immer, ich möchte, dass du meinen Brustpanzer und Helm anlegst. Nimm dir auch den Speer und das Schwert des Fremden.«

Sie sah zu, wie Muir die Sachen aus Tandrigos Last nahm, sich rüstete und wieder aufsaß. Sturmbraut setzte sich wieder in Bewegung. Die beiden jungen Frauen ritten nebeneinander. »Das sieht schon besser aus«, meinte Rhiana. »So bist du gegen einen Speer oder Pfeil aus dem Hinterhalt ganz gut geschützt.«

»Aber Ihr sagtet, der Verfolger könnte auch aufgegeben haben«, meinte Muir.

»Ich traue ihm zu, dass er aufgegeben hat, und ich traue ihm zu, dass er niemals aufgibt«, erwiderte Rhiana. »Ich weiß nicht, wer oder was er ist, und kann ihn nicht einschätzen. Aber wir müssen auch mit ganz normalen Wegelagerern rechnen.«

»Die Reichsstraße gilt doch als sicher«, meinte Muir.

»Da habe ich anderes gehört«, sagte Rhiana. »Es treibt sich viel Gesindel herum.«

Wegelagerei war im Mittelreich ein für die Räuber recht gefährliches Gewerbe gewesen, das meistens mit ihrem frühen Tod endete. Heute mussten sie nur den Begleitschutz der Reisenden fürchten, wenn es ihn denn gab, nicht aber die Reiter und Richter des Reiches. Wegelagerei war ein aufblühendes Gewerbe, und wie es hieß, waren einige Räuberbanden inzwischen so mächtig geworden, dass sie geraubte Güter ohne Umweg direkt an große Handelshäuser verkauften oder gegen Zahlung von Schutzzöllen Handelskonvois sicheres Geleit anboten. Das waren die Bel Ghadis der Reichsstraßen, die die Waren verteuerten, aber wenigstens berechenbar waren. Eine größere Gefahr für Leib und Leben der Reisenden bildeten die kleineren Räuberbanden, die oft aus ehemaligen Söldnern und Söldnerinnen bestanden. Diese Leute waren das Totschlagen, Plündern und Schänden gewohnt und fackelten nicht lange. Sie hielten wenig davon, Schutzzölle, Wege- und Lösegeld zu erpressen. Wenn sich die Gelegenheit bot, nahmen sie sich was sie wollten und sorgten dafür, dass es keine Überlebenden gab.

»Warum nehmen wir dann nicht einen anderen Weg?«, wollte Muir wissen.

Rhiana lächelte. »Anderswo ist es auch nicht sicherer. Aber ich überlege in der Tat, ob wir wirklich auf der Reichsstraße reiten müssen.«

Sie schwieg eine Weile und erwog das Für und Wider. Wegelagerer konnten ihnen überall auflauern. Wer diese Gefahr fürchtete, sollte besser gleich zu Hause bleiben. Im Übrigen hatte Muir in gewisser Weise Recht. Die Reichsstraßen galten immer noch als vergleichsweise sichere Straßen. Wer überfallen worden war, sah dies anders. Aber in Wahrheit hielt sich die Zahl der Überfälle in Grenzen. Wenn es anders wäre, würden diese Straßen längst leer sein. Größere Sorgen machte ihr, dass Sarjas Gefolgsleute oder die Thronräuber vor Abilacht auf der Lauer liegen könnten. Hinzu kam, dass den Pferden die gepflasterten Straßen weniger behagten als Humus oder Sand. Dank der Trockenheit des Sommers waren auch ungepflasterte Wege und

Wiesenraine gut passierbar. Auf der anderen Seite wollte sie Neel nicht entwischen lassen. Mit etwas Glück lag die Amazone noch zurück. Oder ihr Vorsprung war leicht einzuholen, vor allem dann, wenn sich die Mörderin ihrerseits entschied, lieber einsame Wege zu reiten. Dass die Gemeinschaft, der sie so lange angehört hatte, den Mord an Tjalmar nicht einfach hinnehmen würde, musste ihr klar sein. Sie hatte ihren Zorn bereits zu spüren bekommen.

»Wir bleiben auf der Reichsstraße«, sagte Rhiana schließlich.

Die Prinzessin und Muir ließen die Pferde eine Weile im Trab reiten, erlaubten ihnen dann aber den Trott. Sie wollten die Tiere nicht über Gebühr beanspruchen. Mit zwei oder drei Übernachtungen musste Rhiana rechnen, bevor sie Abilacht erreichte. Sie entschied sich dafür, es bei zwei Übernachtungen bewenden zu lassen. Dafür war es nötig, den heutigen Tag bis in die Nacht hinein zu nutzen und früh am nächsten Morgen weiterzureiten. Flüchtig überlegte sie, ob es sinnvoll war, zumindest für die zweite Nacht eine Herberge aufzusuchen, Muir, Sturmbraut, Tandrigo und Eisfell dort zurückzulassen und auf dem kräftigen Rabe das letzte Stück bis Abilacht zu reiten. Es schien ihr eine gute Idee zu sein.

Eine trutzige Burg kam in Sicht, umgeben von zwei Windmühlen und einer Anzahl von Häusern, die sich eng an die Burgmauern anschmiegten. Burg Crumold. Hier wollten Rhiana und Muir sich nicht aufhalten. Sie überquerten im Schatten der Burg die Brücke über die Rodasch und mussten einer mürrischen Zöllnerin, die über ihrem Lederwams die Purpurschärpe der Gräfin Irmina ui Bennain, einer Base des Fürsten Emerthon III., trug, zwei Silbertaler als Brückenzoll zahlen.

Die Reichsstraße führte im Bogen nach Nordost. Eine Weile hatten Rhiana und Muir mit ihren Tieren die Straße fast für sich allein. Einmal überholten sie zwei Planwagen mit jeweils zwei Bogenschützen auf dem Kutschbock. Etwas später begegnete ihnen eine größere Reisegruppe, die aus zehn Reitern und drei Kutschen bestand. Sie führten goldene Greifen-Standbilder mit sich. Offensichtlich handelte es sich um Praios-Geweihte und ihre Begleitung. Der 1. Praios, der höchste Festtag der Zwölfgöttergläubigen, lag erst drei Tage zurück. Vermutlich hatten sich die Geweihten an einer der Prozessionen – vielleicht in Abilacht – beteiligt und kehrten nach Hause zurück.

Artig boten Rhiana und Muir den Reitern Praios zum Gruß und wurden ihrerseits von den Angehörigen der Gemeinschaft des Lichtes mit guten Wünschen versorgt. Rhiana hatte bisher nur in ihrer Jugend flüchtigen Kontakt mit Geweihten der Götter gehabt. Sie stellte bei sich fest, dass sie wenig bei dieser Begegnung empfand. Wie es schien, hatte ihr Zwölfgötterglaube erheblich gelitten, seit Rondra sie bedrängte.

KAPITEL 10

Die Gaukler

Die Prinzessin und Muir waren seit gut zwei Stunden auf der Reichsstraße unterwegs. Die Praiosscheibe hatte den Zenit des Himmels schon überschritten. Es mochte zwei Uhr sein. Alles blieb ruhig, so ruhig, dass Rhiana im Vergleich dazu der Verkehr auf der schmalen Straße, die sie auf dem Weg nach Kyndoch passiert hatte, wie eine Völkerwanderung vorkam.

Vierter Praios 913 BF, Nordmarken, auf der Reichsstraße nach Abilacht

Allmählich würde eine Pause nötig sein. Die Tiere mussten mit Wasser und Futter versorgt werden, und auch ihr eigener Magen meldete sich immer ungeduldiger. Muir würde ebenfalls Hunger haben. Sobald sie einen geeigneten Platz fanden, wo die Pferde saufen und grasen konnten, würden sie anhalten. Ein Gasthof an der Straße kam ebenfalls infrage, aber bisher hatten sie noch keinen erspäht.

Das steinerne Band der Straße zog sich scheinbar endlos dahin. Natürlich passte die Straße sich den Gegebenheiten des Bodens an, nutzte die Urstromtäler der Flüsse und suchte die weiten Ebenen, nahm die eine oder andere Schlaufe um unwegsames Gelände oder Hügelketten. Trotzdem war es erstaunlich, wie gerade sie von Burg Crumold bis Honingen verlief. Links und rechts waren dichte Wälder zu sehen, die sich erst allmählich lichteten, um mageren Wiesen Platz zu machen. Immer noch bestimmten hoch aufragende Kiefern und in die Breite gewucherte, verkrüppelte Wacholderbäume das Bild. Zu wenig saftiges Gras für die Pferde, kein Wasser.

Vor den Reiterinnen lag ein unübersichtliches Wegstück. Einige Wacholderbäume hatten sich die Straßengräben erobert. Ihre Zweige schnürten die Straße ein. Die Straße selbst stieg leicht an und krümmte sich dann nach rechts.

»Vielleicht liegt dahinter endlich ein Gasthaus«, sagte Rhiana. In der Kaiserzeit war verfügt worden, dass Reichsstraßen diesen Namen nur führen durften, wenn alle fünfzehn Meilen ein Gasthaus betrieben wurde. Rhiana erinnerte sich an die Gespräche der Landleute auf dem Floß. Sie lebten nun mal in der kaiserlosen Zeit. Niemand scherte sich noch um die alten Vorschriften. Vielleicht waren einige der ehemaligen Gasthäuser längst geschlossen worden, die Steine der Gebäude von den Bauern der Umgebung für andere Zwecke genutzt worden.

Plötzlich zerrissen laute Geräusche die Stille. Sie kamen von vorn, von dem Teilstück der Straße, das hinter der ansteigenden Kurve lag. Schrilles Rufen, wildes Brüllen, wütendes Kampfgeschrei, die Stimmen von Frauen und Männern, das Wiehern von Pferden, das durchdringende Schreien von Eseln und Maultieren, das Scheppern und Klirren von Waffen.

Sofort war Rhiana hellwach. »Vorwärts!«, rief sie Muir zu. »Da sind andere Reisende in Gefahr. Wir müssen ihnen helfen.«

Sie zog mit der Rechten ihr Schwert blank und gab Sturmbraut mit kräftigem Schenkeldruck das Signal, in den Galopp überzuwechseln. Die Stute kam der Aufforderung sofort nach. Eisfell folgte ihr laut bellend.

Muir löste das Seil, das Tandrigo mit ihrem Pferd verband, und ließ Rabe ebenfalls in den Galopp übergehen. Tandrigo blieb erst einmal misstrauisch stehen und folgte dann im Trab. Auch Muir zog das Schwert.

Rabe machte Anstalten, mit seinen raumgreifenden Galoppsätzen Rhianas Schimmelstute einzuholen. Muir war kleinere Pferde gewohnt, aber sie hielt sich gut im Sattel.

»Du bleibst zurück!«, rief Rhiana ihr über die Schulter zu. »Halte mir den Rücken frei, und greif ansonsten nur ein, wenn du sicher bist, dem Feind gewachsen zu sein!«

Sie erreichte den höchsten Punkt der Anhöhe. Wie sie vermutet hatte, führte die Straße in einer sanften Rechtskurve leicht bergab. Die nächsten zweihundert Schritt konnte sie einsehen. Gut fünfzig Schritt entfernt fand der Kampf statt. Rhiana sah bunt bemalte Planwagen mit Maultiergespannen davor. Sofort fielen ihr die Gaukler ein, die sie am Morgen gesehen hatte, als sie sich noch auf der anderen Seite des Großen Flusses befand. Die Wagen waren zum Stillstand gekommen, die Esel schrien in höchsten Tönen. Zwischen den Wacholderbäumen und dichten Büschen auf der linken Seite der Straße stürmte eine gröhlende Meute von Bewaffneten zu Fuß auf die Planwagen zu. Aus einem Kieferngehölz zur Rechten brachen weitere Bewaffnete zu Pferde hervor.

Zehn oder zwölf bunt gekleidete Menschen, Frauen und Männer, waren aus den Wagen gestürzt oder kletterten in diesem Moment heraus. Einige hielten Speere und Dolche in den Händen, andere nur Knüppel. Drei Reiter, ebenfalls in bunten Kleidern, versuchten ihre Leute zu einer Verteidigungslinie zu ordnen. Alle schrien wild durcheinander, einige zornig und kampflustig, andere ängstlich und in Panik.

Auch Rhiana stieß einen zornigen Schrei aus, als könnte sie damit die Angreifer verscheuchen. Während sie herangaloppierte, versuchte sie die Zahl der Wegelagerer zu schätzen. Es waren fünf Reiter und mindestens zwanzig Räuber zu Fuß, wie die Verteidiger etwa zur Hälfte Männer, zur Hälfte Frauen, einige fett, andere muskelbepackt, manche klapperdürr. Unter ihnen befand sich ein Zwerg, der fast genauso breit wie hoch war, einen Helm trug und eine lange Axt mit zwei schartigen, aber enorm zugespitzten Doppelklingen – eine oben, eine unten am Stiel befestigt – spielerisch durch die Luft wirbelte. Alle Wegelagerer sahen wild und blutgierig aus. Einige hatten im Gesicht Narben und Tätowierungen. Die meisten Männer trugen wild wuchernde Bärte und lange Haare. Einige Männer und Frauen hatten sich die Schädel glatt rasiert oder nur einen einsamen Zopf stehen lassen.

Ehemalige Söldner! dachte Rhiana.

Anders als die Söldner, gegen die Rhiana in der Schlacht um die *Zuflucht* gekämpft hatte, waren die Wegelagerer schlecht gerüstet. Ihre Kleidung war schmutzig und teilweise zerrissen. Die wenigen Rüstungsteile und die Waffen wirkten zusammengesucht. Hier ein Helm, dort ein Kettenhemd, ein Armschutz, ein Brustpanzer aus Leder oder nur nackte Haut. Mal ein Spieß, mal ein langes Messer, mal ein Beil, mal ein Schwert, mal ein Säbel. Die Reiter allerdings waren besser ausgerüstet. Besonders ein hoch gewachsener schwarzhäutiger Mann fiel auf, der offensichtlich aus Südaventurien stammte. Er war schlank und sehnig, trug einen blauschwarzen Haarkamm auf dem ansonsten rasierten Schädel und ritt mit nacktem Oberkörper. Er führte in der Linken ein Langschwert, in der rechten eine Kette. Heiser brüllte er Kommandos. Er schien der Anführer der Wegelagerer zu sein. Orks konnte Rhiana unter den Angreifern nicht entdecken.

Die Räuber mochten zum größten Teil schlecht gerüstet und bewaffnet sein – die Verteidiger waren noch weitaus ärmer dran. Keiner von ihnen trug irgendeine Art von Rüstung. Zwei der Reiter führten jeweils einen Speer, der dritte besaß als einzige Waffe ein Seil. Von den anderen Gauklern schienen nur zwei den Umgang mit Waffen gewohnt zu sein: Ein hübscher, gertenschlanker junger Bursche mit kurzen Haaren – die spitzen Ohren und die großen Augen wiesen ihn als Elf aus – besaß einen Kurzbogen und ließ gerade einen Pfeil von der Sehne schnellen. Er traf einen der Wegelagerer im Hals. Den zweiten auffälligen Kämpfer der Gaukler hielt Rhiana im ersten Moment für einen buckligen Troll, der einen Knüppel schwang. Aber dann entdeckte sie, dass es sich nicht wirklich um einen Troll, sondern einen hünenhaften, breitschultrigen Menschen handelte, der auf dem Rücken ein Kind oder einen sehr kleinen Mann trug. Der Kleine besaß eine Armbrust und legte gerade einen Bolzen ein.

Über den Ausgang des Kampfes konnte es keinen Zweifel geben. Die Gaukler würden innerhalb kürzester Zeit von den mordgierigen Wegelagerern hingemetzelt werden, wenn nicht ein Wunder geschah. Dass Rhiana und Muir dieses Wunder bewirken konnten, mochte die Prinzessin nicht glauben. Aber ihr Entschluss, den Gauklern beizustehen, kam keinen Augenblick ins Wanken.

Jeder Einzelne der Wegelagerer war gefährlich, aber die größte Gefahr ging sicherlich von den Reitern aus. Wenn Rhiana den Gauklern wirksam helfen wollte, musste sie unbedingt den Anführer außer Gefecht setzen. Die wilde Meute war kaum zu bändigen und stürmte planlos vor, aber der Anführer, offenbar ein Waldmensch oder Utulu, ließ seinen Fuchshengst durch die eigenen Reihen preschen und drängte fünf der Angreifer ab, schrie sie an und ließ einem, der nicht gehorchen wollte, die Kette schmecken. Rhiana ahnte, was er vorhatte. Er wollte den Ring der Verteidiger aufbrechen und sie dann aus dem Ring heraus von hinten niedermachen. Die nicht berittenen Räuber sollten Hieb- und Stichwaffen von den Pferden fern halten.

Es war Irrsinn, zehn Feinde, die zur Hälfte beritten waren, anzugreifen, aber Rhiana zögerte keinen Augenblick. Wenn es ihr gelang, mit ihrem Angriff die geplante Attacke aufzuhalten, verschaffte sie den Gauklern Luft. Vielleicht gelang es ihnen doch irgendwie, mit der ersten Welle der Feinde fertig zu werden. Dann hatten sie zumindest eine kleine Möglichkeit, auch die zweite Welle abzuwehren. Rhiana wusste nicht, wie sie unbeschadet aus einem Kampf mit zehn Räubern hervorgehen sollte.

Sie griff an.

Rhianas und Muirs Erscheinen war sowohl von den Gauklern als auch von den Räubern bemerkt worden. Dafür sorgten nicht zuletzt Rhianas Angriffsschrei und Eisfells wütendes Bellen. Die meisten der Mordgesellen kümmerten sich aber nicht um die beiden Frauen. Sie rannten einfach auf die Gaukler zu, bereit, alles niederzumachen, was sich bewegte. Um Rhiana und Muir würden sie sich später kümmern.

Allein der Anführer hatte etwas länger aufgesehen. Zuerst war er verblüfft. Aus seinen boshaften kleinen Augen sprühten Hass und Wut. Als deutlich wurde, dass Rhiana und Muir nicht die Vorhut einer größeren Gruppe von Bewaffneten, sondern allein waren, grinste er breit. Eine ernsthafte Gefahr schien er in ihnen nicht zu sehen. Die von beiden zu erbeutenden Pferde, Waffen und Rüstungen betrachtete er wohl als willkommenes Zubrot. Er sah Rhiana an, legte sich die Kette über die Schulter, hob die Hand und machte eine unmissverständliche Geste, indem er den Daumen zwischen Zeige- und Mittelfinger führte. Danach spreizte er den Daumen weit ab und bewegte ihn quer über die Kehle.

Rhiana hatte die Botschaft verstanden. Er wollte sie, wenn sie nicht während des Kampfes getötet wurde und in seine Gewalt geriet, schänden und ihr dann die Kehle durchschneiden. Rhiana war von Anfang an klar gewesen, dass dies das Schicksal war, dass ihr, Muir oder überlebenden Gauklerinnen, wahrscheinlich sogar Männern blühte, wenn sie dem Gesindel lebendig in die Hände fielen. Was sie anging, wusste sie schon jetzt, dass sie sich lieber selbst den Dolch ins Herz stoßen würde, als diesem Vieh zu Diensten zu sein. Allerdings traute sie dem Gesocks auch zu, dass es sich an Leichen verging.

Für den Moment ließ der Anführer sich nicht von seinem ursprünglichen Plan abbringen und wollte sich um die beiden jungen Frauen wohl erst kümmern, wenn die andere Arbeit erledigt war. Als Rhiana direkt auf ihn zuhielt, wurde dies schneller nötig, als er gedacht hatte. Er schickte drei seiner Reiter gegen die Prinzessin. Er selbst ritt mit den beiden anderen Reitern und den fünf anderen Räubern zu den Wagen der Gaukler.

Dort tobte inzwischen der Kampf. Die Gaukler hielten sich besser als erwartet. Der zierliche Elf wich mit akrobatischer Geschicklichkeit dem Säbelhieb einer Angreiferin aus, warf den Bogen zur Seite, sprang ihr in den Nacken, klammerte sie fest und stach mit einem Dolch zu.

Die beiden Gaukler zu Pferde, die einen Speer besaßen, arbeiteten zusammen und legten eine rasante Darbietung hin, als ginge es nicht um Leben oder Tod, sondern um die Unterhaltung eines Jahrmarktpublikums. Es schien sich tatsächlich um eine eingeübte Nummer zu handeln. Die kleinen, temperamentvollen und sehr wendigen Pferde galoppierten auf einen der Feinde, einen bulligen Kerl mit einem wölfischen Grinsen, zu, als wollten sie ihn umrennen. Der Feind holte bereits mit dem Säbel aus, um ihnen die Beine abzutrennen. Blitzartig wichen die Pferde aus, das eine nach links, das andere nach rechts. Der Säbel durchschnitt nur Luft. Stattdessen trafen den Kerl zwei Speerstöße im Genick, der eine vom linken, der andere vom rechten Reiter.

Der dritte Reiter war eine junge Frau. Sie hatte ihr langes Seil mehrfach zusammengelegt und benutzte es wie eine neunschwänzige Katze. Sie knallte es einem der Angreifer ins Gesicht und holte ihn mit der enormen Wucht des Schlages von den Beinen. Den Rest besorgte die Knüppelkeule eines anderen Gauklers. Ein hässliches Knirschen beendete die berufliche Laufbahn des Mordgesellen.

Der gleiche Reiterin rutschte gekonnt aus dem Sattel, als sei sie verletzt. In Wahrheit verhakte sie die Beine im Sattel und klammerte sich an der Mähne des Pferdes fest. Das Pferd schien von allein zu wissen, was es zu tun hatte. Es hielt in langsamem Trab auf einen der Feinde zu und verdeckte dabei die Reiterin. Der Feind war eine hässliche, dürre Frau mit irre glitzernden Augen, die gerade ausholte, um ihren Spieß in der Brust einer waffenlosen Gauklerin zu versenken. Das offensichtlich herrenlose Pferd beachtete sie nicht. Als es sich auf der Höhe der Räuberin befand, sprang die Reiterin zu Boden und würgte die Frau im nächsten Moment mit ihrem Seil, dass ihr die irren Augen aus den Höhlen traten. Den Spieß ließ die Räuberin fallen. Die von ihr bedrohte Gauklerin nahm die Waffe an sich und machte aus den irren Augen tote Augen.

Der Hüne und sein lebender Buckel suchten sich den Zwerg mit der mörderischen Axt als Gegner aus. Bevor der Zwerg seine Waffe zum Einsatz bringen konnte, stand der Hüne schon neben ihm, packte ihn mit der Linken am Unterarm und zwang ihn, die Axt bewegungslos in der Luft zu halten. Mit dem Knüppel in der Rechten drosch er dem Zwerg so fest auf den Helm, dass dieser wie eine Glocke klang. Ein weiterer Schlag trieb den offenbar etwas zu großen Helm bis zu den Augenbrauen hinab. Das Glockengeläut und die Anpassung seines Kopf an die Helmform bewirkten, dass der Zwerg ganz und gar das Interesse an seiner feinen

Axt verlor und sie einfach fallen ließ. Während der Hüne beschäftigt war, schoss sein Reiter einen Armbrustbolzen ab. Er traf eine Feindin in die Schulter, die gerade mit ihrem Speer zu einem tödlichen Stoß gegen eine Gauklerin ansetzte.

Eine der Gauklerinnen setzte ihr magisches Talent so ein, wie sie es bei den Vorstellungen der Gaukler auch tat. Sie lenkte die Aufmerksamkeit von gleich drei Feinden auf sich. Als diese mit einem Spieß, einem Schlachtermesser und einem Säbel auf sie eindrangen, verbogen sich die Waffen und sanken zu Boden. Bevor die Feinde die Gauklerin mit nackten Händen ergreifen und würgen konnten, brachte sie sich mit einem doppelten Salto rückwärts aus der Gefahrenzone.

Fünf der fünfzehn Angreifer waren bereits tot oder kampfunfähig, während von den Gauklern bisher niemand gefallen war. Aber die Wegelagerer gaben nicht auf. Und sie bekamen Unterstützung durch den Anführer und seine Meute.

Während all dies geschah, geriet Rhiana in ernste Schwierigkeiten. Die drei Reiter, die ihre Attacke abfingen, verfügten alle über einen Säbel und drangen aus verschiedenen Richtungen auf sie ein. Es waren zwei bärtige, muskulöse Männer und eine ebenfalls muskulöse, aber zugleich fette Frau, alle mit zahlreichen Narben im Gesicht und auf den Armen, die von reichlich Kampferfahrung zeugten. Sie gingen grimmig und konzentriert zur Sache. Den ersten Säbelhieb der Frau parierte Rhiana mit dem Schild, den des einen Mannes mit dem Schwert. Den von hinten kommenden Hieb des dritten Reiters ahnte sie mehr, als dass sie ihn sah. Mit einem heftigen Schenkeldruck brachte sie ihre Schimmelstute dazu, nach vorn zu springen. Der Hieb ging ins Leere. Aber Rhiana musste sich bereits wieder der zweiten Hiebe ihrer Gegner erwehren. Wieder gelang es ihr, die beiden ersten Hiebe mit Schild und

Schwert abzufangen, aber der dritte Hieb hätte sie an der Schulter erwischt, wenn Eisfell nicht gewesen wäre. Er sprang an dem Pferd des Feindes hoch und schnappte nach seinem Bauch. Das Pferd war eher erschrocken als verletzt, bäumte sich jedoch auf. Der Reiter schlug wieder ins Leere.

Rhiana hätte sich gewünscht, er wäre dabei aus dem Sattel gefallen, aber er tat ihr den Gefallen nicht. Verzweifelt überlegte Rhiana, was sie tun konnte, um eine dritte und vierte Runde dieser Art zu verhindern. Sie konnte nicht darauf vertrauen, jedes Mal dem Hieb des dritten Reiters zu entgehen. Sie musste unbedingt einen der Feinde außer Gefecht setzen. Bevor der nächste Hieb kam, führte sie einen blitzschnellen Schwertstreich gegen die Frau. Die Dicke konnte den Säbel nicht rechtzeitig zur Parade nach vorn ziehen. Das Schwert traf ihr Kettenhemd an der Hüfte, durchschlug einige Glieder und fügte der Wegelagerin eine Verletzung zu. Aber die Frau war ein Fettkloß mit unglaublich viel Speck auf den Hüften, und der Schwertstreich war nicht hart genug gewesen, um sie kampfunfähig zu machen. Während Rhiana den Säbelhieb des anderen Wegelagerers mit dem Schild abblockte, holte die Frau erneut zu einem Hieb aus.

Rhiana war zu beschäftigt, um irgendetwas gegen den dritten Reiter zu unternehmen. Er tauchte plötzlich an ihrer linken Seite auf, grinste siegessicher und holte mit dem Säbel aus.

Plötzlich fiel ihm der Säbel aus der Hand. In seiner Brust steckte ein Speer. Dann fiel der Mann vom Pferd.

Muir! Rhiana hatte das Mädchen völlig vergessen gehabt. Sie musste den Speer geworfen haben. Dass sie mit Waffen umgehen konnte, hatte sie schon früher bewiesen. Tatsächlich tauchte sie wenig später neben Rhiana auf und lächelte stolz.

Fast im gleichen Moment wandte sich die Reiterin

mit der Hüftwunde um und schlug mit dem Säbel nach Muir. Das Mädchen war völlig überrascht und brachte das Schwert nicht hoch. Der Säbelhieb erwischte sie am Oberkörper, prallte aber am Brustharnisch ab, ohne sie zu verletzen.

»Zurück, Muir!«, befahl Rhiana und brachte sich und ihre Stute zwischen die Wegelagerin und das Mädchen.

Erschrocken zügelte Muir ihren Rappen und drehte ab.

Beim Schlag gegen Muir hatte Rhianas Herz einen Schlag lang ausgesetzt. Dem Schreck folgte unbändiger Zorn auf die fette Frau. Noch einen Hieb sollte sie nicht führen dürfen! Nicht gegen Muir und nicht gegen sie! Die Prinzessin drang mit schnellen Schwerthieben auf die Gegnerin ein, Sturmbraut dabei vorantreibend. Den anderen Reiter strafte sie mit Verachtung. Sie war viel zu schnell für ihn und bot ihm kein Ziel.

Die fette Kämpferin wehrte zwei der Streiche mühsam ab, war aber viel zu langsam für die entfesselte Rhiana. Den dritten Hieb konnte sie nicht mehr parieren und rutschte getroffen vom Pferd.

Der verbliebene Reiter riss sein Pferd herum und preschte davon. Er schloss sich der gegen die Gaukler anbrandenden Meute an.

Endlich konnte sich die Prinzessin wieder ihrem Ziel widmen, den Anführer der Mordtruppe anzugreifen. Rhiana sah, wie er sich mit seinen Leuten den bunten Planwagen näherte. Gleichzeitig verschaffte sie sich einen Überblick über die Lage. Sie sah, wie tapfer und erfolgreich die Gaukler sich ihrer Haut wehrten, und staunte über die Art, wie sie das taten. Aber sie bezweifelte, dass sie auf Dauer bestehen konnten, schon gar nicht, wenn der Anführer mit seinen Leuten in den Kampf eingriff.

Rhianas Brust hob und senkte sich in schnellem Rhythmus. Der Kampf gegen drei Reiter war anstrengend gewesen. Aber für eine Erholungspause blieb keine Zeit. Auch Sturmbraut konnte sie keine Pause gönnen. Sie gab der Stute einen Klaps auf das Hinterteil und lenkte sie gegen den Feind. Sturmbraut trabte an und ging dann in den Galopp über.

»Stellt euch, ihr feiges Gesindel!«, rief sie und schwang das Schwert.

Der Anführer der Räuber schaute über die Schulter zurück. Er schien überrascht zu sein, dass seine Leute mit der Amazone nicht fertig geworden waren. Dieses Mal nahm er sie ernst. Er entschloss sich, die Sache selbst in die Hand zu nehmen, und riss sein Pferd herum. Allerdings hatte er nicht die Absicht, sich der Prinzessin allein zu stellen. Er brüllte wütende Befehle und schlug mit seiner Kette nach den eigenen Leuten, bis sein gesamter Pulk von den Gauklern abließ und gegen Rhiana Front machte.

Wieder hatte es Rhiana mit drei Reitern zu tun, die jedoch zusätzlich von fünf Mordgesellen ohne Pferd unterstützt wurden. Die Prinzessin hatte aus dem ersten Kampf gelernt. Sie durfte dieses Mal nicht zulassen, dass einer der Reiter sie im Rücken bedrohte. Sie zügelte Sturmbraut, bevor die Stute Feindkontakt hatte, und versuchte, den Feind einzeln aus der Phalanx herauszulocken.

Die Reiter ließen sich nicht darauf ein und galoppierten geschlossen auf Rhiana zu. Immerhin bekam die Prinzessin Unterstützung von den Gauklern. Sie nutzten die Verwirrung, die bei den Wegelagerern herrschte, und griffen ihrerseits an. Die Mördermeute geriet zwischen zwei Fronten. Rhiana half dies allerdings wenig. Der Anführer des Gesindels und die beiden anderen Reiter kümmerten sich nicht um die Gaukler und versuchten, Rhiana in die Zange zu nehmen. Die Lage wurde so bedrohlich, dass der Prinzessin keine Wahl blieb. Sie ließ Sturmbraut abdrehen und ein Stück zurückgaloppieren. Sie war froh, dass die Wegelagerer keine Bogen- oder Armbrustschützen besaßen, die sie aus dem Sattel schießen konnten.

Als sie die Straße zurückritt, auf der sie gekommen war, bemerkte sie zweierlei. Zum einen sah sie Muir, die ihren Befehl befolgte und Abstand zum Kampfgeschehen hielt. Sie machte einen unzufriedenen Eindruck. Man sah ihr an, dass sie lieber ihrer Herrin und Freundin helfen wollte, als tatenlos zusehen zu müssen. Der Einzige, der mit seiner Rolle zufrieden zu sein schien, war Tandrigo. Er hatte am Straßenrand einen Flecken Gras entdeckt und rupfte Halme ab.

Was Rhiana noch sah, versetzte ihr einen Schock. Aus der Biegung der Straße kam eine Reiterin im Galopp herangeritten, einen Säbel in der Linken, einen Schild in der Rechten. Der kleine Schecke, auf dem sie ritt, die Augenklappe, das tätowierte Gesicht, die hohlen Wangen – Rhiana benötigte keinen zweiten Blick, um zu wissen, wer das war.

Neel!

Dass die Amazone in diesem Moment auf der Straße erschienen war, mochte ein Zufall sein. Es konnte jedoch keinen Zweifel daran geben, dass sie sofort erkannt hatte, was hier geschah, und ihren Vorteil daraus ziehen wollte. Jetzt bot sich die Möglichkeit, mithilfe der Wegelagerer das nachzuholen, was ihr im Lager nicht gelungen war: Rhiana zu töten. Die Räuber würden die Unterstützung zu schätzen wissen und sie unbehelligt lassen.

Ujiko galoppierte auf Sturmbraut zu. Neel ließ den Säbel in der Luft kreisen. Die Prinzessin war wie erstarrt. Im letzten Moment riss sie verzweifelt den Schild hoch. Sie wusste, dass die Bewegung zu spät kam. Sie würde dem tödlichen Schlag nicht entgehen können.

Der Schlag blieb aus. Ujiko wurde nicht gezügelt, sondern weiter angespornt und galoppierte weiter. Neel stieß einen wütenden Kampfschrei aus und ließ den Säbel auf den ersten der Reiter hinabsausen, die Rhiana verfolgten. Die Waffe fraß sich tief in dessen Schulter ein und trennte ihm fast den Arm ab. Neel beachtete ihn nicht weiter, parierte mit dem Schild einen gegen ihr Pferd gerichteten Lanzenstoß und ließ den Säbel aus der Löwenmähne einer angreifenden Räuberin eine Kurzhaarfrisur machen.

Rhiana konnte nicht fassen, dass die Mörderin ihre Partei nahm. Sie vermochte es sich höchstens mit einem verdrehten Rest von Ehre erklären, der in der Amazone noch vorhanden sein mochte. Vielleicht wollte Neel auch einfach nicht dulden, dass Rhiana von jemand anderem als ihr selbst getötet wurde. Im Moment war dies auch egal. Die unerwartete Wendung der Dinge musste genutzt werden!

Dann kämpfen wir eben Seite an Seite gegen die Räuber – und anschließend gegeneinander.

Rhiana ließ ihre Schimmelstute kehrtmachen und stürzte sich in den Kampf. Ermutigt durch die Unterstützung einer zweiten Amazone, verdoppelten die Gaukler ihre Anstrengungen und stürmten voran. Mehrere der Wegelagerer wurden niedergemacht. Ein weiterer Reiter fiel. Schlagartig hatte sich die Lage verändert. Aus den blutdürstigen Angreifern waren Verteidiger geworden, die von zwei Seiten in die Zange genommen wurden und nur noch versuchen konnten, sich nach besten Kräften ihrer Haut zu wehren.

Der Anführer sah seine Felle davonschwimmen, als all sein Herumbrüllen keine Früchte trug. Er grinste nicht mehr, und ihm schien auch nicht mehr der Sinn danach zu stehen, unflätige Gesten zu machen. Stattdessen wendete er sein Pferd und suchte sein Heil in der Flucht. Er kam allerdings nicht weit. Der Hüne mit dem Knüppel trat dem Pferd in den Weg, griff in die Zügel und brachte es zum Stehen. Sein lebender Rucksack schoss dem Reiter aus nächster Nähe einen Armbrustbolzen ins Herz.

Als ihr Anführer gefallen war, gab es kein Halten mehr. Die verbliebenen Räuber stürzten in wilder Flucht davon, allen voran jener Reiter, der schon einmal vor Rhiana geflüchtet war. Einige der Räuber wurden von den nachsetzenden Gauklern niedergestreckt, die anderen schlugen sich in die Büsche.

Plötzlich gab es für Rhiana und Neel nichts mehr zu tun. Beide stiegen von ihren Pferden, die beide Schaum vor dem Maul hatten. Die Frauen rangen vor Anstrengung nach Luft und starrten einander an.

Die Stimmung der Prinzessin kippte von einem Moment zum anderen. Eben noch hatte sie ein überwältigendes Glücksgefühl empfunden. Sie war unendlich froh, dass dieser schreckliche Kampf siegreich beendet worden war, dass Muir und den Tieren nichts passiert war, dass die Gaukler offenbar nur zwei Tote und ein paar Verletzte zu beklagen hatten. Sie war sogar froh darüber gewesen, dass Neel nichts passiert war. Es war wie in alten Tagen gewesen. Dann plötzlich sah sie Tjalmar vor sich, wie er den Dolch aus der Brust zog und starb.

»Mörderin!«, schrie sie Neel an.

»Verdammt noch mal, ich bin keine Mörderin!«, schrie Neel zurück. »Seid ihr denn alle verrückt geworden?«

Rhiana hielt das im Kampf benutzte Schwert noch in der Hand. Sie hob es über den Kopf. »Ich werde Euch töten für die schändliche Bluttat! Ihr habt Tjalmar ermordet!«

Neel steckte ihren Säbel in die Scheide. »Ich bin entsetzt darüber, was geschehen ist«, sagte sie müde. »Aber ich habe mit dem Mord an Tjalmar nichts zu tun. Er war mein bester Freund. Warum hätte ich ihn töten sollen?«

Rhiana hörte überhaupt nicht zu. Die ganze Wut, die ganze Traurigkeit, das Unverständnis über die Tat, der

Verfolger, der wie Tjalmar aussah, all die Toten rundum, die Mörderin Neel, die dreist und feige ihre Tat leugnete – dies alles ließ einen Hexenkessel der Gefühle in ihr brodeln. Sie sah nur einen Ausweg, wieder zur Ruhe zu kommen. Sie musste einen Abschluss finden. Sie musste Neel töten. Selbst wenn Neel sich nicht wehrte.

Du kann sie nicht töten, wenn sie sich nicht wehrt!, sagte etwas in ihr, aber ihr Zorn schrie die innere Stimme nieder.

Mit hoch erhobenem blankem Schwert ging sie auf Neel zu, bereit, sie niederzuschlagen. »Wehrt Euch, oder Ihr sterbt ohne Gegenwehr wie eine verurteilte Mörderin auf dem Richtblock des Henkers!«

Die Amazone erbleichte. Ohne es eigentlich zu wollen, zog sie den Säbel.

Die Gaukler hatten dem allen ungläubig zugeschaut. Sie konnten nicht verstehen, warum die beiden Frauen, die doch Seite an Seite gekämpft hatten, um sie zu retten, sich plötzlich als Todfeinde gegenüberstanden.

»Kämpft bitte nicht!«, rief die berittene junge Frau, die so erfolgreich mit nichts weiter als einem Seil gekämpft hatte.

Die meisten Gaukler waren näher gekommen. Von allen Seiten wurde gerufen, doch miteinander zu reden und nicht zu kämpfen. Aber Rhiana wollte davon nichts hören. Neel inzwischen offenbar auch nicht mehr.

Plötzlich stand der junge Elf vor Rhiana und Neel. Die Prinzessin erkannte, dass sie sich getäuscht hatte. Das war gar kein Junge, sondern ein Mädchen. »Ich will nicht, dass eine von Euch stirbt!«, rief sie.

»Geht aus dem Weg, Mädchen!«, rief Rhiana hitzig.

»Nein!«, erwiderte die Elfin.

So wild entschlossen Rhiana auch war, sie wollte die Elfin nicht in Gefahr bringen.

Die schönen großen Augen der jungen Elfin bekamen

plötzlich einen eigenartigen Ausdruck, als würde das Mädchen die Umgebung nicht mehr wahrnehmen, sondern nach innen schauen. Leise sprach sie etwas in unverständlicher Sprache und fügte dann hinzu: »Es muss diesmal einfach klappen!«

Ein Rauschen war in der Luft zu hören. Aus verschiedenen Richtungen sausten alle Arten von Stricken, Seilen und Riemen heran, die sich blitzschnell um Rhiana und Neel ringelten und sie so fest einschnürten, dass ihnen die Waffen aus den Händen fielen und sie sich nicht mehr rühren konnten.

Die Elfin lächelte spitzbübisch. »Eine Stunde könnt Ihr nichts weiter tun als Euch miteinander unterhalten. Dann fallen die Fesseln herab. Wenn Ihr dann immer noch kämpfen wollt, dann tut es. Ich an Eurer Stelle würde die Zeit nutzen.«

Weitere Seile rauschten heran. Diesmal ringelten sie sich um die Elfin. »He, was soll denn das!«, empörte sie sich.

Aus den Reihen der Gaukler erklang Gelächter. Einige von ihnen schossen übermütig Purzelbäume.

»Finni, du lernst es nie, deine Zauberei unter Kontrolle zu halten!«, sagte die Gauklerin, die während des Kampfes Magie eingesetzt hatte, und kicherte in sich hinein.

Der Hüne tauchte auf, grinste etwas einfältig und drehte sich dann so, dass Rhiana und Neel seinem Reiter ins Gesicht schauen konnten. Rhiana erkannte, dass es sich dabei um einen erwachsenen Mann zwischen fünfunddreißig und vierzig handelte, der nichts weiter als eine Art Lendenwickel trug und in einem Holzgestell saß, das der Riese geschultert hatte. Der Mann hatte zottelige rote Haare, einen Stoppelbart, abstehende Ohren, eine mehrfach gebrochene Nase, an deren Spitze ein Stück fehlte. Er war kein schöner Mensch, aber er besaß freundliche Augen. Zahlreiche Narben zeigten, dass er das Kämpfen gewohnt war. Obwohl eher hager und schwachbrüstig, besaß er muskulöse Arme. Das Auffallendste an ihm allerdings war die Tatsache, dass ihm beide Beine fehlten. »Ich bin Connair«, sagte er mit tiefer Stimme. »Und der Große hier ist Gomm, mein treuer Freund. Entschuldigt bitte, dass sich noch keiner von uns bei Euch bedankt hat. Ich möchte dies im Namen aller nachholen. Finni hat Euch einen Streich gespielt, den sie jetzt ungewollt selbst mit ausbaden muss, weil ihre Magie nicht immer so gelingt, wie sie es gern hätte. Diese zauberisch verknüpften Seile lassen sich von Hand leider nicht entfernen, und weder Finni noch Eillyn, unsere zweite Zauberin, beherrschen einen Entfesselungszauber. Finni und Eillyn sind nun mal keine ausgebildeten Magierinnen, sondern nur Naturtalente, die von anderen hier und da etwas abgeschaut haben. Ich muss Euch deshalb leider bitten, unsere Gastfreundschaft diese eine Stunde lang in Anspruch zu nehmen. Wenn Ihr es erlaubt, werden wir Euch allerdings in die Wagen setzen und ein Stück die Straße hinabfahren. Dort gibt es abseits der Straße eine saftige Wiese und etwas weiter weg auch einen See. Sicher haben Eure Pferde nichts dagegen, sich ein bisschen auszuruhen und zu grasen. In der Zwischenzeit werden wir das tote Pack in die Gräben werfen, damit die Straße wieder passierbar wird.«

Rhiana und Neel hatten eine Weile vergeblich versucht, sich zu befreien, aber da war nichts zu machen. Der Zorn der Prinzessin hielt unvermindert an, wurde durch die erzwungene Tatenlosigkeit eher noch gesteigert. Trotzdem mochte sie der kleinen Elfin nicht ernsthaft böse sein, auch wenn sie sich nun wahrscheinlich die Lügengeschichten von Neel anhören musste. Was immer die Amazone auch sagen mochte – Rhiana war fest entschlossen, sie zu töten, sobald die Fesseln von ihr und der Mörderin herabfielen. Connair hatte mit alledem nichts zu schaffen. An ihm wollte sie ihre Wut bestimmt nicht auslassen. Sie verscheuchte den Zorn. »Ich heiße Rhiana«, sagte sie. »Ich habe gesehen, wie großartig Ihr und Gomm gekämpft habt, Connair.«

Connair lächelte geschmeichelt und verneigte sich in seinem Hochsitz.

Rhiana sah zu der unglücklich dreinschauenden Finni. »Das gilt übrigens auch für die kleine Zauberin, die uns diesen Streich gespielt hat, und all die anderen. Ich hätte niemals geglaubt, dass Ihr Euch so wacker gegen die Räuber halten würdet. Was nun Euren Vorschlag angeht, Connair, so halte ich ihn für sehr vernünftig.« Sie sah auf und suchte Muir. Die stand verlegen am Rande der Gruppe und hielt Rabe am Zügel. Sie machte eine Kopfbewegung in Richtung des Mädchens, soweit das in ihrer Lage möglich war. »Connair, das ist Muir, meine junge Freundin. Helft ihr bitte, die Pferde zu versorgen, und tadelt sie nicht, dass sie sich beim Kampf zurückgehalten hat. Es geschah auf meinen Befehl hin. Ich möchte sie ihren Eltern heil zurückgeben.«

Connair nickte. Jeweils zwei Gaukler oder Gauklerinnen trugen je einen der Gefesselten zu den Planwagen und luden sie auf der Wiese wieder aus. Die anderen Gaukler führten zusammen mit Muir die Pferde, Esel und Maultiere zum Rastplatz und versorgten sie. Dann wurden die Pferde der Räuber eingefangen und die Leichen von der Straße entfernt. Drei der erbeuteten Pferde waren abgemagert und hatten schwärende Wunden, aber die Gaukler waren überzeugt, sie aufpäppeln zu können. Allein der Falbe, ein Wallach, der dem Anführer gehört hatte, befand sich in einem guten Zustand.

Rhiana, Neel und die junge Elfin hatte man zwischen den Planwagen im Kreis aufgestellt und sie dann allein gelassen. Alle drei schwiegen. Finni wäre gern ein paar neugierige Fragen losgeworden, hielt sich aber zurück. Schließlich war es ihr Plan gewesen, dass die beiden anderen miteinander reden sollten, statt sich an die Gurgel zu gehen. Rhiana und Neel blieben stumm, weil es ihrer Meinung nach nichts mehr zu sagen gab. Krampfhaft bemühten sie sich, aneinander vorbeizusehen, obwohl das in ihrer Lage schwierig war. Eisfell lief verwirrt von Rhiana zu Neel, winselte leise und verstand die Welt nicht mehr. Er wünschte sich, die beiden würden nicht mehr steif dastehen. Und vor allem sollten sie sich wieder vertragen.

Eisfells Verhalten gab Rhiana Rätsel auf. Er benahm sich Neel gegenüber freundlich und knurrte sie nicht an. Als er sie zuletzt sah, hatte er versucht, sie anzugreifen. War es möglich, dass das Gedächtnis des Wolfshundes derart kurz war? Sie war versucht, Eisfell zu lesen, verzichtete aber darauf. Im Moment konnte sie sich auf nichts anderes als ihren Hass konzentrieren.

Endlich rang sich Neel zu einem Versuch durch, das Eis zu brechen. »Prinzessin Rhiana …« Finni sperrte Mund und Augen auf, als sie die Anrede hörte. »… Ihr sagt, ich hätte meinen alten Freund Tjalmar getötet. Das Gleiche wurde mir wütend entgegengeschleudert, als ich versuchte, das Lager zu betreten. Ich wusste nicht einmal, dass er tot ist! Es war ein tiefer, bohrender Schmerz, als ich davon hörte.«

»Alles Lüge!«, zischte Rhiana. »Mörderin! Wollt Ihr mir etwa weißmachen, dass Ihr vergessen habt, mit mir gesprochen zu haben, bevor Ihr zu ihm gegangen seid und ihm den Dolch in die Brust gestoßen habt? Mörderin!«

»Prinzessin!«, beschwor Neel sie. »Ihr kennt mich seit mehr als zehn Jahren. Fragt Euer Herz, ob Ihr mir wirklich eine solche Tat zutraut.«

»Mörderin!«, beharrte Rhiana. »Wir haben die Gemme gefunden, die Ihr bei Tjalmar verloren habt. Euren Mörderlohn. Baronin Sarja hat ihn Euch gezahlt. Mörderin! Verräterin!«

»Nein, verdammt noch mal!«, explodierte Neel. »Es ist alles nicht wahr! Es muss sich um eine Intrige handeln! Bitte, Prinzessin, erzählt mir die ganze Geschichte! Nur so können wir gemeinsam versuchen, die Wahrheit herauszufinden!«

»Warum sollte ich das tun?«, fragte Rhiana zornig. »Ihr wisst doch viel mehr als ich darüber! Ihr wollt ja nur hören, was ich weiß, damit Ihr die Wahrheit mit Lügen verkleistern könnt.«

Neel seufzte. »Dann wird uns nichts anderes übrig bleiben, als auf Leben und Tod zu kämpfen, sobald wir wieder frei sind.«

Die beiden schwiegen wieder. Zaghaft mischte sich Finni ein. »Prinzessin Rhiana …«

»Ich will diesen Titel nicht!«, rief Rhiana zornig. »Nennt mich Rhiana! Das ist der einzige Name, der mir rechtmäßig zusteht!«

»Rhiana«, begann Finni neu. »Wenn Ihr der anderen …« Sie machte eine Pause.

»Neel«, knurrte die Amazone.

»Wenn Ihr Neel die Geschichte nicht erzählen wollt – was ich verstehen kann, da Ihr sie eines Mordes beschuldigt –, wollt Ihr sie dann nicht vielleicht mir erzählen?«

Bei allem Zorn und allem Hass konnte Rhiana doch nicht umhin, das freundliche Wesen der Elfin wahrzunehmen. Das Mädchen, das vielleicht achtzehn Jahre alt sein mochte, rührte sie an.

»Na schön«, sagte sie mit sanfterer Stimme. »Ich erzähle Euch – und wirklich nur Euch –, was sich ereignet hat.« Ohne von Finni oder Neel unterbrochen zu werden, berichtete sie von den Ereignissen der letzten beiden Tage: Neels Rückkehr von einer Reise, ihre angebliche Suche nach einem versteckten Feind, ihre Rückkehr, die Veränderung, die mit ihr vorgegangen war, das andere Pferd, die seltsamen Fragen, Eisfells Angriff, Tjalmars Ermordung, Neels Flucht, die Gemme. Sie erzählte auch von ihrer Mission, Tjalmars Tod zu rächen, indem sie Neel tötete, und zugleich herauszufinden, ob die Baronin Sarja Neel gekauft hatte. Außerdem erwähnte sie den Angriff des Verfolgers, der wie Tjalmar aussah. Bedeckt hielt sie sich nur, wenn es um die Gemeinschaft ging. Sie verriet weder, dass es Flüchtlinge aus Talania waren, noch wo sich das derzeitige sowie das künftige Versteck befanden. Und natürlich erwähnte sie Rondra nicht.

Neel hatte mit unbewegtem Gesicht zugehört. Nur als Rhiana den Angriff des Verfolgers, der wie Tjalmars Leichnam aussah, erwähnte, verengten sich ihre Augen.

Finni erwies sich als sehr geschickt. Sie hatte Rhiana die ganze Geschichte entlockt und staunend zugehört. Eigentlich entsprach es ihrer Art, nach einer solchen Geschichte Dutzende von Fragen hervorzusprudeln. Aber sie schwieg, damit Neel sich äußern konnte. Die ließ sich auch nicht lange bitten.

»Prinzessin Rhiana«, sagte Neel mit rauer und belegter Stimme. »Ihr habt Finni und nicht mir dies alles erzählt und wollt von mir keine Lügengeschichten hören. Erlaubt mir trotzdem, auf ein paar Dinge hinzuweisen, die mir aufgefallen sind. Zunächst einmal verstehe ich jetzt, warum Ihr und alle anderen mich hassen müsst. Ich würde mich selbst hassen, wenn ich dies wirklich getan hätte.«

»Ihr fangt ja schon mit den Lügengeschichten an!«, rief Rhiana erregt. »Wenn ich könnte, würde ich Euch mit dem Schwert zum Schweigen bringen!«

»Bitte, bitte, Rhiana, lasst sie doch ausreden!«, flehte Finni.

»Wie gut habt Ihr mich vorgestern Nacht in der Dunkelheit erkennen können, Prinzessin?«

»Das Madamal stand halb am Himmel, und es brannten noch einige Fackeln«, erklärte Rhiana und versuchte, ihre Stimme ruhig zu halten. »Ihr standet unmittelbar vor mir. Ich konnte jede Einzelheit Eures Gesichts erkennen. Ihr könnt mir nicht einreden, es sei jemand anders gewesen!«

»Gut«, sagte Neel. »Es war also eine Amazone, die genauso aussah wie ich.«

»Kommt mir ja nicht damit, Ihr hättet eine Zwillingsschwester!«, sagte Rhiana empört. »Ihr habt keine!«

»Richtig«, bestätigte die Amazone. »Und ich weiß auch nichts von einer anderen Doppelgängerin. Aber … Ihr selbst, Prinzessin, habt freimütig eingestanden, dass Euch einige Dinge merkwürdig oder unerklärlich erscheinen. War das wirklich die Neel, die Ihr kennt und die jetzt vor Euch steht? Schaut mich an! Warum wollte Eisfell mich in der Nacht angreifen und liegt jetzt friedlich zu unseren Füßen? Hat er mich vorhin auch nur ein einziges Mal angeknurrt? Dort hinten seht Ihr mein Pferd Ujiko, das gerade von Muir zum See geführt wird. Warum sollte ich ein anderes Pferd reiten?«

»Es wurde Euch von dem Feind, mit dem Ihr Euch getroffen habt, zur Verfügung gestellt, weil es stärker und schneller als Ujiko ist und Euch bei der Flucht helfen sollte«, beharrte Rhiana.

»Kein Pferd ist stärker und schneller als Ujiko«, erklärte Neel. »Auch die größeren nicht. Ich würde Ujiko niemals gegen ein anderes Pferd eintauschen, wenn ich die Wahl hätte. Aber lassen wir das. Ich war verändert, sagtet Ihr. Ich hätte Euch schroff und herrisch behandelt. Könnt Ihr Euch erinnern, dass ich dies jemals zuvor getan hätte?«

»Nein«, gab die Prinzessin zu. »Aber Ihr wart aufgeregt und habt die höfliche Maske fallen lassen. Ihr hattet innerlich mit uns gebrochen, wart zur Verräterin geworden und habt Eurer wahres Gesicht gezeigt.«

»Ihr kennt mich lange genug, um zu wissen, dass ich

mich niemals verstelle«, entgegnete die Amazone. »Am wenigsten Euch gegenüber. Ich habe nur ein Gesicht, und das zeige ich jederzeit stolz und offen. Aber weiter: Ihr sagtet, ich hätte seltsame Fragen gestellt, deren Antworten ich eigentlich kennen musste.«

»Auch das war Eurer Erregung zuzuschreiben«, entgegnete Rhiana. »Oder Eurer Kopfkrankheit.«

»Finni«, wandte sich Neel an die Gauklerin. »Mache ich auf Euch den Eindruck, kopfkrank zu sein?«

»Nein«, antwortete Finni. »Ganz und gar nicht. Aber ich bin in diesen Sachen nicht erfahren, und ich kenne Euch nicht lange genug, um mir wirklich sicher zu sein.«

»Prinzessin Rhiana!«, sagte Neel beschwörend. »Wer immer im Lager war und Tjalmar ermordet hat, war jemand, der sich für mich ausgegeben hat! Ich habe vorgestern die ganze Nacht und den frühen Morgen damit verbracht, den feindlichen Kundschafter ausfindig zu machen. Aber er war wie vom Boden verschluckt! Er – oder besser sie – muss die Tat begangen haben.«

Rhiana kam ins Grübeln. Aber sie wehrte sich gegen die Zweifel. Das waren genau die Lügengeschichten von Neel, die sie nicht hatte hören wollen. »Ihr versucht nur, mich unsicher zu machen!«

»Was ist mit der Gemme?«, fragte Finni dazwischen. »Wenn mir jemand ein so kostbares Schmuckstück gegeben hätte, würde ich Sorge dafür tragen, es auf keinen Fall zu verlieren. Seid Ihr so nachlässig mit wertvollen Dingen, Neel?«

»Außer meinem Pferd und meinen Waffen besitze ich nichts von Wert«, sagte Neel. »Und mit denen gehe ich keineswegs nachlässig um. Und ich habe selbst in der härtesten Schlacht noch niemals auch nur einen Kreuzer verloren. Wenn ich nicht gefesselt wäre, könnte ich Euch zeigen, wo ich mein Geld aufbewahre und wie ich es davor schütze, verloren zu gehen. Diese andere Neel hat die Gemme nicht verloren, Prinzessin, sondern absichtlich zurückzulassen. Ihr solltet glauben, ich sei von Baronin Sarja gekauft worden. Ich glaube sogar, man will Euch damit nach Abilacht locken. Es kann kein Zufall sein, dass Ihr ausgerechnet dieses Schmuckstück fandet – eine Gemme von König Arlos, die Euch und Maruna bekannt war. Hätte man die Mörderin nicht auch mit Dukaten entlohnen können? Und jetzt sagt mir, wie der Verfolger, der wie Tjalmar aussah, in das Bild passt.«

»Den kann ich mir am wenigsten erklären«, musste Rhiana zugeben. Patzig fuhr sie fort: »Aber da Ihr so schlau seid und alles wisst, werdet Ihr mir sicher eine Antwort darauf geben.«

»Nein«, gab Neel zu, »ich weiß keine. Aber wenn jemand in meiner Gestalt einen Mord begeht und jemand in Tjalmars Gestalt Euch auflauert, dann muss es einen Zusammenhang geben. Ich glaube, dass der Feind irgendeine Art von Magie gegen uns einsetzt.«

»Es gibt vielleicht noch eine andere Erklärung!«, meldete sich die junge Elfin aufgeregt zu Wort. »Vielleicht …«

Sie brach ab, denn plötzlich erschlafften die Stricke, Riemen und Seile, entringelten sich und fielen schlaff zu Boden. Die drei Frauen rieben sich erleichtert die Glieder. Rhiana und Neel behielten einander misstrauisch im Auge. Das Schwert und den Säbel hatten die Gaukler zwar in Sicherheit gebracht, aber den beiden standen immer noch ihre Dolche zur Verfügung. Aber die Prinzessin machte keine Anstalten, nach dem Dolch zu greifen und wieder auf die Amazone loszugehen.

Vielleicht war es wirklich eine List des Feindes, die Zwietracht zwischen uns säen sollte, dachte sie.

Finni setzte den abgebrochenen Satz nicht fort, sondern hüpfte zum Vergnügen von Eisfell herum, um ihre Gelenke wieder geschmeidig zu machen. Spielerisch unternahm sie einen Salto aus dem Stand, den sie sicher mit den Knien abfederte.

»Nicht wieder kämpfen!«, beschwor sie die beiden anderen Frauen. »Ich möchte Euch etwas zeigen, das eine Erklärung für alles geben könnte.« Sie wandte sich um und rief mit ihrer hellen Stimme: »Tsalita, bist du in der Nähe?«

Eine Frau in mittleren Jahren tauchte zwischen den Planwagen auf. Sie trug ein buntes Kleid und ein genauso buntes Kopftuch über den schwarzen Haaren. »Was gibt es denn, Finni?«

»Kannst du mal kommen und unseren Gästen und Rettern etwas zeigen?«

»Gern«, sagte die Frau und kam näher.

»Schaut sie Euch bitte genau an«, bat Finni die beiden anderen Frauen. »Beachtet ganz besonders ihr Gesicht. Und werdet bitte nicht ungeduldig. Tsalita kann etwas, das sehr selten ist. Deshalb ist sie bei uns. Wir haben mit ihrem besonderen Können großen Erfolg bei unseren Auftritten.«

Rhiana betrachtete das Gesicht der Frau. Etwas Außergewöhnliches wollte ihr nicht auffallen. Es war schmal und weder besonders hübsch noch hässlich. Die Nase war nicht zu kurz und nicht zu lang, der Mund nicht zu groß und nicht zu klein. Rhiana empfand dieses Gesicht als nichtssagend, weil es keine ausgeprägten Eigenheiten besaß. Wenn ihr diese Frau irgendwo unterwegs begegnet wäre, hätte sie sich hinterher bestimmt nicht mehr an sie erinnern können.

Auch Neel schaute der Frau ins Gesicht und zuckte dann mit den Schultern.

Die Frau ihrerseits schaute Neel aufmerksam an.

Finni wandte sich an Rhiana und Neel und sagte beschwörend: »Was immer Ihr gleich sehen werdet – denkt immer daran, dass Tsalita eine von uns ist und noch nie in ihrem Leben jemandem etwas zu Leide getan hat. Sie ist nicht Euer Feind, sondern nur eine Gauklerin! Sie war die ganze Zeit bei uns! Tut ihr bitte nichts!«

Plötzlich begann sich Tsalitas Gesicht zu verändern. Die Nase bog sich leicht und wurde schmaler, die Wangenknochen traten deutlicher hervor. Der Mund verkleinerte sich. Die vorher weiße Haut wurde gelblich. Einzelne Tätowierungen und Narben zeichneten sich auf ihr ab. Sie wurde zwar nicht Neels Ebenbild, sah ihr aber verblüffend ähnlich.

Neel griff zu ihrem Dolch, aber Finni legte ihr beruhigend die Hand auf den Arm.

»Besser bekomme ich es ohne längere Vorbereitung nicht hin«, sagte Tsalita. »Soll ich mir noch eine Augenklappe besorgen, damit …«

»Schon gut«, sagte Finni. »Du kannst jetzt wieder dein richtiges Gesicht aufsetzen.«

Erneut verformten sich Mund, Nase und Wangen, die Tätowierungen verblassten, die Narben schrumpften. Nach kurzer Zeit waren Neels Züge aus dem Antlitz der Frau verschwunden und durch ihre eigenen ersetzt worden.

»Was war das?«, fragte Rhiana verblüfft. »Magie?«

»Nein«, antwortete Tsalita. »Diese Fähigkeit, die Gabe und Fluch zugleich ist, kommt seit Generationen in unserer Familie vor. Eine Peraine-Geweihte hat meinen Kopf untersucht und festgestellt, dass der untere Teil nicht aus Knochen, sondern aus einem merkwürdigen Gewebe besteht, das biegsam ist, aber auch hart wie Knochen werden kann. Ich bin in der Lage, dieses Gewebe mit der Kraft meines Geistes in eine andere Form zu bringen. Es ist übrigens sehr anstrengend.«

»Da habt Ihr die Lösung!«, sagte Finni triumphierend. »Der Feind, den Ihr sucht, ist jemand, der seine Gestalt umwandeln kann. Nicht jemand wie Tsalita, die nur einen Teil ihres Gesichts verformt, sondern jemand, der in der Lage ist, seinen ganzen Körper zu verändern. Tsalita hätte sich eine Augenklappe umbinden und das Haar färben müssen, um Neel stärker zu ähneln. Tsalita ist eine Frau mit einer besonderen Gabe, aber ganz ohne Frage ein Mensch. Aber ich habe von Wesen gehört, die keine Menschen sind und sogar Kleidung und Rüstung nachbilden können.«

Rhiana war blass geworden. In ihrem Kopf drehte sich alles. Sie musste von allem Abschied nehmen, was sie sich zusammengereimt hatte. »Das heißt …«, begann sie unsicher. »Das heißt, dass jemand sowohl die Gestalt von Neel als auch von Tjalmar angenommen haben könnte? Aber warum? Ich meine, Neel nachzubilden würde ja einen Sinn ergeben. Aber warum Tjalmar? Und was will dieser … dieser Gestaltwandler von mir, von uns?«

»Habt Ihr nicht erzählt, er hätte in Gestalt von Neel die Waffe zuerst gegen Euch erhoben?«, fragte Finni. »Aber Ihr wart nicht die erwartete leichte Beute. Also tötete er Tjalmar. Später nahm er eben dessen Gestalt an, weil er hoffte, Euch damit zu verwirren und leichtes Spiel zu haben. Er will Euch unbedingt töten oder nach Abilacht locken – vermutlich, weil dort andere Feinde lauern, die es auf Euer Leben abgesehen haben.«

»Er scheint kein starker Kämpfer zu sein und nutzt deshalb seine ureigensten Waffen«, ergänzte Neel. »Wenn Ihr immer noch nach Abilacht reisen wollt, Prinzessin, dann rechnet damit, dass er Euch dort auflauert und erneut eine Gestalt benutzt, die Euch vertraut ist.«

»Ich verstehe nicht, warum er das nicht längst getan hat«, wunderte sich die Prinzessin. »Er wurde auf der Reichsstraße gesehen und hatte noch immer Tjalmars Gestalt. Selbst der Dolch fehlte nicht.«

»Der Dolch wird Teil seines Körpers sein«, meinte Neel. »Und Ihr habt gehört, was Tsalita gesagt hat: Es ist anstrengend, auch nur einen Teil des Körpers zu verändern. Um wie viel anstrengender muss es sein, sich vollständig zu verwandeln. Ich nehme an, dass der Gestaltwandler erst neue Kräfte sammeln muss, um erneut eine Umwandlung vorzunehmen.«

Das leuchtete Rhiana ein. Ihr fiel noch etwas ein. »Ich habe ihm eine Schwertwunde zugefügt. Kann ein Gestaltwandler eine Wunde nicht einfach schließen?«

Neel runzelte die Stirn. »Eine Wunde ist eine Wunde«, sagte sie und wandte sich an Tsalita. »Seid Ihr im Gesicht unverwundbar?«

»Nein«, sagte die Frau. »Im Gegenteil, eine Wunde erschwert die Verwandlung. Auf jeden Fall bleibt sie erhalten. Mich hat einmal eine Wespe am Kinn gestochen. Wir mussten unsere Darbietung umstellen, weil es mir nicht gelang, die Schwellung zu verdecken.«

»Seht Ihr?«, sagte Neel zu Rhiana.

Die Prinzessin nickte. Sie durchdachte alles, was sie gehört hatte. Nein, das waren keine Lügengeschichten gewesen. Dort vor ihr stand die wahre und einzige Neel, nicht kopfkrank, keine Verräterin und keine Mörderin. Sie zeigte ihre offenen Hände, um Neel nicht zu erschrecken, ging dann auf die Amazone zu und schloss sie in die Arme. »Ich habe mich schrecklich geirrt«, sagte sie mit Tränen in den Augen. »Bitte verzeiht mir.«

Tief berührt erwiderte Neel die Umarmung. »Da gibt es nichts zu verzeihen«, sagte sie. »Ihr musstet ja annehmen, dass ich eine Verräterin und Mörderin sei.«

Tjalmar habe ich auf ewig verloren, dachte Rhiana. *Keine Macht der Welt kann ihn mir zurückgeben. Aber Neel, die ich auch verloren glaubte, habe ich zurückgewonnen.*

Tsalita und Finni hatten den Eindruck, fehl am Platze zu sein, und zogen sich zurück. Rhiana und Neel hielten einander eine Weile fest. Dann löste Rhiana den Griff und trat einen Schritt zurück. Sie sah Neel fast schüchtern in die Augen. »Ich wollte Euch wirklich töten«, sagte sie traurig. »Euch, meine Freundin, die mich stets beschützt hat!«

»Ich hätte das nicht so ohne Weiteres zugelassen«, tröstete Neel sie und lächelte dann. »Ihr hättet mich erst einmal im Duell überwinden müssen, Prinzessin Rhiana. Und Ihr wisst, so einfach ist das nicht.«

»Der Feind hätte sein Ziel erreicht gehabt, wenn eine von uns beiden die andere getötet hätte«, meinte die Prinzessin.

»Ja«, stimmte Neel zu. »Uns zu entzweien und zu schwächen ist offenbar sein Ziel. Aber ich hätte Euch nicht getötet, Prinzessin. Niemals! Ich hätte Euch nicht einmal verwunden wollen. Ich wollte nur erzwingen, dass Ihr mir zuhört.«

»Danke, Neel«, sagte Rhiana schlicht. Sie war stolz darauf, eine solche Freundin zu haben.

»Was soll nun weiter geschehen?«, wollte Neel wissen.

»Ich bleibe bei meinem Plan«, erklärte Rhiana. »Der Mord an Tjalmar muss gerächt werden. Ich bin jetzt gewarnt und werde noch vorsichtiger sein.«

»Dann lasst uns gemeinsam nach Abilacht reiten«, schlug die Amazone vor. »Tjalmar war auch mein Freund, und der Gestaltwandler hat meine Gestalt benutzt, um ihn zu töten. Es ist mir ein großes Bedürfnis, ihn dafür zur Rechenschaft zu ziehen.«

Die Prinzessin schüttelte den Kopf. »Nein, Neel. Es ist meine Aufgabe. Ihr reitet zu unseren Leuten zurück. Nehmt Muir mit und lasst sie alles erklären, bevor Ihr Euch zeigt. Unsere Leute brauchen Euch!«

»Aber der Feind erwartet Euch«, beharrte Neel. »Ihr solltet ihm nicht den Gefallen tun, allein zu kommen. Der Gestaltwandler kann überall zwischen hier und Abilacht lauern. Vielleicht ist er Euch vorausgeeilt, um etwaigen Spießgesellen mitzuteilen, dass Ihr unterwegs seid. Es könnte sein, dass auf Geheiß des Gestaltwandlers oder seiner Auftraggeber eine ähnliche Mörderbande wie die vorhin im Hinterhalt lauert. Gemeinsam würden wir damit fertig werden. Allein seid Ihr verloren.«

Die junge Elfin kehrte zurück und reichte den beiden ihre Waffen. Sie selbst trug wieder den Bogen, den sie während des Kampfes abgelegt hatte. »Ich habe Euch weiterhin zugehört«, gestand sie. »Darf ich einen Vorschlag machen?«

Rhiana forderte sie mit einer Handbewegung auf zu sprechen.

»Warum nicht die Hinterlist des Feindes mit eigener List beantworten?«, meinte das Mädchen. »Der Feind hält Ausschau nach einer schönen jungen Kämpferin, die mit drei Pferden unterwegs ist. Es würde ihm auch nichts ausmachen, wenn eine weitere Kämpferin bei ihr ist. Warum reist Ihr nicht mit uns? Ihr könntet Euch in einem unserer Wagen verbergen. Eure Pferde würden zusammen mit unseren Tieren den Tross bilden. Ihr würdet unerkannt nach Abilacht gelangen.«

Rhiana blieb stur. »Ich will den Gestaltwandler nicht entwischen lassen!«

»Das sollt Ihr auch nicht«, sagte Finni. »Wenn er den Auftrag hat, Euch zu töten, wird er *Euch* nicht entwischen lassen wollen. Spielt Euer Spiel und nicht seines. Bestimmt Ihr die Regeln. Wartet Ihr auf ihn und nicht umgekehrt. Wir alle hier verdanken Euch das Leben. Nehmt unsere Hilfe an. Wir können Euch nicht nur unerkannt nach Abilacht bringen, sondern Euch auch helfen, in die Burg zu gelangen. Rechnet doch erst mit der Baronin ab, und nehmt Euch dann den Mörder vor.«

Was die junge Elfin gesagt hatte, klang vernünftig. Rhiana überdachte ihr Vorhaben. Es war die grenzenlose Enttäuschung über Neel gewesen, die sie dazu getrieben hatte, vor allem sie zu jagen und Rechenschaft von ihr zu fordern. Jetzt stellte sich die Sache anders dar. Der Gestaltwandler war nichts weiter als ein gedungener Mörder, ein erbärmliches Stück Abschaum wie die Wegelagerer von vorhin. Natürlich verdiente er den Tod für seine schändliche Tat. Aber die wahren Mörder waren jene, die ihn angestiftet hatten. Sie sollten in erster Linie zur Verantwortung gezogen und an weiteren Anschlägen auf die Gemeinschaft der Flüchtlinge gehindert werden. Rhiana musste unbedingt mit Baronin Sarja reden. Alles deutete auf sie hin. Aber gerade das machte Rhiana stutzig. Hatte nicht alles auch auf Neel hingedeutet? Benutzte der Feind auch Sarja? Rhiana würde versuchen herauszubekommen, auf welcher Seite die Baronin stand. Sollte der Gestaltwandler in der Zwischenzeit angreifen, konnte es in der Tat hilfreich sein, die kampferprobte Neel an ihrer Seite zu haben.

»Wenn Ihr für alle hier sprecht, Finni, dann nehme ich Euer Angebot gern an«, erklärte sie. »Aber ich will nichts weiter, als dass Ihr mich und Neel bis Abilacht versteckt. Muir muss auch versteckt werden, denn der Gestaltwandler könnte sie im Lager bemerkt haben. Sind wir erst einmal in Abilacht, mache ich den Rest allein. Ich kenne einen Geheimgang, der von einem Bach außerhalb der Burg bis in den Palas führt. Es ist besser, wenn ich die Baronin allein aufsuche. Ich will sie nicht überfallen, sondern aushorchen. Es ist gut möglich, dass sie mit alledem nichts zu tun hat. Das Gegenteil ist allerdings auch möglich. Aber gegen Sarja weiß ich mich meiner Haut allein zu wehren.«

Finni lief freudestrahlend davon, um Rhianas Entschluss den anderen Gauklern mitzuteilen.

Neel reichte Rhiana die Hand. »Danke, dass ich mitkommen darf, Prinzessin.«

»Es gilt nur so lange, bis wir den Mörder bestraft haben.«

Die Amazone nickte und trollte sich, um nach Ujiko und ihren restlichen Waffen zu sehen.

Rhiana schaute sich nach ihren Tieren um. Eisfell war bei ihr, aber wo waren die Pferde? Wo steckte Muir? Rhiana hatte Muir zuletzt gesehen, als sie gemeinsam mit einigen Gauklern die Pferde und Esel von der Wiese in den nahen Wald zur Tränke führte. Inzwischen waren die meisten Tiere zurück. Auch Ujiko graste friedlich auf der Wiese. Sturmbraut, Rabe und Tandrigo konnte Rhiana jedoch nirgendwo entdecken. Sie machte sich keine ernsthaften Sorgen, wollte aber doch wissen, was los war.

»Such Muir! Such die Pferde!«, sagte Rhiana zu Eisfell.

Der Hund sah sie aufmerksam, aber zugleich ratlos an.

Rhiana hatte eine Idee. Wenn sie Eisfells Gedankenbilder lesen konnte, dann gelang es ihr vielleicht ja auch, ihm ihre Gedankenbilder zu vermitteln. Sie konzentrierte sich auf den Hund und stellte sich dann Muir und die Pferde vor.

Eisfell bellte und lief scheinbar zielstrebig in Richtung Waldrand. Ob er wirklich Muir und die Pferde suchte, würde sich zeigen.

Wie aus dem Nichts stand plötzlich Muir vor Rhiana. Die Prinzessin hatte sie nicht kommen hören. Damit war Rhiana zumindest klar, dass Eisfell sie missverstanden hatte.

»Ich muss Euch sprechen, Rhiana«, sagte Muir mit gepresster Stimme.

Muir wird erwachsen, ging es Rhiana durch den Kopf. *Zum ersten Mal nennt sie mich nicht Herrin oder Prinzessin, sondern einfach nur Rhiana.*

Sie hatte nichts dagegen einzuwenden, aber das Aussehen des Mädchens besorgte sie. Muir, die eigentlich immer frisch aussah und meistens rosige Wangen hatte, wirkte ungewöhnlich blass. Schlimmer noch war, dass ihre Schulter blutete. Das Blut verschmierte den Brustpanzer, den Muir immer noch trug. Offenbar hatte der Säbelhieb der fetten Räuberin sie doch verletzt, obwohl es Rhiana anders erschienen war. Die Wunde musste schmerzhaft sein. Kein Wunder, dass Muir so blass war und mit gepresster Stimme sprach.

»Du bist verletzt, Muir«, sagte Rhiana. »Warum trägst du immer noch den Harnisch, statt die Wunde versorgen zu lassen? Komm, lass mich …«

»Auch darüber möchte ich mit Euch reden«, wurde sie von Muir unterbrochen.

Neel, die bei Ujiko stand, schaute auf und sah zu den beiden Frauen herüber. Eine steile Furche bildete sich auf ihrer Stirn. Sie ließ Ujiko allein und kam langsam näher.

»Dann rede«, meinte Rhiana. »Aber beeile dich. Mit einer solchen Wunde ist nicht zu spaßen.«

Muir deutete verstohlen auf die sich nähernde Neel. »Ich möchte unbedingt mit Euch allein sprechen. Es geht um Dinge, die nur uns beide etwas angehen. Lasst uns bitte zur Straße gehen. Da sind wir ungestört.«

Rhiana fand das Verhalten des Mädchens ungewöhnlich. Ihre Sorge wuchs. War die Verletzung so schwer, dass Muir glaubte, sterben zu müssen? Wollte sie ihr einen letzten Gruß an ihre Eltern auftragen?

»Einverstanden«, sagte Rhiana. »Aber dann schauen wir unbedingt nach der Wunde.« Sie wandte sich der Straße zu. Über die Schulter rief sie in Richtung Neel: »Ich muss mich um Muir kümmern. Wir kommen gleich wieder.«

»Nehmt Euch in Acht, Prinzessin!«, brüllte Neel plötzlich los. »Das ist nicht Muir! Die richtige Muir kommt gerade mit Eisfell und den Pferden aus dem Wald!«

Rhiana wirbelte herum. Um ein Haar wäre es zu spät gewesen. Sie konnte gerade noch einem Schwerthieb der falschen Muir ausweichen. Das Gesicht des Mädchens war wütend verzerrt, wie Rhiana es noch nie gesehen hatte.

Die verzerrte Stimme, die andere Anrede, die Schulterverletzung! Der Gestaltwandler!

Sie versuchte, ihr Schwert blankzuziehen, aber der Feind setzte bereits wieder zu einem neuen Schlag an. Dieses Mal sah Rhiana keine Ausweichmöglichkeit.

Neel stürmte heran, den blanken Säbel in der Hand. Bevor der Gestaltwandler zuschlagen konnte, sauste Neels Säbel herab. Der Feind brach zusammen, das Schwert fiel ihm aus der Hand.

Sterbend zuckte der Körper hin und her und verformte sich. Ein Stiefel wurde zu einem unförmigen Fuß, der andere zu einer zierlichen Sandale, die Hose formte sich zu einem Kleid, dann wieder zu einem Lendenwickel, der Brustharnisch verwandelte sich in eine Seidenbluse und diese in ein Lederwams. Das Gesicht zerlief. Rhiana erkannte darin für Augenblicke die Züge von Muir, Neel und Tjalmar. Hinzu kamen fremde Gesichter und sogar die Hauer eines Orks. Am Ende blieb nur eine verzerrte Fratze, die sich aus hundert verschiedenen Gesichtern zusammensetzte.

Von allen Seiten waren die Gaukler herangeeilt und schauten stumm zu, wie das Wesen verendete. Die echte Muir, die längst den Brustpanzer abgelegt hatte, war entsetzt und schluchzte, als sie das betrachtete, was am Anfang noch ihr selbst geglichen hatte und jetzt wie ein unförmiger, grausiger bunter Flickenteppich aus Fleisch, Knochen, Stoff, Metall und Leder aussah.

Rhiana empfand nichts weiter als Freude und Dankbarkeit, dass der richtigen Muir nichts passiert war und der Albtraum ein Ende hatte.

Interludium

Herzog Kunibrand saß an seinem Schreibtisch und zupfte an seinem Kinn-Knebelbart, ohne dies selbst zu bemerken. Er war in Gedanken. Seine hagere Gestalt wirkte zusammengesunken.

Vierter Praios 913 BF, Tobrien, Burg Yslistein

»Was ist mit dir, mein lieber Bruder?«, fragte Gerlind, die schon ihr Nachtgewand trug. Sie trat zu ihm und strich ihm sanft über das pechschwarze Haar.

»Wir sind zu schwach, um Tedesco zu besiegen«, sagte Kunibrand. »Wir brauchen Unterstützung für den nächsten Feldzug. Was meine Lehnsleute an Soldaten ausheben, ist viel zu wenig. Wir müssen Söldner anwerben. Aber wovon?«

»Du könntest die Steuern anheben.«

»Das Volk stöhnt jetzt schon über die hohen Lasten und den Blutzoll, den der letzte Feldzug gegen Tedesco gefordert hat.«

»Es sollten sich reiche Kaufherren finden, die dir Geld geben. Hast du ihnen nicht erst die Möglichkeit gegeben, in Tobrien ihre Pfründe zu finden? Gerade durch den Krieg sind viele reich geworden.«

»… und sehen nicht ein, dass sie durch den nächsten Krieg wieder arm werden«, ergänzte Kunibrand. »Ich versuche ja mein Bestes, die mir gebührende Unterstützung einzufordern, und habe auch Erfolg damit, aber viele versuchen sich zu drücken. Wir brauchen jemanden, der viel Geld besitzt und bereit ist, es für den Erwerb von Privilegien und Macht einzusetzen. Ich denke an den Flammenbund.«

»Ich glaube nicht, dass du mir gegenüber einen solchen Bund schon mal erwähnt hast«, sagte seine Schwester.

»Nicht?«, wunderte sich Kunibrand. »Ja, mag sein. Dass der Flammenbund sehr reich ist, weiß ich auch erst seit kurzem. Mortenberg hat es mir mitgeteilt.«

»Was ist dieser Flammenbund?«, fragte Gerlind. Sie öffnete ihr Nachtgewand und ließ es herabgleiten, aber Kunibrand schien es nicht zu bemerken.

»Verschwörer, die für uns alle gefährlich werden können«, gab er zurück. »Drachenkultisten, die versuchen, andere für ihre Ziele einzuspannen. Aber das soll mir egal sein. Bisher haben noch alle Leute, die glaubten, *mich* benutzen zu können, irgendwann feststellen müssen, dass ich *sie* benutzt habe.«

Gerlind lächelte, nahm seine Hände und führte sie zu ihrem nackten Schoß. »Kannst du dir vorstellen, mein Geliebter, heute Abend auch noch etwas anderes zu benutzen?«, fragte sie sanft.

KAPITEL 11

Die Falle

Vierter Praios 913 BF, Nordmarken, abseits der Reichsstraße nach Abilacht

Die Gaukler hatten ein Lagerfeuer entfacht und in einem großen Kessel aus Bohnen, Speck und allerlei Kräutern einen Brei zubereitet. Dazu gab es in Fett geröstetes Brot und mit Wasser verdünntes Bier. Rhiana, Neel und Muir ließen sich nicht lange nötigen. Die drei Frauen hatten seit den frühen Morgenstunden nichts mehr gegessen und langten kräftig zu.

»Warum mag der Gestaltwandler erneut versucht haben, mich zu töten?«, fragte Rhiana, die sich neben Finni, Neel und Muir in das Gras gesetzt hatte und sich den Magen füllte. »Auf sich allein gestellt, meine ich. Wir waren uns doch einig, dass er in Abilacht die Unterstützung anderer gehabt hätte.«

Neel zuckte die Achseln. »Er wird uns beobachtet haben, und die Gelegenheit schien ihm günstig zu sein. Beinahe hätte es ja auch geklappt. Oder der Ehrgeiz hat ihn getrieben. Vielleicht wollte er sich auch ein Kopfgeld verdienen, das er sonst mit anderen hätte teilen müssen. Wir sollten uns nicht den Kopf darüber zerbrechen. Es hat sich für ihn ein für allemal ausgewandelt.«

»Ich habe darüber nachgedacht, wer hinter all dem steckt«, sagte die Prinzessin. »Ich glaube nicht, dass es Sarja ist. Zumindest nicht allein.«

»Der alte Feind, die Thronräuber«, meinte Neel.

Rhiana überlegte flüchtig, ob es klug war, vor den Ohren der Gaukler Einzelheiten über ihre Herkunft preiszugeben. Sie entschied sich, dass die Gaukler Freunde waren. Allein das Wissen über die neue *Zuflucht* in Havena sollte Eingeweihten vorbehalten bleiben. »Der Meinung war ich bisher auch. Doch allmählich kommen mir Zweifel. Die Thronräuber hocken in Talania und jagen uns weiter, senden Spitzel und Mörder nach Albernia. Aber ich habe niemals davon gehört, dass es in Talania einen Gestaltwandler gegeben hat. Und denkt an den Überfall auf die erste *Zuflucht*. Mehr als zweihundert Söldner haben uns angegriffen. Wer hat sie bezahlt, wer hat das alles in die Wege geleitet? Wer denkt sich Pläne aus, in denen ein Gestaltwandler, Meuchelmorde und eine wahrscheinlich absichtlich zurückgelassene Gemme eine Rolle spielen? Das alles, um ein paar arme und machtlose Flüchtlinge zu jagen? Das geht weit über den feigen Mord an meinem Vater hinaus. Es muss mehr dahinterstecken.«

Maruna hat ein Geheimnis erwähnt, das mein Vater gehütet hat. Ob sie mehr über diese Dinge weiß als sie zugibt? Vermutlich ist es so. Das würde erklären, warum sie mich drängt, Verantwortung zu übernehmen, und mir eine wichtige Rolle in einem Kampf zumisst, der offenbar nicht nur die Flüchtlinge, sondern ganz Aventurien betrifft.

»Ein Grund mehr, die Burg Abilacht nicht allein aufzusuchen«, meinte Neel. »Oder sie gar nicht aufzusuchen.«

»Maruna hat meine Entscheidung gebilligt«, widersprach Rhiana. »Und ich nehme an, dass sie mehr über den Feind weiß als wir beide. Aber auch Maruna scheint nicht zu wissen, wie stark dieser Feind ist und wie weit seine Pläne gediehen sind. Es ist nötig, zumindest herauszubekommen, wer den Gestaltwandler geschickt hat. Und der Mord an Tjalmar ist noch immer nicht gesühnt. Der Gestaltwandler war nur der Handlanger des wahren Mörders.«

»Was versprecht Ihr Euch von dem Besuch auf der

Burg?«, fragte die Amazone. »Wenn die Baronin in das Komplott verwickelt ist, wird sie es kaum zugeben.«

»Vielleicht doch, wenn ich ihr die Gemme unter die Nase halte«, entgegnete Rhiana. »Zumindest wird sie in Erklärungsnot kommen. Ihr Verhalten wird mir Hinweise geben, auf welcher Seite Sarja steht. Sicher dürfte sein, dass die Anschläge gegen uns von Burg Abilacht ausgehen. Wenn die Baronin selbst unschuldig sein sollte, muss es andere auf der Burg geben, die über Sarjas Kopf hinweg Entscheidungen treffen. Ich will wissen, was das für Leute sind.«

»Kennt man Euch auf der Burg?«, wollte Finni wissen.

»Die Burg war einige Jahre lang mein Zuhause, als ich noch ein Kind war«, antwortete die Prinzessin. »Es ist möglich, dass Sarja mich wiedererkennt, vielleicht auch einige Bedienstete.«

»Der Feind wird Euch erkennen, auch wenn er Euch nie zuvor gesehen hat«, merkte Neel an. »Er erwartet Euch und weiß von Eurer Schönheit. Vielleicht solltet Ihr Euch verkleiden und die blonden Haare verstecken.«

»Das wird nicht nötig sein«, erklärte Rhiana. »Ich habe nicht die Absicht, mich irgendjemandem außer Sarja zu zeigen.«

Neel seufzte. »Wie ich sehe, kann ich Euch die Sache nicht ausreden. Dann bleibt mir nur, Euch zu bitten, vorsichtig zu sein.«

»Seid unbesorgt«, sagte die Prinzessin. »Nachdem ich nicht zuletzt mit Eurer Hilfe den Anschlägen des Gestaltwandlers entkommen bin, werde ich dem Feind nicht Gelegenheit geben, mich doch noch töten zu können.«

Die Frauen beendeten ihr Mahl. Dann machten sich Neel und Muir reisefertig. Rhiana erlaubte Muir, sich selbst ein Pferd auszusuchen. Muir strahlte. Es überraschte Rhiana nicht, dass das Mädchen Tandrigo wählte. Der Wallach schien ebenfalls mit der Wahl zufrieden zu sein. Seine Rolle als Packpferd war beendet.

Die beiden Frauen verabschiedeten sich. Rhiana fragte die Amazone, die schon im Sattel von Ujiko saß: »Neel, Ihr habt mir noch gar nicht erzählt, was Euch zur rechten Zeit auf die Reichsstraße nach Abilacht geführt hat, um in den Kampf einzugreifen.«

»Der Zeitpunkt war eine glückliche Fügung«, gab Neel zur Antwort. »Warum ich auf der Reichsstraße unterwegs war? Ich wollte Euch einholen und hoffte darauf, Euch von meiner Unschuld zu überzeugen, wollte Euch meine Hilfe bei Eurer Mission anbieten. Als mich die Wachen am Lager verjagten, hat mir Vilko wütend hinterhergerufen, ich würde meiner Strafe nicht entgehen. Ihr wäret bereits unterwegs nach Abilacht, um meine Auftraggeber zu bestrafen, und würdet auch mich jagen.«

»Das war nicht sehr klug von Vilko«, meinte Rhiana.

Neel grinste. »Nein, gewiss nicht. Aber es war ihm offenbar ein Bedürfnis. Und letzten Endes hat er uns allen damit ja einen Gefallen getan.«

Neel und Muir winkten Rhiana und den Gauklern zu und ritten in Richtung Burg Crumold. Sie hofften darauf, irgendwo am Großen Fluss auf Gruppen der Flüchtlinge zu treffen und ihnen auf ihrer Reise nach Havena behilflich zu sein.

Auch die Gaukler bereiteten sich für den Aufbruch vor. Rhiana beriet sich mit Finni, Connair und einer älteren Frau namens Branwen, die auf den Märkten als Wahrsagerin tätig war und zusammen mit Connair die Gauklertruppe anführte sowie die Kasse verwaltete. Gemeinsam wurde entschieden, an dem Plan festzuhalten, Rhiana in einem der Planwagen zu verbergen. Zwar war der Gestaltwandler tot, aber irgendwo auf der Reichsstraße mochte es immer noch Spitzel des Feindes geben, die nach einer blonden Amazone Ausschau hielten.

Da die Gaukler es nicht sonderlich eilig hatten, nutzten Rhiana und Finni die verbleibende Zeit zu einem Bad im nahen See. Beide planschten übermütig herum. Rhiana fühlte sich an das Bad mit Muir erinnert. Das schien ihr so lange her zu sein, als wäre es in einem anderen Leben passiert. Dabei waren seither nur wenige Wochen vergangen. So vieles war passiert. Rhiana war in diesen wenigen Wochen um Jahre reifer und erfahrener geworden. Und das Gleiche galt auch für Muir. Rhiana hoffte nur, dass das Mädchen sich ihre frische und natürliche Art bewahrt hatte.

Finni bewunderte Rhianas schönen nackten Körper und ließ die Prinzessin dies auch wissen. Rhiana gab das Kompliment zurück. Es war ernst gemeint. Die junge Elfin war knabenhaft schlank und besaß kleine, zart knospende Brüste. Rhiana hatte kaum jemals ein Mädchen gesehen, das so zierlich und niedlich war. Die großen Augen waren rehbraun, das kurz geschnittene Haar besaß eine rotbraune Farbtönung. Rhiana war entzückt von der Elfin. Unwillkürlich musste sie daran denken, dass sie damals um ein Haar Muir gebeten hätte, sie zu streicheln. Von Finni gestreichelt zu werden und sie in den Arm zu nehmen, erschien ihr noch reizvoller. Aber sie schob diesen Gedanken zurück.

Erst plagt mich Rondra, und jetzt auch noch Rahja! Und Rahja lenkt meine Wünsche nicht einmal auf das passende Geschlecht!

Die Frauen trockneten sich ab, wuschen die abgelegten Kleidungsstücke und legten mitgebrachte frische Kleidung an. Rhiana war froh, endlich wieder nur Hemd und Hose tragen zu dürfen. Sie hatte ein schlichtes rotes Leinenhemd und eine Hose in der gleichen Farbe gewählt. Das Kettenhemd hatte sie schon am Lagerplatz der Gaukler zurückgelassen. Sie hoffte, es vorerst nicht zu benötigen. Auf Schwert und Dolch wollte sie allerdings nicht verzichten.

Finni zog Dreiviertelhosen aus Leder und ein Lederhemd an, beides weich gegerbt und fliederfarben eingefärbt. Sie trug kein Metall am Leib, wenn man von dem Dolch absah. Die Knöpfe von Hemd und Hose bestanden aus Hirschhorn, desgleichen die zierlichen Ohrringe. Das Mädchen pflückte sich von einem Busch eine hellrote Blüte und steckte sie in ein Knopfloch ihres Hemdes.

»Was bringt eine Elfin dazu, sich Gauklern anzuschließen?«, wollte Rhiana wissen.

»Eine Halbelfin«, stellte Finni richtig. »Meine Mutter war Elfin, und ich sehe ihr sehr ähnlich. Aber im Kopf bin ich mehr ein Mensch, meistens jedenfalls. Ich muss dich gleich darauf vorbereiten, dass ich nicht immer so fröhlich und munter bin, wie das im Moment der Fall ist. Manchmal …« Sie unterbrach sich. »Oh, verzeiht bitte, ich habe Euch versehentlich geduzt.«

Rhiana lachte silberhell auf. »Was gibt es daran zu verzeihen? Bleib doch bitte dabei, denn ich möchte dich auch duzen. Ich sehne mich nach einer Freundin, die vergisst, dass ich eine Prinzessin bin. Übrigens bin ich auch nur eine halbe Prinzessin. Mein Vater war zwar ein König, aber meine Mutter …« Sie verstummte. Was sollte sie sagen? Dass ihre Mutter keine Adlige, sondern eine Frau aus dem Volke gewesen war? So hatte man es Rhiana stets erzählt. Oder dass sie eine Göttin war? So hatte es ihr Rondra erzählt. »Meine Mutter war nicht die Königin«, sagte sie schließlich. »Aber lassen wir das. Wolltest du mir nicht gerade sagen, dass du manchmal auch zickig sein kannst? Das bin ich auch manchmal. Und aufbrausend. Wütend. Stur.«

Finni lächelte. »Das ist mir nicht entgangen. Jedenfalls danke ich dir für das Du. Ich mag dich und möchte gern deine Freundin sein. Aber sei gewarnt: Ich gelte als schwierig. Ich verhalte mich manchmal sehr seltsam. So seltsam, dass ich dann kaum ansprechbar bin. Du solltest das einfach hinnehmen, ohne viel zu fragen, und darfst es nicht auf dich oder irgendetwas, was du gesagt oder getan hast, beziehen.«

Rhiana hatte nie eine Elfin oder Halbelfin in ihrer Nähe gehabt, aber es wurde erzählt, dass Elfen ein rätselhaftes Wesen besaßen. »Dein elfisches Erbe?«, fragte sie.

»Auch das«, sagte Finni, »aber nicht allein. Ich habe schlimme Dinge erlebt, und manchmal überkommen mich die Erinnerungen. Vielleicht erzähle ich dir bei Gelegenheit mal etwas darüber. Vielleicht auch nicht. Und sei nicht böse, wenn ich es nicht tue. Es würde nicht bedeuten, dass ich dir nicht vertraue oder dich nicht gern habe.«

Rhiana nickte. »Das ist schon in Ordnung. Willst du mir trotzdem erzählen, wie du zu den Gauklern gekommen bist?«

»Ich bin erst seit einem Jahr bei ihnen. Sie traten in dem Ort auf, wo ich lebte, und sie gefielen mir. Ich war schon immer sehr gelenkig und habe bei ihnen einige akrobatische Kunststücke gelernt. Außerdem habe ich ein gewisses magisches Talent, wie du am eigenen Leib gespürt hast. Was Connair und Eillyn, die andere Zauberin, gesagt haben, stimmt allerdings. Ein richtig guter, ausgebildeter Magier würde sich über mich kaputtlachen. Ich beherrsche nur wenige Zauberformeln und etwas Elfen- und Koboldmagie. Das alles zusammen geht selten gut. Vieles misslingt mir. Aber für den Jahrmarkt reicht es.«

Während sie miteinander redeten, waren die beiden jungen Frauen zum Rastplatz der Gaukler zurückgekehrt. Sie hängten die nassen Kleider an Finnis Planwagen zum Trocknen auf. Dann kletterte Rhiana in den Wagen, den sie für sich allein hatte. Die beiden anderen Frauen, die außer Finni normalerweise in diesem Wagen reisten, hatten je eines der von den Wegelagerern erbeuteten Pferden erhalten und versuchten, die Tiere an sich zu gewöhnen.

Finni setzte sich auf den Kutschbock und ließ die Maultiere anziehen. Gemächlich setzte sich die Kolonne, die aus drei Wagen, nunmehr sechs Reitern sowie drei reiterlosen Pferden und einigen Eseln und Maultieren bestand, in Bewegung. Zwei der reiterlosen Pferde waren Sturmbraut und Rabe. Das dritte Pferd war Finni zugedacht. Es war der Falbenwallach, der dem Anführer der Wegelagerer gehört hatte und Tandrigo sehr ähnlich sah. Die Halbelfin hatte schon Freundschaft mit ihm geschlossen und ihm den Namen Windspiel gegeben. Er zockelte gemeinsam mit Sturmbraut und Rabe zutraulich neben dem Wagen her und musste wie die beiden anderen nicht einmal angeleint werden.

Rhiana genoss es, für eine Weile keine Verantwortung tragen zu müssen. Meistens schlief sie, denn die Anstrengungen der letzten Tage forderten ihren Tribut. Manchmal döste sie, manchmal unterhielt sie sich mit Finni und erfuhr dabei, dass der Name Finni eine Koseform für Fianna war. Die beiden jungen Frauen kamen sich in diesen Gesprächen immer näher. Die Prinzessin vermied es, Fragen nach Finnis Vergangenheit zu stellen. Wenn sie etwas darüber verraten wollte, dann sollte Finni selbst den Zeitpunkt bestimmen. Freimütig gestand die Halbelfin, dass sie schon mit mehreren jungen Burschen, darunter auch einem Elf, geschlafen hatte. Sie sprach ganz offen über diese Dinge. Wenn sie mit einem Jungen schlief, dann wollte sie auch, dass dieser sich in ihr ergoss und sich nicht im entscheidenden Moment zurückzog. Dass sie trotzdem nicht schwanger geworden war, hatte nichts mit Glück zu tun. Von ihrer Mutter hatte sie die Fähigkeit ererbt, selbst darüber entscheiden zu können, ob aus solchen Liebesnächten ein Kind hervorging oder nicht. Wie genau sie dies anstellte, vermochte Finni nicht zu erklären. Es geschah im Kopf, sagte sie. Es jemandem zu erklären, der so etwas nicht kannte, sei so aussichtslos, wie einem Blinden Farben erklären zu wollen.

Ungeniert fragte Finni nach Rhianas Erfahrungen mit Männern. Dass Rhiana noch Jungfrau war, erstaunte sie. Aber sie nickte, als die Prinzessin ihren Wunsch erklärte, sich nicht irgendeinem beliebigen Burschen hinzugeben, sondern sich nach einem Mann sehnte, den sie tief und innig liebte. Auch wenn Finni sich in ihrem Wesen und ihrem Verhalten gegenüber Männern von Rhiana unterschied, steckte in ihr eine genauso große Sehnsucht nach Liebe, Zärtlichkeit und Geborgenheit. Die beiden Frauen erkannten, dass es auch hier Gemeinsamkeiten zwischen ihnen gab.

Rhiana erzählte von den Flüchtlingen aus Talania, und während sie erzählte, wurde ihr wieder einmal bewusst, was für eine verschworene Gemeinschaft das war, vereint durch die Hoffnung, irgendwann zurückkehren zu können, zusammengeschweißt durch das Vertrauen – auf sie.

Ab und zu hockte sich einer der anderen Gaukler und Gauklerinnen zu den beiden. So lernte Rhiana nach und nach alle Mitglieder der Truppe kennen. Wenn eine Rast eingelegt wurde, schaute die Prinzessin ihnen bei den Proben für die Vorstellung zu.

Tsalita, die Gesichtswandlerin, sorgte auf Jahrmärkten für das Gelingen von Zaubertricks, bei denen eine Person an zwei verschiedenen Orten zu sein schien, und scheinbar unerklärliche Verwandlungen. Da sie nur ihr Gesicht verändern konnte, wurde die Illusion mit Perücken und Körperpolstern unterstützt.

Die Zauberin Eillyn kannte wie Finni nur wenige Zauberformeln, vermochte ihre Magie aber besser zu kontrollieren. Ihre beste Darbietung war die Nummer, die sie während des Kampfes gezeigt hatte. Sie errichtete um sich eine magische Barriere und forderte das Publikum auf, sie mit allerlei Dingen zu bewerfen, die dann an der Barriere abprallten oder verformt wurden. Viele Menschen in den kleinen Städten, in denen die Gaukler auftraten, waren niemals mit Magie in Berührung gekommen und entsprechend beeindruckt.

Der riesenhafte Gomm trat als Ringer oder Faustkämpfer gegen die mutigsten Kraftmeier und Raufbolde an und erwies sich fast immer als Sieger. Außerdem trat er gemeinsam mit Connair auf, und das ungleiche Paar zeigte dann verblüffende Akrobatik.

Nogaba beherrschte allerlei Tricks, die mit Feuer zu tun hatten. Er konnte barfuß auf glühenden Kohlen wandern oder sie sich auf die nackte Haut legen, schluckte Feuer oder spie es aus.

Jerrilu war ein Spaßmacher, der grell geschminkt und mit übergroßen Schuhen sich selbst und das Publikum veralberte.

Die junge Natalju beherrschte alle möglichen Taschenspielertricks. Nachdem sie sich kurz mit Rhiana unterhalten hatte, reichte sie ihr die Geldkatze, die sie ihr unbemerkt entwendet hatte. Rhiana hätte niemals geglaubt, dass irgendjemand an das Geld kommen könnte, ohne dass sie es bemerkte, aber Natalju zeigte ihr, mit welchen Tricks sie abgelenkt worden war.

Die Reiter, die sich im Kampf ausgezeichnet hatten, hießen Boruntin, Thorla und Albin, wobei Albin und Thorla Geschwister waren. Alle drei beherrschten zahlreiche Reiterkunststücke, und Thorla konnte unglaublich viel mit einem Seil anstellen, was sie auch im Kampf bewiesen hatte.

Branwen schließlich war der ruhende Pol der Gruppe, eine besonnene und freundliche Frau, die seit Jahrzehnten mit Gauklertruppen unterwegs war. Unter den jüngeren, leichtlebigeren Gauklern war sie als geizig verschrien, aber in Wahrheit hielt sie einfach nur das Geld zusammen. Gemeinsam mit Connair plante sie auch die Reisen der Gauklertruppe und kümmerte sich um den Ablauf des Programms.

Rhiana war beeindruckt von der Vielfalt der Talente. Als kleines Mädchen hatte sie in Abilacht hin und wieder zuschauen dürfen, wenn Gaukler in der Stadt waren. Sie hatte schon damals die Künste dieses bunten Völkchens bestaunt, aber die Truppe von Branwen und Connair stellte dies alles in den Schatten.

Hin und wieder begegneten ihnen andere Reisende, oder sie wurden von einzelnen Reitern und Reitergruppen überholt. Die Gaukler waren immer freundlich, winkten und scherzten. Manchmal wurde ihnen genauso geantwortet, gelegentlich kam es zu einem Plausch. Es gab aber auch Reisende, die grußlos ihres Weges zogen, mürrisch antworteten oder unwirsch forderten, für sie Platz zu machen. Ein dicker Kaufmann beschimpfte die Gaukler sogar als ›faule Bande, die arbeitsamen Leuten das Geld aus der Tasche zieht‹.

Bei all diesen Begegnungen zog sich Rhiana tiefer in den Planwagen zurück und hatte dabei die Hand am Schwert. Man konnte niemals gewiss sein, ob nicht dieser oder jener Reisende, der auf der Straße unterwegs war, nach einer blonden Amazone Ausschau hielt.

Sie passierten zwei Gasthäuser, ohne dort einzukehren, und verbrachten zwei Nächte abseits der Straße, aber dann lag endlich Abilacht vor ihnen. Rhiana empfand ein seltsames Gefühl, als sie nach dreizehn Jahren zum ersten Mal wieder die Stätte ihrer Kindheit erblickte. In die Wiedersehensfreude mischte sich Bitterkeit. Hier war ihr Vater ermordet worden. Und wieder ging von diesem Ort Gefahr aus.

Der Ort wurde von der eindrucksvollen, wehrhaften Burg bestimmt, die auf einem Hügel errichtet worden war. Zu Füßen des Hügels breitete sich die von einem Bach durchflossene Stadt aus. An Größe konnte sie es nicht ganz mit Kyndoch aufnehmen, hatte als Umschlagplatz für Handelswaren jedoch eine größere Bedeutung als die Stadt am Großen Fluss. Hier trafen zwei Reichsstraßen und eine Reichslandstraße aufeinander. Aller Warenverkehr von Havena in das Zentrum des Mittelreichs und umgekehrt lief über Abilacht. Die Stadt selbst hatte kaum mehr als neunhundert Einwohner, aber nicht weniger als zwölf Herbergen zeugten davon, dass den Großteil des Jahres viele Durchreisende hier eine Pause einlegten. Nur im Winter, wenn Schnee und Eis die Straßen schwer passierbar machten, ging es geruhsamer zu.

In den vergangenen Jahrhunderten war der Burg die Aufgabe zugekommen, die Bewohner von Abilacht aufzunehmen, wenn ein Feind angriff. In solchen Fällen war es gewiss bitter gewesen, mit anschauen zu müssen, wie der Feind die Häuser plünderte und in Brand setzte. Aber die trutzige Burg, die niemals erobert worden war, bot zumindest Sicherheit für Leib und Leben. Auf eine Stadtmauer hatte man deshalb in Abilacht verzichtet. Dies führte dazu, dass die Gassen der Stadt großzügiger angelegt waren. Es gab zahlreiche freie Flächen und Plätze. Die Gaukler schätzten an Abilacht besonders den großen Marktplatz, der es zwar nicht an Pracht, aber doch an Größe mit denen in Havena, Nostria, Honingen und Elenvina aufnehmen konnte. Auf kleineren Marktplätzen mussten sie ihre Reiterakrobatik auf kleine Einlagen beschränken, aber in Abilacht konnte das ganze Programm gezeigt werden.

Vorbei an Windmühlen und Bauernhöfen, die bis tief in das Herz der Stadt reichten, bewegten sich die Planwagen der Gaukler zum Marktplatz. Begleitet wurden sie von zahlreichen Kindern, die sich schon auf die Vorführung freuten, Gaffern, die für jede Neuigkeit zu haben waren, Bettlern, die die gute Laune des Publikums für sich auszunutzen gedachten, und gewiss auch dem einen oder anderen Taschendieb, für den größere Menschenansammlungen immer interessant waren. Daran änderte auch die Tatsache nichts, dass der Stadtrichter als streng und unbarmherzig galt und vom Büttel, der auch die Aufgabe des Scharfrichters erfüllte, schon so manche Diebeshand hatte abhacken lassen.

Vorerst würden die Zaungäste allerdings nicht auf ihre Kosten kommen. Branwen ging zum Rathaus, zahlte dem Schreiber des Stadtmeisters die verlangten Silbertaler und erhielt dafür ein Dokument, das es den Gauklern erlaubte, zwei Tage lang Einheimischen und Gästen ihre Künste vorzuführen und Gaben einzusammeln. Es wurde festgelegt, dass die Gaukler vom nächsten Sonnenaufgang bis zum übernächsten Sonnenuntergang tätig werden durften, dabei die Nachtruhe ab zehn Uhr abends einzuhalten hatten, und ihnen während dieser Zeit keine anderen Gaukler oder Theaterleute den Marktplatz streitig machen durften. Schließlich wurde ihnen ein Platz für das Abstellen der Wagen und Tiere zugewiesen.

Das alles dauerte eine Weile. Die Gaukler versorgten inzwischen ihre Tiere, indem sie Wasser vom Marktbrunnen herbeischafften und den Pferden, Maultieren und Eseln Futtersäcke umhängten.

Rhiana hatte ihren Plan mit Finni besprochen. Sie wollte im Schutze der Dunkelheit zum Einstieg des Geheimgangs gehen, um von dort aus direkt in den Palas der Burg zu gelangen. Das schien ihr die beste Lösung zu sein, um die Baronin in ihren Gemächern zu überraschen. Finnis Vorschlag, sich als Bäuerin zu verkleiden und mit den Lieferanten am frühen Morgen in den Burghof zu gelangen, hatte sie verworfen. Rhiana kannte die Verhältnisse auf der Burg. In Friedenszeiten war es kein Problem, in den Burghof zu gelangen, aber dort wurde jeder Besucher argwöhnisch von den Wachen auf den Wehrgängen beobachtet. Der Zugang zum Palas wurde besonders gründlich bewacht. Schon als Rhiana noch ein Kind war und auf der Burg gelebt hatte, besaß die Baronin ein hohes Sicherheitsbedürfnis. Der Mord an ihrem Gemahl König Arlos hatte dies noch gesteigert. Daran würde sich nichts geändert haben.

Draußen wurde es allmählich dunkel. Die Gaukler entzündeten Fackeln und steckten sie auf. Für Rhiana war die Stunde des Abschieds gekommen. Sie reichte Finni die Hand. Das Herz war ihr schwer. »Danke für alles, Finni. Ich hoffe, wir sehen uns einmal wieder.«

Das Mädchen war sichtlich betrübt und den Tränen nahe. »Ich habe dich lieb gewonnen, Rhiana. Lass uns nicht einfach so auseinander gehen. Wer weiß, wann unsere Truppe mal wieder in Albernia ist. Unsere Wege sollten sich nicht trennen. Ich fühle mich wohl bei den Gauklern, aber ich kann mich auch jederzeit von ihnen trennen. Im Grunde möchte ich mein Leben nicht auf der Straße zubringen. Das hat für einige Zeit Spaß gemacht, aber ich erwarte mehr vom Leben. Nimm mich mit. Du hast mir so viel von eurer Gemeinschaft erzählt. Lass mich dazugehören. Neel ist doch auch erst später hinzugestoßen.«

Rhiana seufzte. »Ach Finni, mach es mir doch nicht so schwer. Ich will dich nicht in etwas hineinziehen, was dich nichts angeht. Du hast selbst dein Päckchen zu tragen. Bürde dir nicht noch andere Lasten auf. Ich habe dir erzählt, wie sehr der Feind uns nachstellt und uns bedroht. Neel hat dies als Aufgabe und Berufung angenommen. Aber Neel ist unheimlich stark, eine Amazone, besessen von dem Glauben, dass sie mit ihrem Schwert für die Gerechtigkeit kämpfen muss, um Rondras wahren Willen zu erfüllen. Ach Finni, du hast so tapfer gekämpft und ich mag dich so sehr, aber du bist nicht Neel. Weißt du, um Neel habe ich nie Angst. Sie scheint unbesiegbar zu sein und rettet mir andauernd das Leben. Aber um dich hätte ich Angst.

Fast so viel Angst, wie ich die ganze Zeit um Muir gehabt habe.«

»Nein, ich bin nicht Neel und will es auch nicht sein«, erwiderte Finni. »Aber ich bin auch nicht Muir. Sie ist noch ein halbes Kind, und du hast dir zu Recht Sorgen um sie gemacht. Sieh mich an, Rhiana. Ich bin erwachsen. Ich kann auf mich selber aufpassen. Ich kann kämpfen, und ich kann sterben, wenn es sein muss. Mit dir und ohne dich. Das Leben ist hart und lässt uns nur wenige Momente der Freude. Die der Angst und der Schmerzen sind häufiger. Auch bei den Gauklern. Ohne dein Eingreifen wäre ich mit den anderen zusammen beim Überfall der Wegelagerer ums Leben gekommen. Das kann mir jederzeit wieder passieren. Wenn ich schon kämpfen muss, dann kämpfe ich lieber gegen einen Feind, den ich kenne, statt als Schlachtvieh für Unbekannte zu dienen, die irgendwo am Straßenrand auf mich lauern.«

»Finni, wir kennen den Feind nicht, der uns angreift.«

»Aber ihr versucht ihn aufzuspüren. Und ihr habt Anhaltspunkte. Das ist mehr, als ich jemals hatte.«

»Wie meinst du das?«

»Es hängt mit meiner Vergangenheit zusammen, und ich möchte nicht darüber sprechen!«

Rhianas Gedanken wirbelten durcheinander. Es war alles so einfach erschienen. Sie hatte den Gauklern geholfen, und diese halfen ihr. In Abilacht trennten sich die Wege. Aber da gab es noch Finni. Sie hatte eine Freundin gefunden, die sie liebte und nicht verlieren wollte. Und Finni empfand offenbar genauso. Rhiana wollte Finni nicht verlieren. Sie traf ihre Entscheidung.

Rhiana zog Finni an sich und küsste sie auf den Mund. »Dann komm mit, du kleiner Dickkopf.«

Finni war einen Moment lang verwirrt, aber dann erwiderte sie den Kuss. »Rhiana, du weißt gar nicht, wie glücklich du mich damit machst«, jubelte sie. Sie löste sich von Rhiana und schulterte den Bogen und den Pfeilköcher. »Ich rede mit Connair. Er wird Verständnis haben. Branwen auch. Es ist ein stetes Kommen und Gehen bei uns Gauklern. Und sie werden uns weiterhin helfen. Lassen wir die Pferde hier?«

»Ja, hier sind sie bestens aufgehoben. Wo wir hingehen, brauchen wir keine Pferde.«

»Und Eisfell?« Finni deutete auf den Hund, der zu Rhianas Füßen geschlafen, aber die Unruhe gespürt hatte und jetzt hellwach war.

»Eisfell bleibt ebenfalls hier. Er würde sich selbst und uns nur unnötig in Gefahr bringen.«

»Und wie willst du ihm das klar machen?«

»Notfalls müssen wir ihn anbinden. Aber zwischen mir und Eisfell besteht ein enges Band. Ich will versuchen, ihm zu erklären, dass er hier warten soll.«

Kurz bevor der Gestaltwandler auftauchte, hatte Rhiana versucht, dem Wolfshund Gedankenbilder von Muir und den Pferden zu übertragen, und er war tatsächlich zum Waldrand gelaufen. Aber wie sollte sie einem Hund vermitteln, dass er warten sollte? Sie versuchte es. Sie sah Eisfell tief in die Augen und stellte sich vor, wie sie und Finni einen Berg hinaufstiegen, während Eisfell unten sitzen blieb und ihnen nachschaute. Dann stellte sie sich vor, wie sie und Finni vom Berg herabstiegen und den immer noch still dasitzenden Eisfell begrüßten. Sie dachte ein dickes Stück Rauchfleisch hinzu, das Eisfell bekam, weil er brav gewartet hatte.

Rhiana kannte Eisfells Mimik sehr gut. Eisfell lachte, und die Vorfreude auf das Rauchfleisch ließ einige Tropfen von seinen Lefzen herabfallen. Als Rhiana und Finni Anstalten machten, den Planwagen zu verlassen, blieb Eisfell sitzen.

»Was hast du gemacht?«, fragte Finni neugierig.

»Ich habe ihn … angedacht«, antwortete Rhiana.

»Habe ihm erzählt, dass er ein Stück Rauchfleisch bekommt, wenn er hier auf uns wartet.«

Finni lachte vergnügt. »Das musst du ihm dann aber auch geben, wenn wir zurückkommen!«

»Unbedingt«, sagte Rhiana. »Versprechungen muss man immer einhalten, gedachte Versprechungen noch mehr als andere.«

Die Halbelfin verließ den Planwagen und sprach mit Connair und Brandwen. Schon wenig später kehrte sie zurück. Sie lächelte. »Ich brauchte gar nichts zu sagen. Die beiden wussten sofort, was ich wollte, und wünschen uns beiden viel Glück. Die Tiere können hier bleiben, bis wir zurückkehren.«

Rhiana hatte ihr langes blondes Haar hochgesteckt und eine dunkelrote Filzkappe aufgesetzt. Wer nach einer Frau mit langen blonden Haaren suchte, würde sich vielleicht täuschen lassen. Die Dunkelheit sollte ein Übriges tun. Außerdem war das Ziel nicht weit entfernt. Nur ein paar Gassen in der Stadt und ein Stück Weg am Bach entlang waren zu überwinden.

Die Prinzessin trug ein weinrotes Hemd und eine Hose in der gleichen Farbe, dazu braune Stiefel. Sie hatte ihr Schwert und einen Dolch im Gürtel. Im rechten Stiefel war ein Messer versteckt. Finni war von Kopf bis Fuß in fliederfarbenes Leder gekleidet. An Waffen führte sie Pfeil und Bogen sowie einen Dolch mit sich.

Die Prinzessin nahm eines der im Planwagen liegenden Seile und legte es sich in mehreren Lagen um die Schulter. »Wir werden es brauchen«, erklärte sie.

Die beiden Frauen huschten auf der Seite aus dem Wagen, wo das Licht der Fackeln nicht hinreichte. Im Nu verschluckte sie die Dunkelheit. Die Straßen und Gassen lagen still da. Nur in der Ferne, wo sich die Bierschänken und Weinstuben befanden, war das Gröhlen von Zechern zu hören. Aus einigen Fensterhöhlen drang der flackernde Lichtschein von Kerzen oder Öllampen. In einigen Gassen spendeten rußende Pechfackeln ein unstetes rotgelbes Licht, aber diese Gassen mieden die beiden. Das Madamal war hinter Wolken verborgen. Das machte Rhiana nichts aus. Abilacht hatte sich in den dreizehn Jahren, seitdem sie zuletzt in der Stadt gewesen war, kaum verändert. Sie kannte ihren Weg. Nicht viel von der Umgebung sehen zu können, hieß auch, selbst nicht gesehen zu werden. Das Einzige, was sie fürchtete, war eine zufällige Begegnung mit den Stadtgardisten, die von Beginn der Dunkelheit an auf den Straßen und Gassen unterwegs waren. Sie würden sicherlich wissen wollen, was bewaffnete Ortsfremde jenseits der Schänken und Gasthäuser zu suchen hatten. Aber die Gardisten waren stets zu dritt unterwegs und bemühten sich nicht um Heimlichkeit. Im Gegenteil, ihr fester Schritt und das leise Scheppern von gegürteten Waffen sollte den Stadtbewohner ein Gefühl der Sicherheit geben und allen, die finstere Pläne hegten, möglichst das Herz in die Hose sinken lassen.

Niemand begegnete den beiden Frauen. Bald hatten sie den Stadtkern hinter sich gelassen. Die Zahl der Gebäude verringerte sich. Es gab freie Flächen und Felder. Ein Stück entfernt kauerten mit Reet gedeckte Katen auf dem Land. Mit ihren bis zum Boden hinabreichenden Dächern unterschieden sie sich in der Dunkelheit kaum von den umliegenden Hügeln. Rhiana und Finni passierten die Schmiede, die dunkel dalag. Ein Hund bellte, verstummte aber schnell wieder, als die Frauen das Gebäude passiert hatten. Vor ihnen knarrte und knackte das hölzerne Rad der Wassermühle. Wasser plätscherte und ergoss sich aus den Kammern des Rades in das unterhalb davon gelegene Bachbett. Sie waren richtig. Ein Stück oberhalb der Mühle lag der versteckte Eingang zu dem Geheimtunnel.

»Wir sind gleich da«, flüsterte Rhiana und deutete

nach vorn. »Wir müssen nur noch den Hang hinaufklettern und uns dann abseilen.«

Der Bach durchschnitt an dieser Stelle eine Felsformation. Die meisten der umliegenden Hügel waren mit Gras und krüppligen Gehölzen bewachsen, aber hier trat nacktes Gestein hervor und bildete eine kleine Schlucht, an deren tiefstem Grund sich der Bach dahinschlängelte. Im Hintergrund, gut zweihundert Schritt entfernt, zeichneten sich die Umrisse der Burg ab. Aus dem Burghof drang das glosende Licht einiger Fackeln. Das Madamal trat hinter den Wolken hervor und tauchte die Schlucht in ein geisterhaft weißes Licht.

Die beiden Frauen erreichten den höchsten Punkt des steil abfallenden Felsens. Bis zum Grund waren es etwa zwanzig Schritt. Auf halber Höhe konnte man eine Spalte im Fels mehr ahnen als wirklich erkennen. Davor gab es eine kleine Plattform, auf der allerlei Sträucher und sogar zwei windschiefe Bäume wuchsen. Das Gestrüpp der Zweige und Äste verbarg den Eingang zu einer Höhle, von der nur Eingeweihte etwas wussten.

Rhiana schaute sich um, konnte aber keinen geeigneten Baum in der Nähe erkennen, an dem das Seil hätte befestigt werden können. Sie kniete nieder und befühlte das Gestein. Dann nickte sie zufrieden. Der gefurchte, leicht überhängende Felsen bildete eine Nadel aus, die einer Seilschlinge Halt geben würde. Sie nahm das Seil, verknotete es, legte die Schlinge um die Felsnadel und ließ das freie Ende nach unten gleiten. Sie erklärte Finni, was sie vorhatte. »Ich seile mich ab. Wenn ich die Plattform erreicht habe, melde ich mich. Du folgst mir dann.«

Als Mädchen war sie manchmal von der Burg aus durch den Geheimgang zu der Höhle in der Schlucht gegangen und hatte von der Felsplattform zum Bach hinuntergeschaut. Damals fand sie das aufregend und romantisch. Sie hatte sich vorgestellt, dass grimmige

Feinde die Burg belagerten, ohne zu ahnen, dass die Burgbewohner Frauen, Kinder und alle Schätze auf diesem Weg in Sicherheit brachten. So war das wohl auch geplant gewesen, als dieser Gang angelegt wurde. Welchen Zwecken er später tatsächlich gedient hatte, wusste Rhiana nicht. Das kleine Mädchen hatte sich ausgemalt, dass einmal eine wunderschöne Prinzessin auf der Burg gelebt hatte, deren Eltern nicht erlauben wollten, dass ein ebenfalls wunderschöner Prinz sie zu seiner Frau machte. Der Gang ermöglichte es den beiden, sich heimlich zu treffen und schließlich gemeinsam zu fliehen.

Rhiana lächelte ungewollt, als ihr diese Geschichten in den Sinn kamen, während sie an dem Seil herabkletterte. Die kleine Rhiana hatte sich nicht einfallen lassen, dass sie selbst einmal diesen Gang zu dem Zweck benutzen würde, die Burg heimlich aufzusuchen. Und schon gar nicht hatte sie ahnen können, aus welchem völlig unromantischen Grund dies geschehen würde.

Sie erreichte die Plattform und hielt sich am Ast eines Baumes fest. Flüchtig sah sie sich um. Hier schien alles so zu sein wie vor dreizehn Jahren. Nur die beiden Bäume waren damals kleiner gewesen. Hinter ihnen gähnte die Felsspalte. Selbst von hier aus konnte man nicht sehen, dass sich dahinter eine geräumige Höhle befand.

»Alles in Ordnung«, raunte Rhiana der über ihr kauernden Finni zu. »Du kannst kommen.«

Die Prinzessin hielt das Seil fest, an dem die Halbelfin wieselflink hinabkletterte. Wenige Augenblicke später stand sie bereits neben Rhiana auf der Plattform. Die beiden Frauen bogen die Zweige einiger Büsche auseinander, die ihnen den Weg versperrten, und zwängten sich durch die Felsspalte. Es war stockdunkel. Rhiana ärgerte sich, dass sie nicht daran gedacht hatte, eine Kerze und die Utensilien zum Feuermachen mitzunehmen.

»Wir müssen uns im Dunkeln zurechtfinden«, sagte sie zu Finni. »Aber es ist einfach. Man kann gar nichts falsch machen.«

Es roch merkwürdig in der Höhle. Ein Rest von Rauch hing in der Luft. Rhiana meinte sogar den säuerlichen Geruch von Schweiß wahrzunehmen. Es konnte noch nicht lange her sein, dass sich jemand hier aufgehalten hatte. Sie war sofort alarmiert und griff unwillkürlich nach dem Schwert.

Irgendwo klirrte etwas, und das Geräusch stammte nicht von Finni. Ein Schnaufen ertönte, als hätte jemand die Luft angehalten, um kein Geräusch zu verursachen, und jetzt ausgeatmet. Die Blendkappe einer Laterne wurde heruntergeschlagen. Im nächsten Moment wurden die beiden Frauen von sechs Bewaffneten umringt. Spieße und Schwerter zielten auf Brust, Bauch und Kehle. Das alles ging viel zu schnell, um Gegenwehr leisten zu können.

»Wir ersparen Euch das Herumtasten im Dunkeln«, sagte eine spöttische weibliche Stimme.

Eine weitere Person trat von hinten in den Kreis der Bewaffneten. Es handelte sich um eine vierschrötige Frau mit einem derben, bäurischen Gesicht. Offenbar war sie die Anführerin der Bewaffneten. In ihrem Gürtel hing ein Säbel. In der Hand hielt sie eine Laterne, die sie erst Rhiana, dann Finni vor das Gesicht hielt. Erneut wurde Rhiana angeleuchtet. Mit einer raschen Bewegung der anderen Hand riss sie Rhiana die Kappe herunter. Die Haarklammern lösten sich dabei. Wie eine goldene Flut fielen Rhianas blonde Haare über ihre Schultern.

»Aha«, sagte die Frau zufrieden. »Uns wurde eine blonde Frau angekündigt, und hier ist eine blonde Frau.«

Rhiana war verzweifelt und ratlos. Dass sie hier erwartet wurde, wäre ihr nicht im Traum eingefallen. Sie war immer der Meinung gewesen, der Geheimgang sei nur wenigen bekannt, und diese Wenigen würden ihr

Wissen nicht mit den Wachsoldaten teilen wollen. Offenbar war das ein Irrtum gewesen. Was konnten Finni und sie tun? Ihr wollte nichts einfallen. Solange die Waffen auf sie gerichtet waren, würde jeder Versuch zu kämpfen auf Selbstmord hinauslaufen. Sie mussten auf einen Fehler der Bewaffneten warten, ihnen dann vielleicht die Laternen aus der Hand schlagen, wegtauchen und nach den eigenen Waffen greifen.

Der vage Plan wurde schnell zunichte gemacht. Die Wachsoldatin löste Rhianas Schwertgurt und nahm auch den Dolch an sich. Finni musste erdulden, dass ihr eigener Dolch sowie der Bogen und der Köcher mit den Pfeilen in den Besitz der Soldatin übergingen. Die Frauen wurden von den derben Händen der Soldatin befummelt. Sie knöpfte beiden die Hemden auf, sodass die Brüste zu sehen waren. Dann griff sie Rhiana zwischen die Brüste, nahm triumphierend die Geldkatze und zog ihr die Lederschnur, an der sie befestigt war, über den Kopf. Allein die Gemme und das im Stiefel versteckte Messer entdeckte sie nicht.

Die Soldatin machte sich nicht die Mühe, die Hemden der jungen Frauen wieder zuzuknöpfen. Rhiana spürte die gierigen Blicke der Männer unter den Bewaffneten auf ihren nackten Brüsten brennen. Sie wurde rot, nicht so sehr aus Scham, sondern aus Zorn über die Behandlung und die Dreistigkeit der Blicke. Als Frau fühlte sie sich grob beleidigt und missachtet. Sie sagte nichts. Sich mit der Waffe Respekt zu verschaffen, war ihr versagt – und betteln wollte sie nicht.

Schließlich befahl die Anführerin, den beiden Frauen die Hände auf dem Rücken zu binden, und riet den Gefangenen, sich nicht zu sträuben. Einer der Soldaten kam dem Befehl nach, während die anderen weiter die Waffen auf die Frauen richteten. Der Mann, der zuerst Rhianas Hände band, ging dabei eher vorsichtig als grob vor. Er zog die Fessel nicht sonderlich fest.

»He, Elfin«, sagte eine der drei weiblichen Wachen. »Bist du ein Mädchen oder ein hübscher kleiner Kerl? Oder vielleicht beides?« Ungeniert fasste sie Finni an den Schritt. »Schade«, sagte sie, »da hängt nichts.«

Das Gelächter der anderen Wachen und Finnis ärgerlicher Protest wurde von der Anführerin erstickt. »Niemand rührt die Frauen an!«, brüllte sie. Offenbar hatte sie ihre Befehle, an die sie sich selbst allerdings nur mangelhaft hielt. »Und ich will keine unziemlichen Reden hören. Vielleicht gibt es später die Möglichkeit, sich mit ihnen zu beschäftigen. Im Moment jedoch sind sie allein die Gefangenen von Dom Lando und Magister Zaraldus.« Sie schwenkte die Laterne zu einer der Wachen. »Aldor, Ihr meldet den Herren, dass wir zwei Frauen gefasst haben und eine davon vermutlich Prinzessin Rhiana ist. Ihr findet die Herren im Gasthaus ›Zum Troll‹. Eilt Euch!«

»Soll ich nicht zuvor die Baronin oder Ritter Mortenberg benachrichtigen?«, fragte der Mann.

»Wir sind nicht der Baronin unterstellt, sondern dem Grafen zu Honingen!«, schnauzte ihn die Frau an. »Unser Befehlshaber ist Hauptmann Dom Lando. Die Baronin und der Ritter haben uns keine Befehle zu geben.«

Der Mann nahm eine der Laternen und verschwand im Hintergrund der Höhle, wo sich der Geheimgang zur Burg befand, wie Rhiana wusste. Sie selbst und Finni wurden ebenfalls in diese Richtung geführt. Jede der Frauen wurde jetzt nur noch von einer Waffe bedroht, aber die Fesseln verhinderten, dass sie das ausnutzen konnten. Die Gruppe bewegte sich im Gänsemarsch durch den Gang, die Gefangenen in der Mitte, die Anführerin als Letzte.

Der Tunnel gabelte sich, und der Trupp schlug den Weg nach links ein. Rhiana erinnerte sich, dass dies nicht der Weg zum Palas, sondern zum Söller war. Der Gang endete vor der Rückseite eines Wandschranks in der Waffenkammer. Von dort aus führte ein weiterer Gang zum Kerker und zur Folterkammer. Ohne Frage war der Kerker ihr Ziel. Später vielleicht auch die Folterkammer. Wer immer Dom Lando und Magister Zaraldus sein mochten – Rhiana zweifelte nicht daran, dass die beiden etwas mit dem Gestaltwandler und dem Mord an Tjalmar zu tun hatten.

Man hat für den Fall vorgesorgt, dass ich den Anschlägen des Gestaltwandlers entgehe. Man war sicher, ich würde den Geheimgang benutzen. Ich bin blind in ihre Falle gelaufen! Und durch meine Schuld ist auch noch die niedliche kleine Finni in die Gewalt des Feindes gelangt!

Wie erwartet öffnete die vorn gehende Wachsoldatin die Rückseite des Wandschranks, die sich als Tür erwies, und die Wachen führten ihre Gefangenen an allerlei Rüstzeug vorbei in den Kerker. Die Geldkatze und die sichergestellten Waffen legte die Anführerin auf einen Tisch im Vorraum. Offenbar waren sie für Dom Lando und Magister Zaraldus bestimmt.

Die Fesseln wurden ihnen nicht abgenommen. Die Anführerin selbst sperrte die schwere, mit Eisenbeschlägen verstärkte Eichenholztür ab. Klickend drehte sich der große Schlüssel in dem Schloss. Es wurde dunkel. Als einziges Licht fiel ein matter Abglanz des Fackelscheins im Burghof durch ein kleines vergittertes Fenster hoch über ihnen.

KAPITEL 12

Der Helfer

Sechster Praios 913 BF, Albernia, Burg Abilacht

Rhiana und Finni hatten sich flüchtig im Kerker umgesehen, als sie hineingeführt wurden. Er befand sich direkt unter dem Söller und besaß halbrunde Außenmauern. In einer Ecke war etwas Stroh aufgeschüttet. Sonst gab es nichts weiter als kahle Mauern und einen nackten Fußboden.

Rhiana lauschte den Tritten der Wachsoldaten hinterher. Sie stiegen in den Söller hinauf. Rhiana wusste nicht, ob sich alle nach oben begeben hatten oder jemand hier unten zur Bewachung zurückgeblieben war. Da sie draußen keine Geräusche mehr hörte, nahm sie jedoch an, dass alle gegangen waren. Offenbar rechnete niemand damit, dass sich die Frauen befreien könnten, bevor Dom Lando und Magister Zaraldus eintrafen.

Verzweifelt zerrte Rhiana an ihren Fesseln. »Wir müssen hier irgendwie rauskommen! Aber wie?«

»Der erste Teil ist einfach«, sagte Finni und trat an Rhiana heran. »Entfesselungstricks gehören ebenfalls zu den Darbietungen der Gaukler. Ich habe die Hände gespreizt, als ich gefesselt wurde, und meine Finger sind sehr gelenkig.« Im Nu hatte das Mädchen auch Rhianas Fesseln gelöst.

»Kennst du die Namen Dom Lando und Magister Zaraldus?«, fragte Finni.

»Nein, aber ich habe keinen Zweifel, dass von ihnen große Gefahr ausgeht. Sie dürften den Gestaltwandler auf uns angesetzt haben und für Tjalmars Tod verantwortlich sein. Sie werden auch uns töten oder Schlimmeres mit uns anstellen.« Rhiana nahm das im Stiefel versteckte Messer und versuchte es zwischen Schlossriegel und Nut zu bringen. Die Klinge rutschte ab, und es war kaum damit zu rechnen, dass sich der schwere Riegel damit bewegen lassen würde. Wie wild hackte sie auf das Holz neben dem Schloss ein. Das war ein Ausdruck schierer Verzweiflung. Die Tür würde sich auf diese Weise nicht öffnen lassen.

»Ich kenne einen Zauber, der ein Schloss öffnet, aber ich bin nicht sicher, ob er gelingt«, meinte Finni. »Um ehrlich zu sein, er ist mir noch nie gelungen.«

»O Finni, er *muss* einfach gelingen!«, rief Rhiana mit neuer Hoffnung.

Die Halbelfin sammelte sich, stand ganz still und steif da. Rhiana hörte nicht, dass sie einen Zauberspruch aufsagte. Plötzlich bewegte sich das Messer in ihrer Hand. Es rollte sich zu einem Ring zusammen. Mit der Tür geschah überhaupt nichts.

»Du hast aus meinem Messer einen Eisenring gemacht«, sagte Rhiana traurig.

»O weh!«, seufzte Finni. »Ich probiere es noch einmal. Hoffentlich reicht meine Kraft für einen zweiten Versuch. Ein drittes Mal wird es ganz bestimmt nicht geben.«

Wieder erstarrte sie in angespannter Sammlung. Die Prinzessin legte beide Hände auf die Tür, als könnte dies Finni helfen, die magische Kraft in die richtige Richtung zu lenken. Lange Zeit geschah überhaupt nichts. Minuten vergingen, die Rhiana wie Stunden erschienen. Sie wollte die kleine Elfin schon fragen, ob auch dieser Versuch missglückt war, traute sich aber nicht, sie zu stören.

Plötzlich knackte das Schloss, erst nur ganz leise, dann lauter. Knirschend und quietschend bewegte sich der Riegel in das Schloss hinein und gab die Tür frei.

»Finni, du bist die größte Magierin von Aventurien!«, jubelte Rhiana und stieß die Tür auf.

Die beiden Frauen stürzten in den Vorraum, wo eine der zurückgelassenen Laternen brannte, und rissen ihre Waffen und Rhianas Geldkatze an sich. Dann schlossen sie die Kerkertür wieder, um keinen Hinweis auf die Flucht zu geben, und liefen zur Rüstkammer. Die Laterne nahmen sie mit. Vor dem Schrank, der als Tür zum Geheimgang diente, verharrten sie, gürteten die Waffen und lauschten nach allen Seiten. Irgendwo in der Ferne hörten sie knarrendes Holz und Stiefeltritte. Einer der Wachsoldaten bewegte sich auf dem Wehrgang. Ganz schwach drang für einen Moment das Gelächter von Männern und Frauen an ihre Ohren. Es war beruhigend weit entfernt. Möglicherweise waren das die Wachsoldaten, die Rhiana und Finni gefasst hatten. Vielleicht unterhielten sie sich über den Anblick, den die beiden ihnen ungewollt geboten hatten. Der Gedanke erinnerte Rhiana daran, dass sie und Finni noch immer alles zeigten, was sie hatten. Sie beugte sich zu dem Mädchen und knöpfte ihr das Hemd zu. Für einen Moment kamen ihre Finger mit den zarten Knospen von Finnis Brüsten in Berührung. Rhiana bemerkte, wie die Brustwarzen bei der Berührung hart wurden.

Finni ließ dies lächelnd geschehen. Wie selbstverständlich knöpfte sie anschließend Rhianas Hemd zu und strich dabei keineswegs zufällig, sondern absichtlich mit der Hand sanft über die Brüste. Rhiana bemerkte, dass sich auch ihre Brustwarzen aufrichtete. Es überraschte sie nicht.

»Sie sind wunderschön«, hauchte Finni, bedeckte die Brüste dann aber mit dem Stoff und verschloss das Hemd.

Rhiana fragte sich, was zu einer Zeit an einem anderen Ort daraus hätte werden können. So blieb es nur eine Geste zwischen zwei Freundinnen, die einander mochten. Selbst diese Geste war im Moment eigentlich fehl am Platze. Sie sollten längst in dem Geheimgang sein. Jederzeit konnten die Wachen zurückkehren und entdecken, dass die Gefangenen geflohen waren. Oder Dom Lando und Magister Zaraldus eilten herbei, um den Fang zu begutachten.

Rhiana zog das Schwert blank, Finni den Dolch. Noch einmal wollten sie sich nicht von einem in der Dunkelheit lauernden Feind überraschen lassen. Wortlos verschwanden die jungen Frauen im Geheimgang und zogen die Tür hinter sich zu. Dann rannten sie den Gang entlang. Sie zweifelten nicht daran, dass man sie verfolgen würde, sobald ihre Flucht entdeckt worden war. Bis dahin hofften Rhiana und Finni allerdings, einen ausreichenden Vorsprung zu haben. Sollte es dennoch zu einem Kampf kommen, waren sie gewappnet. Dieses Mal würden sie sich nicht übertölpeln lassen.

Im Grunde wusste Rhiana schon alles, was sie hatte wissen wollen, oder konnte es sich zusammenreimen. Sie kannte jetzt zwei Namen des Feindes: Dom Lando und Magister Zaraldus. Diese Männer würde sie in Zukunft jagen. Einer von ihnen war für Tjalmars Tod verantwortlich. Oder beide. Und es gab sicherlich Hintermänner. Ein Hauptmann und ein Magier waren bestimmt nicht *der* Feind, sondern nur *ein* Feind. Es musste andere geben, die Dom Lando und Zaraldus beauftragt hatten. Sie würde versuchen, diese anderen aufzuspüren. Die Baronin dagegen schien auf ihrer eigenen Burg nicht viel zu sagen haben. Gleiches galt offenbar für diesen Ritter Mortenberg. Rhiana hatte schon vorher geargwöhnt, dass die Gemme sie nicht nur zur Burg Abilacht locken, sondern auch eine falsche Fährte zur Baronin legen sollte. Sie glaubte immer weniger, dass Sarja mit der Sache etwas zu tun hatte. Dennoch hätte sie ihr gern die Gemme unter die Nase gehalten, um an ihrem Gesicht abzulesen, ob sie schuldig oder unschuldig war.

Warum eigentlich nicht? Jeder wird annehmen, dass wir zur Höhle gerannt sind, uns zum Bach abgeseilt haben und möglichst schnell viel Raum zwischen uns und unsere Verfolger bringen wollen. Niemand wird uns noch in der Burg vermuten.

Als Rhiana die Abzweigung erreichte, die zum Palas führte, blieb sie stehen, griff nach Finnis Hand und hielt das Mädchen zurück.

»Finni, hast du noch Mut? Wenn ja, dann führen wir das durch, weshalb wir gekommen sind. Wir besuchen Baronin Sarja.«

»So schnell sinkt mir der Mut nicht«, erwiderte Finni. »Ich gehe mit dir, wo immer du auch hinwillst, Rhiana.«

»Dann komm.«

Die beiden Frauen rannten den abzweigenden Gang hinauf. Sie liefen leichtfüßig und bemühten sich, möglichst leise zu sein. Noch erlaubten sie sich, die Laterne zu benutzen. Das Licht bot Sicherheit gegen einen plötzlichen Überfall, wie er in der Höhle erfolgt war. Solange der Feind nicht in dem anderen Tunnel auftauchte, wollte Rhiana darauf nicht verzichten. Aber sie kannte sich in diesem Teil des Gangs gut aus und würde auch in totaler Dunkelheit den Weg finden. Mehr noch. Sollte der Feind wider Erwarten einige Wachen in den Gang schicken, kannte sie mehrere Nischen, in denen Finni und sie sich verbergen konnten. Außerdem gab es an zwei Stellen schwer erkennbare Übergänge zum Kellergewölbe des Palas, während der Gang selbst blind endete. Sie weigerte sich zu glauben, dass der Feind den Geheimgang so gut kannte wie sie.

Plötzlich drangen aus dem anderen Tunnel Geräusche. Lautes Rufen. Das Klirren von Waffen. Hastige Schritte. Jetzt war das passiert, mit dem sie die ganze Zeit gerechnet hatten. Ihre Flucht war entdeckt worden. Man verfolgte sie. Rhiana zog Finni in eine Nische und klappte die Blendkappe der Laterne herunter. Nur ein kleiner

Lichtpunkt an der Oberseite war noch zu sehen. Eng aneinander geschmiegt, gegenseitig das rasch schlagende Herz der anderen spürend, versuchten die beiden, die Atmung zu verlangsamen. Sie waren schon fünfzig Schritt von der Stelle entfernt, wo die beiden Gänge aufeinander stießen. Man würde sie nicht sehen und nicht hören können, wenn die Wachen die Stelle passierten. Aber sie wollten so vorsichtig wie möglich sein. Die Waffen hielten sie noch immer in der Hand. Sollte es zum Kampf kommen, waren sie gewappnet. Dieses Mal würden sie es sein, die einen Vorteil aus der Dunkelheit und der Enge des Ganges zogen.

Die Geräusche wurden lauter. Wie Rhiana vermutet hatte, liefen die Wachen in Richtung Höhle. Ein Wachsoldat hob kurz die Laterne und leuchtete in den anderen Gang hinein. Als er niemanden sah, schloss er sich den anderen an.

»Wenn sie uns unterhalb der Höhle nicht entdecken können, überlegen sie es sich vielleicht anders und sehen auch hier nach«, flüsterte Rhiana ihrer Freundin ins Ohr. »Ich glaube eher, sie werden die Umgebung am Bach absuchen. Auf jeden Fall sind wir bis dahin längst in den Gemächern der Baronin. Schwierig wird es nur, anschließend aus der Burg herauszukommen. Diesen Gang möchte ich nur ungern benutzen. Es kann sein, dass die Höhle weiterhin bewacht wird.«

Die beiden Frauen setzten den Weg im Dunkeln fort. Erst hinter einer Biegung hob die Prinzessin die Blendkappe wieder an. Es blieb alles ruhig. Selbst vom fernen Ende des anderen Tunnels kamen keine Geräusche mehr. Mühelos fand Rhiana eine weitere Nische, die eine verborgene Falltür aufwies. Die Prinzessin zog den morschen Holzdeckel hoch. Die beiden Frauen passierten eine Treppe, die in einer weiteren Nische mündete. Vor ihnen lag ein Kellergewölbe. Die Luft war schal und abgestanden. Es roch muffig. Dieses Gewölbe besaß weder Fenster noch Luftschächte. Frischluft kam nur hinein, wenn jemand die nach oben führenden Türen öffnete. Zu sehen war niemand.

»Wir sind schon unter dem Palas«, erklärte Rhiana. »Hier wird Holz und dergleichen gelagert. Zu dieser Jahreszeit verirrt sich nur selten jemand hierher.« Sie deutete nach vorn. »Von der Nische dort drüben führt eine Treppe direkt vom Alkoven im Schlafgemach der Baronin.«

Die beiden passierten das Gewölbe. Rhiana trat als Erste in die Nische. An beiden Seiten gab es Holzregale für das Lagern von Weinschläuchen, die jedoch leer waren. Sie zog das linke Regal nach vorn und leuchtete in die Öffnung. Dahinter war die Treppe zu sehen. Mit Erleichterung nahm die Prinzessin zur Kenntnis, dass sich in den Jahren ihrer Abwesenheit nichts verändert hatte.

Die beiden stiegen die enge Steintreppe hinauf, die in einem sich nach oben schraubenden niedrigen Gang innerhalb der mehrere Schritt dicken Mauern des Palas verlief. Rhiana hielt die Laterne vor sich und ging voran. Die Stufen waren vor Jahrhunderten roh gemörtelt worden und stellenweise bröcklig und ausgeschlagen. Es roch feucht und nach Schimmel. Wenn stürmischer Regen die Außenmauern peitschte, sickerte Wasser durch die Fugen. Die Feuchtigkeit konnte auch in einem trockenen Sommer kaum verdunsten.

Je höher Rhiana stieg, desto behutsamer wurden ihre Schritte. Da Sarjas Alkoven nur mit einer Bretterwand von der Treppe abgetrennt war, mussten die Frauen sich die letzten Stufen so leise wie möglich hinaufschleichen. Finni folgte der Prinzessin lautlos. Ihr Körper war biegsam und geschmeidig und gehorchte ihr bis in den kleinsten Zeh. Wenn sie sich geräuschlos bewegen wollte, dann gelang ihr das auch.

Endlich lagen die letzten Stufen vor den beiden. Sie befanden sich im obersten Stockwerk des Palas, wo sich nur noch die Gemächer der Baronin, Gemächer für Gäste sowie einige Räume für persönliche Bedienstete befanden. In den letzten Jahren auf der Burg, nach dem Tod des alten Barons, hatte König Arlos zusammen mit Sarja in diesen Gemächern gewohnt, während Rhiana und Maruna im Stockwerk darunter ihre Räume hatten. Nachdem die Prinzessin den Geheimgang entdeckt hatte, war sie einmal aus Neugier nach oben gestiegen. Sie hatte merkwürdige Geräusche gehört, die direkt aus dem Alkoven kamen. Es klang wie das leise Wimmern einer Frau, das manchmal von spitzen Schreien durchbrochen wurde. Damals hatte sie geglaubt, ihr Vater würde Sarja quälen, obwohl sie sich das bei dem herzensguten Mann überhaupt nicht vorstellen konnte. Inzwischen wusste sie, dass der König Sarja beigewohnt hatte und Sarjas Wimmern und Schreien nicht der Qual, sondern der Lust entsprungen waren.

Die Bretterwand befand sich vor ihr. Die Treppe endete genau davor. Dieses Mal drangen keine Geräusche aus dem Alkoven. Rhiana legte ein Ohr an die Holzwand und lauschte eine Weile. Sie hörte weder Atemzüge noch die Laute, die erzeugt wurden, wenn ein Mensch sich im Bett von der einen auf die andere Seite wälzt. Darauf hatte sie gehofft. Es war noch früh am Abend. Wenn Sarja ihre Gewohnheiten nicht geändert hatte, dann legte sie sich selten vor Mitternacht schlafen. Vielleicht befand sie sich gar nicht in ihren Gemächern.

Rhiana legte das Schwert geräuschlos auf die oberste Treppenstufe und stellte die Laterne daneben. Sie hatte die Blendkappe fast vollständig herabgezogen, sodass nur ein winziger Lichtstrahl herausfiel. Vorsichtig hob sie die Bretterwand an. Sie ließ sich in der oberen Mauerfuge ein Stück bewegen und dann unten herausheben. Das Herz der Prinzessin schlug schneller, als sie die Bretterwand heraushebelte. Holz schabte auf Stein, ein paar

Steinchen rieselten herab. Wenn jemand im Gemach war, würde ihm das Geräusch auffallen. Sie zog die Bretterwand zur Seite.

Der Alkoven und das Schlafgemach der Baronin lagen vor ihr. Es war dunkel. Alles blieb ruhig. Rhiana kroch in den Alkoven, spürte unter sich die Decken und die weiche Matratze, roch Sarjas Düfte: Rosenwasser und dazu etwas Würziges aus Südaventurien, das Rhiana nicht zuordnen konnte. Finni reichte ihr die Laterne. Rhiana beließ es bei dem geringen Lichtschimmer. Flüchtig dachte sie daran, dass ihr Vater einmal verraten hatte, dass Sarja ihren Schmuck im Alkoven aufbewahrte. Wo genau, wusste Rhiana nicht. Vielleicht unter der Matratze. Oder es gab am Kopf- oder Fußende Hohlräume mit herausnehmbaren Brettern davor. Es interessierte sie auch nicht. Sie war keine Diebin und wollte die Baronin nicht bestehlen. Es ging ihr nur durch den Kopf, weil zu diesem Schmuck auch die Gemme gehört hatte, die sie bei sich trug.

Sie glitt aus dem Alkoven, dicht gefolgt von Finni. Die beiden Frauen sahen sich in dem Gemach um. Ein kleines Fenster, drei Türen, ein wuchtiger Schrank, zwei Kommoden, ein zierlicher Tisch, auf dem sich Kämme und Haarbürsten, Tiegel mit Salben und eine Puderquaste befanden, davor ein Schemel, darüber ein kleiner, in Silber eingefasster Spiegel.

Rhiana dachte nach. Die eine Tür ging zum Gang hinaus, die zur Rechten führte in die anderen Gemächer der Baronin. An die dritte Tür konnte sie sich nicht erinnern. Dort musste sich eines der Gästezimmer befinden. Offenbar war die Verbindung zwischen den Räumen erst später geschaffen worden.

Ein Lichtspalt unter der Tür zum Gang zeigte, dass draußen eine Lampe brannte. Die Tür zu Sarjas Wohngemächern wies keinen Lichtspalt auf. Auch das Schlüsselloch war dunkel. Offenbar hielt sich die Baronin nicht in ihren Gemächern auf. Unter der Tür zur Linken hingegen drang ebenfalls Licht hervor.

Rhiana war leicht beunruhigt. Offenbar beherbergte Sarja einen Gast. Die Wachen hatten einen Ritter Mortenberg erwähnt. Ob er sich im Raum nebenan aufhielt? Hatte er Zugang zu Sarjas Gemächern? Unter Umständen mussten Finni und sie sich darauf gefasst machen, gestört zu werden, wenn sie sich in Sarjas Wohngemächern versteckten und auf die Rückkehr der Baronin warteten.

Die Prinzessin wollte Finni gerade zuflüstern, dass sie sich am besten in den Wohngemächern ein Versteck suchen sollten, als draußen auf dem Gang schnelle Schritte näher kamen. Es waren schwere Schritte in derben Stiefeln. Die Schritte von mindestens zwei Männern, die es eilig hatten. Nicht eilig genug allerdings, um sie für heranstürmende Wachen zu halten.

Hastig sahen sich die Frauen um. Der große Schrank hätte sich als Versteck angeboten. Aber die Zeit reichte dafür nicht. Stattdessen huschten sie leise zur Tür und pressten sich links davon gegen die Wand, die Waffen bereit. Falls die Männer sich Zugang zu dem Gemach verschafften, würden Rhiana und Finni im toten Winkel der sich öffnenden Tür stehen. Warf man nur einen flüchtigen Blick hinein, würde man sie nicht sehen können.

Rhiana spürte Finnis Atem an ihren Wangen. Die Frauen berührten sich Brust an Brust. Rhiana empfand die Nähe des Mädchens als äußerst angenehm. Zum ersten Mal nahm sie bewusst Finnis Duft wahr. Sie roch nach ihrer Lederkleidung, gleichzeitig aber auch frisch und sauber nach Seife, Blumen und Kräutern.

Die Männer auf dem Gang passierten die Tür von Sarjas Schlafgemach. Dann pochten sie laut an der Tür des Gästegemachs.

»Ritter Mortenberg!«, rief eine etwas heisere, aber

doch laute Stimme, der man anhörte, dass sie das Befehlen gewohnt war. »Ich bin es, Dom Lando. Magister Zaraldus ist bei mir. Wir müssen Euch sprechen!«

Rhiana setzte für einen Moment der Herzschlag aus, als sie die Namen hörte. Das waren die Feinde! Finni presste sich enger an die Prinzessin.

Die Tür nebenan wurde geöffnet. »Tretet ein«, sagte eine sonore Baritonstimme, die ohne Frage Ritter Mortenberg gehörte.

Die Geräusche auf dem Flur zeigten an, dass die Männer seiner Aufforderung nachkamen. Die Tür wurde geschlossen. Jetzt drangen die Stimmen der Männer aus dem Nachbargemach. Sie wurden durch die dicken Mauern und die schwere Verbindungstür deutlich gedämpft. Rhiana und Finni konnten nur einzelne Wörter verstehen. Zwei dieser Wörter waren »Prinzessin« und »Kerker«. Offensichtlich wurde Mortenberg von der Flucht der beiden Frauen in Kenntnis gesetzt.

Rhiana und Finni lösten sich voneinander und schlichen zu der Verbindungstür. Die Laterne ließ Rhiana an der Tür zurück. Sie legten die Ohren an das Holz und lauschten. Die Stimmen klangen jetzt viel deutlicher. Schritte in dem Gemach zeigten an, dass zwei der Männer, vermutlich Dom Landos und Zaraldus, erregt auf und ab gingen.

»Wie soll ich das verstehen, Dom Lando?«, sagte die Baritonstimme gerade. »Ihr habt die Prinzessin einkerkern lassen, ohne mir Bescheid zu geben? Ihr wagt es, gegen meine Anweisungen zu verstoßen?«

»Meine Leute haben eigenmächtig gehandelt, Ritter Mortenberg«, verteidigte sich Dom Lando. »Zaraldus und ich sind gerade erst aus Abilacht zurückgekehrt. Ich konnte Euch nicht früher in Kenntnis setzen.«

»Sooo«, sagte Mortenberg gedehnt. »Seid Ihr denn sicher, Dom Lando, dass Ihr mir wirklich auch dann Bescheid gegeben hättet, wenn die beiden Frauen nicht geflüchtet wären? Ich kenne Eure Leidenschaft für das Foltern, mein Lieber. Und der Magister hat schon früher durchblicken lassen, dass er Prinzessin Rhiana gern einmal auf seine Art befragen möchte.«

»An meiner Ergebenheit dürft Ihr nicht zweifeln«, beteuerte Dom Landos. »Ich bin Euch verantwortlich und nicht Magister Zaraldus.«

»Das will ich hoffen«, gab Mortenberg zurück. »Und Ihr, Magister? Hättet Ihr Euch auch an meine Anweisung gehalten, zuerst mich mit der Prinzessin reden zu lassen?«

Finnis Hand glitt in die von Rhiana. Es war eine kleine, warme Hand. Mit einem leichten Druck der Hand machte Finni der Prinzessin deutlich, dass sie alles genauso deutlich hörte und mit ihr empfand.

Der dritte Mann, der bisher geschwiegen hatte, besaß eine etwas leisere Stimme, die selbstgefällig, spöttisch und in ihrer Öligkeit gefährlich klang. »Ihr wisst, dass Ihr mir nichts zu befehlen habt, Ritter«, sagte Zaraldus fast beiläufig. »Ich hätte mich entgegen meiner Zusage möglicherweise doch für meine eigenen Methoden entschieden. Aber vermutlich hätte mich Dom Lando daran gehindert.«

»Ich rate Euch gut, Abreden einzuhalten!«, sagte Mortenberg mit einiger Schärfe. »Ich muss Euch hoffentlich nicht an meinen Rang erinnern.«

Zaraldus gab keine Antwort.

»Und was geschieht nun weiter, Dom Lando?«, fragte Mortenberg.

»Meine Leute suchen nach den Frauen. Sie können noch nicht weit sein. Ich frage mich, was sie auf der Burg zu suchen hatten.«

»Ich nicht«, sagte Zaraldus spöttisch. »Hauptmann Dom Lando, Ihr solltet zur Kenntnis nehmen, dass Ihr in vieles nicht eingeweiht seid, und dies wird auch so bleiben.«

»Rhiana ist Eurem Monstrum entkommen, Magister«, stellte Mortenberg genüsslich fest. »All Eure Magie, mit der Ihr ihn unter Eure Kontrolle gebracht habt, hat Euch nichts geholfen. Ihr habt die Prinzessin zur Burg gelockt, und Euer Plan ist erneut missglückt. Sie konnte aus dem Kerker fliehen. Ich weiß nicht, ob dies alles dem Dragor gefallen wird. Aber eines weiß ich bestimmt: Die Wachen werden sie und das andere Mädchen nicht so leicht fangen können. Die Prinzessin ist gewarnt. Kennt sie Euren Namen, Magister Zaraldus? Und Euren, Dom Lando?«

»Ich fürchte, die Namen wurden genannt«, knurrte Dom Lando. »Ich werde diese Nachlässigkeit hart bestrafen!«

»Dann weiß sie jetzt, mit wem sie es zu tun hat«, sagte Mortenberg. »Sie wird noch vorsichtiger sein und vielleicht gegen Euch beide vorgehen.«

»Eine schreckliche Drohung«, meinte Zaraldus spöttisch.

»Unterschätzt die Prinzessin nicht«, warnte Mortenberg. »Auf jeden Fall habt Ihr fürs Erste Euer Ziel nicht erreicht. Ihr kennt den Wunsch des Dragor, Magister. Ich rate Euch gut, Euch statt um die Prinzessin zunächst einmal um das Artefakt im Farindelwald zu kümmern. Sonst könnte es leicht sein, dass Ihr am Ende mit leeren Händen dasteht. Und ich, mein Lieber, habe schon erlebt, was der Dragor mit Versagern macht.«

»Ihr kennt meine Magie nicht«, erwiderte Zaraldus. Dieses Mal klang seine Stimme nicht ganz so selbstsicher. »Und Ihr wisst nicht, was sie der Ersten Flamme bedeutet. Aber in einem mögt Ihr Recht haben: Falls Rhiana entkommt, wird das Artefakt im Farindelwald vordringlich. Ich erwarte von Euch, dass Ihr mir in diesem Fall Dom Lando unterstellt.«

»Das war bereits zugesichert«, sagte Mortenberg. »Aber ich erinnere Euch beide daran, dass dies nur für die Mission im Farindelwald gilt. Hört Ihr, Dom Lando? Ihr folgt den Befehlen des Magisters, bleibt aber letztlich mir verantwortlich.«

»Zu Befehl, Ritter Mortenberg!«, gab Dom Lando zurück.

Weitere Worte wurden nicht gewechselt. Die Besucher begaben sich zur Tür und verließen Mortenbergs Gemach. Die Tür wurde wieder geschlossen und von innen verriegelt. Die Schritte der Männer waren auf dem Gang zu hören. Sie passierten Sarjas Gemächer und verklangen.

Plötzlich wurde die Verbindungstür heftig aufgerissen. Ein großer, schlanker Mann Mitte dreißig stand im Eingang.

»Habt Ihr genug gehört, Prinzessin?«, fragte er freundlich. »Ihr wart zwar sehr leise, aber ich habe ein ausgezeichnetes Gehör.«

Die Frauen waren erstarrt. Aber im nächsten Moment tat Rhiana zwei schnelle Schritte und drückte ihr Schwert gegen Mortenbergs Kehle. Hinter ihr eilte Finni mit dem Dolch heran. Obwohl der Mann einen Säbel im Gürtel trug, machte er keine Anstalten, ihn blankzuziehen. Er blieb ruhig stehen und schien von Rhianas Attacke nicht sonderlich beeindruckt.

»Wenn Ihr mich jetzt tötet, Prinzessin«, sagte er immer noch freundlich, »werdet Ihr keine Antworten auf Eure Fragen bekommen.«

»Ich sollte Euch aber am besten sofort töten«, entgegnete Rhiana, obwohl sie wusste, dass sie dies nicht tun konnte, wenn der Ritter sich nicht verteidigen konnte. »Ich habe genug gehört, um zu wissen, dass Ihr in die Anschläge auf mich und meine Leute verwickelt seid.«

Mortenberg nickte leicht. »Da habt Ihr nicht ganz Unrecht. Aber ich bin nicht Euer Hauptfeind. Eigentlich bin ich überhaupt kein Feind. Lasst mich dies erklären, und stellt Eure Fragen. Töten könnt Ihr mich immer noch. Es wird Euch gelingen, selbst wenn ich den Säbel gegen Euch führen sollte. Immerhin seid Ihr zu zweit.« Er verbeugte sich leicht gegenüber Finni, die ihm wachsam mit dem Dolch in der Hand gegenüberstand.

Rhiana betrachtete Mortenberg. Sie war verwirrt über seine Gelassenheit. Der Mann schien den Tod nicht zu fürchten. Er entsprach durchaus nicht dem Bild, das sie sich von dem Feind gemacht hatte. Mortenberg besaß ein markantes, aber durchaus nicht hässliches Gesicht mit kräftig ausgeprägten Wangenknochen und einer leicht gebogenen, schlanken Nase. Die halblangen schwarzen Haare waren sorgfältig gestutzt. Um den Mund herum trug er einen gut getrimmten Bart. Die graublauen Augen ließen Intelligenz erkennen. Eine Wangennarbe zeigte, dass ihm Waffengänge nicht unbekannt waren. Er wirkte gepflegt, die Kleidung – Hemd und Hose aus braun gefärbtem Samt – wirkte elegant, zwei silberne Ringe sowie ein großer goldener Ring im rechten Ohr zeigten, dass er Schmuck nicht abgeneigt war. Er machte einen höfischen Eindruck, nicht aber den eines unterwürfigen Höflings. Widerwillig musste die Prinzessin zugeben, dass der Mann einen gewissen Charme besaß und ihr nicht unsympathisch war.

»Wenn Ihr erlaubt«, fuhr der Ritter fort, »übergebe ich Euch meinen Säbel zur Verwahrung. Dann könnt Ihr das Schwert von meiner Kehle nehmen. Ohne Stahl in der Hand des anderen plaudert es sich gemütlicher.«

Rhiana nickte und ließ sich den Säbelgurt reichen. Sie glaubte nicht, dass der Ritter plötzlich ein Messer hervorzaubern und sie angreifen würde. Und falls er es doch tat, gab es immer noch Finni, die ihren Dolch in der Hand behielt.

Mortenberg bot den Frauen an, sich zu setzen. Rhiana nahm das Angebot an. Mortenberg setzte sich ebenfalls. Finni blieb stehen und behielt den Ritter im Auge.

Mortenberg bot den Frauen Wein an, aber sie lehnten ab. Er zuckte die Schultern und füllte sich aus einem Krug das eigene Glas.

»Ihr seid wunderschön«, sagte er zu Rhiana. »Verzeiht mir, wenn ich das sage, aber es ist die Wahrheit. Ich hatte vor einiger Zeit Gelegenheit, Euch … nun, gewissermaßen aus der Ferne betrachten zu dürfen, und war schon damals tief beeindruckt von Eurer Schönheit. Aber aus der Nähe seid Ihr noch weitaus schöner.«

»Lasst das!«, sagte Rhiana ärgerlich. »Dies ist wohl kaum ein Anlass, um Schmeicheleien anzubringen.«

»Warum denn nicht?«, fragte Mortenberg unschuldig. »Braucht es einen besonderen Anlass, die Schönheit einer Frau zu rühmen? Oh, ich weiß natürlich, Euch brennen andere Fragen auf den Nägeln. Dennoch wollte ich Euch wissen lassen, wie sehr ich Euch bewundere, Prinzessin Rhiana. Wenn Ihr Euch später einmal fragt, warum ich dieses oder jenes tue oder nicht tue, dann zieht bitte in Betracht, dass einige der Antworten mit Eurer Schönheit zu tun haben könnten.«

»Wer seid Ihr?«, fragte Rhiana.

Mortenberg verbeugte sich in seinem Stuhl. »Ritter Mortenberg. Ich dachte, den Namen hättet Ihr dem Gespräch vorhin entnommen.«

»Den Namen hörte ich bereits«, gab Rhiana zurück. »Aber wer *seid* Ihr? Was macht Ihr auf Burg Abilacht?«

Mortenberg lächelte. »Ich bin überzeugt davon, dass wir uns bei Gelegenheit wiedersehen. Dann will ich Euch gern in entspannterer Stimmung mein Leben erzählen, wenn es Euch interessiert. Für den Moment dürfte Euch genügen, dass ich eine Art Berater bin. Ich berate sowohl die Baronin als auch Fürst Emerthon. Und ich habe gute Verbindungen zu Graf Tedesco. Tatsächlich bin ich so eine Art Mittler zwischen dem Grafen und dem Fürsten.«

»Was wisst Ihr über mich?«, platzte Rhiana heraus.

»Was die Baronin über Euch, Euren ermordeten Vater und Eure Leute weiß, das weiß ich auch. Und einiges mehr. Beantwortet das Eure Frage, Prinzessin?«

»Weiß Fürst Emerthon von unserer Anwesenheit? Stellt er uns nach?«

»Nein.«

»Etwa Graf Tedesco?«

»Graf Tedesco interessiert sich für das Mittelreich und nicht für Talania«, sagte Mortenberg.

»Dann nennt mir die Macht, die hinter Euch, Zaraldus und Dom Lando steht! Im Gespräch fiel der Name ›Dragor‹. Wer ist das?«

Mortenberg seufzte. »Ihr versteht es wirklich, direkte Fragen zu stellen. Über den Dragor kann und darf ich Euch nichts sagen. Nein, Rhiana, Ihr müsst nicht wieder nach dem Schwert greifen. Diese Frage kann ich nicht beantworten, ohne selbst sterben zu müssen. Seht Ihr … Seitdem das Mittelreich ohne Kaiser ist, drängen viele nach der Macht, und nicht alle melden ihre Machtansprüche offen an. Die Leute, denen ich in gewisser Weise verpflichtet bin, gehören dazu. Ich leihe ihnen mein Ohr und gebe ihnen meinen Rat. Mehr nicht. Meine Loyalität gehört dabei Fürst Emerthon.«

Irgendetwas in den Augen des Ritters sagte Rhiana, dass er log. Vielleicht glaubte er, schon zu viel erzählt zu haben, und wollte sich rückversichern, falls Teile des Gesprächs Fürst Emerthon zu Ohren kamen. »Was habt Ihr persönlich mit den Anschlägen auf die Flüchtlinge aus Talania zu schaffen?«

»Nicht das Geringste – wenn man davon absieht, dass ich Zaraldus' Pläne kannte, sie aber nicht verhindern konnte. Glaubt mir, Prinzessin Rhiana, ich habe versucht, Euch zu beschützen.«

»Um mir zuerst jene Fragen zu stellen, die mir Dom Lando später in der Folterkammer gestellt hätte? Was sind das für Fragen, Ritter Mortenberg?«

»Man vermutet ein Geheimnis bei Euch, das Euer Vater gekannt hat.« Mortenberg beobachtete sie plötzlich sehr genau. Seine Augen senkten sich tief in die ihren. »Wisst Ihr von dem Geheimnis, Prinzessin?«

Rhiana hielt dem Blick stand. »Nein.«

Mortenberg lächelte. »Ich glaube Euch. Tatsächlich dachte ich mir schon zuvor, dass man Euch noch nicht eingeweiht hat. Aber Eure Feinde, Prinzessin Rhiana – Eure *wirklichen* Feinde –, sind damit nicht zufrieden. Sie vermuten das Wissen bei Euch, aber nicht bei Euch allein. Man möchte Euch dieses Wissen entreißen. Wenn man Euch nicht zwingen kann, wird man sich den anderen Personen zuwenden, bei denen man es vermutet. Da Ihr aber die Thronerbin von Talania seid und als mögliche Gefahr für bestimmte Pläne angesehen werdet, wünscht man zugleich auch Euren Tod.«

Rhiana dachte darüber nach. Seit Maruna von einem Geheimnis gesprochen hatte, ging ihr das im Kopf herum. Sie konnte sich aber nicht vorstellen, dass ihr Vater ein Geheimnis gehütet hatte, das für irgendwen außerhalb des kleinen Inselreichs Talania von Belang sein könnte. Wenn es allerdings anders war, mochte dies in der Tat die Erklärung für vieles sein.

»Was hat Baronin Sarja mit der Sache zu tun? Ich möchte mit ihr reden!«

Mortenberg nahm einen Schluck Wein. »Die Baronin ist am Abend zu ihrer Schwester nach Honingen gereist. Aber ich kann Euch die Antwort ebenfalls geben. Sarja hat nichts damit zu tun.«

Rhiana nestelte in ihrer Kleidung und zog die Gemme hervor. »Nichts? Und wie nennt Ihr dieses?«

»Wenn Ihr nicht gleich wieder das Schwert zieht, gebe ich Euch die Antwort. *Ich* habe die Gemme entwendet und sie Zaraldus gegeben.«

Tatsächlich griff Rhiana zum Heft des Schwertes, nahm die Hand dann aber zurück. »Ihr? Dann seid Ihr tiefer in die Dinge verstrickt, als von Euch behauptet wurde.«

Mortenberg ließ sich nicht aus der Ruhe bringen. »Ihr habt das Gespräch mit Zaraldus und Dom Lando belauscht und meine Antworten gehört. Es verhält sich so, wie ich gesagt habe. Zaraldus erhielt den Auftrag, Euch töten zu lassen oder nach Abilacht zu locken. Ich konnte ihn nicht daran hindern, habe mir mit der Gemme jedoch die Zusicherung erkauft, Euch vor der Folter zu bewahren. Gebt Ihr mir bitte die Gemme zurück? Ich möchte sie gern wieder an den Ort legen, an dem sie sich zuvor befunden hat.«

»Nein!«, sagte Rhiana zornig. »Die Gemme lag im Blut eines Mannes, den der Gestaltwandler statt meiner ermordet hat. Er war wie ein Vater für mich. Ich gebe sie nicht zurück!«

»Ich verstehe«, gab Mortenberg zur Antwort. »Und ich bedaure aufrichtig den Tod Eures Freundes. Glaubt mir bitte: Mit Zaraldus' Methoden habe ich nichts zu schaffen. Auch nicht mit denen von Dom Landos.« Er zuckte die Achseln. »Ich werde mir etwas ausdenken, um der Baronin den Verlust der Gemme zu erklären.«

Finni hatte zu alledem geschwiegen, aber jetzt meldete sie sich zu Worte. »Rhiana, hältst du es für klug, hier noch weiter Zeit zu verschwenden? Wahrscheinlich setzt der Ritter darauf, dass seine Spießgesellen bald zurückkehren.«

»Ich kann es Euch nicht verargen, es so zu sehen«, wandte sich Mortenberg an Finni. »Aber es sind wirklich nicht meine Spießgesellen. Ihr habt mir übrigens noch nicht Euren Namen mitgeteilt. Und verzeiht, dass ich nur die Schönheit der Prinzessin gerühmt habe. Ihr selbst seid ebenfalls ganz entzückend.«

Finni zeigte sich unbeeindruckt. »Mein Name tut nichts zur Sache.«

»Wie Ihr wollt«, meinte Mortenberg. »Entzückend seid

Ihr trotzdem. Und Ihr habt Recht damit, dass Dom Lando und Zaraldus bald zurückkehren könnten. Ich versichere Euch allerdings, dass ich sie unter den gegebenen Umständen nicht hereinbitten würde.« Er wandte sich Rhiana zu. »Wie auch immer. Ich sagte bereits, dass ich davon ausgehe, dass wir uns bei anderer Gelegenheit bald wiedersehen werden. Ich werde Euch dann vielleicht einige Vorschläge unterbreiten, wie wir gemeinsam dem Feind widerstehen können. Nehmt dies für den Moment einfach so hin.« Er trank seinen Wein aus und erhob sich. »Habt Ihr Euch schon Gedanken darüber gemacht, wie Ihr aus der Burg herauskommt? Wie ich Dom Lando kenne, lässt er den Geheimgang bewachen.«

»Wir finden schon einen Weg«, sagte Rhiana und erhob sich ebenfalls.

Mortenberg sah ihr in die Augen. »Es ist mir nicht gelungen, Euch und Eure Leute vor den Taten des Monstrums zu schützen, Prinzessin. Aber es liegt mir wirklich viel daran, dass Ihr unbeschadet bleibt – und sei es auch nur Eurer Schönheit zuliebe. Deshalb bitte ich Euch, meine Hilfe anzunehmen. Ich habe die alten Pläne der Burg studiert und dabei einen weiteren Geheimgang entdeckt, den außer mir keiner kennt. Er ist passierbar, wie ich selbst erprobt habe, und endet im Keller eines der Häuser in Abilacht. Wenn Ihr einwilligt, gebe ich Euch sicheres Geleit.«

Rhiana dachte darüber nach. Mortenberg war ein interessanter Mann. Und ein gefährlicher Mann. Gefährlicher vielleicht als Magister Zaraldus und Dom Lando zusammen. Sie war überzeugt davon, dass er nur einen kleinen Teil der ganzen Wahrheit preisgegeben hatte. Wie es aussah, spielte er ein Spiel mit den Mächtigen. Vielleicht war er selbst der geheimnisvolle Dragor, der hinter allem steckte. Aber aus irgendeinem Grund schien er tatsächlich ein Interesse daran zu haben, dass sie und Finni den Fängen von Zaraldus und Dom Lando entgingen. Und sei es nur, weil Zaraldus ein Nebenbuhler um die Macht war und dessen Schlappe Mortenberg nützen konnte.

Sie stellte den Blickkontakt mit Finni her und sah, dass die Halbelfin keine Einwände hatte. Rhiana nahm Mortenbergs Angebot an. Es erwies sich nicht als Fehler. Eine knappe Stunde nach dem Gespräch kletterten die beiden Frauen aus einem Keller in Abilacht, ohne dass der Besitzer des Hauses etwas davon bemerkte. Dann verschmolzen sie mit der Dunkelheit der Gassen von Abilacht.

Glossar

Götter und Monate

Gottheit	*Kompetenz*	*Symboltier*	*Monat*
Praios	Gott der Sonne und des Gesetzes	Greif	Juli
Rondra	Göttin des Krieges und des Sturms	Löwin	August
Efferd	Gott des Wassers, des Windes und der Seefahrt	Delphin	September
Travia	Göttin des Herdfeuers, der Gastfreundschaft und der ehelichen Liebe	Gans	Oktober
Boron	Gott des Todes und des Schlafes	Rabe	November
Hesinde	Göttin der Künste, der Gelehrsamkeit und der Magie	Schlange	Dezember
Firun	Gott des Winters und der Jagd	Eisbär	Januar
Tsa	Göttin der Geburt und Erneuerung	Eidechse	Februar
Phex	Gott der Diebe und Händler	Fuchs	März

Gottheit	*Kompetenz*	*Symboltier*	*Monat*
Peraine	Göttin des Ackerbaus und der Heilkunde	Storch	April
Ingerimm	Gott des Feuers und des Handwerks	Feuer	Mai
Rahja	Göttin des Weines, des Rausches und der Liebe	Pferd	Juni

Zwischen den Monaten Rahja und Praois liegen 5 Tage ohne Namen, die an den verfehmten 13. Gott, den Namenlosen, erinnern.

Wochentage

Windstag = Montag
Erd(s)tag = Dienstag
Markttag = Mittwoch
Praiostag = Donnerstag
Rohalstag = Freitag
Feuertag = Samstag
Wassertag = Sonntag

Maße

Meile = 1 Kilometer
Schritt = 1 Meter
Spann = 20 Zentimeter
Finger = 2 Zentimeter

Münzen

Dukat (Goldstück)	=	125 Euro
Silbertaler	=	12,50 Euro
Heller	=	1,25 Euro
Kreutzer	=	0,12 Euro

Die Umrechnung in Euro soll eine ungefähre Vorstellung des Wertes ermöglichen. Einprägsamer sind aventurische Preise: ein Maß Bier kostet in der Schankwirtschaft 6 Kreutzer, ein Laib Brot auf dem Markt 15 Kreutzer, ein gutes Leinenhemd 8 Silbertaler, ein Kurzschwert oder eine einfache Lederrüstung 8 Dukaten.

Sonstige Begriffe

Albernia – Fürstentum, Provinz des Mittelreichs
Aventurien – Kontinent der Welt Dere
BF – Bosparans Fall, allaventurische Zeitrechnung; es gibt andere Zeitrechnungen, z.B. nach Hal. Das Jahr 0 Hal entspricht dem Jahr 993 BF, das Jahr 0 BF dem Jahr 993 v.H.
Dragor – Führer des Flammenbundes
Druide – Zauberer, der seine Magie als Kraft der Erde und der Natur ansieht
Elf – kulturschaffende aventurische Rasse
Garetien – Königreich, Zentrum des Mittelreichs
Hetmann – thorwalscher Sippen-, Otta- oder Dorfvorstand
Holk – Schiffstyp, Weiterentwicklung der Kogge
Kogge – Schiffstyp
Madamal – Mond mit den Phasen Kelch, Rad, Helm und Tote Madra
Magier – in der Regel ein akademisch ausgebildeter Zauberer, der einer von mehreren Magierichtungen folgt; daneben gibt es nicht ausgebildete Magietalente, ferner Druiden, Hexen, Geoden (Zwergenmagier), Kristallomanten sowie zur Magie befähigte Rassen wie Elfen und Kobolde
Magister, Magistra – Magier mit Lehramt
Mittelreich – größtes Staatsgebilde Aventuriens

Mohagoni – Holzart, benannt nach den Moha, dem größten Stamm der südaventurischen Waldmenschen
Nordmarken – Herzogtum, Provinz des Mittelreichs
Ork – primitive kulturschaffende Rasse
Otta – Lang- oder Drachenschiff der Thorwaler
Praiosscheibe – Sonne
Rako, Raka – talanischer Adelstitel (Fürst/Fürstin)
Shastro, Shastra – talanischer Offiziersrang (Rittmeister/Rittmeisterin)
Sumu – Urriesin, die mit dem Himmelsgott Los kämpfte und die Welt gebar; wird von den Druiden verehrt
Swafnir – Halbgott, Sohn von Rondra und Efferd, wird besonders von den Thorwalern verehrt
Talania – Inselkönigreich im Meer der sieben Winde
Thorwal – Landschaft im Nordwesten Aventuriens, Siedlungsgebiet der Thorwaler
Tobrien – Herzogtum, Provinz des Mittelreichs
Turiba, Turibai – talanischer Adelstitel (Junker/Junkerin)
Uriba – talanischer Adelstitel (Graf)
Weg der Linken Hand – schwarzmagische Magieschule
Weg der Rechten Hand – weißmagische Magieschule
Zwölfgötter – Gesamtheit der aventurischen Götterwelt

Rhiana

DIE AMAZONE

1. Band: Hans Joachim Alpers, *Der Flammenbund* · 06/6101
2. Band: André Wiesler, *Das Artefakt* · 06/6102

Weitere Romane in Vorbereitung.

Das Schwarze Auge

1. Band: Ulrich Kiesow, *Der Scharlatan* · 06/6001
2. Band: Uschi Zietsch, *Túan der Wanderer* · 06/6002
3. Band: Björn Jagnow, *Die Zeit der Gräber* · 06/6003
4. Band: Ina Kramer, *Die Löwin von Neetha* · 06/6004
5. Band: Ina Kramer, *Thalionmels Opfer* · 06/6005
6. Band: Pamela Rumpel, *Feuerodem* · 06/6006
7. Band: Christel Scheja, *Katzenspuren* · 06/6007
8. Band: Uschi Zietsch, *Der Drachenkönig* · 06/6008
9. Band: Ulrich Kiesow (Hrsg.), *Der Göttergleiche* · 06/6009
10. Band: Jörg Raddatz, *Die Legende von Assarbad* · 06/6010
11. Band: Karl-Heinz Witzko, *Treibgut* · 06/6011
12. Band: Bernhard Hennen, *Der Tanz der Rose* · 06/6012
13. Band: Bernhard Hennen, *Die Ränke des Raben* · 06/6013
14. Band: Bernhard Hennen, *Das Reich der Rache* · 06/6014
15. Band: Hans Joachim Alpers, *Hinter der eisernen Maske* · 06/6015
16. Band: Ina Kramer, *Im Farindelwald* · 06/6016
17. Band: Ina Kramer, *Die Suche* · 06/6017
18. Band: Ulrich Kiesow, *Die Gabe der Amazone* · 06/6018
19. Band: Hans Joachim Alpers, *Flucht aus Ghurenia* · 06/6019

Das Schwarze Auge

20. Band: Karl-Heinz Witzko, *Spuren im Schnee* · 06/6020
21. Band: Lena Falkenhagen, *Schlange und Schwert* · 06/6021
22. Band: Christian Jentzsch, *Der Spieler* · 06/6022
23. Band: Hans Joachim Alpers, *Das letzte Duell* · 06/6023
24. Band: Bernhard Hennen, *Das Gesicht am Fenster* · 06/6024
25. Band: Niels Gaul, *Steppenwind* · 06/6025
26. Band: Hadmar von Wieser, *Der Lichtvogel* · 06/6026
27. Band: Lena Falkenhagen, *Die Boroninsel* · 06/6027
28. Band: Barbara Büchner, *Aus dunkler Tiefe* · 06/6028
29. Band: Lena Falkenhagen, *Kinder der Nacht* · 06/6029
30. Band: Ina Kramer (Hrsg.), *Von Menschen und Monstern* · 06/6030
31. Band: Johan Kerk, *Heldenschwur* · 06/6031
32. Band: Gun-Britt Tödter, *Das letzte Lied* · 06/6032
33. Band: Barbara Büchner, *Das Galgenschloß* · 06/6033
34. Band: Karl-Heinz Witzko, *Tod eines Königs* · 06/6034
35. Band: Hadmar von Wieser, *Der Schwertkönig* · 06/6035
36. Band: Barbara Büchner, *Schatten aus dem Abgrund* · 06/6036
37. Band: Barbara Büchner, *Seelenwanderer* · 06/6037
38. Band: Hadmar von Wieser, *Der Dämonenmeister* · 06/6038
39. Band: Christel Scheja, *Das magische Erbe* · 06/6039
40. Band: Linda Budinger, *Der Geisterwolf* · 06/6040
41. Band: Momo Evers, *Und Altaia brannte* · 06/6041
42. Band: Barbara Büchner, *Blutopfer* · 06/6042
43. Band: Lena Falkenhagen, *Die Nebelgeister* · 06/6043
44. Band: Karl-Heinz Witzko, *Die beiden Herrscher* · 06/6044
45. Band: Bernhard Hennen, *Die Nacht der Schlange* · 06/6045 Hardcover
46. Band: Barbara Büchner, *Das Wirtshaus* Zum lachenden Henker · 06/6046
47. Band: Karl-Heinz Witzko, *Die Königslarve* · 06/6047
48. Band: Tobias Frischhut, *Geteiltes Herz* · 06/6048
49. Band: Hadmar von Wieser, *Erde und Eis* · 06/6049
50. Band: Britta Herz (Hrsg.), *Gassengeschichten* · 06/6050

Das Schwarze Auge

51. Band: Heike Kamaris & Jörg Raddatz, *Sphärenschlüssel* · 06/6051
52. Band: Alexander Huiskes, *Die Hand der Finsternis* · 06/6052
53. Band: Martina Nöth, *Zwergenmaske* · 06/6053
54. Band: Gun-Britt Tödter, *Koboldgeschenk* · 06/6054
55. Band: Heike Kamaris & Jörg Raddatz, *Blutrosen* · 06/6055
56. Band: Ulrich Kiesow, *Das zerbrochene Rad: Dämmerung* · 06/6056
57. Band: Ulrich Kiesow, *Das zerbrochene Rad: Nacht* · 06/6057
58. Band: Jesco von Voss, *Der Letzte wird Inquisitor* · 06/6058
59. Band: Olaf Flatergast, *Druiden-Rache* · 06/6059
60. Band: Alexander Wichert & Christian Thon, *Blakharons Fluch* · 06/6060
61. Band: Karl-Heinz Witzko, *Westwärts, Geschuppte!* · 06/6061
62. Band: Thomas Finn, *Das Greifenopfer* · 06/6062
63. Band: Alexander Lohmann, *Die Mühle der Tränen* · 06/6063
64. Band: Sarah Nick (Hrsg.), *Aufruhr in Aventurien* · 06/6064
65. Band: Thomas Baroli, *Lichter Tag* · 06/6065
66. Band: Thomas Baroli, *Die Schwärze der Nacht* · 06/6066
67. Band: Alexander Wichert, *Sand und Blut* · 06/6067
68. Band: Alexander Huiskes, *Der geheime Pfad* · 06/6068
69. Band: Markus Tillmanns, *Das Daimonicon* · 06/6069
70. Band: Martina Nöth, *Verborgene Mächte* · 06/6070
71. Band: Martina Nöth, *Die letzte Schlacht* · 06/6071
72. Band: Thomas Plischke, *Fuchsfährten* · 06/6072
73. Band: André Wiesler, *König der Diebe* · 06/6073

Sonderausgabe des 15., 19. und 23. Romans in einem Band:
Hans Joachim Alpers, *Die Piraten des Südmeers* · 06/9185

Sonderausgabe des 12., 13. und 14. Romans in einem Band:
Bernhard Hennen, *Drei Nächte in Fasar* · 06/9197

Sonderausgabe des 24. und 45. Romans in einem Band:
Bernhard Hennen, *Im Schatten des Raben* · 06/9186